蟻國

EMPIRE OF THE ANTS

罗新学　著

图书在版编目（CIP）数据

蚁国 / 罗新学著 . -- 北京：中国文史出版社，2022.5
ISBN 978-7-5205-3571-7

Ⅰ . ①蚁… Ⅱ . ①罗… Ⅲ . ①长篇小说－中国－当代 Ⅳ . ① I247.5

中国版本图书馆 CIP 数据核字 (2022) 第 116224 号

责任编辑：方云虎

出版发行：中国文史出版社
社　　址：北京市海淀区西八里庄路 69 号院　邮编：100142
电　　话：010-81136606　81136602　81136603（发行部）
传　　真：010-81136655
印　　装：廊坊市海涛印刷有限公司
经　　销：全国新华书店
开　　本：16 开
印　　张：27.5
字　　数：330 千字
版　　次：2022 年 10 月北京第 1 版
印　　次：2022 年 10 月第 1 次印刷
定　　价：68.00

地球上除了人类文明，
还有其他文明吗？
人类自大，从来熟视无睹。
可是那些蚂蚁，
同样不屑于人们的不屑。
谁是匆匆过客，谁是未来主宰，
他们自信得很。

——华秋野博士

自然是供你们人类改造的吗？
自然就是自然，
只能顺应，
不能改造，
改造了就不自然了！

——红斑蚁帝国顺阳女王

作者对话华秋野博士

（代　序）

作者：没想到《蚁国》你这样快就看完了，而且还逐章逐节加了旁注、尾批。

华秋野：我也没想到你将红斑蚁的故事写得这样传神，这样到位，完全超过了我的预期，真的，谢谢你。至于旁注、尾批，不过是从专业的角度，加了一些或校正、或补充、或说明的文字，供你修改定稿时参考。原文我没想动你的，担心破坏了你的叙事风格，影响故事的文学性。

作者：要说谢，先谢你呢！是你给我讲述的红斑蚁王国的故事本身就很传神。因此，我还有个想法，就是定稿时，所有旁注、尾批全都保留不动。你不是说文学性吗？这样，既有文学性，又有专业性，成为一个专业性很强的文学故事，岂不更好！说真心话，其实你的文字思维缜密，逻辑性极强，红斑蚁的故事我想如果由你自己来写，或许也有不一样的精彩呢。

华秋野：嗨，我们搞自然科学的搞不了文学，可能就吃亏在逻辑性极强吧。习惯了因为所以其所以是因为，脑海里形成了思维定式，写出来的东西，追求的就是干巴巴牛踩不烂，板起脸孔硬着喉咙讲故事，你讲谁听？听了谁信？我就是因为担心把一个真实的好故事讲假了，讲烂了，才找你代笔的嘛。

作者：博士谦虚了。你把真实的好故事让我来讲，可我辜负了你的信任，恐怕同样让你失望了。初稿出来后，我挑选了各类文学朋友先读，看看他们的反应。从反馈的情况看，不少朋友对故事深信不疑，还询问东岗在哪里，提出想去看看那棵青檀古树，看看那些红斑蚁，看看那些黑尾土蜂。但更多的朋友则认为故事非常精彩，场景描述宏阔，震撼，觉得唯一的瑕疵是，故事中人、蚁通过天目通道进入多维空间做无障碍交流，是不是太夸张太虚幻了，因为作品不是童话，更不是神话，也不算科幻，其故事是不是有些偏离了生活的真实？我跟他们解释说，这是一个生物学家讲述的一个真实的故事，大家要是读出了陈述的虚假，那是笔者力所不逮。

华秋野：有人想去东岗看看可以呀，欢迎呀。你可以告诉他们具体地址，最便捷的走法是坐京广高铁，过了南岭第二个站下车，出站后向右直行三公里后左拐，就会看到一块高高矗立的广告牌：生态农业示范基地，便到了东岗村。到时发个位置图给他更简单。但是要上东岗，还要找村委会申办一个自然保护区通行卡才行啰。

至于有的读者不相信人和蚂蚁可以在多维空间无障碍交流，这一点都不奇怪，说实话有时候连我自己也不相信。明明刚刚发生，甚至手里还攥着从梦境里带回来的实物，但总觉得恍恍惚惚，似是而非，然而定神一捋，又全都真真切切，半点不虚。我也不知道怎么会这样，难道是蚂蚁的神通？别忘了，人家可是地球上生存了一亿多年的老资格居民哦。别看她们装憨卖傻的样子，肚子里弯弯拐拐多着呢！唉，都是因为我当时年轻，处在累土堆山的过程，学术上还不够强大，一直想稍等稍等，寻个最佳时机。谁会想到这种人、蚁交流会突然终止，以致我的发现无法复制成为了孤证，失去了公开发表的可能。你想过没有？如果成果能够得到学界承认意味着什么吗？意味着比发现了地外文明或捕获了外星人还要意义重大！因为这是在我们自己居住的星球发现了人类文明之外的另一种文明。试想，年轻的人类文明与古老的蚂蚁文明互联互通，相摩相荡，嫁接催生的地球双文明之花该会是何等璀璨！可如今，美好的希冀幻灭了，剩下的反而是极其的担忧。因为两种文明迥异，人类崇尚科技，蚂蚁遵循自然，加之人类自大不屑，对蚂蚁知之甚少；而蚂蚁对人类的霸道积怨殊深，手里又操着令人恐惧的各种生物武器，两种文明在缺乏沟通的情况下，极有可能发生冲突，甚至酿成最后的较量！东岗村发生的事就是警示。到那时，世界的未来由谁主宰，是谁的末日，恐怕只有老天知道。

你这样写，我已经很满意了。如果还有人觉得虚假，那就随他吧，只能这样了。

作者：有的读者还问，红斑蚁王国失联了，不可以在其他蚂蚁族群进行尝试吗？

华秋野：试过多次了，没有可能。这种事可遇不可求。通过人的天目通道进入多维空间，实现人、蚁无障碍交流，这是红斑蚁王国顺阳女王的发现和发明，本身就带有极大的偶然性，鬼知道她当时怎样找到的。将其他蚂蚁摆放在人的天目穴，她们没有与人交流的主观意愿，除了仓皇逃命，不可能有其他作为。

作者：噢，那也是。另外，《蚁国》初稿出来后，有文化投资公司主动找来联系，想改编成影视、动漫作品。这样做，肯定受众面更广一些，影响力更大一些。我想听听你的意见。如果改编，除了继续突出环保生态主题外，试图着力塑造红斑蚁顺阳女王的艺术形象，打造一个蚂蚁世界的秦皇汉武。

华秋野：好啊。不过这都是你们作家的事了。我放弃版权，也不参与改编。我感兴趣的只有一个，就是让知道这个故事的人越多越好，大家都来珍爱自然，保护自然，自觉维护生态平衡，能达此目的，我就心满意足了。

作者：改编成影视或动漫作品时，请你做艺术顾问，继续从专业上把关，你不会不答应吧？

华秋野：呵呵，这个可以考虑。

主要角色

顺　阳	东岗红斑蚁帝国第二千一百三十八代女王，东岗昆虫纲万国联盟盟主
顺　晖	红斑蚁帝国第二千一百三十六代女王，顺阳之妹
明　丽	红斑蚁帝国第二千一百三十五代女王，顺阳、顺晖之母
红妮姐	顺阳女王幼年保姆，后为传令丕带（大臣）
稳当当	明丽女王传令丕带
冷面婆	红斑蚁帝国顺晖女王幼年保姆
蛇腰姐	顺晖女王传令丕带
鬼点子	跳蚤，外号无影飞侠，顺阳女王的忠贞追随者
红点子	跳蚤，鬼点子老公
草　妹	切叶蚁，红斑蚁帝国国师，种蘑菇技师，顺阳女王的忠贞追随者
穿云红	蜻蜓，红斑蚁帝国国师，顺阳女王坐骑，顺阳女王的忠贞追随者
大力神	红斑蚁帝国国防丕带
百事通	红斑蚁帝国内务丕带
里　手	红斑蚁帝国产业丕带
玲珑儿	红斑蚁帝国外务丕带，东岗昆虫纲万国联盟都管
鼓捣佬	红斑蚁帝国建筑丕带
大　勇	红斑蚁帝国继任国防丕带
飞将军	蜻蜓长老，红斑蚁帝国空军炮战队统领（聘）

水上漂	龙虱长老，红斑蚁帝国水军陆战队统领（聘）
快　刀	红斑蚁帝国皇城卫队工带
追追王	东岗黑尾土蜂王国国王，东岗昆虫纲万国联盟副盟主
板脸相爷	黑尾土蜂王国丞相
一挺飞矛	黑尾土蜂王国国防大臣
华秋野	东岗村少年，喜欢观察蚂蚁的中学生，大学生，顺阳女王挚友，后来成为生物学博士
华南坡	东岗村村民，秋野之父
南坡嫂	华南坡之妻，秋野之母
华近山	东岗村村长
华南岭	二傻之父，经营蚁力猛药酒，秋野伯父
二　傻	东岗村村民，弱智，秋野堂兄
胡师公	东岗村神汉

目　录

第一章

1

如果有人跟你吹，他们家族从没断过代，已经有多少多少年、多少多少代了，比孔夫子家族迄今两千多年七十多代还要多得多，你信吗？你不信也得信。他说一百万年十万代了，你也必须信。因为你、我家族也一样。从猿人到现在，如果家族断代了，这世上哪还有他？哪还有你、我？谁都不是树丫里结的，石头缝里蹦出来的。

要是有人指着一窝蚂蚁告诉你，这些小家伙的家族在地球上已经繁衍一亿两千万年了，你信不信？谁来回答都会犹豫。虽然理是同样的理，但是恐龙那样强大也都断代了啊，星移斗转，沧海桑田，低微弱小的蚂蚁从那么久远一直走到今天，可能吗？犹豫归犹豫，答案却是肯定的，你看到的所有蚂蚁都是这样走过来的。凡断了代的全都化作了历史的尘埃，只有生生不息才能绵延至今。

有个古老的蚂蚁族群，叫红斑蚁，从冰川时代开始往南迁徙，经徽、赣、闽入粤落脚南岭，她们家族从纪年起将近一万年了，一万年中无数次从灭顶之灾的隙缝里拱了出来，迄今为止，与无数个幸存的家族一样，未来的路，仍在她们的脚下延伸。【华秋野博士：红斑蚁是我于南岭东岗发现并命名的。根据外观形态，生命周期，生活习性，应属于蚁亚科，弓背蚁属。目前中国该属种类共记载三十五种，无论载文和图谱，红斑蚁尚未录入。其命名及归属待学界确认。】

南岭东岗村有个中学生叫华秋野，因为偶然的机缘走进了这群红斑蚁的世界，并和她们之中的一只雌蚁，即后来的蚁王成了朋友，洞悉了她们的许多故事。

这不是南柯新传。

所述全都是真实的。

你只有相信才能读下去。

你只有读下去才能品出味儿来。

2

华秋野像做贼一样，猫跳狗跳，想几下就闪进屋里去，可是刚跳到院子里，脚手立马就规矩了。

庭前走廊上，老爸在编筐，老妈在拣菜。

野仔，你这头野马呃，这大半天的，又跟谁去哪里野了？南坡嫂硬起喉咙，将慈爱包藏在严厉里。

秋野垂着手，好乖：跟二傻哥，东岗采蘑菇。

你作业呢，还没做吧？南坡嫂瞪着他，满以为抓了个现行。

人家早做完啦！秋野受不得冤枉，嚷了一句，还咕咕哝哝开始了反击：一天到晚野仔野仔，都叫了十三年了！只怕真的是捡的……

捡的还有假呀你以为？南坡嫂抿起嘴巴忍住笑：你叫华秋野，不叫你野仔叫什么！

华南坡手上的活不停，嘴巴也可以不闲：是不是野仔，你着什么急？我还没发声呢！他笑得嘴巴角扯到了耳朵根。

秋野一头雾水，嘴里嘟嘟囔囔：她又没说你野仔，你争哪门子闲气？

夫妻俩一个哈哈哈，一个咯咯咯，前仰后合。

华秋野白他们一眼，让他们傻笑。

南坡嫂的眼珠子落到了秋野的双脚上，又让她抓了个话把：你看你看，马虎啵？一双新波鞋，两脚烂泥巴。还不去扦掉！

秋野嘟着嘴找了一根竹签，不声不响去一旁执行。

爸！忽然秋野一声惊叫。他发现鞋底保滑槽里的烂泥巴上，嵌住了一只红斑的蚂蚁，而且还有半个翅膀：蚂蚁还有带翅膀的吗？

华南坡：有哇，每年这个时候都有飞蚂蚁，飞出来找对象，筑窝。脑袋大还是小？

秋野说不清，干脆端着鞋子过去给他瞧。

华南坡：噢，还是个女娃呢！公的是小脑袋。

秋野回到一旁，用一根更细的篾签子将女娃小心翼翼地挖出来，放进一个竹节筒里。

爸，她还活！他发现蚂蚁女娃的两根触角和前足在动。

南坡嫂：你大呼小叫个啥？一只蚂蚁这样上心，还不如看会书呢！

秋野几下扦完鞋子，赶紧搂起竹节筒跑进了自己房里。

3

华秋野打来一杯水，又找出几根棉签，蘸湿，轻轻地，从头到脚给蚂蚁女娃清理了一遍，然后再拿干棉签给她擦干。

他偏起头伏着，慢慢地欣赏她。红斑的长裙，套着雪白的风衣，乌亮的小脑袋，戴着一顶女将军的头盔，还插了两根长长的叫什么什么——穆桂英花翎！他想，看这派头，应该是蚂蚁中的美女。要是能活过来，多好！

有戏！忽然，他见她脑袋动了一下，转了过来，还朝他瞪着两只眼，还眨都不眨——他不知道她不会眨。她还试着走了几步呢，不过右后腿好像受伤了，有点瘸。

前几天妈妈切菜伤了手，撒的什么来着？——噢，田七粉。

妈！他举起左手小指头，直喊指关节有点胀，风似的飙出去，浪一样冲回来，手里拿着一个勺子，里面有田七粉、酒。

他怕她疼似的轻轻吹着气，先在她后腿上蘸些酒，然后撒些田七粉。

他又寻思，竹节筒无遮无挡放敞牛，跑了咋办？于是找来一只矿泉水瓶，弄干里面的余渍，把她请了进去，还客套着：委屈你啦，委屈你啦……噢，再给你开个窗吧，透透气呢。他用钉子在瓶底戳了几个小洞，不过洞口大了些。他想，没事，现在这模样，料你还钻不出来。

吃点什么吧？客来半天了，还没招待呢。他又弄来几粒米饭，一丁点生肉末：吃吧，吃吧！淀粉、蛋白质都有啦，主人不小气吧？

突然，秋野双腿间拱上来一个黄色的毛茸茸的小脑袋，还扬起一只小手企图去够那个瓶子。

去去去，什么时候挤进来的？秋野提起他毫不客气塞到了门外。快满半岁的虎爪几时受过这种冷遇？在外面爱我爱我地嚷嚷，很不服气。他哪里知道，主人今天有了新宠，他被降格了。

秋野摆了本语文书放在手边，一只耳朵监听门外的脚步，趴伏在书桌上，欣赏他的这位小美女。

4

终于挨到了夜晚。

估计这家伙睡觉了。

顺阳趴在瓶壁上朝外瞅，朦朦胧胧，看不清楚。

其实，她受伤不重，主要是陷在泥巴里不能自拔。下午他帮她清理了以后，本来什么问题都没了，但她还得继续装，不敢动。她早就翻过母亲传她的那些图片了，认准了这家伙正是母王所说的人！她自认倒霉，侥幸逃离鸟口，偏又栽入人手。虽然觉得这家伙没什么恶意，可是母王前几天才叮嘱过她，人类个个都是歪歪种，没一个好的。因此她不得不提防。

她打算趁夜逃离。

于是，她从出气孔钻了出来。

外面比里面清爽许多。

她隐隐约约看到那边躺着个大家伙。凭她的复眼加单眼，即使白天，看这么巨大的东西，远了看不清，近了看不全，何况还是晚上。记得白天他对她老是叽叽咕咕，面孔并不凶恶。她想，不管怎么说，他都是她的救命恩人。如果就这样走了，招呼都不打，这不是她们红斑蚁家族的做派。

可是，招呼怎么打？蚂蚁和人能够沟通吗？

她想，何不试试？

于是，她飞快地爬到了他的身上，寻找交流器。

首先直奔脑袋上那蓬茅草。看起来有点像她们蚂蚁的触角，但又长又硬又密，没一根有灵气。再试试额头上那两丛矮茅，也不是。莫非靠气味传递？蚁族释放气味的腺体主要在头部、腹部，他们人类的在哪？于是将他脑袋上的几个窟窿眼分别爬进去视察了一番，唧吓，释放的根本不是费洛蒙一类，而是废气、臭气，难闻死了！当她爬进两个紧挨的洞——她哪里知道那叫鼻孔——突然“啊湫”一声喷出一股狂风，把她冲出来好远，半天才又爬回来。她又到胸、腹部去找，很讨厌那些包在外面的皮（她不知道那叫衣服），比在树叶下寻路还难。但她还是执拗地坚持一处处边搜边闻，特别是腋下、胯下那些有强烈气味的地方，更是高频率振动触角，细心探究。

可惜，都不是。

她觉得有些累了，趴在他胸脯上休息。忽然，她记起红妮姐给她讲过的一个故事。很久以前，有个叫什么什么的人，到咱们蚁族的槐安国做了驸马，还做了二十年大官。在蚁族传为佳话。不过这个槐安国不属于红斑蚁家族，所以找不到历史图片。人类如此高大，那个人是怎样进的蚂蚁王国？噢，对了，据说是醉后做梦。

她想，眼下这小子睡得如此香甜，不是已经在梦里了吗？只要找得到通往梦境的通道，就有可能和他在梦中沟通了。而且，做梦应该是脑袋的事……

顺阳兴奋地蹦了几蹦，马上行动。

她在他脑袋上没长茅草的地方，一小块一小块地探寻。在她差不多打算放弃的时候，终于发现了一个地方——两丛矮茅的上方正中，有些异常。

她哪里知道，这里正是人类的天目穴，是个非常神奇的部位。

顺阳觉得这里刚开始有些发热，到后来又变成个旋涡，越旋越快，好像要把全世界都旋进去。她有些紧张，还有些害怕，于是赶紧跳了出来。

跳了出来，定了定神，她不紧张了，不害怕了，忍不住又想再试试。不就是旋么？让它旋又咋的！

她又跳了上来。又开始旋了，由慢到快，不由自主，不一会她像被旋进了一条永无尽头的隧道。永无尽头的隧道又像是一只魔幻的万花筒，火红的云，汹涌的海，嶙峋的山崖，广袤的原野，明亮，灰暗，漆黑，斑斓，全都风驰而来，咆哮而去……

不知过了多久，旋涡才复归平静。

顺阳定下神来，正准备起身活动活动，唧吓，隧道的尽头，果真出现了那张既陌生又熟悉的面孔！

那张既陌生又熟悉的面孔好像也有些吃惊，等确认是她后，却满脸微笑。

5

不过，陌生而又熟悉的面孔变小了，小到和她们蚂蚁的世界一般大。具体地说，那家伙已经和她差不多大小，稍高点，高不了太多。

她瞧了瞧四周，惊愕地发现，仍然还在他房间里。可是房间变小了，还没有她的闺房大。

那家伙眼睛里带着笑，嘴巴里还是叽叽咕咕的，但是能听明白他讲的意思了：喂，怎么跑出来啦，你？

顺阳觉得亲切了许多，按照她们蚁族的习惯，大方地将触角伸了过去：里面闷呗，出来透透气也不行啊？

秋野以为这是握手，慌笨得像捉鱼一样将触角捧在了手里。

顺阳被他弄得怪不好意思，都怪自己，忘了对方没有这样的法器。

秋野抽回双手，猛搓，口里嘿嘿嘿嘿。

瞅他这傻样，顺阳主动自我介绍：认识一下吧，我叫顺阳，红斑蚁帝国明丽十八年大乙乙。

秋野嘀咕：大乙乙？顺阳解释，大乙乙是女王的大女儿。秋野明白了，就是长公主，但他自言自语：乙不是排在二吗？怎么成了长公主？顺阳说，与你们的排法没关系，它是我们生殖蚁飞翔的样子。秋野笑了，那叫飞飞不更好吗？还有翅膀呢！顺阳说，我们有翅膀的时间不长。秋野：可是肚子也太大了吧！顺阳：我们生殖蚁的肚子本来就大……

秋野觉得老纠缠人家的称呼不好，忙说：噢噢，我姓华，华秋野，乌石仑中学初二级学生，就叫我秋野吧。

顺阳：学生？学生是什么？

秋野：学生就是……坐在教室里听老师讲课。

顺阳：讲课是什么？

秋野：讲课就是，传知识。

顺阳：传知识是什么？

秋野：传知识就是……秋野想，比二傻哥还傻，这怎么交流？

顺阳：哦，我知道了，教别个养蚜虫、种蘑菇算不算？有次产业丕带（大臣）里手给属国的姐妹讲发展种、养业，顺阳刚好路过，觉得有趣，做过一回学生，被传过一回知识。

秋野惊吓得眼珠子如牛大：你还知道蚜虫、蘑菇？不由得又鼓眼相看。

顺阳头一偏，两根触角在空中划了个大弧：唧吓，你也太小瞧本乙乙了！这都不知道你以为！

顿了顿，她又说：喂，秋野，问你个问题，你们人类，像你这样不是歪歪种的还有吗？她开始怀疑母王对她的叮嘱，觉得至少华秋野是个例外。

秋野瞪着她，有点气恼：你有没有搞错？初次见面，就这样说人，不礼貌吧？

顺阳一脸茫然，赶紧真诚地道歉：是吗？对不起了，我不知道，那……我也是歪歪种。她们红斑蚁家族有个规矩：知道自己错了，不光要认错，还要赔错。

秋野也和缓了语气：我们人，当然是好人多！

不对吧！顺阳坚决反对：你们想独霸地球，残忍霸道，做事从不与异族商量，自古以来与我们蚁族为敌！关键问题上她信奉权威，将母王的话如数照搬。

秋野躬身诘问，一脸不屑：与你们蚁族为敌？还自古以来？说话有根据吗？

当然！顺阳自打与母王做过完全交流，便将那些画面、故事从头至尾捋了一遍，出于好奇，对人为什么个个都是歪歪种，她前前后后确确实实找到了很多例证，所以说话硬朗。

她首先讲了个古代的，霸王毁蚁巢的故事。

有个叫什么霸王的，有天在将士面前秀他力大，骑在马上，嗨的一声，将路边一棵合抱的大树活生生拔了出来。他这一拔不打紧，无端毁掉了她们红斑蚁家族一个王朝的整座都城，而且蚁王还惨死在他的马蹄之下。这位冤死的蚁王是谁？正是她们红斑蚁家族史上威名赫赫的一千七百二十八代长乐女王的母王……

秋野听老师讲过西楚霸王力拔山兮、自刎乌江的故事。他瞪大眼睛疑惑地问：你总不会说，那些蚂蚁后来在江边摆出的六个字，也是你们报复所为吧？

啃啃，正是正是！你一说我就记起来了！顺阳高兴得又是舞肢，又是扬须，却又忽然一停，诧异地盯着他问：噜哈，你是怎么知道的？

她怎么也不会想到，她说的她们祖上的一桩故事，竟是人类老少尽知的千古传奇。

秋野更不会相信，生做人杰死亦鬼雄的楚霸王之死，虽然确与蚂蚁有关，但总不会这样巧吧？竟然是他们东岗的一窝红斑蚁的先祖在两千多年前干的！

他睨着她，慢慢地，有点拖腔拉调：你说的是真的还是假的？

顺阳见他阴阳怪气，立马不高兴了：唧吓，谁还骗你？告诉你，本乙乙从没学过骗！她背一扭，再不理他了。

这下秋野急了：那你说吧说吧，继续说吧。围着她磨了半天嘴巴皮，才又哄得她转过身来。

她说，她们的侦察蚁姐妹根据现场咬下的布片，发誓找到地角天边也要缉查元凶。后来探得他名叫项羽，兵败垓下，准备回江东招兵买马卷土重来，姐妹们便在江边摆出项羽自刎乌江等他，项羽来到，见了六字惊为天意，于是长叹奈何奈何，便拔出剑来自杀了……

秋野觉得尚有疑点：好像乌江不在我们这里呀。

顺阳：都两千多年了，就不许我们家族迁来南方吗？这边暖和嘛。

秋野还有一个更大的疑问：那，江边六个用蜜糖写的字，谁写的？你们蚂蚁识字吗？

顺阳这下哑口了，支支吾吾半天才有词：这……这就说不清了，我们祖上没说。意思是祖上没说的，她不好瞎掰；反过来，凡她说了的，都是有依据的。

其实，红斑蚁祖上只是没有明说，项羽之死，人类才是主谋，她们只是帮凶。另外，她们家族传下来的史料，有根据的也不全是历史真实。据考证，当年项羽拔树并非无端秀力，而是捕得野马乌骓，欲驯服做其坐骑，谁料胯下狂奔半日，乌骓掀他不下，他也莫奈它何，僵持之际急中生智，双腿紧夹马腹，顺手抱住一棵大树。结果，降伏了野马，却闯下了蚁祸，成全了盖世英名，却改写了人类历史……【华秋野博士：我少年时与顺阳相识这一切身经历，记述的和我讲述的大致相同，只是加了些文学渲染。由于太真实，太巧合，怎么说都显得跟假的一样。有道是假作真时真亦假，殊不知真疑假时当真难！】

起风了。窗户吹得啪嗒啪嗒响。

南坡嫂起来了，披着衣服来关窗户。

她拉亮电灯，嘴里嘟囔：睡觉都不老实……把秋野压在胸口上的胳膊放了下来。

咦，额头上哪来这么大只蚂蚁？

她尖起两根指头一拈，摔到了门外。

6

秋野早上醒来，睁开眼，猛甩了几下头，定住了神，挺身下床，一把将书台上的矿泉水瓶抓在了手里——还好还好，这个自称顺阳大乙乙的还在！

他直直地盯着她发傻发愣。

他被昨晚的事吓到了。

顺阳大乙乙趴着，撑起两个前肢也定定地瞅着他，瞅着瞅着她不瞅了，转了个小圈，又回到原地，再瞅，还将头上的触须歪了几歪，好像在问：喂，你发什么神经？

秋野没发神经，是犯迷糊了：昨晚是做梦吗？昨晚进到我梦里的是你吗？昨晚的梦怎么好像不是梦，是真的呢？莫非真像书上说的，到了多维空间？一只小小蚂蚁会有这样大的神通？她还自称公主（乙乙），说是母王叮嘱她人类都是歪歪种，没一个好东西，还说西楚霸王自刎乌江是她们谋害的……

他越想越觉得不可思议。他唯愿只是梦，是真正的梦。但他又希望不是梦，发生的都是真的，因为太神奇了！他喜欢神奇。【华秋野博士：到底是梦还是所谓多维空间，讲实话，直到现在我仍不能肯定。】

怕什么？是梦又怎样？不就是一只蚂蚁嘛！总不可能是精怪吧？

先扣住她，千万别让她溜了。今天晚上审问她，让她说清楚来历，交代个清清楚楚明明白白。

白天怎么办？

带上她去学校呗。

放家里怕虎爪多事。

7

乌石仑中学初二级（3）班。

下课了。华秋野急匆匆去了厕所。

坐他身后的大耳朵踢了一下同桌的胖子，神秘兮兮地点了点华秋野的抽屉，声音小得像蚊子：这家伙养了一只半个翅膀的蚂蚁！

大耳朵是出了名的鼓动家，而胖子向来敢作敢为。这对最佳搭档，共同创作过许许多多的精彩故事，至今仍有传说。

半个翅膀？看看！……胖子话音未落，早已拉开了抽屉，扒拉三两下，便捡起一个矿泉水瓶，举到了眼前。

还真的哩！胖子觉得没有受骗，只一下就拧开了瓶盖，将瓶口在桌面上磕了磕，毫不客气地将半个翅膀的请了出来。

教室里的同学一下围拢过来，男女脑袋拼成个圆。

胖子提出问题还分析问题：为什么只有半个翅膀呢？是不是自己掉了？

他忍不住想试试，一不做二不休，右手食指按住她，左手食指加拇指捏住半个翅膀，轻轻地拉了拉。

咦？这也太不受力了！他好惊讶，将两片晶莹的翅膀举到了半空。

来了，来了……有人提醒，大家赶紧闪开，给主人腾出地来。

秋野探身看了一下，立刻明白发生了什么。沉住气啊，千万压火，压火！他提醒自己，先触了触心爱之物，犹动，把她放回瓶里，拧好盖，再把拧好盖的瓶放回抽屉里，然后转回身来，盯住胖子，真应了那个什么名著上说的——怒从心头起，恶向胆边生，气无论如何再也沉不住了，火也无论如何再也压不住了，抡起浑圆的拳头，狠狠砸了过去。

胖子是沙鼻子，忒喜欢冒红。

他擤了一下，手心见红了，于是眼也红了，一把抱住秋野，想凭借体重优势，将他碾压在地。

秋野依靠课桌支持，泰山压顶不弯腰。

二人处于战略僵持。

住手！班主任李老师得到情报，第一时间赶到。

在李老师办公室，华秋野站姿标准，只是头稍微有点低。

华秋野，你看你今天，都干了些什么！李老师话语严厉，既有批评，还有惋惜。

秋野是个所有老师都喜欢的学生。进入初中，各科成绩好，从不违反纪律，第一学年就选上了班干部，这学期又被同学推选为生物课代表。再过一月就是期末了，这下好，一拳头把个三好给砸没了。

8

秋野吃完晚饭不久，就趴在了床上，眯起了眼睛。

南坡嫂急了，来来去去好几回，俯身问他，野仔野仔，病啦？哪里不舒服？

华南坡稳得住，问孩子他娘，吃了几碗饭？他娘说两碗。他说那没事，不过还是亲自过来摸了摸秋野的额头，掰了掰他的眼，问：咋？答：困。

于是没人管他了。

可是，越是想睡着，越是睡不着，床上贴煎饼，这边翻那边，一直翻到超过了平时，他才迷迷糊糊入梦来。

顺阳今晚轻松多了，无须下书桌上床铺翻山越岭。因为他早把她的住所迁到他的枕头底下了。

双方见面后，秋野掐了一下自己，好疼，感到十分错愕，原来真的不是做梦！他急切地问：你是怎样，怎样……进来的？

顺阳吱吱地笑：唧吓，你不会傻得连自己的交流器都不晓得吧？昨晚上我在你身上翻了个遍，才找到这地方——她用前肢点了点他的前额：就被稀里糊涂旋进来了。今晚再试，照样可行。怎么样，吱吱吱，本乙乙厉害吧？

交流器？秋野摸了摸额上被她点过的地方，越发糊涂了，从这里旋得进来？《西游记》里二郎神的第三只眼不就长在这里吗？听大伯和爸说起过，人要是开了天眼，就能看见另外的世界，难道这地方就是天眼？这家伙，乱打瞎碰都能撞中，也是她的能耐啊！

不过，他不怕她了！

原来她就是一只蚂蚁。她不是精怪。

他轻轻地抚摸她脱翅的部位，焦急地问：没事吧？白天那家伙有没有弄伤你？

顺阳好感动，宽慰他，没事，还告诉他蚂蚁婚飞落地后，翅膀就没用了，他帮她扯掉了，还省得自己费力。只是那家伙动作粗鲁，把她摁在桌子上有些重，不过她有胸甲、头盔保护，也不怕他。【华秋野博士：昆虫等节肢动物成虫都是外骨骼，即体表覆盖着坚硬的几丁质的体壁。】

秋野见她提到了婚飞，记起了老爸说的，便问：你找到对象了吗？结婚了吗？筑窝了吗？

顺阳一脸沮丧：哪有哇！刚找到一个呢，就被一只恶鸟追上来吃了，我还搭上了半条翅膀，差点丢了命，还想筑窝？

秋野想安慰她，但又不知道说什么好，过了好一会才问她：那你……接下来，怎么打算？

顺阳：我想先回王国。她告诉他，她的母王活了二十年，做了红斑蚁帝国十九年女王，现在绝卵了，朝不保夕，走是早晚的事，她想回去陪陪她最后的日子。秋野以为听错了：你母王活了二十年？他认为蚂蚁不过是昆虫，顶多三两年吧，哪能活这样久？顺阳：在我们蚁族，母王算是长寿的了，但不是最长的，最长可活二十多年。比如昨晚说的那个被项羽马蹄踩死的蚁王的女儿——长乐女王，就活了二十五年。【华秋野博士：《蚂蚁的故事》记载，一只黑毛蚁蚁后在实验室的蚁巢中，由一位瑞士昆虫学家精心照料活了二十九年，创造了昆虫寿命最长的世界纪录。】

秋野觉得不可思议：只有蚁王吧？其他呢？

顺阳：当然只有女王，其他哪有！女王一般能活十年以上。跟乙乙一起婚飞的那些王子，只能活一年多，交配完就落下地来，没戏了。王国最多的是工蚁，她们一般能活半年一年，最长也有九年十年的。

秋野：你们王国在哪？

顺阳：东岗，一棵很高很高的古树。

秋野：很高很高的古树？青檀树吗？树丫上挂了好多蜂巢的？

顺阳点了点头。

秋野去过，跟二傻哥。在他们东岗村的后山上，经过东岗水库，从库尾往上爬，还有几百米。

他自告奋勇：过两天就是周末，我送你回家吧。

顺阳听他说送她回去，好高兴，前肢扒住他的手左蹦右跳。她越发觉得他不坏了，兴许还真是个好人。

秋野笑了笑：送你可以，但有个小小条件，你能给我讲讲你们王国的故事吗？我想听。

顺阳也吱吱笑了：噜哈，没搞错吧，做好事还要报答啊？不过嘛，谁让你救了我呢？本乙乙倒是愿意报答你！你就听，不许打岔！

9

南岭。乌石仑东岗。

这是一棵奇特的古檀。

它属于青檀。据说青檀树心十檀九空，却偏偏千年不死，死了千年不倒。青檀主干高达数丈，底部七八人方能合抱。猴年马月曾遭天雷拦腰轰断过？主干三丈开外处，长有一圈巨大的瘤。有上去过的人下来描述，树瘤中间还有一个八仙桌大小的坑，里面盛满了树叶和水。那圈树瘤活像一个窝着的手掌，齐刷刷长出五根枝丫来，各霸一方，盘桓交错，直向天宇伸展。日月轮回，桑田沧海，于今五个枝丫已是三枯两荣。衰枯的，褐枝嶙峋，铁骨铮铮，虽默默然不再呼风唤雨，但仍宛如虬龙盘曲，昂首横空，不坠青云；繁荣的，枝繁叶茂，绿影婆娑，郁郁葱葱，一阵轻风掠过，交头接耳，一片喧哗。

这株古檀，树龄真的有了千年么？山下东岗村最老的长者说，他听爷爷提起过，爷爷的祖爷爷的时候就是如今这个样子。还说历代祖宗留下话来，这是神树，砍不得，砍了血流成河，全村遭殃。二十世纪大炼钢铁那年，山上大树小树砍光了，几个猛仔百无禁忌，不听老人呵斥，围着古檀抡起了斧头。结果玄了，几斧头砍下去，就像砍在铁柱子上，还冒出了火花，吓得几个猛仔斧头一丢便跑下了山。如今细察当年落斧处，果真只留下几道斧口瘢痕。檀木坚硬如铁不假，至于冒出火花，恐怕还是愣头青们自己心存敬畏使然。

昆虫纲膜翅目的红斑蚁帝国和黑尾土蜂王国以古檀为依托，盘踞在此分别繁衍生息已经一百多代了，双方虽是异族，却是世代友好的邻邦。

树瘤以上，属于黑尾土蜂王国。

五个枝丫像挂灯笼似的，上上下下挂了十多个蜂巢。

最高的那根树丫，枝干上有个巨大的树洞，巨大的树洞里悬着一个巨大的蜂巢，这里便是威名赫赫的黑尾土蜂的都城。都城建在树洞里，当然优于那些悬于枝头的属国，除了避风挡雨，冬暖夏凉，最难得的是坚不可摧，千年世袭。

眼下正是采酿桃花蜜、荔枝蜜、油菜花粉的大忙季节，各城邦除了国王及守城将士，几乎倾巢出动。整个东岗及其周围上空，成了土蜂的世界，来来回回，进进出出，黑压压闹哄哄，一派繁忙。

树瘤之下，包括树瘤，属于红斑蚁帝国。

古檀主干内一百多层，树基地底一百多层，是檀城；还有树基西南平底耸起的一座五六平方米、高达两米、圆顶形的土城。檀城加土城，构成了红斑蚁帝国的皇城。

土城，是红斑蚁工蚁用其唾液，加幼虫吐丝，拌和枯枝、落叶、沙土混凝修筑，圆顶之上长有几株灌木和几簇红花绿草，坚固，通风，保温，壮观。土城的高度相对于人类建筑，大大超过世界第一高楼迪拜塔。它是东岗昆虫界的地标性建筑，王权的象征，蚁族的圣城，闻名遐迩。

土城设有进入皇都的大小城门，均有军士把守。蚂蚁臣民进进出出，如涓涓溪流，秩序井然，神情肃然。

青檀古树一树双栖蜂、蚁两个王国，之外树蔸下的树洞里，还寄居了大小五只黄鼠狼。他们是半年前才从外地迁来的。这里本是红斑蚁的京畿皇根，岂容异族栖息？怎奈黄鼠狼死皮赖脸，口里老说会搬会搬，就搬就搬，实则一拖再拖。主要的还是这帮家伙隔三岔五弄来一堆鸡骨鱼刺之类，哄住了当差的，就催得没那么紧了，所以至今没有了难。今天天气暖和，一家大小躺在洞口眯眼晒太阳。那母的仰面八叉，肚皮浑圆，显儿见又怀上了丁口。

古檀本身就是一部神话。

10

红斑蚁家族有据可查的纪年史将近一万年，历经二千一百三十五代王朝，其中盘踞东岗已有一千余年，一百八十多代，下辖属邦一百二十三个。雄霸一方，威风八面。当朝女王明丽，迄今活了二十年，拥子民一百万余众，做帝国女王十九载了。

可是最近几天，帝国皇城发生了一件天大的事——明丽女王绝卵了！

明丽女王绝卵了，意味着女王的生命进入了倒计时。女王的生命进入了倒计时，可她还没有确定帝国王朝的继承者。还没有确定帝国王朝的继承者，岂不是天大的事么！膝下八十六位乙乙，个个都有合法继承资格。在蚁族，谁不稀罕做女王的荣耀？可怜明丽，生命日趋衰竭之时，她还能把控得住皇都的局面吗？如果把控不了，内廷逼宫，属邦造反，千古帝国将会是一种什么乱象！

明丽女王绝卵已经第五天了。

从第一天起，惊悚的消息便顷刻间传遍整个都城。

最初传递者是育幼室工蚁。

两万三千多只育幼蚁，分布十多个楼层，按照各自特长，岗位分工，各司其职。明丽每天于王宫产卵六百多枚。育幼蚁众姐妹每天从母王的生殖门那里开始，催生，接生，捧卵，传输，直到各恒温房，孵化房，脱卵房，再到分龄段的幼儿室，成茧室，破茧室，链条式环节化，精准操作，细微管理。这期间，还有趋光消毒，鼓风祛湿，升楼避寒，降层保暖……十九年来如一日。你想，突然一天第一环节断条了，其他环节便跟着戛然中断，众姐妹岂不神慌意乱？于是触须晃动，交头接须（耳），百而千，千而万，举国皆惊。

其实，在蚁族，类此消息不用传递，姐妹们自己也能日渐感知。因为女王是整个蚂蚁王国的灵魂。灵魂的体现，靠的是她身体无时无刻不强烈散发的费洛蒙，以及其他二十多种化学气味所形成的强大生命气场，网罩整个王国乃至属邦。在她的灵魂震慑下，邪恶罔生，鬼魅潜踪，一切正念正行，几百万、几千万乃至上亿的子民如同一个超级生物，与她一起同呼吸，共进退。然而，生命气场的强弱，完全取决于她生命的旺衰；衡量生命旺衰的唯一标志，就是能否正常产卵。不能产卵了，就是无情地宣告一个旧的王朝落幕了，新生代的王朝即将开启。

明丽绝卵以来，她的气场渐次缩小，与日俱衰，城楼顶、底楼层早已气息全无。从前天起，传令丕带稳当当根据举报，分别在顶楼九十七、九十五层和地底一百零一、九十八、九十七层抓捕了七名偷偷下卵的工蚁，并由内务丕带亲自执行卸块处决，以儆效尤。

至于那些乙乙，虽然和工蚁一样都是母王的亲生骨肉，但母王赋予了她们地道的雌性，具有合法的生殖功能，当然和母王更亲。可是，更亲里还有最亲，她们深知母王在众姐妹中尤其喜欢长、幺二位，继承大位者只可能在她俩中产生，多数乙乙有自知之明，不图非分。只有少数几个在保姆（每位乙乙从出生到婚飞都有一个专职保姆，如同乳娘）的怂恿下，围堵在王宫前，嚷嚷只要公平，不要偏心。关键时刻，传令丕带稳当当站出来代表母王坚决喝止：大位继承者由母王钦定，这是王朝的祖制，历代的规矩，母王的权力！谁要反对，谁就不再是母王的女儿，一律按谋反治罪！

嚷嚷者自讨无趣，怏怏而散。

其实，潜伏的真正危机，并不在这些普通的乙乙。

【华秋野博士：少年时偶然的机会发现了红斑蚁，并产生了浓厚兴趣，由此对于我事业的选择和人生的走向，起到了决定性作用。尽管后来在科研道路上，曾有较长时间不被同仁认可，甚至被斥为学术疯子，特别是进入蚂蚁世界的经历不可复制而成为了孤证，以致陷入无边的苦闷。但我至今无悔。我会沿着自己所选的路矢志不渝走下去的。

本篇创作原本担心会不会写成神话、童话、科幻之类的东西，或者科普式的少儿读物，看完第一章，感到这种担心多余了。我就是想写成让所有年龄层次的人都能看的文学故事，这个要求基本达到了。另外觉得，在写蚂蚁世界的同时，将人类活动介入其中，这样就不呆板了。开了一个好头。】

第二章

11

红斑蚁帝国王宫。

明丽女王第二寝宫。古檀树空心主干的内壁上，凹进去一小块，放得下半个足球。东西两面均裂有条缝为窗，早沐朝阳，晚临夕照。此时，一束暖光正从东窗斜射进来，洒落在寝宫中央，满屋子温暖明亮。这里，除了侍应，没有其他陈设。对于蚂蚁，宽敞即是豪华。

明丽慵懒地趴在中间。长长的腹部已经没有了往日的黑亮和肥大，甚至显得有些干瘪。头部背部胸部的甲壳，色泽也黯淡了许多，不再铮铮发亮光彩耀眼，而是平添了许多皱褶。旁边围着十来只小工蚁，尽心尽力地伺候女王亦即母亲。她们用前腿跗节带齿的小梳子为她精心地梳洗长长的触角，蘸着唾液虔诚地舔舐其头部与胸背，嘴对嘴交哺喂食蜜露和水。还有两只小工蚁尽责地蹲在母亲腹下，其中的一只时不时用前足轻轻地戳碰一下那扇神奇的生殖门。虽然停卵五天了，但她们仍在期待奇迹的出现，准备随时张开前肢接住从门里滚出的白胖胖的卵，欢迎新妹妹降临。

戳什么戳？明丽显得有些烦，右后腿吃力地踹了一下，感觉没扫到那个小东西。她本想发作，但还是忍住了。

她明丽或许还是想得通的。她查过了家族信息库，历史上最短命的王朝只有几个月，多数不过三五年，最长的长乐女王也只活了二十五年，做女王二十四载。其次是她的母亲即前朝女王，活了十七年，做女王十六载。而她已经超过母亲，活了二十年，做了十九年女王，她在家族中已经稳居第二了。她们红斑蚁有句世代相传的箴言：命，是大家的。意思是说，王国的臣民为了王国的利益，随时可以赴死；而女王，身系王国安危，应以王权稳定长治久安为己任。这一点，她做到了。想到这里，明丽倍感欣慰，甚至为自己骄傲。

但她还有几件后事急需办理。

眼下，会见黑尾土蜂女王，是她的第一要务。

她抖了抖触角，问：稳当当呢？蜂王还没接到？

侍应抖动触角回应：传令丕带早就去土城迎接了。

12

土城城门前。

阳光明媚，晨雾如纱。

在二十名工蜂护卫下，黑尾土蜂王国女王徐徐降落。她刚拢起翅膀，正欲移动硕大的身躯，红斑蚁王国传令丕带稳当当便迎上前去，简单地与蜂王互碰触角，代表明丽女王表示欢迎，随后在前引路，带领蜂王一行迤逦进城。

蜂、蚁两个王国虽为近邻，平时若无战事合作，两国的子民天上、地下各忙各，交往甚少。因是百代世交了，两国女王每年都有多次互访。虽为世交，但国王出访属邦国外事，不同于市井串门，所以迎来送往从不简免。

土城从城门起至檀城的明丽干道（历代均以当朝女王名字命名），旷无一蚁，畅通无阻。干道两旁，则蚁头攒动，几万蚁民夹道迎宾。

蜂王拍拍翅膀，微微地抬了抬凸肚，前呼后拥下款款而行，享受一个王者应该享受的荣耀。

13

明丽女王在檀城寝宫门口迎接蜂王。她们碰了碰触角，互打招呼，然后并肩步入寝宫中央，各安其坐。

蜂王的随从献上见面礼，有黄灿灿的蜂王浆和今年新酿的清香扑鼻的荔枝蜜。稳当当吩咐侍应抬来山螺壳一一收纳，并代女王表示感谢。献礼毕，蜂王留下两名贴身护卫，其余均退至寝宫门外。稳当当也摆出了蚜、蚧蜜露，招待蜂王及其随员。

明丽没等礼节完妥，在侍应帮扶下急急地蠕挪上前，中足撑地，一双前肢抱住蜂王，然后将自己的触角与蜂王的触角紧紧绕在了一起。蜂、蚁同为膜翅目，一亿年前是一家，用触角交流本无问题。两个异族姐妹触须相绕，微微颤动，情感传递，思想流淌，一切尽在不言中……【华秋野博士：许多生物学者认为，蚂蚁和蜜蜂同由胡蜂演化而来。白垩纪中晚期，被子植物迅速扩展，覆盖了地球上大多数陆地，因为被子植物的繁盛，带来了植食性昆虫的爆发性繁衍，为蚂蚁、蜜蜂的加速演化提供了合适的居所和丰富的食源。】

明丽：妹子，我绝卵了！撑不了几天了！

蜂王：老姐，别急，慢慢说。眼下局面呢，还能控制吗？

明丽：暂时还行。不过，气场缩小，不到一半啦！这些天，她们在檀城和土城的顶、底还发现了偷偷下卵的工蚁呢，全给处死了。【华秋野博士：工蚁是没有完全发育的雌性个体。当工蚁脱离了蚁王化学信息素的控制，有的个体便会出现性成熟而导致产卵。】

蜂王：好，对！关键时刻绝不能心慈手软！王位继承呢？定了吗？

明丽：没有哇，请妹子来，就为这事呢，帮我下个决心。

明丽十八年即去年，她产下八十六位乙乙，其中最中意的就是长、幺二位，一个稳重机敏，一个聪明淘气，都是至爱，很难取舍。她转身吩咐稳当当：去，快传顺阳、顺晖来见。

不一会儿，稳当当便带进来二位乙乙。

难怪明丽难以抉择，姐妹俩果真蚁族尤物，虽为蚂蚁，却都有一个长长的蜂腰，触角灵动，衣甲光鲜，红斑闪亮，拖着一对长长的薄而透明的翅膀，活脱脱就是人类披着婚纱的新娘子。长乙乙顺阳略高，雅丽，端庄，稳重；幺乙乙顺晖稍矮，明媚，俏丽，活泼。

明丽招了招前肢：顺阳、顺晖过来，见过王姨。

顺阳、顺晖分别用触角传递芬芳的费洛蒙：王姨好！

明丽瞧着青春可人的女儿，话语里爱意满满：生老大是早晨，生老幺是傍晚，刚好都有一束阳光照在身上，因此大的就叫顺阳，小的就叫顺晖了。

顺阳款款走向蜂王，话里像衔着一坨蜜：王姨好！去年母亲带我见过王姨您呢。

蜂王将顺阳揽在身旁，左瞧右瞧，甚是喜欢。顺阳小鸟依人，轻柔地抚摸着蜂王的翼片，她在想，同样是膜翅，为什么蜂类的翅膀会厚实得多呢？她还惊异地发现，蜂王的翅膀上已经有了许多小小的虫洞，不过她却说：王姨的翅膀真漂亮！

谁不喜欢奉承？蜂王心里甜丝丝的，话语却很谦虚：还漂亮呢，都快被恶螨咬成蛛网啦！

那边顺晖赖在母王身上打滚：看，我给你带来了什么？你最喜欢吃的蜗牛肉！来，来……她扳正母王的脑袋，就要将嗉囊里的美味和她交哺。

明丽哪堪如此蹂躏？却又无力抗拒，只能“唔，唔，唔”躲开她的嘴巴。

蜂王见此，便说：两位乖孩子，快去玩吧，王姨还要跟你娘唠叨呢。

王姨再见！顺阳、顺晖拖着白纱，婀娜而去。

蜂王目送走远才回过头来：多好的孩子！我看就是她啦！

明丽：谁？

蜂王：老姐，你是选接班的，当然是老大，稳重！

明丽沉思稍许，点了点头。

她顿了顿又说：妹子，老姐请你来，还有一事相求：以后我蚁国若有大事，还请妹子一如既往，出手相帮啊！

当然，当然，这还用说！蜂王慨然应允，挪动身躯，似有辞行之意。

明丽多有不舍，连忙又与蜂王触角紧连：妹子，老姐与你是最后一面啊！到了倒计时、倒计时呢……

蜂王也有些动情，两个脑袋紧挨：姐姐保重！姐姐不要太伤感。这一天总要到来的，姐姐只是先走一步，妹子也是明后年的事了……姐姐放心，我们两国世代友好，你的王国有事，我会全力相助的。放心吧，姐姐放心，放心……

14

两位女王继续攀谈之际，顺阳、顺晖两位乙乙与保姆在各自的房中紧张谋划。

先说顺阳。

红妮和顺阳触须相绕：乙乙，你和顺晖，估计母王会选谁？

顺阳：这哪知道？由母王定呗。

红妮：我知道你不在乎，也不是我非要跟着你贪图荣华富贵，我是怕啊……

顺阳：怕？怕什么？

红妮：千年王朝毁于一旦！

顺阳复眼滴溜单眼紧盯：唧吓，会有这样的事？

红妮：如果定了顺晖，她那样单纯幼稚，你以为她坐得长久么？——她旁边那一位太阴毒啦！

顺阳：你是说冷面婆？

红妮：对呀。去年母王生下你们这批姐妹，实际产卵一百零八枚，被她偷偷吃掉了二十二枚，我发现了呵斥她，她支支吾吾硬说是卵不好，却又抱着求我不要告发。还有，据说她经常怂恿顺晖去母王那里讨要蜂王送的王浆，要来了自己背着吃。你没发现她的腹部比我们大好多么？若不是心怀鬼胎，她吃这么多王浆干什么？还不是幻想变成生殖蚁！昨晚还有姐妹举报她呢，说她这几天生殖器都红肿了，怀疑她偷偷下卵了……

顺阳：唧吓，这还了得！都是谋反大罪啊！

红妮：所以嘛，事关王国未来，你不力争行吗？

顺阳默默地点了点头。

15

再说顺晖。

她正在逗她的宠物蜗牛玩。

冷面婆三只单眼放着冷光，抖动触须传递费洛蒙：乙乙，节骨眼上，你就不力争一下吗？

顺晖听她唠叨多了，知道她说啥：怎么力争？母王会定嘛！

冷面婆了解她特别怕死，便专挑软肋：不力争那就只有参加婚飞的命啰。什么婚飞？纯粹送死！

顺晖果然抬起头来：没那么可怕吧？

冷面婆吱吱一声：你以为我吓你！历年婚飞成功的不到两成，八成成了鸟粪！再说那成功的两成，都能落地建国么？想得美！地上早就是别个的属地啦，早就布下了天罗地网啦！一落地，就“咔嚓”，撕成碎片，咬成肉酱！我们红斑蚁帝国在东岗多少代了知道不？一百八十多代！建成的属国多少知道不？才一百二十三个呢！

冷面婆说的这些并非夸大之词，每年婚飞成功能落地建国的确实只有千分之几。但她说得这样毛骨悚然，当然带有明显的恐吓。

顺晖瞅着他，六肢微颤：那……怎么办？

冷面婆暗自得意：所以嘛！如果乙乙继承大位，就能召唤择偶，从各附属国选送的王子中挑选如意郎君。你说，这样多好！

顺晖觉得有些无奈：我自己怎么力争嘛！

冷面婆知道她还有一条软肋：我问你，你和顺阳比，你觉得母王最喜欢的是谁？

顺晖嘴巴朝天一翘：那还用说，当然是我！

冷面婆故意激她：不一定吧。

顺晖：什么不一定？母王从来都是顺着我的！

冷面婆再添一把火：不是吹牛吧？可以打赌不？

顺晖：切！怎么赌？

冷面婆：你想，母王的大位肯定传给她最喜欢的吧？万一传的是顺阳呢？你岂不是吹大牛了！

顺晖：你敢肯定大位是传给最喜欢的？

冷面婆：傻呢，当然！

顺晖争宠的醋劲全上来了：我就不信，姐姐比得过我！

冷面婆：万一呢？如果定的是顺阳，你敢不敢再抢回来？

顺晖：抢回来？怎么抢？

冷面婆：跟母王哭啊，闹啊，撒娇啊。你不是说，母王从来都是顺着你的吗？

顺晖终于下了决心：我敢！

冷面婆吱吱冷笑：那好，只要你敢，我帮你！

16

稳当当送走蜂王回来，明丽吩咐她叫回了顺阳。

她又吩咐侍应和护卫，全都守候在王宫门外，谁都不许进来。

顺阳有些不知所措，瞪着两只明亮的复眼：母王，你要干嘛呀？

明丽：孩子，母王和你做完全交流。

顺阳偏起脑袋：什么叫完全交流呀？

明丽：你先莫问，做完就知道了。正对着我，把触角伸过来。

不要动，不要作声，不要胡思乱想……

母王吩咐一句，顺阳嗯啊一声。

母女俩四根触角高高竖起，其根部紧紧相贴，渐渐地，由慢到快高频率地振动起来，直到进入常态后，秒振达一万多次。

明丽毕竟年岁大了。她为了稳定身躯，前肢死死薅住顺阳，腹部前屈，身形佝偻。

顺阳感到紧张和新奇，只觉得一股暖流从脑部汩汩流入，渐渐地，全身开始一阵阵潮热。脑海里掠过一幅幅画面，不，是一幅幅画面从脑海里掠过。什么画面？她说不清，不是没看清楚，而是说不明白。她从小在王宫里长大，除了跟在保姆红妮姐后面偷偷跑出皇城两次，看见过太阳、天空、山岚，对于皇城以外的世界，她还懂得多少呢？

此时她看见的画面，到底是些什么？

不急。我们先来了解一下蚂蚁的交流方式。

蚁族之间的交流远比人类简约而且先进。人类的思想传递靠语言，靠文字，自古以来非富即贵者无不巧舌如簧、文章锦绣。然而在蚂蚁社会，这些都被鄙视为空谈。她们奉行的是老实为蚁，践行的是默默做事。她们的思想交流，凡大范围、远距离表达简单、抽象意念，即通过高频释放化学气味传递信息素；小范围、近距离甚至面对面，除了运用简单的声响或肢体语言外，主要依靠两根神奇的触角。触角自末端到根部有十一个鞭节，如同十一张会说的嘴，从简单到复杂各司其职。彼此需要了解对方相关问题，只需将对应的鞭节轻轻一碰，顷刻间便明白无遗。

不妨以食物为话题，作如下演示：

问：喂，有吃的吗？答：有。表肯定或否定，触角末端第一鞭节。

问：好吃。蟋蟀肉吗？答：不是，蠼螋肉。表对象，第二鞭节。

问：哪弄的？远吗？答：不算远，南边约三十标，瓦砾堆。表方向远近，第三鞭节。

问：她们属昆虫界什么类？答：蟋蟀属叫叫类（直翅目），蠼螋是嚼嚼类（革翅目）。表类别区别，第四鞭节。

……诸如此类，由浅入深。

但到了第八以上鞭节，则属于蚂蚁的私密数据库了，就像男人的小钱柜，女人的心上人，未经允许，即使挚友闺密也是不让访问的。

至于蚁王，她的第八以上鞭节，更是国家的图书馆、档案库，属于绝对核心机密。其资料来源，全都是历代蚁王毕生治国的经验和教训，直观的画面，真实的故事，一帧帧，一幅幅，逐代叠加，采取由母王与选定的王朝继承人用触角高频直接传递的方式，两两传承。

顺阳脑海里闪现的画面，无疑就是红斑蚁家族及其帝国王朝历经九千九百多年二千一百三十五代的历史缩影，是蚂蚁文化、文明的宝贵精髓，不妨做如下想象：

呈现的一幅幅生动的场景，像一张张画图：高山，大川，瀑布，筑巢，修路，驯养蚜虫，密林，溶洞，雷电交加，暴雨，洪水，山火蔓延，地震，冰灾，战争，农药喷杀，尸骸成山，猎捕，搬运，种植蘑菇，婚飞，哺幼，溪流般迁徙……

讲述的一串串深邃的故事，如一幕幕视频：勤奋，团结，智慧，英勇赴死，密谋，算计，讨伐，弱肉强食，沟通，联合，友谊，合纵连横，借刀杀人，内奸，尔虞我诈，坚忍，围歼，雇佣保护，好汉不吃眼前亏……

当然，这些都是依据人的认知产生的意象。

然而，蚂蚁对于世界的认知，也是这样的吗？

还是听听明丽和顺阳怎么说吧。

母女俩触角高频传递已经结束了。

明丽早已累得浑身瘫软，歪着头颅蜷伏在顺阳的怀里，像个抽气筒似的直喘粗气。

顺阳抱着母亲，正傻傻地发呆。她觉得自己好像从另外一个世界走了回来，早已不是原来的顺阳了。母亲的触角太神奇了，她向我灌注了什么？

明丽终于缓过气来，蠕动了一下身子，抬起头欣慰地瞧着顺阳，微微抖动触须，问：感觉怎样，孩子？

顺阳不知怎样描述：我觉得，我……不是我了。

明丽复眼里闪动着光芒：这就对了，孩子！你觉得自己高大了，强势了，全身通透了，万能了，无敌了，整个世界都在你的掌握之中了！是不是，唼？

顺阳觉得奇怪，她的感觉全让母王说对了。她瞧着母王一个劲点头。

明丽：孩子，母王传给你的可是治国之宝啊！那些画面和故事，记录的都是我们红斑蚁家族近一万年来两千多个女王的治国经历啊。孩子你想过没有？历代女王一天到晚除了繁育后代，还要治理国家呀。可是，我们从小到老蜷伏在王宫里，城门不出，见识还不如一只工蚁，凭什么治理？凭的就是这两根触角！整个世界都在我们的触角之中呢！遇到啥事难办了，翻翻这些画面，嚼嚼这些故事，再难办的事也能化解。孩子，你要从头至尾多翻几遍，平时还要经常翻翻。独处王宫，翻翻这些，不光长见识，还能解闷呢，吱吱！

【华秋野博士：完全交流这个概念是我听了顺阳讲述的故事后取名的。后来看到法国作家贝尔纳·韦伯的《蚂蚁帝国》三部曲也有类似表述，不过他的叫绝对沟通，是蚂蚁之间日常交流方式的一种。此外还有，蚂蚁表述长度的单位，红斑蚁用标，韦伯的是颅。这些虽是巧合，可人家到底成书在先呢。干脆挑明在此，以避抄搬之嫌。作者补注：博士曾与我谈起过此书，有朋友也将此书赠予了我。可我为避创作雷同，至今未敢翻阅。】

顺阳认真听着，不停地“嗯啊”。

明丽突然话题一转：可笑那些人类，区区三百万年不到，地球上的小字辈而已，依靠那点点科技，就异想天开独霸地球，岂不是瞎闹！我们多少？历经一亿两千万年啊！一亿两千万年自然进化，才演化出这些特异功能，当然出神入化了！……噢，说到这里，母王还要特别提醒你，千万小心那些人类，他们个个都是歪歪种，没一个好东西，残忍，霸道，做事不留余地，自以为是，从不与异族商量。他们是我们蚁族的死敌。别看她们不可一世，相信他们肯定折腾不了多久了。那些恐龙还不强大？不照样被我们灭了……

顺阳：母王，什么是恐龙？

明丽：恐龙所处年代跟我们蚁族差不多，是当时地球上最厉害的动物，比现在的人类强大多了，人类和她们比，算什么，哧！但是，后来遇上冰川期，大家都躲在溶洞里，没东西吃了，于是就你吃我我吃他，吃到最后大的家伙就只剩下了恐龙。恐龙没吃的了，全都饿死了；恐龙饿死了，就全都被我们吃了……

顺阳对人啊恐龙啊没什么概念，但她心里有个疑惑要问母亲：母王，我们八十六个乙乙，你都要这样一个个传啊？

明丽将她一推：噜哈，我的蠢女你傻呢，折腾半天了还懵懵懂懂。谁说一个个传呀？只传皇都的新女王呢！

顺阳一脸惊愕。

原来真是母王确定了传位给她，由她做帝国女王！

17

突然，寝宫外面一阵嚷嚷：我就要进去！我就要见母王！

挡在宫门外的稳当当被她推得几个趔趄。

当然是顺晖了。寝宫禁地，除了她，谁敢这样胆大妄为？

稳当当竖起触须一扫，呵斥宫廷护卫：还不拦住！

孰料四名护卫却木头一般，并无行动。

稳当当瞅了一眼顺晖身后满脸杀气的冷面婆，什么都明白了。

顺晖拉着冷面婆直往里冲，回头却把稳当当关在了门外。

顺晖口里喊着母王母王，一阵风似的扑了进来，几步就趴到了母亲身上，一个劲滚动连哭带喊：你不喜欢我啦母王？你不喜欢我啦母王？

顺阳不明就里，她想傻妹妹真是不谙世事，母王都这样了，还经得起你如此折腾？赶紧过去拉起顺晖：妹妹，母王有些累了，还是让她先休息休息，好啵？

顺晖凶狠地将姐姐一推。

明丽气喘吁吁：顺阳，你先去吧，没，没事的……

顺阳俯下头来，话语轻柔：那，母王，我先回房去了。但她仍不放心，转身又对顺晖：妹妹，你多陪母王说说话。

顺阳刚出寝宫，冷面婆就走近明丽，调门不高，却有几分凶狠：母王，你也该给顺晖乙乙做一做完全交流！

她一边说，一边拉着顺晖的触角硬往明丽头上靠。

顺晖：是啊，母王，我也要做！我也要做！

明丽这才知道发生了什么，后悔身边没留侍应。

她怒目直视冷面婆，却又无能为力，只得将触角的根部交给她这个平日娇惯坏了的傻女儿……

18

稳当当雷急火急去找防卫丕带大力神，结果檀城不见，土城也没有，听她部下说，是不是去了属国。

她又急匆匆折返来找顺阳。她想，你马上就是帝国女王了，大事该拿主意了。

她刚踏进顺阳房门，防卫丕带大力神也气喘吁吁赶到了。她说，如此非常时刻哪敢远离？只是到土城、檀城周围查岗布哨巡察去了，听说找她，马上跑了来。

大家简短地交流了情况，一致结论是：逼宫谋反。

立即做了分工：大力神撤换护卫，控制寝宫，确保母王安全；稳当当率领红妮等，即刻搜查冷面婆住所，坐实谋反罪证。

分头完事后，立马到寝宫门口集中。

19

到底是蚁族，信息灵通。

寝宫外，大家不请自来，蚁头攒动触须交错，诚惶诚恐。

万目聚焦的寝宫大门终于打开了！

首先出现的竟是冷面婆。她调门提得老高，不无几分得意：现在我宣布母王决定，继承帝国大位的新女王是……

她话音未落，防卫丕带大力神前肢一挥：拿下！

早已盯死了的护卫们一拥而上，将冷面婆及四个护卫死死钳住，丝毫动弹不得。然后，大力神紧随顺阳、稳当当进了寝宫，欲抓幺乙乙顺晖。

顺晖早被寝宫外的一幕吓傻了，蜷缩在母王身后，只是哭。

明丽喘成了一只虾米，有气无力地指了指顺晖，又摆了摆前肢：她是争宠，不是，不是抢位，免……免了她吧！

稳当当和大力神还有顺阳，简单汇报了冷面婆收买宫廷护卫及搜查其住所的情况，并叫红妮呈上她谋反的罪证——藏在一个茧壳里的三枚淡黄色蚁卵，请母王过目并示下。

明丽口吐八个字，一字一顿：依照祖制，严惩不贷！

防卫丕带闻言，说了声：好的！

她疾步出宫，宣布母王旨意后执法：冷面婆大卸九块，四个宫廷护卫大卸三块，立即执行！

在拖往刑场时，冷面婆拼命挣扎，声音嘶哑：乙乙救我！乙乙救我……

顺晖闻之，恨得牙关痒痒，声音细细的，却被顺阳听到了：反贼，害死我了！

红斑蚁王国各类刑罚规定严厉具体，最重的是谋逆大罪，一律以卸块处死。偷偷下卵及参与谋反者分卸成首、胸、腹三块。冷面婆因另加主谋逼宫罪被处以死刑中的极刑，即分卸成首、胸、腹、六足共九块。所有死刑犯其尸体抛诸荒郊，不入帝国公墓。【华秋野博士：不光是红斑蚁，其他蚂蚁也一样都有家族墓园。巢穴里每天有生有死，对于死去的蚂蚁，其尸体由同巢的姐妹抬出巢外，运往专设的墓地。即使因战争或意外死在了野外，姐妹们也会勠力同心将尸体运回来安葬。】

20

谋反者被处死了。

明丽又面临一个新的问题。

有两位乙乙做了完全交流！

这在红斑蚁家族王朝史无前例。

虽说长乙乙顺阳确实优秀，定她继位在先，而且是邀请蜂王前来帮她拿的主意；虽说顺晖稚嫩些，不如顺阳稳重，而且与她的完全交流纯粹是节外生枝，但是不管怎么样，毕竟俩姐妹都做了啊，王位总不能两个都传吧！

明丽只得找来丕带们商议。

孰料丕带们没有歧见，一致认为应该是长乙乙顺阳，合情合理合法。有的甚至说，幺乙乙顺晖鲁莽轻率，被反贼利用，不给处罚已经是法外开恩了。

明丽按照大家意见，叫稳当当找来了长、幺二位，打算亲自跟她们谈。

母女仨将触须搭在一起，明丽刚开口，顺晖就发声了，一口哭腔：母王不要说啦，王位本来定了是姐姐的。我是蠢啊，受冷面婆挑唆，只是想证明母王是不是像爱姐姐一样爱我……我知道错啦！只求母王、姐姐原谅我……

顺晖趴在母王身旁，胸甲耸动，哽咽失声。

站立一旁的稳当当双颚错动，咧了几咧，不知安慰她几句什么才好。

顺阳走过去，前肢搭在妹妹的后背上轻抚，话语却是对着母王，温婉真诚：母亲，昨晚我想了一个晚上，已经想好了，女王大位还是由顺晖继承吧。因为我是姐姐，姐姐就该让着妹妹呀。

而且您看，我比妹妹结实多了，妹妹这样孱弱，她参加婚飞的胜算哪有我大！再说，妹妹这样聪明，又做了完全交流，肯定能做个好女王的……因此，无论如何请求母王恩准！

她六肢伏地给母亲行了个大礼，然后站起来，坚定地说：马上就是婚飞大典了，我去找姐妹们提前做些准备。

说完，她径直走出了寝宫。

明丽和稳当当都被顺阳一席话给说愣了。

顺晖也止住了哽咽，抬起了头，一脸茫然。

好一会，明丽才吩咐稳当当：快去，把她叫回来！

21

顺阳的房间。

稳当当刚进门，顺阳就一把拉住她，满脸着急：这事只能拜托姐姐了，一定要说服母王啊！

稳当当满脸疑问：你总得告诉我，为什么要这样决定呢？能说真心话么？

顺阳长叹一声：唉，全都是为了母王啊！你也看得出嘛，妹妹生来嘴甜，有事没事喜欢往母王寝宫跑，是在母王的身上滚大的，成了母亲的小胸甲，开心果，同时也是心头肉呢。我心里明白，母王虽然选我继承大位，但她内心珍爱的却是妹妹。母王这辈子用生命支撑起这么大一个王国，长达十九年，太不容易啦！谁都看得出，她剩下的时间不多了。作为女儿，多么希望她能平静安详地过完她最后的日子。可是，马上就要婚飞了，顺晖妹妹身子弱，打小没有出过王宫，她能婚飞成功吗？万一不测，葬身鸟口，传到母王耳朵里，岂不是要她的命么？顺阳我可以接受母王的寿终顺逝，但绝不能让她惊魂于噩耗啊！如果真的那样，虽然我做了女王，但也一辈子都不会心安的……

稳当当见她把内心话全都掏了出来，感动得半天没话，隔了好一会，她真心提醒她：可是乙乙你想过没有，不管是谁参加婚飞，都有风险的啊，恶鸟的尖喙一啄一个，从来不跟你打商量！

顺阳：当然想过！乙乙这么多，大家的命都一样，即使喂了鸟口，也肯定不止我一个。可是，母王只有一个啊！

她顿了顿，反问传令丕带：姐姐，你说，假如你是我，难道不也会这样做吗？

稳当当一愣。

是啊，她稳当当一生对母王忠贞不贰，但是，要是自己遇上这样的事，她会这样做吗？在蚁国，谁不稀罕做女王的荣耀？就拿冷面婆以及前两天处死的那些工蚁来说，虽然偷偷产下的是不曾受精的卵，却也甘愿冒死一试。乙乙这话问得她真不知怎样回答。她太实在，又不善言辞，没有发生的事，她不想去假定，憋了半天，说出来还是云遮雾绕：好妹妹，姐姐我，或许……你真是……好样的！

但她答应顺阳，也请顺阳放心，她会去说服母王，安抚好母亲。

22

稳当当向明丽如实禀报了顺阳的想法和决心。

明丽唏嘘不已，感叹顺阳这孩子从小懂事，难得她对自己如此忠心，真没白疼她。那就依了孩子吧！可是越是这样，越发叫她心里难受。真可谓母女连心啊。

她在房中艰难地挪动着庞大的身躯，没挪几步，就已经上气难接下气。

稳当当赶忙扶住她，叫侍应给她喂些王浆，提提气。

她是心里急啊！这身子为什么说不行就不行了呢？

她要走了，可她还有两件大事——新女王的召唤择偶和八十多位乙乙的婚飞大典没有办。她觉得，女儿知道疼她，她也要对得起女儿，要把最后一次嫁女办得妥妥帖帖风风光光，尽可能提高成功率。

一年一度红斑蚁家族的婚飞，常年都是安排两天，因为同种同宗，该尽量避免近亲交配，各附属国乙乙、王子谁头天、谁翌日，须得统筹规划，交错安排，才能确保婚飞依次有序。这一切，包括时间地点、出场先后、敌害防御、安全保卫等各个方面，从整体到细节，都得各家充分协商，周密布置，逐一落实。婚飞办好了，既是帝国及其属国扬威的盛典，也是整个东岗昆虫界狂欢的节日；若是办得不好，闹哄哄，乱糟糟，那就从头至尾成了恶鸟们的饕餮大餐！

她明丽不想最后一次留下骂名。

当然，她相信稳当当的办事能力，况且她操办这事不是一年两年了，只要你交代周全，尽可放心。但是今年不同于往年啊，自己早已心力不济，只有干着急的份了，如同一片迎风摇曳的黄叶，随时都可能飘落……

想到这里，她用前肢死死薅住稳当当，望着她，浑身微微抖颤，满肚子的话要说，说了半天，仅说出了两个词儿：召唤，婚飞……再也说不出来。

稳当当见母亲如此，心都碎了：母王……母亲！你什么都不要说了，也都不用操心了，新女王顺晖的召唤择偶，还有顺阳及其他乙乙的婚飞大典，我会和丕带们尽力去办，把一切都做得好好的，比往年还好！您就放心好了，母亲……

稳当当是明丽九年出生的女儿，跟母王已经整整十年，一直在王宫，从侍应干起，干传令丕带也有六年了。因办事老到稳妥，明丽放得心，因此赐给她稳当当的名号。母王像对乙乙般待她，自己吃什么，叫她也吃什么，包括蜜露甚至蜂国所赠的王浆，所以在宫中不仅位高权重，而且还成了工蚁中的寿星。

她明白，自己的一切都是母王给的。突然，她从心底里冒出这样几句话来：母亲，您就安心歇着，等这些事都办完了，我会……陪您一起走的！

明丽哽咽：孩子……

稳当当也泣不成声：母亲……

母女君臣触角相绕，身体相依，紧紧地抱在了一起。

【华秋野博士：蚂蚁世界同人类社会一样，也有生老病死，也有离合悲欢，也有争抢礼让。顺阳将已经定了的王位让给妹妹，当年听她给我讲述这段故事的时候，我真的非常非常感动。记得第二天我还写了一篇日记，慨叹蚁族内部的复杂和顺阳的豁达，里面有这样几句：一样的明抢暗夺，一样的你死我活；却也有一样的恭维鞠养，一样的推位让国……后来分析，顺阳让王位于妹妹，恐怕除了爱母以外，还可能与她的性格有关。她不愿羁绊于王宫，酷爱自然，喜欢冒险，崇尚自由，尤其热衷展示自己的智慧才华。她曾多次调侃过她的好朋友追追王是一台生殖的机器。后来顺晖殉位，本应由她继位掌国，但她坚辞不受，宁做姨母相，辅佐幼主。】

第三章

23

近午时分。

一阵小雨过后，风停树静。

太阳从云层里钻了出来。空气有些湿闷。

乌石仑东岗南坳，水库之尾。梓树林裹着的一片二三亩的草坡。这片不起眼的地方，却是红斑蚁家族的另一处宝地。

年年的今明两日，只要没有狂风暴雨，这里都要上演一场感天动地威武悲壮的蚁族大戏——婚飞大典。都城王国及其属国的乙乙和王子们，全都集结在这里，第一次也是最后一次，张开她们专门为今天而生成的亮晶晶的翅膀，义无反顾地冲向蓝天，飞向未知，潇洒地接受各自命运安排的成与败、生与死、荣与辱的抉择。对于乙乙，成功概率低于一成，成者将至尊至贵做蚁王，败者填充鸟腹，成为粪土。对于王子，更无论成败均是慷慨赴死，他们中的幸运者与乙乙交欢之后，立马折翅坠地，苟延残生，正所谓快乐死了；无缘得到乙乙宠幸的，纯粹拿自己一生凑了一回热闹，落了个陪葬，留下个笑柄传说江湖。

眼下，乌石仑东岗红斑蚁家族一百多个王国的送亲大军，正从四面八方，如同条条黑色的小溪，源源不断地汇向这里。

百十只急不可耐的燕、雀，正是今天大典舞台上可恶的反派主角。她们明知草丛里、树枝上、树梢头早已埋伏了荷枪实弹的蚁兵，仍然在草坡上空“唧呀唧呀”往来穿梭开始了预演，期待在即将正式上演的饕餮大餐中凸显神威。

主角还没到齐，好戏尚未开场，异族的山民早已亢奋至极，山塘里的蛙，草丛中的蟋蟀，树梢上的蝉，一齐奏响了水陆空交响曲，长长短短高高低低起起伏伏，明快低沉激越悠扬喜庆悲壮的乐章轮番交替，早早地为大典拉开了序幕。

24

王国都城的送亲大军还没有出发。

几万姐妹正在土城前广场上围成两个大圈子，分别办理两件大事。

第一个大圈子，是为都城新女王顺晖举行召唤择偶。她们从各附属国选送的一百多个王子中，遴选出三十个，然后由新女王从中自挑。此事由传令丕带主持，历时将近半个时辰。万目睽睽之下，顺晖刚开始还有些忸忸怩怩，到后来也就例行公事般干脆麻利，如同逛超市，点一个，上一个，先后将十四位王子的精子袋倒进了她的购物篮。这个数不算多，但也不算少，够她产卵七八千万吧，一辈子横生竖生都不成问题了。围观的子民们给了新女王热烈的掌声。

第二个大圈子，是为参加婚飞的乙乙们分配嫁妆。八十五位乙乙个个拖着长长的雪白的婚纱，围坐成一个圆圈，正听产业丕带里手讲解嫁妆的携带与使用。今年的嫁妆有两样，蚧壳虫和菌种。里手告诉大家：蚧壳虫跟蚜虫一样能产蜜露。这些蚧壳虫是自己王国培育的，都是受精怀孕了的，婚飞时可以叼在嘴里。小心噢，别把他当糖块吃了！里手平日说话风趣，今天又趁机幽默了一把。接着她拿起旁边的菌块，介绍说这是我们从切叶蚁家族交换过来的真菌菌种，真正的好东西，可以培育蘑菇！每位乙乙带一小块，藏在舌根底下。【华秋野博士：口下囊，位于食道开口下面的一个空腔。】你们建巢后放置在巢室里，千万记得浇水施肥啊。等成活了，以后就可以交工蚁去干了。有乙乙问：哪来的肥料啊？里手：你们只吃不拉呀？她的话又把大家逗乐了。

于是，众位乙乙开始围着嫁妆嘻嘻哈哈，挑这选那。

只有顺阳一样都不想带。

傍靠在她身后的红妮：为什么？娘家打发的东西不要白不要。你不要，我给你捎着，反正我跟你去！

红妮虽然是姐姐辈，但长乙乙顺阳还在茧壳里没有出来时，就由红妮一手照应。之后生活起居，礼仪培训，做游戏，讲故事，既当保姆，又兼家教。顺阳嘴里喊她红妮姐，心里尊她是乳娘，是长辈。

顺阳不带嫁妆，她有她的想法。婚飞若不成功，带这些有何意义？如果成功了，她想再回都城一趟，一来看看朝夕不保的母王，和她见上最后一面，二来她想叫上几个愿意跟她开疆辟土的工蚁姐妹，当然包括红妮姐，她才懒得自己去掘洞筑巢呢。到那时，她想带什么，就要什么……

忽然一阵骚动，瞬间，护卫们在两个圈子中辟出一条道来。只见新女王顺晖提着婚纱飞跑过来，边跑边喊：姐，姐……

顺阳连忙迎了上去。顺晖一把抱住姐姐，趴在她肩胛上哽咽，半天才说出三个字来：谢谢姐！

顺阳轻轻推开她，用前肢在她脸上爱怜地刮了刮：唧吓，都做新娘子了，还哭脸呀，羞不羞？

顺晖不舍地：姐姐一定要婚飞成功！一定要回来噢！

顺阳安慰她：唷唷，妹妹放心，没事的，姐姐命大！

25

王国都城的送亲大军来到南坳时，婚飞大典在帝国防卫丕带主持下，已经进行了差不多一半。

热情的异族山民正为大典的精彩纷呈鼓劲加油，呐喊助威声一浪高过一浪。

都城的乙乙们被安置在一块磨盘大的山岩上，旁边长满了灌木。这里将是她们的起飞点。

姐妹们长年待在王宫深闺，何时见过如此狂野的场面？一个个高举复眼，四下乱瞅，紧张兴奋又不知所措。

防卫丕带跑来提醒大家，可以先做一下热身，扇动扇动翅膀，在草叶上跳跃试飞。她指着旁边的灌木告诉大家，等会儿尽可能爬到较高的叶片上，这样起飞就省力多了。不要紧张，一紧张翅膀就僵硬。还有，千万千万注意保护好翅膀啊，小心划破，等到用时家伙没了，那多晦气嘛！大家做好准备，很快就会轮到你们了……

大力神做完指导，正要继续去现场指挥，稳当当喘着粗气爬上了山岩。她首先一把拉住顺阳，然后将触角搭在了防卫丕带的五六鞭节上。

大力神见问，有些沾沾自喜：今年大顺！可能是准备更充分吧。目前为止已放飞了一千五百多个乙乙，六千多个王子，婚配成功率将近二成，比往年提高了两倍不止！嘿嘿，厉害吧？

她指着四周的梓树林和山岩下的草地继续说：王国及属国共投入防卫兵力两万八千。今年炮兵简直太神了，用蚁酸炮打瞎了一只燕子，击落了一只麻雀！……不过，时间久了，炮兵们有些受不了了，她们腹腔弹囊里填装的全是四十度的浓酸啊！

稳当当也很兴奋：还能打下一两只吗？

大力神：完全可能！她急匆匆丢下一句，头也没回地走了。

终于轮到皇城的乙乙们了。

姐妹们全都早已爬到了灌木丛的叶片上。稳当当、红妮姐陪着顺阳爬上了顶层的那片青翠的七里香嫩叶。

喘息方定，稳当当就说：顺阳，抖起精神来！母王不放心你和姐妹们，交代我特意赶来的呢！母王说，乙乙个个都是娘的心头肉啊。所以，她叫我把顺晖的事办完，就雷急火急往这边赶了……

呐喊助威声中，皇城第一批次十五位乙乙，与东岗西片区属国的几十个姐妹一起冲向了蓝天，紧接着两到三倍数的王子从四面八方尾随而上。她们在空中你追我赶，徐飞疾进，如同一朵朵银白的小花，盛开在蓝天里，阳光下。可惜，银白色的小花瞬间成了昙花，那些黑色的、褐色的、麻色的燕雀，顿时一齐飞向空中，发了疯似的欢叫着来回乱窜，长长的尖喙如同鼠标，对准那些银白的花朵凶猛地不停点击，一点一个准，不到半分钟便无一幸存。

顺阳撑起中足，呆呆地凝视远方，刚刚发生的一幕好像与她毫无关系。她的脑海里只有母王的那句话，乙乙个个都是娘的心头肉。她暗下决心，顺阳一定要成功，顺阳一定要回皇城送母王！

第二批次又将开始了。

顺阳坚定地向前挪着脚步。

稳当当拉住她：慢，再等等！

她小声地指导她：千万不要往场子中间飞。看到旁边那些梓树了没有？选准一棵绕着往上飞，为什么？树上有我们的炮兵，恶鸟不敢靠近。上到树顶后就朝着一个方向，飞蛇形路，噢是的，你不懂蛇，——就是左一下右一下地飞，明白啵？

顺阳嗯啊着点头，她觉得稳当当说得很有道理。她是年年的大典总指挥啊，不飞也成精了。

第二批次冲锋调整了战术，改集团冲锋为小批次出击，前赴后继。

稳当当再次死死拉住她：再看看……

潮水般呐喊中，银白色小花又绽放在蓝天里，不屈不挠；那些黑、褐、麻色的鼠标再次疯狂点击，不依不饶。忽然，梓树林上空又一只麻雀中弹了，拍打了几下翅膀，挂在了枝丫上，啪的一声掉落在草丛里。

燕雀们吓得呀呀怪叫，全都拉升到了半空。

稳当当：机会来了，上！

红妮姐还在拉着顺阳，顺阳一甩，说了句：回皇城等我！便展开翅膀，扑向了蓝天。

她围着一株梓树盘旋了四五圈，就飞到了树梢之上，然后，就像一条空中曼舞的银白色小蛇，更像一支没羽的离弦利箭，成之字形朝着东南方疾射而去。

霎时，她成了空中一道绚丽的风景。

异族山民呐喊鼓噪，声嘶力竭，将大典推向高潮。

在声浪的鼓舞刺激下，几十个王子尾随其后，其中一个一马当先追上了顺阳，并就势抱住了她的后腰。

顺阳感觉这家伙孔武有力，也就没有拒绝。不过突然由单飞变叠飞，双方协调不佳，经过短暂调试后，才又恢复到原来的高度和速度。

此时，斜刺里冲出一只云雀，呀呀怪叫直奔目标，越飞越快，越追越近，终于伸出他那长长的尖喙，稳准狠一击……

顺阳身后的勇敢的不曾谋面的夫君，外加顺阳右边的两扇翅膀，全都塞进了云雀的口里，正滑进他的胃肠。

没有风。

顺阳吱溜溜坠落了下来，陷在了一片泥淖中……

26

原来是这样！

顺阳就是在他抱怨着踏过那一小段泥泞山路时，嵌进了他的鞋槽，攀上了他这位中学生的。

秋野听完她的故事，脑壳里翻江倒海：真是想都没想过呢，看起来简简单单一窝蚂蚁，竟然也是这样复杂！一样的明抢暗夺，一样的你死我活；却也有一样的恭维鞠养，一样的推位让国。【华秋野博士：这是我日记里的原话啊，照搬？作者：我觉得千字文的两词用在这里，特贴切。华秋野博士：初二要背千字文，我背得挺溜。】蚂蚁也有母爱，更有爱母，顺阳为了让母王安详离世，宁愿放弃王位挺身犯险，他被感动得泪水哗哗。说来惭愧，他秋野总喜欢对妈妈嘟嘟囔囔唱埋怨歌，这不好，得改。还有更不可思议的，蚂蚁王国的信息发达竟比人类社会还要厉害，亿万年的蚂蚁文明可以全息储存在蚁王的触角里，而且可以通过所谓完全交流世代相传，尤其是她们运用费洛蒙等化学元素组建的信息网，可大可小，可远可近，简直比我们的互联网还要方便快捷。

顺阳讲的她们王国的故事，秋野越听越喜欢，甚至都有些着迷了。

但他想换一个话题。

想了想他问：顺阳，前晚你说人类自古以来与蚂蚁为敌，但你只说了一个古代的故事噢，有没有近代的？有没有我们东岗的？

当然有！顺阳好像提起就有些气愤：哧！近代的、你们东岗的，更是多啦！

这些天，她闲着无事，对祖传的史料中凡是与人有关的内容又通通捋了一遍，反反复复地翻看，琢磨，越看越火，越琢磨越觉得母王的嘱咐一点没错。由于功课做得足，见秋野问，她有大把的例子随手拈来。

她说，大约是她姥姥的姥姥的姥姥那个年代了，东岗的人全都疯了，漫山遍野飘红布，三个大办做歌唱。首先砍树木生火烧石头，把山上的大树小树全砍光了；后来又开荒种苞谷，把大小树蔸子全挖光了；最后暴雨一落，山上的泥土又全冲光了。以后常闹山洪，人们又在山谷里筑坝，将我们世世代代的家园变成了一片水国（水库）。几办，几光，来回折腾，谁经受得起！那时的东岗，除了我们红斑蚁王国和黑尾土蜂王国因为家园筑得高，加上檀树硬，才免遭其祸，其余的都是灭顶之灾呢，你们知道不？恐怕想都没想过吧！现在的各族山民都是后来从外地陆续迁来的。

顺阳还说，人类如此暴虐，她们也奋起殊死反抗过。当年山谷里大坝刚修成，她们蚁族牵头，联合蟋蟀、蠼螋、山鼠、牛蛙、黄鼠狼等，最后还牺牲了几窝白蚁做奖励，请动了北坡的穿山甲参战，终于将土坝拱穿了一个大洞，一声巨响，大坝溃塌，白浪滔滔，湖水冲了个底朝天，下面的东岗村全都泡在了水里。现在看到的水国，是后来重修的……

秋野听得一愣一愣的。这些神话般的故事，竟然发生在他们东岗村，而他从来没有听说过，而且是由一只小蚂蚁向他讲述，你叫他如何相信。真的还是假的？脑海里疑云翻滚。

不能听了风就是雨，他要盘问，他要验证。

喂，顺阳，你别说得那么玄好啵？一长串姥姥姥姥的烦不？你就说多少年前的事不行吗？还有，什么叫三个大办？你说不清楚，谁听得明白？

多少年前好办。顺阳晃动触角定了定神，将她的姥姥们的图片在脑海里重新叠了一下，便说：半纪以前的事了。至于三个大办，那都是一些疯话，你问你的母亲或者姥姥，她们可能知道。

秋野扑哧一笑，但他只笑不说：你以为我们人类也像你们蚂蚁，母系社会！五十多年的事，老爸和爷爷应该回忆得起。不过，他还是有些怀疑，这么久远、复杂的事，你顺阳一个小蚂蚁，怎会知道得这样清楚？

他问：古代的、近代的这些事，你怎么知道的，像看见了一样？

顺阳脑袋一晃，触角飞扬，还原了一个真真正正骄傲的公主：嗨，不是跟你说了嘛，这就是我们蚂蚁的厉害了！母亲传母亲一代代往下传，只要是做过完全交流的，历史的图片全有。

秋野好像懂了，又不全懂，还是点了点头：噢。那你再说说现在吧，我们怎么与你们为敌了？

顺阳又变得恨恨的了，话语激昂得很：现在？那还用说吗？哧！一年到头喷杀毒药，多少蚂蚁被你们赶尽杀绝亡国灭种了。昨日我粗粗统计了，三十年前东岗有五十七种蚂蚁，现在只剩下了十八种。其他昆虫也是每年减少几十种。尤其可恶的是，据历代侦察，你们除了药杀，还活捕蚂蚁做成丸子吃，泡在酒里吃，甚至油炸、干煸了吃！噜哈，你说你们，为什么这样贪吃？凭什么这样霸道？

秋野被她的凌人盛气镇住了。经她点穿，才发现她说的都是事实。在东岗村，谁家种地不打农药？活捕蚂蚁做药丸、泡药酒的也有，二傻哥他们家就是。至于为什么这样霸道，霸道吗？这些霸道的人在霸道时恐怕想都没想过霸不霸道的问题，他们或许认为，人与人之间可能还需理论，人与低微物类之间至于吗？必要吗？

但是秋野选择站到中间立场上，小声地帮她分析原因：是不是他们觉得，世世代代在自己的土地上生活劳作，天经地义理所当然吧？他特别强调了他们。

顺阳：他们自己的土地？谁同意过是他们的？我母王还说东岗是我们红斑蚁家族的呢，黑尾土蜂也说他们有份呢！扯得清吗？只能说大家共有嘛，你说是不是？

秋野不说是，也不说不是，因为他说不清。

他俩还扯了许多其他的事。

最后，顺阳一点也不客气，提出这伙食太差劲了，天天饭粒加肉末，乏味，还没有在自己王国吃的好呢。秋野问她想吃什么，她说前天那个什么香蕉芯还有什么甘蔗块蛮好吃的。她说她们红斑蚁喜欢杂食、甜食，其实什么都行，就是要品种多些。

临了，两个还商定了白天如何简单交流：顺阳用触角，秋野用双手，做些动作表示问答，前后点仰为可以，左右摇摆是不好。

27

早上起来，秋野脸没洗，口没嗽，就去操办顺阳的伙食。他先在水果篮里切了一小截香蕉，打开冰箱撕下半根带肉的鸡骨头放到微波炉温热，又到卫生间拍了两只蚊子，想了想还翻出自己的零食盒，掏出一块巧克力，咬掉一大口，留了小半坨，然后一一塞进顺阳的屋子。

他点着这些美食，又指着嘴巴咬了咬，然后用眼睛问她，怎么样？合口味不？

顺阳收桃报李，将两根触角前点后仰，并用前足招了又招，似乎还不充分，又立在原地转了个快圈。

白天沟通成功！

双方都很开心。

吃早餐时，秋野口里嚼着咸菜，漫不经心地问父亲：爸，大约五十年前的事吧，我们东岗村搞过什么三个大办，你知道啵？

华南坡莫名其妙：什么三个大办？

秋野：就是砍光山上的树木烧石头，后来又挖光山上的树蔸子种苞谷，还在山坳里筑坝蓄水……

华南坡头一仰：噢！那是大办钢铁，大办粮食，大办水利……

秋野张大嘴巴，露出满口咸菜，惊吓得半天没动舌头。

好一会，他才又问：听说水库垮过一次坝？

华南坡：嗯。那次村里淹死二十多人，还有三家绝了户。

秋野这下真被咽住了，抿了半口米粥包在嘴里，半天才小声地：怎么会垮坝呢？

华南坡：土方夯得不紧呗。听你爷爷说，为这事处理了一大拨人，公社社长还被双开。

秋野声音有些颤抖：可我听说，是被蚂蚁拱垮的。

华南坡眼睛瞪得溜圆，瓮声瓮气：你听谁说？

秋野一怯懦，就说溜了嘴：顺阳……

华南坡：顺阳是谁？

秋野一吐舌头，抬头看了一眼挂钟：嗨，又会迟到！

他将书包往背上一甩，赶紧跑了。

28

秋野放学回来，丢下书包，便拉开抽屉，心里一沉：咦，顺阳呢？

原来矿泉水瓶不见了！

妈！秋野有事就喊妈，心急火燎：你看见我抽屉里的矿泉水瓶没有？

院子里，南坡嫂正收晾在竹篙上的衣服：中午虎爪从你房里叼出一个空瓶子，好像往后面竹山去了。

秋野拔腿就往竹山跑。身后虎爪跟屁虫似的竖起尾巴紧追。到了竹山，秋野四下里瞅。虎爪好表现，跳着跃着奔到一蓬三角梅下，叼起一个空瓶子跑回来，望着秋野直摇尾巴。

秋野夺过来一瞟，瓶是那个瓶，可是除了一些食渣，啥都没了！

虎爪昂着头，还在等表扬呢。

去！等到的却是一巴掌，被掀到老远的地方，趴在地上爱我爱我，表示强烈抗议。

秋野将空瓶子一甩，跑到三角梅树下，蹲下来，口里叫着顺阳，顺阳，一片树叶一片树叶地扒开搜寻。

其实顺阳还躲在瓶盖下，和她的一个新伙伴。

中午，她经历了有生以来第一次惊魂，远比婚飞还要恐怖。一只毛茸茸的爪子拉开抽屉，龇牙咧嘴咬住瓶子，咔嚓咔嚓直往外跑，到了树下，用脚踏住，用嘴猛撕，撕开了瓶子，伸进来一条腥红的舌头，卷走了那半截鸡骨头。

她吓得躲在瓶盖底下，大气不敢出，等那东西走远了，还浑身直哆嗦。她以为是秋野家养的一条黄鼠狼。记得红妮姐带她溜步，在古檀树洞里见过这东西。

惊魂方定，忽然又有谁在瓶盖外面猛敲，敲了几下，又见一个黑点子在破瓶子周围乱弹，左边弹到右边，右边弹到左边，表演魔术一样，一弹半尺高。黑点子表演完了，嬉皮笑脸闪了进来，自我介绍：在下昆虫界蹦蹦类（蚤目）蚤将军，江湖名号无影飞侠。还主动介绍说，刚才那个凶神恶煞是她的宿主，叫虎爪，他惊吓了姐姐，我代他表示歉意。说完，又像石头上蹦豆子，滑稽地弹了几弹。

顺阳觉得奇怪：噜哈，你的宿主？你宿主是黄鼠狼？

无影飞侠：他不是黄鼠狼，是条狗，叫虎爪，我吃他，喝他，睡他，嘿嘿嘿。

原来是只寄生虫。顺阳有些不屑，便问：你们蚤和那些虱子有什么不同？

无影飞侠：切！他们算什么东西，三变佬！无影飞侠觉得自己优越，高他们一等。【华秋野博士：昆虫个体发育只经过卵、若虫和成虫三个阶段的，叫作不完全变态，直翅目、半翘目、同翅目昆虫都是半变态昆虫，如蝗虫、椿象、臭虫、虱子等；经过卵、幼虫、蛹和成虫四个阶段的，叫完全变态，鳞翅目、双翅目、鞘翅目、膜翅目昆虫都是完全变态昆虫，如蚊、蝇、蝶、蛾、蜂、蚁、蚤、甲虫等。】

顺阳：你的主人是不是疯了？不就半截骨头么，那么凶巴巴的！

无影飞侠：也不全是为了骨头吧？我看主要还是报复。

顺阳：报复？报复谁？

无影飞侠：他的主人啊，叫秋野。最近他迷上姐姐你了，虎爪失宠了，他吃醋，老是躲在一旁哼哼唧唧翻白眼。

顺阳认可她的分析。她觉得这家伙个头不大倒挺机灵，嘴巴又甜，有点不讨厌她了。

她笑了笑，问话里捎带讥讽：你在主人身上好吃好喝好睡，小日子过得挺滋润吧？

无影飞侠神色黯然：不咋的。主要是秋野老用自己洗头发的什么水给他洗毛，我闻不了那个怪味，呕。一天到晚只能躲在他耳孔里。还有，狗血贱，吃多了背。

顺阳觉得稀罕：唧吓！狗血贱？

无影飞侠：是啊。都是那些人说的，若用狗血淋头，一辈子交不到好运。所以我想离开他。

顺阳：有地方了吗？

她怏怏的，摆了摆前足。

顺阳立马想到了王国古檀树洞里那几只黄鼠狼，便说：我倒有个好出处。到时和我一起走吧！

无影飞侠一蹦老高：好哩，谢谢姐！

突然，破瓶子又被咬到了狗嘴里，而后又甩出去老远。

顺阳再次吓得花容失色。

无影飞侠倒像没事一样，还安抚她：姐姐莫怕！我去侦察侦察……说完，几弹几弹就没影了。

不一会儿，她又蹦回来：姐，秋野在树底下找你。我们去吧！

没多久，顺阳就爬到了秋野正在扒树叶的右手背上。

顺阳，顺阳！你，你……秋野将她窝在手心里，好像找回了失去的亲人，眼眶里噙满了泪水。

29

秋野：今晚我们聊点什么？

顺阳：随你。

秋野：要不这样，就快送你走了，聊聊彼此感兴趣的话题吧。

顺阳：随你。她好像白天受了惊吓，到现在还提不起精神来。

秋野：顺阳，其他蚂蚁纯色的多，一般是黑色、褐色，或者红黄色，只有你们家族黑底红斑。我上网查了一下，没找到红斑蚁种族。

顺阳：你说得对。我们红斑蚁是个古老的家族，以前生活在溶洞里，后来长途迁徙到南方，虽数量不多，却是蚂蚁中最优秀的家族……说着说着，她又找回了蚂蚁乙乙的自得与骄傲。

秋野笑了笑：那是那是！还有，你故事里老说丕带丕带，在你们王国里，丕带是个什么官？

顺阳：吱吱，在其他蚁族称大臣，我们王国叫丕带，意思就是带头的，三根柱子撑起一片天地；丕带下面的官叫工带，一根柱子顶天立地。

秋野：呵呵，蛮有意思嘛。再说说你们的眼睛吧，分什么复眼、单眼的，啥情况？

顺阳：我们有一双复眼，三只单眼。每只复眼由六十个凸镜组成，用于望远处，单眼只看近处。可能是因为长期生活在阴暗的巢穴中吧，我们的眼睛看不太远。实话实说，比眼力肯定比不过你们人。

秋野：那你们有鼻子、耳朵吗？

顺阳一直猜疑秋野脑壳上为什么有那么多窟窿，见问，便分别点了点他脑壳两边和脸上中间的几个小洞，问他是不是这些，还反问做什么用的？

秋野如实相告后，顺阳得意地笑了：如此说来，还是我们的宝贝好，一物多用！告诉你吧，我们的触角就是鼻子、耳朵，如果在光线极暗的地底，它还是眼睛呢。

秋野又问：都说你们蚂蚁力大无比，到底有多大？

顺阳：唷唷，到底多大我也说不清。但我可以举个例子。去年王国大力士比赛，有个兵蚁用毛毛虫的茧袋装着姐妹们，她在呐喊声中最后一举，举起了九十三个。

秋野眼珠子瞪得牛大：九十三个？可能吗？太可怕啦！这种神力，你们是怎么练出来的？

顺阳：我们母王说，就是靠千年万年地磨炼。我们的许多宝贝，比如触角呀，信息素呀，麻醉药呀，甲酸炮呀，还有大力气等等，好多的宝贝和本事，都是千万年亿万年磨炼出来的。我们红斑蚁有句俗语：岁月磨万事破，岁月练天地变。我们母王说，她最瞧不起你们人类的，就是太懒，什么都靠科技，结果弄得自己越来越笨了，飞不得，走不得，举不得，一代不如一代。我们母王还说，你们举起一两个人都有困难，是不是真的？

真的假的秋野没有言语。他在想，顺阳母王强调的是自然进化，她的话虽然有一定的道理，但科技也并非一无是处吧？这是一位什么样的女王啊，她的话竟有如此魔力，能让自己的女儿笃信不疑。他本打算给顺阳讲讲人类的电视、电脑、机器人、汽车、飞机、人造卫星……叫她开开眼，但见她对人类科技如此不屑，也就算了。

沉默。

秋野从挂在床头的书包里拿出零食盒，拈出一坨山楂片，递给顺阳闻了闻，顺阳没说不好，正要掰些给她，不小心滚到了地上。

他拉亮电灯，地上不见。

莫急，我来。顺阳撑足危坐，高频率振动触角，只一小会儿，便用前肢一指床底：里面一标。【华秋野博士：标，红斑蚁的长度计量单位，一标相当于半米。】

秋野从枕头下摸出微型手电一摁，床底霎时一片白亮，山楂片果然就在床底正中，他拿小尺子扒出来，递给顺阳。

顺阳只对手电筒感兴趣，迅疾爬到发光的地方绕了一圈，又绕一圈，然后趴着不动了，她想，她们土城地底楼层要是有这么个玩意儿，就全解决问题了。

秋野瞧着她，捂嘴一笑。他心里有底了。

他又拿起书桌上的一方小镜子：顺阳你看，这是谁？

顺阳爬上镜面，看见了一只红斑的蚂蚁，大吃一惊：我们还有姐妹在你这里？

她用触角和她互相扫了扫，怪，竟然没有一点家族的气味！而且她动她也动，她不动她也不动了，有点像太阳底下的影子。

秋野又一笑：她就是你自己呢！

自己？真的？顺阳第一次清楚地瞧见了自己的模样。她转了好几圈，上上下下盯着瞅，她觉得虽然没了翅膀，本乙乙仍然青春靓丽！

她用前肢在镜面上摩挲：这个宝贝叫什么？

镜子。秋野回答。他知道她中意，却装得淡淡的，故意不问她喜不喜欢。

看得出，她不像她母王那样古板，对人类的新东西还是蛮有兴趣的。

他打算送她走时，给她捎上镜子，还有小手电。

【华秋野博士：红斑蚁婚飞大典写得生动精彩。蚂蚁的婚飞至今还有许多未解之谜。同一种族的蚂蚁婚飞，为什么能安排在每年同一时间、同一地点，是便于相期而聚吗？每年她们是怎样精准地感知到这一时间点的？而且每次婚飞都是先后两天，各蚁巢的雌、雄蚁分别错开参加，是为了避免近亲繁殖吗？

其次是三个大办。三个大办发生在二十世纪五六十年代，其中大办钢铁从一九五八年开始，持续不到一年，狂热冒进近乎荒诞。大办粮食、大办水利虽然也有冒进问题，但为了巩固农业基础，增加人民口粮，抵御自然灾害，开展了较大规模的水利和园田化建设，许多工程至今受益。主要的问题是一大二公，等于是前天办了今天的事，本该由国家支付的却由农民埋了单。】

第四章

30

南坡嫂正在墙角摘栀子花，准备晚饭时氽在肉汤里吃。

秋野，秋野！走吧，走吧！二傻子老远就鬼喊鬼叫，趿双烂胶鞋，撅着个屁股，两只手几扒几扒扒进了院子，抬起脑壳看见了南坡嫂：是婶婶啊，呵呵呵呵……

二十来岁，矮墩墩，胖乎乎，两只眼睛一只瞟东，一只瞅西，担心职责混淆，所以隔起丈远，总是扯开一张大嘴巴毫无由头地呵呵呵呵，满脸洋溢着幸福。

南坡嫂没打算瞧他，尽管自忙：二傻，你们去哪里？

秋野闻声早出来了，慌忙用手点着他娘，一个劲向二傻哥努嘴。

二傻哥不傻，一点就明白了：噢，婶婶也去啊，人多还热闹些，呵呵呵呵。

秋野急得跺脚，怕他乱嚼会拐场，赶紧接过话来：妈，我的作业全部、彻底、干净做完了。明天的还做了一半。

南坡嫂瞟他一眼：想去野咯。早点回！

秋野欢快一声：必须的！

31

后山小路。

太阳早已偏西，仍像火一样烤着大地，山风也如火舌般燎人，嫩绿的芭茅、蒿草全都卷筒打蔫了。知了和山蛤蟆正在讨论关于热的话题，一个声嘶力竭地嚷嚷：热死哩热死哩……一个并不苟同，慢条斯理地咕哝：一般般，一般般……

秋野掏出裤兜里的塑料袋，塞给二傻哥，一屁股坐在草地上弄鞋子。

二傻接过一看，里面有个小镜子，还有一支小手电，又想卖弄：噢，天黑了回呀，呵呵呵呵。

莫乱讲咯！秋野要他来，只是做伴。

晓得咯，呵呵呵呵。二傻也不计较。他把塑料袋别在裤腰上，胸脯一挺，还两边歪了歪，做伴的也是个将军。

秋野右脚波鞋的鞋带网格中，顺阳撑足而坐，静静地望着秋野。

秋野俯身：顺阳，送你回家，高兴吗？说完，右手五指在左臂上爬行，由慢而快，由近而远；然后双手先前后点仰，再左右摇摆。

顺阳立即响应，将触角前点后仰，重复多次，看得出好开心的样子。

秋野又点了点鞋面，然后用手先点仰后摇摆，问她待在鞋面上行还是不行？

顺阳以点仰回应。

秋野再指了指胸前口袋，然后用手点仰、摇摆，问她要不要待到这里来？

顺阳以摇摆回应。

旁边的二傻先傻傻地看呆了，后又呆呆地看乐了，觉得秋野比他还傻，跟一只蚂蚁说话。

他蹲下身来，伸出两根乌龟爪，想把会说话的蚂蚁拈起来，看看。

莫乱搞咯！秋野一掌砍在乌龟爪上。

可能有点疼。二傻翘起嘴巴，蹲到一旁咕咕哝哝像念经。

昨晚，送别的前夜。

顺阳：秋野，你能不能变回去？我想看看你本来的样子。

秋野：我试试。不过你先到我这里来。怕等下找不到你。他将右掌平伸，让她踏上去。

真所谓梦境随心，说变就变了。

秋野的手掌霎时变成了广阔的大操场，平平的，柔柔的，温温的。顺阳一阵惊喜欢呼，开心地在大操场上转起圈来，跳起舞来。

疯够了，玩累了，她才停下来。

她又吩咐秋野别动，她要从头到脚量一量他的身高和步幅。折腾了半天，她才回到掌心里。

回到掌心里，她却趴着不动了，一声不出。

秋野急了，连连问她：怎么啦，你到底怎么啦？

七问八问，才问出她一句感叹来：确实太强大了……

秋野蒙嚓嚓：什么太强大了？

顺阳：你们，人。

秋野又问，人怎么强大啦？

她告诉他，她量了，他的身高三标多，步幅一标，可他还不是个大人，如果是大人更加了得。难怪人类可以忽略她们蚁族的存在。

原来为这！秋野赶紧给她鼓劲，可是你们数量多呀，力气大呀，特异本领多呀，而且……而且聪明呀，据说你们大脑占身体的重量不比我们人类少呀……一番话，鼓得顺阳又抬起了头。【华秋野博士：世界上著名蚁学家曾估算，蚂蚁占据着地球上百分之一的生物量和三分之一的动物量，所有蚂蚁的重量与所有人的重量大致相等。另外，蚂蚁的大脑重量占全身体重之比，也与人类相差无几。】

秋野趁机换一个话题，问她老说标标标，什么是标？

顺阳告诉他，标是她们在野外用来标记距离的，每到一标就用腹部点地，留下化学气味。她要秋野回去时将她放在他的脚背上，她要量一量从他家到她们王国之间的距离。

秋野默神换算，他的身高一米五多，步幅刚好半米；他走了多少步，就能算出多少标。

他好佩服，顺阳这家伙真有心机。

许久，顺阳又叫秋野把头放低点，低点，再低点，她说：我要把你看清楚些。

秋野顺从地：好哩，让你看个够咯。

顺阳的触角在他脸上摩挲，忽然小声地：唷唷，秋野，你变成蚂蚁吧，我要嫁给你！

秋野笑了：呵呵，你是要我学那个谁谁谁，也招我为驸马做太守啵？

顺阳：不，我要你做国王，我做王后！

秋野瞧她一脸认真，心头一热，便说：还是你变人吧，我要你做老婆！

好久好久他俩都没话了。

他俩知道都是不可能的。

百无聊赖，也百聊无赖，干脆就懒得聊了。顺阳触角仍在他脸上摩挲，声音细细的，将一句最高奖赏的话送给了他：啃啃，秋野，你是一个好人！

最后他俩商定，三十天后重逢。那时已是暑假。正午无影时分，地点古檀树下南面浮根。为了保险起见，秋野提出给顺阳摄个影，制作成米粒大的名片，两面分别留下双方的气味。万一那天没有太阳，或者其他意外没遇见顺阳，就于王国土城城门递上名片，以便通报。顺阳表扬秋野真的聪明，想得周到。

双方约定，不见不散。

千年古檀树下。

土城巍峨，城门庄严。

红斑蚁帝国的子民们进出匆匆，出城办事的，回城交差的，空手赶路的，猎获凯旋的，手拽的，肩扛的，嘴叼的，合力搬运的……各自都在忙着天底下最要紧的。恰似涓涓细流，流出汇入，次序地坚守秩序，繁忙地延续繁荣。

顺阳，你到家了！秋野大声通报，一屁股坐在古檀下一根巨大的浮根上，翘起了他的右脚。

可是，他心头一紧。

波鞋面上，哪里还有顺阳的影子！

他脱下鞋子，里里外外搜寻，没有。

顺阳，顺阳！他急得跳脚。

顺阳，顺阳！二傻晓得那只蚂蚁也有名字，捡起波鞋在地上猛磕。

她不会迷路了吧？她能自己回来吗？秋野决定留下等她。

他从上衣口袋里掏出一张名片，塞进了城门。他想她回来后见了肯定会出来找他。

不一会儿，一大队红斑工蚁出城了，团团围住他，将他四周及全身检测了一遍，大概是验明了送件人正身，却未曾找到她们的长乙乙，便迅速收队回城了。

全过程不过几分钟。秋野从头至尾将她们筛了一遍，没有顺阳，因为顺阳是生殖蚁，个头比她们大得多。

等了差不多两个小时，没见顺阳出来。

肯定是迷路了。秋野想，决定原路返回去寻她。

秋野在前，二傻走后，二人猫着腰，拨开山路两边的茅草，一步一步搜寻。

秋野挪一步，喊一声：顺阳，顺阳！

二傻嚷一声，跟一步：顺阳，顺阳！

从古檀树下回到出发的地方，又从出发的地方回到古檀树下，就是不见顺阳的影子。

太阳等不及了，偎在山尖上，只留下半张红脸。

山风也大了些，轻佻地在人脸上搔弄。

天色渐渐暗了。

秋野，秋野！……隐隐约约，传来妈妈的声音。

她正寻上山来。

秋野满眼眶的泪水，扑簌簌往外流。

32

一根霸道的荆条，横亘在山路上，毫不客气地将顺阳从鞋面上扫落下来。

从鞋面上被扫落下来的顺阳，一腔怒火，急得大呼：秋野，秋野……

可是秋野头都没回。

秋野走了，给顺阳留下的只有失落。失落的顺阳还有后悔，后悔自己任性，后悔没听秋野安排。

接下来咋办？

她孤零零环顾四周，茫然不知所措。

姐姐莫急，还有我呢！忽然，无影飞侠鬼溜子一样蹦到她面前，满脸笑嘻嘻。

咦，鬼点子！你也被扫下来啦？顺阳转愁为喜。她早给她改名了，觉得小不点个小鬼大，精灵乖巧，渐生怜爱。出发前叫她躲在鞋帮里，别让秋野发现。

我是自己跳下来的，我不能丢下姐姐不管！鬼点子一张甜嘴，不过没说假话。

两个走进一丛灌木，躲到一片新落的黄叶下，没有了毒日的暴晒，顿觉浑身凉爽。

顺阳有些饿了，想去找些吃的。鬼点子说她早就吃过了，她愿意替姐姐先去侦察侦察。顺阳问她在哪吃的？鬼点子有些不好意思，只得坦白，说是趴在秋野脚背上，顺嘴吸了几口。顺阳忍俊不禁，问她味道比狗血如何？鬼点子说，狗血如何比得？鲜美极了，好像还有点甜。不过，差点出了危险……顺阳问她什么危险，她说她可能蜇得重了些，把秋野蜇疼了，弯下腰来一摁，差点把她摁扁了。

鬼点子说完，一蹦老高，眨眼没了踪影。

不一会儿，她就蹦了回来，小声报告：姐姐好口福，前边一片绿叶下躲了只小蜗牛。

蜗牛当然是美食。不过，势单力薄能不能拿得下？况且，由她食来张口的长乙乙亲自捉获找吃的，这是有生以来头一回呢，能不能干得了？

啃啃，先去看看。她叫鬼点子带路。

西边，不到八标。

一株翠嫩的车前草叶片下，粘着一只蚕豆大的圆鼓形小蜗牛，正在凶狠地刮食叶片。据说蜗牛有上万颗牙齿，全都长在舌头上，舌锐如锉，锉舌所到，仅剩叶脉。

顺阳想，对手个头大小不是问题，关键是如何下手。

鬼点子帮她出点子：你从他后背爬上他的房顶，然后用大颚钳他脖子。

顺阳思忖，觉得方案可行。

她避过他身后的黏液，悄悄爬上后背，居然对方没有发觉，便继续前行，越过房顶，接近了颈根，她用两只前足紧紧抓住他的房檐，张开两只大颚，准备狠狠一钳……

孰料讨厌的小蜗牛并不配合，脑袋一缩，将她的两只前足死死地夹在了他的甲壳里。

本想钳他，反被他夹，顺阳好不懊恼。

直到此时，她才后悔用错了武器。如果在她抓住房檐的一刹那，举起腹部喷射蚁酸，先麻醉，后切割，那她现在正享用美食呢。

放开我，放开我！顺阳不屈地嚷嚷，想抽回前足。

鬼点子左蹦右跳想帮她，却找不到一丝缝隙，不知从何下手。

小蜗牛死命夹住不放。

顺阳还有四足，倒拖着他满地打滚。

动静闹得大了些。

旁边不远有棵山枣树，正在敲敲打打的啄木鸟停止了手头的活计，飞身而下，用他长长的尖喙，捡起了这份现成的小吃。

33

华南坡从外面回来，进门便问：野仔呢？

南坡嫂在叠衣服：天天书包一丢，就往后山跑了。

华南坡：狗日的最近邪了门了！班主任李老师电话里说，天天上课打瞌睡，还和同学打架，单元小考一塌糊涂。天天跑后山，收魂啦？跟谁？

南坡嫂：间或邀了二傻，今天好像一个人。

华南坡出去了一会儿，回来时身后跟着二傻。

他从屋里拖出两把木椅，往院子中间一摆，自己坐一条，指着对面的另一条，看了一眼二傻：坐咯。

越是客气越是紧张。二傻两手放在膝盖上，像螃蟹一样横过去，将屁股搁在凳子上：呃呃呃，满叔，呵呵呵呵……

华南坡：二傻，我问你，你要讲实话！

二傻：晓得咯满叔，呵呵呵呵。

华南坡：野仔邀你去后山，做么事？

二傻：找顺阳。顺阳丢了。

华南坡觉得这名字耳熟：找顺阳？顺阳是谁？

二傻：蚂蚁。一只会说话的蚂蚁！呵呵呵呵。

蚂蚁？！华南坡愕然。

华南坡拉起野仔他娘就往后山跑。

老远就瞧见了秋野，正猫着腰在山路上找寻什么东西，口里咕咕哝哝，走近了才听见叫的是：顺阳，顺阳……

华南坡抓住他的衣领，一把提起：你发什么神经！我揍你！扬起巴掌，扫了过去。

南坡嫂赶紧用胳膊挡开：还不回家！

秋野杵起嘴巴，拔腿往山下跑。

34

真的是命大！

顺阳坐在铺满松针的草地上，庆幸自己再次鸟口余生。

她分析，可能是小蜗牛的甲壳脆，敌不过啄木鸟的尖喙硬，一夹，裂了，于是她的两条前足不用拔就出来了。正是恶鸟高飞途中，幸亏有些风，她才飘然落地，毫发无伤。

鬼点子在什么地方？估计应该不会太远。不过，她准以为自己死了，变鸟粪了，说不定正在为她难过呢。

她想，现在谁也顾不上谁了，只能拿命来搪了。

心里坦然了，肚子更饿了。

忽然，她见一只弓背蚁在附近闲荡，舞着两根长长的触须，东瞅瞅，西瞧瞧。这个黑色的家伙个头比她大，但憨头憨脑的，不太凶恶。看她无所事事的样子，公共嗉囊里应该还有储存吧？虽然是不同种族，和她交哺一下分享分享，她不会小气吧？

她扬起触角，正准备上前打个招呼，这时又来了一小队弓背蚁，约莫七八只。好像这里是她们的领地，出来转悠巡查的。

顺阳觉得自己势单力薄，还是不去招惹她们为好。她爬到一根高高的草茎上，躲在草叶下，悄悄地盯着她们。

她突然发现，首先看到的那个家伙跟她们并不是一伙的。她个头比她们稍大，触须也比她们稍长。但她混进了她们的队伍，跟她们一起行进。不过她走得慢，渐渐地落到了后面。

突然她掉过头来，举起触须和最后一只打起了招呼。四根触须相碰的一刹那，两把大钳一闪，一颗头颅落地！而且天啦，她的哪里是什么触须？分明是前足佯装的，四对足里的前两只！得手后她拖起蚁尸飞蹿，眨眼间便无影无踪。

顺阳看得心惊肉跳，差点叫出声来。

要不是这队弓背蚁出现，做她快餐的不就是她么？

这个世界太险恶了！

这样卑鄙、歹毒、无耻的浑蛋会是谁呢？

她定住神，竖起触角，翻检母王传给她的图片库。

找到了，原来是蚁蛛，装扮成蚂蚁吃蚂蚁，蚁族最阴险之敌。

【华秋野博士：这是生物拟态现象。即某些生物为适应生存环境，在进化过程中形成的外表形状、色泽、斑纹甚至行为都与其他生物或非生物异常相似的现象，具体有动物拟态动物，动物拟态植物，植物拟态植物。如枯叶蝶拟枯叶，尺蠖的幼虫拟小树枝，竹节虫拟竹节，兰花拟风铃草，蚁蛛拟蚂蚁等。蚁蛛，蛛形纲，蜘蛛目，跳蛛科，蚁蛛属，体形呈蚁状，分布于世界各地热带雨林，多营网于树叶上，亦游走于草地间，擅将前足伪装成蚁之触角，以蚂蚁和其他小昆虫为食。】

母王呀，顺阳今天长见识了！

35

南坡嫂又是在后山找到秋野的。

她想改变一下方法，孩子不小了，老是喊打喊杀，怕是解决不了问题。

她拉秋野到一个草坡上坐下，拍了拍他身上鞋子上的草屑，和颜悦色：野仔呃，今天咱娘俩掏掏心窝子好啵？你告诉娘，为什么横了心要找一只丢失了的蚂蚁？一只小蚂蚁值得你这样子上心吗？你是中学生了，马上就要期末考试了呢孩子！

秋野：妈，她不是一般的蚂蚁。

南坡嫂：那她是什么蚂蚁？

她……秋野一时语塞。什么蚂蚁？说她是一只能与人交流的蚂蚁？说得清吗？娘会信吗？说不清不如不说。

他改口说，她是一只好孝顺好孝顺的蚂蚁。她的母亲是个蚁王，快要死了，她要赶回去给母王送终。他答应了送她回家，却不小心把她弄丢了。他觉得对不起她……

南坡嫂吓得张大嘴巴半天合不拢，以为他在说疯话：我的天！她是一只蚂蚁呢，她和她娘的事，你如何清楚的咯？

秋野知道又说溜了，只得坦白：她……她在梦里对我说的。

南坡嫂一下就轻松了，乐得哈哈大笑：我的蠢宝仔呃，读书读傻了吧？做梦信得？

秋野还想解释：妈，她在梦里讲的全是真的。

南坡嫂根本懒得听了：行了行了，别发傻啦！走，回家！

她一把拉起他，在他后背一推。

华南坡坐在老兄华南岭家顶楼品酒。

这是一栋三层小楼。楼顶凉亭，八面来风，飞檐翘角，琉璃闪亮。

华南岭多年来凭着一手绝活，泡制蚁力猛药酒，可滋阴壮阳祛湿降火，能开智醒脑提神益气，系列开发，百病包治，卖得风生水起，发了一点小财。只是富贵不双全，人财难两旺。他和老婆是堂姑表开亲，没出五服，生个老大是个女儿，患小儿麻痹，二十四五了，至今没嫁；老二智障，一年级读了六年。村里有个阴消鬼正儿八经向他建议：南岭叔何不给崽、女多喝点蚁力猛呢？华南岭嗫嚅半天才回应：谁说不是啊，大意了呢。阴消鬼：现在喝啊！华南岭：现在喝有点晚了……

来，换点这个喝，补肾的！华南岭又去楼下提了一个小瓶的上来。他扬了扬瓶子，里面除了黑的是蚂蚁，还有红的黄的白的各色中药，声音降到粟米粒大：这个好，真的好！只泡给自己喝的！等下拿两瓶走。

华南坡满脸愁云：够了够了，酒不喝了！老大，野仔这事，你要帮着拿个主意呢。

华南岭脸色复归凝重：是啊是啊，确实有点邪门！

兄弟俩边喝边聊已经老半天了。

华南坡讲述了如何找野仔套话说出来顺阳，他又找二傻印证顺阳是只蚂蚁，以及南坡嫂追问方知野仔和顺阳是在梦里交谈，一五一十，电闪雷鸣。二人觉得头都大了。三个大办是二十世纪五六十年代干的事，那个时候华南岭、华南坡还穿开裆裤呢，一只小蚂蚁怎么知道的？当年东岗水库因为工程质量导致垮坝，淹死那么多人，早就结论定案了，现在居然有蚂蚁出来坦白，是她们报复拱垮的！如果是真的，蚂蚁有这样的能耐吗？还有，能与人在梦里约会，聊天，议事，一般的蚂蚁有可能吗？兄弟俩议来议去，越议越觉得离奇，可怕。

华南岭终于说出了他的担心：莫非是只蚂蚁精？

华南坡一声惊叫：蚂蚁精？！

华南岭：我看是啊，而且还道行不浅，法力不小哩，少说也修炼了千年。

华南坡：我的天！

华南岭：野仔有没说过她们的巢穴在哪？

华南坡：他说了，在东岗的古檀树下。

华南岭：噢，难怪了！千年老树下的一种红斑蚁，少见。蚁封都有六七尺高，从没见过这样高的，看着都胆怯，几次想捣巢捕蚁，一直不敢下手。幸亏幸亏，菩萨保佑！

华南坡：哥，你说该怎么办？

华南岭酒杯一顿：精怪缠身，你说怎么办？除妖捉怪，请胡师公！

36

咣啷一声，砸中了背甲。

她好恼火，正担心会饿晕，却差点被砸死。

前日，她靠翻检草地蚁巢外的垃圾堆才混了个半饱。昨天，感谢老天爷关照，两只螳螂厮杀，让她捡到了一条断腿。可是今天直到现在，她还没开餐呢。

她扭了扭胸、腰，感觉问题不是太大。

问题不是太大，但她要追究问题，开始搜寻砸中她的是什么玩意？

原来是颗小小的板栗，可惜有个虫孔，——而且，嗨，万幸，全被掏空了！难怪没被砸晕。

不过，倒是一间现成的房子，有顶有门，密不透风。今晚可以不必露宿叶底了。

顺阳做梦都没想到，一只蚂蚁离开了王国，离开了姐妹们，竟会活得如此艰难凶险。

她多么怀念过去的日子。想到了王国，自然想起了母王，不知近况如何？她在心里祈祷，母亲，你一定要等到我回去……还有顺晖，新任女王一切都还顺利吗？开始下卵了么？……唉，天晓得，还能不能回到皇城？

她打起精神先去找点吃的。

她晃了晃触角，弄清了方向和风向，于是学习蜗牛，拖着房子行进。

吃力地爬上一片坡地，突然，她被眼前的景象弄呆了：无数竖起的树叶碎片，宛如万千鼓动的风帆，汇成一条翠绿的溪流，望不见头，看不到尾，蜿蜒迤逦，缓缓流淌……

细看，原来流淌的叶片之下都有一只蚂蚁！

她想，这应该就是切叶蚁了。她听产业丕带讲起过切叶蚁如何切叶、运输的故事，哪想到场面竟是这样的震撼！

忽然，她看到一只切叶蚁不小心滚下了土坎，正在吃力地想爬上去。她丢下房子，飞奔过去，说了声：妹妹，我帮你，便试着将她托举起来。

这时，倏地跳下一只巨大的兵蚁，个头恐怕至少是切叶蚁工蚁的五十倍还不止！他杀气腾腾一把掀开顺阳，举起两只大颚，咔嚓咔嚓就要开铡。【华秋野博士：绝大多数蚂蚁族群都有兵蚁，兵蚁的个头一般都比工蚁大很多。但这种巨无霸的超大个头只有少数群体才有，在群体的占比不到五百分之一。因为个头大消耗也大。切叶蚁拥有这种巨无霸，与她们每天野外作业长途跋涉有关，纯粹为了震慑和杀戮而生养，是蚁群的保护神。】

切叶蚁工蚁大喊：不要，她是帮我的！

兵蚁收拢大颚，仍有疑惑：你是谁？在这干什么？

顺阳见问，不免得意：唧吓，我是东岗红斑蚁帝国长乙乙顺阳！我想，我想……我是我们帝国的使者，想求见你们女王！她灵机一动冒出一个念头：能不能借助帝国在东岗的声威，摆脱她眼下的困境？

兵蚁果然一下和善了许多：你真是红斑蚁帝国的公主？

顺阳知道自己这几天早已蓬头垢面了，于是举起前足跗节的梳子，蘸点唾液，刷了刷触角及周身，即刻衣甲光鲜，红斑闪亮。

那只切叶蚁工蚁见了连忙走了过来，问语亲切：姐姐的翅膀呢？

顺阳也回话柔和：唷唷，参加婚飞时，被恶鸟扯掉了呢。兵蚁触角一摆：好吧，跟我们回城！说完，她见一根树枝横亘路中影响队伍行进，便用大颚钳住猛地一甩，甩出去差不多半标！

天啦，这样威猛！顺阳一惊，好生敬畏，呆了呆又提出了另外一个问题：喂，等等，你们有没有吃的？我好像有点饿了。

兵蚁瞧了工蚁一眼，大步流星继续巡视队伍去了。

切叶蚁工蚁迅即友好地将头挪了拢来。

两个异族姐妹嘴对嘴开始了交哺。

37

堂屋中央，八仙桌。

桌上陈列的全是供品：活公鸡一只，鲜肉一块，鲜鱼一条，是谓三生；五花熟肉一坨，竖插红筷一双，名曰熟荤；米饭一碗，香茶净酒各三杯；香蜡纸钱若干。

傍墙另设一方小桌，上置朱砂、煤油、硫黄，还有一把残破的明油纸伞。如今都用折叠伞了，这种几十年前用桐油皮纸制作的纸伞早成了稀罕物，不知从阁楼的哪个旮旯里翻出来的。

这些都是预备。

天还没黑。胡师公没到。

眼下的关键是秋野，必须先和他谈好，免得到时发飙。

可是，谈，谈何容易！

在秋野的房间里，三个人像开辩论会。

秋野口口声声就是两句：精怪没有缠他，顺阳不是精怪。

华南坡听从孩子他娘的忠告，今天特别耐得住性子，坚持不要权威，只跟他摆事实讲道理：你说不是精怪，她何解搞得清人的事？你说不是精怪，蚂蚁真能拱垮得水库？你说不是精怪，为什么天天晚上缠着你聊天？你说，说哪！

华秋野当然有得说，只要你不开口就是老子揍你，他初中生了，讲道理谁怕谁？他说：蚂蚁在地球上一亿多年了，资格比人还老呢！人有人的本事，蚂蚁有蚂蚁的能耐呀。她们一只蚂蚁举得起几十只蚂蚁，爸，我问你，你举得起几个人来？蚂蚁拱垮水库不可能吗？千里之堤溃于蚁穴，这句成语怎么解释？至于蚂蚁和人能在梦里交谈，这是顺阳反复试出来的，说不定和爸和妈也能交谈呢。你们如果不信，让我找到顺阳，你们也可以试试嘛。

你，你……华南坡你了半天，竟找不出驳斥的话来。他斜扫了一眼孩子他娘，像是发感叹，瞧他狗日的长本事了，学得伶牙俐齿了；又像是搬救兵。

南坡嫂只得出马了，咳了咳，清爽了喉咙：野仔，那只叫顺阳的蚂蚁不是精怪那当然好呐，怕就怕万一呢孩子。咱们老华家到了你爸你大伯这一支，男丁只有二傻和你，千担谷下种就剩一根好苗，再没有本钱打漂漂了呢孩子。你说那顺阳不是精怪，就不怕师公子捉呐，如果是精怪，除掉她有么子不好嘛孩子……

南坡嫂做工作破细篾还是有效果的。

秋野不出声了，半天才咕哝出一句：锣鼓鞭炮喧天，人家还去不去学校读书？

华南坡说，这些还要你管？早就跟胡师公商量好了，不啪爆竹，不打响器，不请班子，就胡师公一个，天黑了才来，半点钟散场，搞完就走。

华秋野提出了最后一个要求，他说他和顺阳有个约定，三十天后中午在东岗古檀下见面，不见不散，他不能失信。

华南坡两口子你看我我看你，都不作声。

华秋野火了：精怪不是被你们除了吗？还怕一只蚂蚁！他倏地站起，想往外冲。

南坡嫂一把拉住。

华南坡打算走一步看一步，只得黑着脸点了点头。

胡师公天黑许久才到。

扫帚眉，山羊胡，小眼圆睁，瞅人入骨。他更衣净手后，头戴五老冠，身着一袭道袍亮相，八卦缀上下，正气满乾坤。

他于八仙桌前，点烛焚香烧纸，奠酒恭茶请飨，法眼迷离，念念有词，一切礼数，依次尽行。

华南坡充当下手，悉听法令。

忽然，胡师公摇动三清铃，斜举桃木剑，遥望南天，念动神咒：天雷神地雷神五百蛮雷紧随身太上老君行敕令下界护法渡众生若有一个不遵令压在魁罡不翻身奉请太上李老君金光一照化飞尘轰轰五雷绕宝殿道法无量镇乾坤急急如太上老君律令敕……

念罢神咒，胡师公桃木剑一指，大步流星，直奔精怪所在，口中狂呼：妖孽为灾手到擒来！妖孽为灾手到擒来……

华南坡一手举着点燃的油纸伞页，一手端着煤油硫黄诸物紧随其后。

秋野房间里，南坡嫂紧紧箍住儿子，怕他受到惊吓，用手蒙住他的眼睛。

秋野不屈地掰开娘的手掌，双眼噙着泪花，对贸然闯进的胡师公怒目而视。

胡师公手持桃木剑，于床底、柜顶、墙角、门旮旯依次挥舞，华南坡手举熊熊火炬，剑到火到，胡师公瞠目鼓腮撮嘴一喷，立时火龙吐舌，烈焰横空，呼呼作响，所向披靡。

妖孽为灾手到擒来！妖孽为灾手到擒来……整座屋宇每个房间上上下下旮旮旯旯全由火龙舔舐了一遍，不留死角。

突然，胡师公大吼一声，挥舞木剑直奔屋外，穷追不舍，老远老远。

胡师公返回后，还画了朱砂神符，钉于前门后院，以绝后患。

【华秋野博士：回忆小时候这段经历特别……还是用酸楚吧，其实酸楚里也饱含了趣味。在中国，尤其是乡下，父母就是太上皇，大人说，小孩听，耳提面命，这是千古不变的法则，谁反抗，就是不孝，就是忤逆。小孩的任务就是读书做家务，其他玩耍全由他们眼皮子罩着，再要有私趣就只能偷偷摸摸了，一旦发现就准备屁股开花。挂在父亲嘴边的祖训是，篾条子下面出好人。他不知道，篾条子越抽越不服。我常想，当年我爸妈如果肯和我一起玩，我肯定会将红斑蚁的所有秘密告诉他们，甚至邀他们和我一起听顺阳讲他们家族的故事，哪会有胡师公来家里装神弄鬼一幕！记得之后我曾想报复胡师公，猪口条都预备好了，打算晚上堵在他回家的路上吓死他。后来想想还是算了，我跟他大孙子是哥们呢。】

第五章

38

队伍沿着一条裸露干涸的水沟快速行进。

横亘于归途的大小土坷、石块、树枝，甚至兽类的脚窝，对于切叶蚁来说都是一座座大山，一道道深坎。她们高举叶片逢山过山，遇坎越坎，从不停歇，偶尔也有跌倒，爬起来又继续向前。

顺阳打心里佩服这些异族的工蚁姐妹们。比如身旁这位瘦弱的小妹，身负重物行走，竟也大气不喘。哪像自己，半道上跟着她们走了一截空路，早已六肢酸软。她顺阳打小生长在王宫，平日和姐妹们打闹淘气，顶多在上下十来个楼层，到皇城外逛逛都很稀罕呢。可是，眼下如果说自己累了，提出来休息一下，那该多没面子。不过实在是走不动了啊，要不想个法子磨蹭一下吧……

她快走几步，抢在了小妹的前面，用触角碰了碰她：啃啃妹子，累坏了吧！来，我帮你扛扛。

不用，不累！小妹怕挡住了后面的队伍，只得旁挪两步停了下来，叶片仍扛在头上：姐，我们习惯了，真的不累。

顺阳想，真是个傻妹子，你是不累，可你看不出我很累吗？她只得换个说法：那，你教教我，怎么扛叶片吧，好吗？

好的。实诚的工蚁小妹将叶片递给了顺阳。

顺阳两只大颚紧紧钳住，跌跌撞撞往前走，刚走几步，小妹就赶上来拉住她：姐姐方法不对，要这样，这样……她示意将叶片侧向一边，不能竖在眼前挡住自己的视线。顺阳一点就会，一试果然轻松多了。

忽然，头顶传来嗡嗡嗡的声音，紧接着，一个尖细的惊叫响起：小心，寄生蝇！还没来得及厘清东西南北，却见一片黑影飘过，紧随其后一只长着红脑袋的家伙呼啸着俯冲而下。顺阳吓呆了，不知所措，多亏旁边的小妹将她一推，并顺势扑在了她的身上。【华秋野博士：寄生蝇，中文学名寄蝇，寄蝇科，属双翅目，有瓣蝇类，因将幼虫寄生在其他昆虫体内而得名。凡鳞翅目、毛翅目昆虫和叶蜂类昆虫的幼虫以及天牛、木蠹蛾、金龟子幼虫大都能被寄蝇寄生，甚至可寄生于甲虫、蝽象等成虫体内。切叶蚁外出采收叶子时，常被寄生蝇攻击并在脑袋里产卵，所以安排小工蚁坐在大工蚁的头上或叶片上警戒，防止他们攻击寄生。】

嗡嗡声早已远去。工蚁小妹赶紧从顺阳身上滚下，就势将她扶起，姐姐没事吧？没事吧？一边急切地问，一边踮起后腿，扬起前肢跗节上的两把小梳子，左一下右一下细心地替她刷去身上的尘土。

顺阳任由她侍弄，半天不能出声，她是被惭愧加感动哽住了，好一会才梦醒似的俯下身来，前肢抱住小妹，抱得紧紧的，好像生怕她跑了。她的个头是小妹的一倍还不止，然而生死关头，她这个大姐姐的命还得由小妹妹来救护！她们红斑蚁家族有句祖训：受之一哺，报之一囊。她觉得她应该记住她。

妹子，告诉我，你叫什么名字？她问。

她叫草一七八九！一个熟悉的尖细的声音从旁发出。

谁？顺阳复眼单眼齐用，吃惊地四下搜索。

我在这里哪！从刚才掉落草丛的叶片底下，冒出来一个细细的小脑袋，她爬上叶片，手舞足蹈，好不神气。原来是个比小妹还小得多的切叶蚁，个头只有小妹一半的一半。

唧吓，你是从哪里冒出来的？怎么这么小？刚出生不久吧？顺阳虽然有些吃惊，但被她逗乐了，摇了摇触须一串连珠炮甩了过去。

你才刚出生呢！她生气了，触角一摆，扭头不理她了。

小妹赶忙解释：别看她个头小，按辈分她还是我姐呢。她叫花九〇二三。我们切叶蚁王国以砂、石、土、水、花、草、树、根纪年，她先我一年出生。

顺阳更惊奇了：如此说来，你们是同巢姐妹？那她刚才在哪？她在队伍里做啥？

小妹指着地上的叶片说：她就待在这上面，搭我的便车。说是搭便车，其实忙着呢，在叶片上涂抹抗毒液，防止霉菌污染，而且负责警戒……

哦，明白了！刚才喊小心寄生蝇的就是你呀，迷你小妹妹！顺阳几步走过去，小梳子在她头上背上轻轻抚弄，以示歉意和谢意。

迷你小妹这才转过身来，触角在顺阳身上扫了扫，表示和解，她说：告诉姐姐你，在我们切叶蚁王国大家平等，不看个头大小，只有分工不同。

哦哦，对对。但是……你们王国姐妹的个头，差别好像真的挺大的啊！顺阳小心翼翼，生怕又说漏了嘴。

草一七八九：是啊，我们工蚁姐妹分四种体形，你看到了三种，只有老三以家务为主，没来。最大的块头是兵蚁，个头大体是老二的五十倍，老三的一百倍，老四的两百倍。我们在野外的分工你都见过了，负责家务的老三，姐姐若有兴趣，我明天带你见见吧。

顺阳连声说好。她对她们老大、老二、老四于野外的分工协作各司其职，打心里叹服，称得上奇妙。但心里纳闷的是：切叶蚁根据需要将工蚁分化出这么多大小不同的体形，她们是怎样做到的呢？其他蚁族包括她们红斑蚁，都只有生殖蚁和兵蚁个头大些，至于普通工蚁，大小都差不多嘛……

有差别才合理呢！顺阳正想请教，花九〇二三又尖尖细细地发声了：我们母王说了，切叶蚁进化了千万年才做到了按群体需要来配置体形，这说明了我们种族的先进！其他蚁族想这样还想不到呢，哼！花九〇二三头颅一扬，触角在空中划了个圆弧，那神气，恐怕除了骄傲，还有报复的快意。

唷唷，那是，那是。顺阳忍住笑连忙附和，心想，好个快嘴钢牙的迷你小妹！自知理亏在先，甘愿领罚。

草一七八九好不尴尬，赶紧扯开话题：喂，天色不早了，我们还是快点赶路吧！

她重新扛起叶片，提醒姐姐坐稳点，招呼乙乙跟紧些。

大家又一块嵌进了队伍中。

39

当晚，顺阳由草妹陪着在她们的客房安歇。她太累了，浑身像散了架。草妹先给她张罗吃的，然后替她又是梳洗，又是捶打。顺阳觉得她应该比自己累得多，有些过意不去，执意不让她侍弄。草妹却说，嗨，我们工蚁生来就是做工的，习惯了，哪像姐姐做乙乙的，多么娇贵！她硬是将她服侍得舒舒服服后，自己才去安睡。

这是顺阳离开王宫以来睡得最踏实最安稳的一晚。虽然不比自己的闺房，但毕竟是在蚁巢，尽管有些气不对味，还是感觉到了回归的舒坦，至少没有了在秋野家那种迥异的陌生，以及在荒野的孤独和恐惧。

睡得安稳了，脑袋里却闲不下来。最惦记的是母王，应该还健在吧？母亲，一定要等到女儿回去……顺晖新女王做得顺利么？没有了冷面婆，身边办事的还顺心得力不……秋野这些天肯定急坏了吧？怪不得你，只怪我太淘气，是我把自己弄丢的。你该不会傻乎乎的天天上山去找我吧？最要紧的是不要忘了三十天重逢之约啊……鬼点子你在哪里？我们还能见面吗……

我们工蚁生来就是做工的，习惯了……草妹的这句话也像是生了根发了芽长在了她脑袋里，薅都薅不掉。野外干完家里忙，为别个服务，为大家劳动，为了家园和家族的安全随时随地挺身赴险，而且认为所有的付出都是自己的本分，应该的。这就是工蚁。切叶蚁的工蚁如此，她们红斑蚁的工蚁们何尝不也是这样？稳当当、红妮姐以及所有的工蚁姐妹，为母后、为她们这些乙乙乃至整个家族，无时无刻不都在无私奉献？回想过去，她们这些做乙乙的在王宫里自命不凡，成天由姐妹们服侍，无所事事却心安理得。这次走出王宫闯荡了几天，才感到这世界真大！她仿佛觉得自己也突然长大了。她体验到了生存是多么不易，劳动是多么伟大。工蚁姐妹用短暂的一生辛勤劳动，默默耕耘，经营王国，守护家园，她们才是王国的真正的主人，她们……

40

早餐又是各种鲜菇、菌酱，比昨晚还丰盛，脆爽，微酸，略甜，各有风味，与她们红斑蚁的杂食相比，更诱口开胃，吃了还想吃。

顺阳邀草妹一起吃，草妹摆了摆前肢，说她早吃过了。

顺阳问她吃的什么？也是这些吗？

草妹说，不是，我们工蚁吸食叶汁。

顺阳愣住了，停止了咀嚼：为什么？蘑菇不好吃吗？

草妹吱吱一笑：怎么可能！在我们王国，蘑菇、菌酱是为生殖蚁和刚出生的小妹妹们专门制作的食粮，我们工蚁都是吃叶汁。

顺阳一脸惊疑：你们每天那么多姐妹采叶制菌，还不够大家吃吗？

草妹：哪够呀！我们王国有两百多万姐妹，光每天新生的小妹妹就有一千多呢。

顺阳早就听说切叶蚁王国是个大家族，没想到比她们红斑蚁帝国还大得多。她瞧了瞧面前盘中的美食，原来这是对异族客人的优待，顿时觉得无功受禄，受之有愧。

吃罢早餐，草妹说先带姐姐去看她们的制菌场，还说她已经禀报了母王，母王愿意接见她。

顺阳听了，当然惬意。

谁说只有红斑蚁帝国皇城一家独大？切叶蚁的地下城邦同样巍峨。她们迁来此地才十数年，其市政的完备、豪华当然比不得红斑蚁的历史名城，然架势已经拉开，规模初具。一条通衢虽不如明丽大道（想必早已更名为顺晖大道了）那样宽广，但深长无比，贯通上下两百多层，每层都由通衢连接大街，大街连接小巷，小巷连接巢穴，处处触须晃动，蚁群流淌，却涓涓然不壅不塞。

草妹领着顺阳在姐妹中穿插。

到了城邦的底部，十多层全是制菌场。

一间长宽足有半标大的车间——大体相当于人类的一个足球场吧——满地干枯的树叶，上面全是与花九〇二三个头相当的老四们，她们切嚓切嚓用口器将一堆堆脆嫩的叶片咀嚼成浆，往返穿梭均匀涂抹在四壁和天花上。草妹说，这是准备菌床。

这间规模相同，然劳作的工蚁个头比草妹小，比老四大，顺阳猜想应该是老三了。她们衔来一块块乳白色的菌块，用双颚揉碎后，细心地播撒在准备好了的菌床上。草妹说，这是播种。

这一间，还是一队队的老三们从城外运来毛毛虫的粪便、昆虫的尸体、植物的残屑之类，覆盖在已经播种了的菌床上。草妹说，这是施肥。

这间没见工蚁劳作，却有一只壮硕的兵蚁在室外来回巡察。草妹上前和她触须交涉后，才准许她俩在门口内望。只见四壁和天花上星星点点长满了菌苗，白白的，如烟，若雾。草妹说，这是蘑菇在发育成长。

顺阳指着室内，不解地问：噜，每间地上都铺满了枯叶，做什么用？草妹告诉她，主要是调节气温，保持室内干燥或湿润。为什么每间门口都有一堆散泥？顺阳又问。草妹说，准备封门用的。如果遇到蘑菇疯长而不及时封门，就会造成缺氧窒息，全城就只能弃城而逃了！顺阳惊问：唧吓，发生过吗？草妹：谢天谢地，由于管理到位，母王这一代还未曾有过。

最后参观的一间，是老三们收获蘑菇。她们排着长队依序而进，分片采摘后将圆粒的、条块的、管状的菌菇高高举起迤逦而出，场面极为壮观，与举着叶片回城的队伍别无二致，不同的是，翠绿的原料变成了乳白的成果，殷殷的希望换来了丰收的喜悦。

顺阳陶醉地问：她们送往哪里？

草妹：储藏室呀，有的直接送到王宫、育幼室，还有的送去工厂，加工菌酱。

顺阳想，原来种蘑菇还有这样多的学问！记得在王国时旁听产业丕带讲课，那讲了多少？不过是点点皮毛呢！

41

参观结束正往回走，忽然城外传来警报：红火蚁来了！顿时，全城骚动；少顷，骚动变成了流动，城内除老四们留守外，其余老大老二老三们如潮水般涌出城门。

顺阳紧靠土墙，身子微微抖颤。

留下来陪客的草妹小声安慰她：姐姐莫怕，我们从来没有输过，打得赢就打，打不赢就撤。

撤？顺阳惊问：她们攻进来咋办？

草妹触须一摆，无比自信：攻不进来！

大约过去了半个时辰。顺阳虽然看不到城外的厮杀，但想象得出战场的恐怖，定然如水冲大地，风扫流云，头颅飞滚，肢体横陈……

忽然，蚁群开始向城内回流。带回来的消息是，红火蚁凶悍无比，拥一百万之众，双方死伤十多万，将其击退不可能，只得回撤。

突然，顺阳感到城内黑暗了很多，空气也有些憋闷了。

草妹告诉她，这是城门堵上了。她见顺阳仍然惊魂未定，连忙解释：原来城门口堆了许多备战的芭茅，其叶片上的锯齿锋利如刃，回撤时大头兵蚁钳住叶尾往城内倒拖，很快就堵上了城门。敌军若再强攻，无疑自撞刀山，纵有不怕死的硬闯了进来，还不够大头兵蚁砍瓜切菜。

战事消停了，顺阳也慢慢平静下来。

草妹有问必答，给她讲述了她们家族的许多故事。

顺阳越听越觉得切叶蚁伟大！母王传给她的资料里说，人类的农业至今不过万年，而切叶蚁的种植业已有几千万年历史。她们自己种自己吃，从来不必与其他蚁族争食场，也不主动挑斗异族，由于族群本身强大，虽属国不多，但异族也不敢轻易挑斗于她们，即便挑斗也从不惧怕，甚至连军团蚁飓风般扫荡也占不到便宜……

她想，切叶蚁有好多好东西值得她们红斑蚁家族学习。

王宫坐落在宏大的广场东侧。

顺阳会见女王只是礼节性拜访。

她觉得女王也是一位慈祥的母亲。为了表明身份，她说她以红斑蚁帝国明丽十八年长乙乙的名义，代表二一三五代女王明丽即她的母亲以及现任女王顺晖，向切叶蚁王国女王表示敬意，恭祝女王健康长寿。并对切叶蚁王国曾经向红斑蚁帝国无偿支援菌种表示诚挚的感谢。

女王见她落落大方且又郑重其事，很是开心，连说不用谢不用谢，友好邻邦互通有无，应该应该。还说贵国回赠的特产蚧壳虫蜜露味道也很鲜美，好东西，好东西！

顺阳前肢相揖，躬身回应：难得女王喜欢，我回去后再送些，多送些！

最后女王吩咐，护送乙乙回国时，务必送些上好的鲜菇菌酱，不要小气。

42

二十个工蚁姐妹护送顺阳回家。草妹自在其中。她们高举用茧袋装满的礼品，大步流星出了城门。

顺阳突然想起一件事来，停住脚步招呼草妹拢来，她想看看什么是芭茅。

草妹带她来到城门一侧，指着那堆黄黄的长条的叶片，告诉她，这些就是。

顺阳抬起跗节，仔细而小心地摩挲叶片两边的锯齿，好硬，好锋利，不由得惊叹：唧吓，片片都是锋利的刀啊！

草妹说：不光是刀呢，有时我们还用它来架桥，做渡船，方便得很！

顺阳望了望草妹，感激地碰了碰她的触须，一一记在了心里。

正要重新出发，忽然有个什么东西跳到了顺阳头上，复眼模糊看不清楚。她好不恼怒，扬起前肢猛地一扫，竟还扫不下来。

草妹正要上前帮忙，那东西一蹦而下，出现在顺阳面前：嘻嘻！姐，我呢！

唧吓，鬼点子！顺阳大喜，将她一把抱住。

少顷，鬼点子推开顺阳，向她介绍身旁的一只红蚤：姐，我出嫁了！他是一只鸟蚤。【华秋野博士：蚤，是以哺乳动物和鸟类为宿主寄生体表吸血的昆虫（即外寄生虫），属昆虫纲，蚤目，体小而侧扁，触角长在触角窝内，全身鬃、刺和栉均向后方生长，能在宿主毛、羽间迅速穿行。无翅，足长，善跳跃。全世界共记录两千多种，我国已知四百五十四种。成虫产卵分为若干批，吸血可促成下一批卵的成熟。一个雌蚤一生可产卵两百到四百个。跳蚤食量很大，成虫一天可吸入相当于其体重十五倍的血液。少数种类可传播人兽共患疾病。】

顺阳：好厉害的鬼点子，还做新娘子了，恭喜你！停了停又问：你们啥时到的这里？

鬼点子有些得意：姐姐前脚进城我们后脚就到了！说完嘴一撇：只是她们不让进！唉，我们哪比得姐姐咯，你是乙乙，有别个请哪！

顺阳吱吱一笑，抬起前肢抚了抚她：噜，你们是怎么找到这里的?

鬼点子反问姐姐：你们这是去哪里?

顺阳说，回家。

鬼点子乐得一蹦老高：那好，我的故事好长呢！路上向姐姐详细禀报。

43

镜头回放。

凶狠的尖喙如同一支长长的镊子，轻轻一点夹起了正在地上翻滚的顺阳和蜗牛。

吓，岂有此理！鬼点子腾空一跃翻了个筋斗，稳稳粘在了恶鸟的背上。

树杈上，啄木鸟正在欣赏意外捡到的小吃，长喙左拌右拌，好不纳闷：吔，还有一只蚂蚁呢？奇了怪了！

鬼点子也以为没看清楚，跳到恶鸟头上，还是没看到姐姐。她想，准是半空中掉下去了，正欲奋身跃下，忽然觉得有谁将她一把拉住。

原来是只鸟蚤。

鬼点子本想骂他多管闲事，细瞧是个威猛的异族哥哥，通体金红，后腿粗壮，估计随地一蹦至少高达半标！鬼点子还是处子，见了心头一热。

鸟蚤哥说他看清楚了，有只蚂蚁落下去了，不过摔不死，有风。

鬼点子：肯定是我姐姐，我还是要去找她！

鸟蚤提议先吸饱肚子，然后陪她去。

鬼点子觉得也好，她还从没尝过鸟血呢。

鸟蚤哥热情向她透露，他的宿主只有腋下毛不厚，皮也薄，血忒鲜，而且还安全，爪子和喙都够不着。

鬼点子前肢一挥，意思明白：啰唆啥？带路！

野蔷薇。青翠的叶，明媚的花。

褐色的藤茎上，粘着两个小不点，陶醉在情爱的甜蜜里。

鸟蚤哥：妹妹的宿主也不赖吧？

鬼点子：狗。

豺狗？

家狗。

家狗？那……这么说妹妹可能尝过人血啰？

那当然！鬼点子头一扬，挺身一跃，抱住了蔷薇藤茎上的一棵刺柱，瞧了瞧脚下的鸟蚤哥，有点居高临下了。

在蚤族，尝过人血是她们短暂一生的最高荣耀。

鸟蚤哥：妹妹厉害……

他有些自惭自卑了，将火辣辣的眼神从妹妹婀娜的身躯上挪开，落到了脚下一丛翠绿的七里香叶片上……

叶片上，两粒黑色的珠子骨碌碌贼溜溜凶巴巴，天！原来是眼珠子混在一片青翠里，青翠的树叶融洽了青翠的身子——树蛙！他正向上窥视，轻按前掌，准备纵身一跃……

妹妹小心！鸟蚤哥话音未落，树蛙的毒舌已到。

万幸！多亏了抱着的那棵刺柱。

树蛙负痛逃走。鬼点子掉落地下。

鸟蚤哥正细心地为新娘子舔舐身上的黏液。

树蛙的舌液是有毒的，鬼点子觉得周身刺痛，哎哟哎哟直哼哼，眼睛瞟着远处。

忽然她停住叫唤，指着大约五标开外，指挥鸟蚤哥：喂，快去看看，那边好像有谁拖着一个物件在跑。

鸟蚤哥去了好久才回，告诉他，一只蚂蚁拖了个小板栗壳，遇到了一队切叶蚁回巢，她还帮助了一只跌倒了的小工蚁，然后跟着切叶蚁的队伍走了……

鬼点子急切地：快说，长啥模样?

鸟蚤哥：肚皮肥大，身上有些红斑……

姐姐！鬼点子乐得一蹦，好像全身一点都不痛了：走，我们去追赶她们！

44

队伍蜿蜒向北行进。

顺阳走在队伍中央，草妹紧随于后，鬼点子和红点子（顺阳新赐名）左蹦右跳，充当保镖。

忽然队伍停止了前进。红点子说了声：招呼姐姐，我去看看，只一弹便没了身影；片刻间他又自天而降，跳回到顺阳面前：姐姐不好，遇上了悍蚁！

悍蚁？顺阳花容失色，心里暗暗叫苦。她从家族史料中早已知晓，悍蚁又名蓄奴蚁，是蚂蚁同类中的土匪强盗恶魔，出奇的懒，连自己进食、洗澡都不会，唯一擅长的是凶狠，是掠夺，抢掠其他蚁族的幼虫和蛹回巢，羽化后充当奴隶，为她们找食物，管家务，做保姆。闲来无事，她们还会在外壳上吐唾液，等着蚁奴来替他擦亮铠甲。【华秋野博士：悍蚁，又称亚马逊蚁，中文学名蓄奴蚁，主要衍生于北半球，东南亚也有发现。蓄奴蚁最大的特征是懒惰，懒到只能靠奴隶将食物嚼烂后喂入口中；唯一的本事是战斗，以抢夺其他蚁巢的蚁卵或幼虫蓄养为奴，外做劳力，内当保姆。此外他们还有一个小伎俩，就是抢夺战中蚁王于阵前诈死，被作为重大战利品抬进蚁巢后突然复活，威逼对方蚁王要幼蚁要蚁卵，狮子大开口且不准讨价还价，稍有不从，便杀死蚁王鸠占鹊巢。】

顺阳：走，去看看！

鬼点子赶忙拦住：姐，我们逃吧，还来得及。

顺阳有些恼怒：唧吓，你叫我丢下大家不管？不行！要死一起死！她执意地拉着草妹便往前冲。

三十多只悍蚁挡住了前路，个个像凶神恶煞，通体暗红，铠甲闪亮，长着锯齿的大颚如同两把弯镰，左右挥舞，咔嚓有声。后面还趴着一支长长的混杂的队伍，叼着幼蚁抱着蛹，估计是她们的家奴。看样子，她们刚从外地征战归来，在这里不期而遇。

悍蚁头领摁住一只切叶蚁，在她扛着的茧袋上用弯镰凶狠一划，然后从散落一地的蘑菇中捡起一条，随手甩给一个家奴，叫她嚼碎后喂食于她。她咂着嘴品味，摇头晃脑：不错，好吃，全给我留下！

一声号令便开抢了。

切叶蚁们左闪右躲，顽强抵抗。有只切叶蚁扛着茧袋企图逃跑，一只悍蚁几步赶过去，两把弯镰对着其脑袋一个对刺，然后一拧，一抽，两个血窟窿！一只切叶蚁双颚死死钳住茧袋不放，恼怒的悍蚁抓住她，一撕，一扯，立时身首两处。蚁族的神经系统相互独立，可怜她头颅落地犹自触须晃动不停呐喊，躯干朝天六肢伸屈还在愤怒挣扎……

草妹悲愤加恐惧，瑟瑟发抖。

顺阳血脉偾张，早没了一丝胆怯，她大吼一声：浑蛋！不要伤害她们！要杀要剐冲我来！

抢劫和杀戮戛然中止。

悍蚁头领瓮声瓮气恶狠狠：嚯，真还冒出个不怕死的来了！那她们是谁，你又是谁？

顺阳正义凛然：她们都是切叶蚁王国热爱劳动自食其力的工蚁姐妹！本小姐是红斑蚁帝国明丽十八年长乙乙。她们是送我回家！

悍蚁头领踱拢来左瞅右瞧，痞里痞气：啧啧啧，怪不得，果然有些来历！不过，贵乙乙今天落到本王爷手里，恐怕也只有当俘虏做奴才的命了！哈哈，大伙说，对不对？

众悍蚁弹须相碰，哄笑附和：对！对……她不是会下蛋么？押回去叫她天天下蛋生奴才，省得我们出来奔波，你们说好不好……好！好……

顺阳冷笑一声，依然慢条斯理却雍容大气：哧，我相信你们做得出来。可是，你们想过后果吗？

悍蚁头领前肢一挥满脸傲慢：哈，还有后果？我倒想请教请教贵乙乙，你说的后果是什么？

顺阳突然触须高扬，声音朗朗威武霸气，甩过去几句狠话：我红斑蚁帝国大军横扫你老巢，杀你个尸骨无存！

悍蚁头领当然知道，她们与威震东岗的红斑蚁帝国相比，不过是小股山匪与大兵团抗衡。但她稍忖之后依然凶相毕露：我现在就把你们全都杀了，一个不剩！看谁给你们通风报信？

顺阳将鬼点子、红点子往前一推：上！露两手给她们看看！

鬼点子、红点子应声：好哩！飞侠来也！

双双一个筋斗云翻到阵前，然后一个蹦高，一个跳远，后腿都像装了弹簧似的，你蹦我跳，均在半标以上，看得大伙都发呆了，悍蚁的家奴们甚至忍不住叫起好来。

红点子蹦到悍蚁头领面前耍了个花式，吔一声左蹦到右，吔一声右蹦到左，撩得那家伙立起身子舞动两把大刀上下乱砍，躁得哇哇大叫。红点子就势跳上她的脑门，吸附在三只单眼处乱掏，悍蚁大刀够不着，前肢扫不下，除了在地上翻滚，一点办法都没有。

鬼点子更绝，她在悍蚁堆里炒爆豆，在她们脑门上腾挪弹跃，跳起之字形舞来。悍蚁们高举弯镰咔嚓咔嚓像是为她伴奏。她有时急促，平举刺针直戳悍蚁单眼复眼，疼得对方满地打滚；有时舒缓，稳坐在悍蚁腰腹搔首弄肢，待悍蚁援兵张开弯镰猛地一剪，她却跳在半空，欣赏援兵稳准狠剪下了同伴的一条后腿……

顺阳一声喊：行了，点到为止。

红点子、鬼点子闻声刀枪入库，立马回到顺阳身边。

顺阳得意地问：怎么样？我的两位保镖当回信使该没问题吧？

悍蚁头领有些丧气：那你们三个走吧！其余留下，给我们种蘑菇。

顺阳咬钢吐铁：不行！她们是为我送行的朋友，一个也不能留下！停了停，又缓和了语气：不过，她们送给我的礼物，我可以转送给你们。

悍蚁头领思忖再三，只得妥协，说了声好吧，自下台阶。

她大臂一挥，招呼家奴上前扛起茧袋，然后率领队伍怏怏而去。

一场血腥杀戮终于和平解决。

45

南坡。一片柑橘地。

地上铺满了陈年枯叶。对于蚁族，枯叶堆道无异于沼泽泥潭，叶片上举步摇晃，跌下去处处迷宫，爬上来道道魔障。鬼点子、红点子在前面侦察引路，草妹搀着顺阳踽踽而行，步履维艰。

草妹没有随众姐妹回去，是她自己执意要求留下护送姐姐回家的。顺阳想想也行，请个真正的蘑菇技师回皇城，何尝不是一件好事！再说，她还记着回赠切叶蚁女王蚧壳虫蜜露的事呢，到时送草妹回家正好一并带走。

总算走出了魔道。前面是一片开阔的沙石地。

顺阳早已疲累至极。

大伙围着她，歇息一会。

忽然一队巡察的蚁兵发现了她们，立时围了上来。

嘟！干什么的？队长模样的上前盘问，可能是位战斗英雄，腰间少了一条中腿。

顺阳想，今天真晦气啊，总是遇上麻烦！但她温和相答：我们路过这里，走累了，歇一会就走。

队长来回打量，顿生疑窦：蚂蚁跳蚤结伴而行，族类各异，大小不同……该不是敌方侦探吧？她触须一晃，严词厉色：哪里来，哪里去？说！

鬼点子早不耐烦了：少点啰唆！看不出来吗？回红斑蚁帝国，这位就是帝国的顺阳乙乙！

巡察的兵蚁们交头接耳：红斑蚁？又是红斑蚁……

队长似乎证实了自己的判断，一声断喝：拿下！

兵蚁们一拥而上，按住了顺阳和草妹。

鬼点子大叫：谁敢！

红点子闻声一蹦，稳稳地粘在了队长的脑门上，厉声喝问：你想咋样？

队长双颚乱砍前肢乱扫，却砍不到扫不下，气得一点脾气都没有，只得说：押回去问明情况，如果不是侦探，就放了你们。

顺阳：那好，我们自己走！

队长触须一摆，众兵蚁松开，簇拥着嫌犯默默回城。

【华秋野博士：切叶蚁是蚂蚁家族的精灵。霍尔多布勒和威尔逊在他们合著的《蚂蚁的社会》中写道：人类农业起源约于一万年前，使我们迅速从狩猎、采集过渡到了一种技术性的、逐渐城市化的生活方式，令人口急剧扩张，并使人类将其自身转化成了一种地球物理层面上的力量，开始改变整个星球表面的环境。然而，在人类这一重大变革出现约六千万到五千万年前，一些社会性昆虫早已完成了从狩猎、采集到农业的变革，如切叶蚁发明的真菌栽培，成了他们日常饮食的基本组成……如果来自另外一个星系的访客在一百万年前到访地球，他们也许会断定，切叶蚁群落是这个星球的最先进的社会。】

第六章

46

太阳快下山了。余晖像金粉般涂抹在山坳里，喷洒在树梢上，押着嫌犯的队伍行进在斑斑驳驳的霞光中。

一片小水洼。

在人类看来不过是个牛滚凼而已，可在蚁族眼里，这是一座浩瀚的大湖。湖中有个小土包伶仃耸兀，自然算是洲或曰岛了。凼边发癫发傻般长着一圈野荸荠，湖面摆盘弄碟般铺展开几片莲叶，托着一枝红荷独放，素衣半褪酥胸露，山野无人不怕羞。

队长来到水边，像拜佛请神一样，撑起前肢对着洲岛高频率抖动触须。不一会儿，神就请到了，洲子上的几个守卫以莲叶做桥墩，很快就架起了几座浮桥，从桥上飘然而至。

顺阳、草妹看戏一样看傻了，一时忘记了被羁押的屈辱。草妹问：她们是哪一族呀？城邦建在岛上！

顺阳触须一摆：鬼晓得，不过还有点花样。她走拢去细看那浮桥，竟是就地取材，全是晒干了的野荸荠苗。

鬼点子红点子猫跳狗跳喜不自禁，双双桥上一点，蹦上了第一个桥墩，嚓嚓嚓，在荷叶上跳开了她们蚤族的迪斯科。

队长一声吆喝，大家先后上桥。

这野荸荠苗中通外直，又轻又韧，大小衔接，可长可短，十分便当，除了做浮桥，还能做隧道，两个桥墩上一搁，风雨飘摇任我行。

顺阳心想，又长见识了，虽然受辱，但这一趟值。

47

原来岛上根本没有城邦。

那个该死的队长将嫌犯交给岛上的守卫后，装腔作势丢下四个字：听候发落！她见红点子又要蹦过来收拾她，吓得屁滚尿流赶紧撤，还边撤边抽走浮桥，断了岛上的逃路。

断了岛上的逃路，逃不了了就不逃。

鬼点子、红点子早躲到哪里私会快活去了。

蚁族都是旱鸭子，从不与水亲近。如今四面环水，水环四面，顺阳着急却是干着急就干脆不着急，招呼一声草妹，便去闲庭信步环岛游。

东南踱到西北，十二标。

西北踱回东南，十二标。

无聊。

烦躁死了。

说了不着急的！

一个守卫工蚁趴在水边，撑起前肢，身体前倾，死死盯着水里。

她在干什么？

顺阳、草妹做贼一样，踮起海绵般的爪垫，悄悄躲在她的身后。

天！原来她是抓鱼！

她将嗉囊里好吃的无私地贡献出来，吐到了水里，引来了几尾只吃不长的千年佬。只吃不长的千年佬学名食蚊鱼，一辈子两到三厘米长，不及人家鱼苗大。守卫小妹瞄准其中一条，双颚死命一掐，往泥沙里一摁，抓住了！可怜兮兮的千年佬，尾巴掀不起浪花但也拍得起水花，可是守卫小妹不管不顾，死不松手，她坚信困难是暂时的，前景是美好的。

摁住！摁住！鬼点子、红点子什么时候也到了，跳着喊，喊着跳，为她鼓劲。

守卫小妹的劲鼓起来了，千年佬的劲鼓没了，不拍水花了。少顷，守卫小妹拽住千年佬往岸上倏地一甩，千年佬竟直挺挺仰卧沙滩，弹都没再弹一下。估计他早在泥沙里就憋死了，抑或没有憋死也是活活气死的：浪里白条竟然斗不过一只臭蚂蚁！

顺阳带着草妹围着千年佬转了两圈，噜哈！真是不得了啊了不得，要不亲眼所见打死也不会相信：这位小妹身长不到千年佬的三分之一，体重不及他的三十分之一，居然能在水里摁住他还拽上来！顺阳佩服得五体投地。

佩服得五体投地的顺阳当场表示赞赏：小妹你真行，真厉害，力气真大！

守卫小妹听了当然舒坦，不过她摆了摆触须，神情淡然：谢谢姐。我们黄猄蚁姐妹力气都不小。

说着，她将战利品拖到浅草处晾起。大家一齐动手，助她一臂之力，这才发现，浅草上已经晾晒了七八条。

草妹：喂喂，不怕其他族类来偷么？

守卫小妹：不怕。岛上只有蛤蟆，不吃鱼干，只吃活物。说完，触须一摆，在前边领路，带大家去吃晚餐。

半片青瓦覆盖于地，成了几位守卫的栖身之所。虽是棚屋，却冬暖夏凉，南北通透，风景入画来；宽敞明亮，不湿不燥，何陋之有哉？

主人从地库里拖出一只大绿蝽，一头天牛，一条千年佬，各大卸八块，招待客人，当然自己也改善生活。说来也怪，她们都蛮友好，定然是孤洲来客少，嫌犯亦亲朋。

纵然都是山珍海味，鬼点子、红点子却无从下口，兴味索然。顺阳从没吃过鱼，觉得鲜美，大快朵颐。草妹向来吃素，初次开荤，倍感新鲜，慢慢享用。

啧啧，你们真是黄猄蚁？吃个半饱后，顺阳忍不住边吃边提问了。她从家族资料早已得知，黄猄蚁在树上织叶结巢，捕食昆虫，个个力大无比。可是这荒岛上除了杂草哪有树木？她问：怎么没见你们的城邦？

守卫小妹开心地触须一扬：呵呵，姐姐错了，错得没边！

原来黄猄蚁的城邦就在顺阳她们被俘的那片柑橘林。这座荒岛只是她们流放本族罪犯和关押外族嫌犯、俘虏的地方，同时兼作仓库，岛上挖有许多很深的地库冷窖，冷藏了大量鞘翅目、半翅目、鳞翅目昆虫及无脊椎小动物的干尸，用以解决王国旱季和雨天的粮荒。

顺阳越听越气。那个狡猾的该死的队长，说是问明情况就放了我们，骗得我们上岛了就不管了，骗子！

但她压住火气，继续打探：我们只是路过你们领地，歇一会就走，为什么把我们抓来？

怎么会呢？守卫小妹有点不相信，想了想，帮她们分析：是不是讲错了什么话吧？

讲错话？顺阳开始回忆。

鬼点子：她问我们去哪里，我说我们回红斑蚁帝国……

守卫姐妹们一惊，好像大白天见鬼了，同时后退几步，竖起了触须。

鬼点子有些火了：你们紧张什么？我们会吃了你们？

顺阳想，问题应该就在这里了，肯定出了什么大事。她拽了拽鬼点子，心平气和：姐妹们，你们看，我们大的大小的小，能把你们怎样？告诉我们吧，我们红斑蚁怎么啦？叫我们死也死个明白！

好一会儿，还是那位抓鱼的守卫小妹，吞吞吐吐讲出了事情的原委：黄猄蚁王国与红斑蚁一属国相邻。红斑蚁属国拥三十万之众，仗着势大，每年于春雨冲刷过后气味消失殆尽，便以无主土地之名，抢占其东南一块长五标宽两标的属地。一年之计在于春，对于黄猄蚁来说，春夏是最繁忙的季节，织新巢，育新蚁，捕新虫，只能以生产为重，以收获图存，哪有时间全力御敌？每年秋后，兵强马壮之时才是扬眉吐气之日，黄猄蚁举全国十万虎狼之师一举收复失地。每年春占秋收两场战争已成定制，双方都要折损几万兵勇。年年打，打厌了，谁都想休兵，又谁都不想弱志。今年的春占之争前天才结束。正当一家欢乐一家愁之敏感时刻，顺阳一行来此造访。

原来竟是这样！顺阳明白了真相，反倒觉得轻松了。

噜哈，鬼点子他俩呢？

顺阳问草妹：怎么转眼不见了？

48

渡口。

鬼点子：你确有把握吗？

红点子：没问题，刚上岸，我就转身试过一个来回了。

鬼点子：按理说，天黑之前应该可以找到她们的城邦。

红点子：完全可以。乙乙的信息素呢？

鬼点子从怀里掏出几根绒毛，递给他：这是我刚刚趁姐姐不经意时从她身上拔下来的，别弄丢了。

红点子便双颚夹住，摆了摆前肢，蹲下身子猛地一蹦，跃上了最近的一个桥墩，又蹦，再蹦……几下就到了对岸，没了踪影。

鬼点子转身回走，差点撞到身后的顺阳、草妹。

顺阳：红点子去了哪里？说！

他……鬼点子想撒谎来不及起稿子了，只得实话实说：他去红斑蚁属国，搬救兵……

顺阳本想发作，责怪他俩自作主张，但又想想，算了。除此之外，能有什么高招？

49

翌日。清晨。

山蛤蟆鼓噪了一夜，累得闭上了臭嘴。

太阳从东山坳里拱了出来，笑眯眯的。

草尖上挂着金色的晶莹剔透的露珠。

户外沙坪上，顺阳、草妹、鬼点子正在打扫个人卫生，洗脸，刷身，擦触须，完了准备去吃早餐。忽见一队兵蚁冲上岛来，带路的正是那骗子队长，转眼间来到了眼前。

就是她！骗子队长一指顺阳。

草妹横身一挡：你想咋样？

一个牛高马大的家伙踱上前来，只一拨，草妹飞身老远，她三只单眼凶光闪射，盯着顺阳上下打量，举止不太文明，话语也蛮粗鲁：说！你就是红斑蚁帝国什么乙乙啰？

鬼点子正要飞身给她指点指点啥叫礼貌，顺阳拽住了。

顺阳竖身而立，雍容大度：本乙乙就是红斑蚁帝国明丽十八年长乙乙顺阳。请问，你是谁？

骗子队长一字一顿：她是我们国、防、大、臣！

顺阳心里一亮，红点子大功告成！却喜存心底，依旧轻言缓语：国防大臣军务繁忙，却为了几个嫌犯，亲自跋山涉水上岛来，不知有何见教？

在粗汉眼里，对方越是彬彬有礼，就越觉得是对自己的轻侮和傲慢。国防大臣怒火一腔：你们红斑蚁属国出动十万大军，要把你抢回去。我们想借你一颗头颅，誓师迎战！

鬼点子、草妹挺身而立，怒目金刚。

顺阳吱吱一笑，心想你把我看扁了，这样的小把戏都看不穿，江湖闯荡白闯了！她扒开鬼点子、草妹，自己上前线，仍然温文尔雅：顺阳的头颅，如果真能缓解贵国被荡平之危，您随便派几个兵卒前来，取走就是嘛，区区小事何劳大臣亲自出马？我想，事情恐怕不会是这样简单吧？莫非……她讲半截留半截，反倒调起她的口味。

国防大臣傻乎乎地瞅着她：莫非什么？

顺阳单眼里闪射的是智慧和轻蔑：莫非国防大臣对本乙乙另有所求吧？

国防大臣一脸惊愕，以为遇到了天神，惊愕之后一脸谦卑，如同下人面对主子：乙乙果然见识过人，佩服佩服！我们对乙乙确有所求，确实确实！乙乙您我们当然是、肯定是要放的，但是，我们想请乙乙您、想求乙乙您出面斡旋，力劝属国罢兵休战。您看如何？

顺阳心里在骂，好个先兵后礼的笨蛋，嘴上却说：我去试试，尽力而为，不过……顺阳喜欢看她那傻乎乎的熊样。

国防大臣果然配合，生怕她变卦，急得张开大口，塞得进两条千年佬：不过什么？

顺阳：不过，我想一次性调停解决双方的边界争议，从此罢兵，永不再战。您看如何？她模仿她的谦卑，以礼貌反馈。你敬我一尺，我敬你一丈。

什么叫大喜过望？请看国防大臣为你演绎，她触须一扬，前肢双举，脱口一吼：好哇！当然好当然好当然好！如果真能这样，乙乙您，就是我们王国最尊贵的国宾！

草妹在一旁偷偷地笑。

鬼点子却心存不甘，节外生枝：我们乙乙路过这里，无缘无故被扣押，那些个有眼无珠的家伙，该不该认个错，道个歉？

国防大臣踢那队长一脚：应该应该！

队长赶忙上前躬身垂首：认错认错，道歉道歉。

50

顺阳被请到了一片开阔的洼地中央，伴随的只有鬼点子和草妹。

骄阳如烤。没有一丝风，空气像是凝固了。浓浓的甲酸（蚁酸）味携带着死亡的恐怖和柠檬的芬芳，在旷野里弥漫。

洼地的四周尽是坡地，草木荣荣却肃杀之气笼罩。

按照气场的强弱，顺阳揣测，红斑蚁属国是攻方，擅长阵地战，东南坡山草瑟瑟，隐匿的定然是她们的十万大军；黄猄蚁是守方，擅长蚁酸炮战，西北坡树叶沙沙，埋伏的准是她们的万千炮兵。

顿时，一幅幅血腥的画面在顺阳的脑海里闪现：红斑蚁大军掩杀过来如铁流奔泻，黄猄蚁万炮齐放若暴雨倾盆；噗噗噗黄色的毒液遍地开花，受之者头颅触角盔甲肢体即刻被腐蚀如塑料般熔化。炮战之后肉搏，十多万双大颚交相挥舞，刀铡，斧砍，镰钩，撕咬，拖拽，抱滚，甚至自喷蚁酸，与纠缠者一起蜡烛般销熔；地面上很快积满了断首残肢，宛如一地松针……

看，红点子！鬼点子眼尖，一指东南坡地。

顺阳回过神来，果见有个黑点在远处蹦跳：去，他可能有话要说。

鬼点子风风火火转瞬即回：他说，红斑蚁要于阵前核准乙乙身份。

少顷，一个传令兵模样的站在高处，触须高竖，点对点，信息强烈：我们主帅想问，乙乙是红斑蚁帝国哪朝哪代的乙乙？有请乙乙亲自回答。

顺阳深知这是红斑蚁家族办事严谨的传统，打心里赞赏，同样触须竖起点对点高频回应：本乙乙为明丽十八年长乙乙顺阳。

传令兵：红斑蚁帝国迄今多少代？

顺阳：二一三六代。

传令兵：当朝女王是谁？

顺阳：明丽十八年幺乙乙顺晖。

片刻之后，传令兵：我们主帅确认了乙乙身份。我们主帅还想知晓，乙乙一行是否受到了对方虐待？

顺阳：没有！

传令兵：主帅说了，今天是战是和，全凭乙乙定夺！

顺阳：谢谢主帅！我的意见是，免战！即刻退兵！并请双方主帅马上来洼地中央，有要事相商！

不一会儿，双方阵地便草动叶摇，鸟飞兽走。

要事相商商起来其实不难，因为一个锅要补，一个要补锅，两相情愿。

顺阳拿出在来的路上早已想好的方案，带领双方主帅到争议现场执行：互相指认争议地块；在共同争议地块上打一中线；于中线两端各种一颗松籽和一颗杉籽（都属高大乔木寿逾千年），明确长大后的松树归红斑蚁属国，杉树属黄猄蚁王国；树苗成树之前，中线两边各拿一标作为无蚁区，只准双方堆放垃圾，不能用作建巢和其他经营。

以上执行方案，再由双方国防大臣（丕带）和内政大臣（丕带）到现场共同确认，彼此交换信息素，缔结和平友好之约，永不再战。

趁热打铁，双方最高确认其依凭，于当天下午立马办妥。

为了庆祝这一盛举，黄猄蚁尽地主之谊，举办欢庆盛宴，双方当事人悉数参加。黄猄蚁是蚁族中食肉一族，当下正是捉获的旺季，天上飞的，地下爬的，水里游的，大绿蜻、吉丁虫、橘红潜叶甲、铜绿丽金龟、天牛、叶蜂、千年佬等美味佳肴，都拣最好的搬上食桌，令杂食一族的红斑蚁嘉宾大开洋荤，一饱口福。

席间，黄猄蚁内政大臣代表女王授予顺阳乙乙为王国友邦尊客，并给予最高礼遇，即赠予女王信息素，终生可自由出入黄猄蚁王国大小城邦。顺阳乙乙热情洋溢致辞答谢。宾主双方为乙乙的殊荣和答谢，报以经久不息的跺足和欢呼。

宴毕。

红斑蚁属国嘉宾们满载馈赠准备辞行时，其内政丕带代表女王要接顺阳乙乙去属国视察。黄猄蚁王国死活不肯，其内政大臣也代表女王惠留尊贵的友邦尊客小住几天，城内城外到处走走，不吝指导，到时将保证恭送乙乙安全抵达贵国。

客随主便，顺阳恭敬不如从命。

属国内政丕带也躬身揖别，表示回属国恭候乙乙。

51

消除了敌意，队长其实还是蛮可爱的。

她主动提出要陪王国的友邦尊客玩几天。内政大臣批准了，嘱咐她不要怠慢了客人，有事随时报告。她纠正大家，说她不是队长，因为从小少条腿，都叫她五腿先生。顺阳说我们已经封你为队长了，叫顺口了，懒得撤你的职，就做我们的游玩队长吧。游玩队长和鬼点子、红点子不打不相识，相识了还要打，一路上冷不丁你冲我一拳，我踹你一腿，你来我往难免伤及无辜，实诚的草妹讨厌讨厌骂个不停，顺阳自然帮她斥这个，训那个，却也乐得笑声连连。

队长先带大家来到一个高坡，爬上一棵高树，再攀上一条高枝，极目四眺。大家看到的是一片柑橘林，三亩六十多棵。【华秋野博士：约相当于人类一家子占用一百多平方公里。因为蚂蚁占领的不只是橘林的平面，而是全部植被的立体空间，包括树干、树枝、树叶，乃至树下的土地。】每棵树上都有五到六个用柑叶织成的蚁巢，个个椰子大小。最大的一个就在大家脚下这棵树上，长达一标多，状如冬瓜，是黄猄蚁王国的中心城邦，王宫所在。

织叶为巢，大家从没见过，提怪问题一堆：每个巢都是一个蚁群吗？都有一个蚁王吗？不同树的巢、不同巢的姐妹分不分彼此？见了吵架吗？这种巢坚固吗？日晒雨淋不散架吗？……

难怪队长毛遂自荐，原来她确有两把刷子，算得上是个合格的游玩队长，她来者不拒，有问必答：哪里话，这里所有蚁巢同属一个蚁群，我们都是母王的女儿。不同巢的姐妹虽然没有同巢的姐妹那样亲密，但也从不吵架，吵架还算得姐妹么？至于这种巢坚固不坚固，散不散架，简单得很，带你们去看个现场施工就一目了然……

大家从高树上溜下来，跟着去看现场。

路上，游玩队长正式打开了话匣子，问她讲，不问她也讲，真所谓知无不言言无不尽。她说，她们黄猄蚁又名黄柑蚁、红树蚁，属于织叶蚁，主要生活在暖和的热带和亚热带，由于有树上捕虫的绝活，一直跟人类相处友好。她们这一支老祖宗原来在闽西，一千七百年前（约西晋时）岭南人用重金礼聘她们来此，施展绝活防治柑橘害虫。重金不重金谁在乎？反正都在人的手里转，她们只对虫子感兴趣，虫子吃柑叶，她们吃虫子……【华秋野博士：西晋《南方草木状》（距今一千七百多年）记录了岭南地区人们购买黄猄蚁用来防治柑橘害虫的事例：柑乃橘之属，滋味甘美特异者也。有黄者，有赪者。赪者谓之壶柑，交趾（今广东及越南北部）人以席囊贮蚁鬻于市者，其窠如薄絮，囊皆连枝叶，蚁在其中，并窠而卖。蚁，赤黄色，大如常蚁。南方柑树若无此蚁，则其实皆为群蠹所伤，无复一完者也。】

说话间便到了。

这是最东边的一棵柑橘树。树冠向阳的几个枝丫上正在营巢。

相邻枝叶上，悄悄有看客。

看客们刚开始看，就被眼前一幕看傻了。

两根细细的绿玉般的枝条，各自罗缀了十多片青翠的柑叶。黄猄蚁姐妹们正在将这些叶片拉拢来，缝起来。近的好说，远的就难办了。眼下施工的这两片相距至少三四寸，姐妹们分成四组，每组七到八只，互抱成链，一齐发力，硬是生拉死拽将两片叶子活生生地拉了拢来！

关键的是还有风啊。她们，以及她们活生生拉拢来的两片叶子，一起在风中僵持，一起在僵持中随风飘荡！

难怪，两手空空能捕获千年佬！

坚韧与智慧，是亿万年进化而来！

一起僵持随风飘荡中，霎时出现了几只稍大的工蚁，各自叼着一只白白胖胖的幼虫，在两片树叶间来回穿梭吐丝，不一会儿，幼虫的丝就将两片叶子魔术般地紧紧黏合在一起了。

于是，链条散去。她们又去新的枝叶上组成链条，重新拉拢、黏合……

看客们这才长吁了一口气。

啨啨，刚才你们看见了吗？顺阳突然问：有只幼虫好像不肯吐丝，叼着她的工蚁轻轻地拍了拍她，还用触须在她身上抚了抚，她才开始吐。

草妹：是的，我也看到了。

鬼点子：噜，怕是病了？

红点子：哧，一条懒虫！

队长呵呵一笑：她是担心丝吐完了，化蛹时只能裸睡，难保活命。作为蚂蚁，谁不想变为成虫啊！那位叼着她的姐姐是在安慰她，叫她放心，对于裸蛹，王国设有专门的育幼室，会精心呵护你，确保安全……

红点子：思想动员啊，做不通咋办？

队长：做不通好办，丢掉她！在我们王国，我为大家，大家为我，你不愿为大家作贡献，要你何用！不过，到现在为止，还没有发现这样笨的。

顺阳默默地点了点头。

红斑蚁伟大。

切叶蚁伟大。

黄猄蚁何尝不也是蚂蚁中的精灵一族啊！

52

第二天清早，一场麻麻雨，把全世界喷得水滴滴的。

吃早餐时，队长说：今天这样安排行不？上午下雨，我们去参观白蚁王国，等下午天晴了去岛上钓鱼。

鬼点子喜欢较劲：你问过天了？下午他晴？

队长随口一句谚语：早落雨，晏太阳，下午晒死蛐蛐娘。她们黄猄蚁是捉获一族，个个都是气象专家。

顺阳、草妹都像有事要问，话到嘴边被红点子抢先了：五条腿你发高烧吧？参观白蚁王国？

蚂蚁白蚁都叫蚁，但此蚁非彼蚁。白蚁是昆虫界的活祖宗，在地球上生存了两亿多年，属于蜚蠊目，由蟑螂演化而来；蚂蚁当然也是地球上的老资格，但和白蚁比还是嫩了点，属于膜翅目，由黄蜂演化而来，跟蜜蜂是亲戚。白蚁吃素，从不与外族结仇，无奈长得白白嫩嫩，秀色可餐，美味可口，谁不想得而食之？蚂蚁就是其天敌之一，世代冤家。所以，队长安排去参观白蚁王国，大家都觉得奇怪也。

队长：谁发高烧啦？我讲的是真的，我们跟邻居白蚁王国关系友好！

冤家成了友好？

队长讲了一个感人的故事。

十五年前，当朝女王参加完婚飞，打算在这片新橘林安家建国，谁知甫一落地，就被巡查的白蚁兵逮个正着。押解回城后，蚁王蚁后大堂亲审，得知她是黄猄蚁，叽里咕噜连比带画说了一大堆。尽管都是昆虫，到底不同种族，只能听懂个大概，意思是蚂蚁不仁白蚁不能不义，况且白蚁吃素，黄猄蚁吃荤，只要答应今后井水不犯河水，就放她一马。未来的黄猄蚁女王当即表示，愿做友好邻邦，永不侵犯。后来，黄猄蚁女王的承诺不仅做到，而且超过，两次军团蚁横扫白蚁王国，都是黄猄蚁施援救急，内外夹攻，共退凶顽。从此两国之间互通往来，日渐友好。双方化敌为友的故事，在当地昆虫界传为佳话。

顺阳觉得蛮有意思，便问：去白蚁王国参观什么？

队长：建筑！她们的建筑是个绝活。

草妹：天正下雨啊。

队长：走她们的风雨高速路。

风雨高速路修筑在一道壁陡的山嘞上，从柑橘林西北边缘直达白蚁城邦，全程长达五十二标。

队长介绍，这样的高速路她们有好几条，其附属国全用高速路沟通。

高速路成侧 U 形，U 口向南，上、下、北三方皆路。

路上，白蚁若流，往来如梭，因有三路分流，来去各行其道，一点都不拥挤。

路面笔直，平坦，干燥。

路外，风雨飘摇，山景朦胧。

鬼点子、红点子早已相携蹦到前边撒野去了。

草妹还有队长陪着顺阳，立在路边观看雨景。

顺阳忽然提问：你们说说，白蚁的高速路好在哪里？显而易见，她的脑瓜子一直没有闲着。

队长：那还用说，修成立体的，一条路等于三条。还有，修成 U 形，向东或向南开口，能挡北风，避西晒，防雷雨……

草妹：她们的设计充分利用了白蚁爪子上的爪垫，因为爪垫上有吸盘，可以倒着、侧着在任何地方行走奔跑……

顺阳：是啊！可是蚂蚁也有爪垫吸盘呀，我们为什么就想不到修高速路呢？【华秋野博士：看到这里，越发觉得顺阳被荆条扫下，虽然耽误了归期，却经历了磨难，增加了历练，增长了见识，值得。命运的刻意安排，为她以后在王国当姨相，做女王，革故鼎新，做了极好的铺垫。她一路走来的这些故事，选材精当，作者下了大功夫。作者补注：还是因为博士提供的素材多而且好，选择的余地大。】

53

高速路下来不远，迎面矗立一座巨大的红褐色的白蚁山，孤峰耸兀，云遮雾绕。

顺阳竖起身子仰起头来，还是看不到顶。

队长说，这就是白蚁王国的城邦，高达十五六标，完全是白蚁们用泥沙和唾液垒起来的，非常坚固。

十五六标接近八米啊。换算于人类，高过珠穆朗玛！

队长安顿大家稍等。她去城门找守卫接洽，比比画画了半天，守卫才让她进城。

不同族类之间交流，总是先动作比画，后鹦鹉学舌，再学舌带比画，久而久之就成了外族通。人类也是一样，你看中国人和越南人、朝鲜人、俄罗斯人的那些边贸，有几个用了翻译？全是在比比画画中你赚我我赚你越赚越幸福的。

好一会，队长出来了，还带来了一个白蚁小妹。

白蚁小妹身材娇小，脑袋微红如玛瑙般晶莹，身子洁白若凝脂般透亮。

队长晃动触须，指着大家比比画画嘟嘟嚷嚷向白蚁小妹介绍。

白蚁小妹也是触须振动，指着大厦比比画画叽叽呀呀向大家解说。

她说几句，队长拣没明白的反问几句后，再兜售给大家，其大意是：这幢大厦建成二十多年了，里面住着父王、母后和三百万个兄弟姐妹。欢迎大家进去参观，或者在这里回答大家提问。

大家都望着顺阳。

顺阳现学现卖，用前肢点了点地下。她是嫌交流费劲，还不如在这里提问，清静些。

她率先提了一个最担心的问题：你们大厦很大，但兄弟姐妹也多，里面空气如何？温度怎么样？

小妹的答复是，大厦内空气很好，从早到晚都有微风拂面的感觉；当地常年气温在十到四十摄氏度，我们大厦内始终保持三十一摄氏度左右恒温。

微风拂面？保持恒温？顺阳以为听错了。她知道她们红斑蚁皇城依仗千年古檀调节气温，但每到春夏，城内总是湿热不堪，尤其是土城，更是憋闷难耐。她问：你们是怎么做到的？

小妹说其实没巧，就是给大厦开天窗，特别是在底部和顶部，多造些出气孔，有点像那些巨兽的鼻孔，让它呼吸通畅了，空气和气温就自然改善了。【华秋野博士：中国的一个社会昆虫学家、科普作家冉浩指出，白蚁建造的会呼吸的大厦，实际上就是烟囱效应的物理原理，因为冷空气重，热空气轻，室内热空气不断上升并从顶部排出，室外新鲜的冷空气不断从底部抽进，巢穴越高，通风降温效果就越好。他还列举了人类向白蚁学习的几个典范——津巴布韦首都哈拉雷东门购物中心、上海莘庄工业园生态示范办公楼、德国新国会大厦、英国 BRE 环境楼等，都建成了自己会呼吸的大厦，其能源消耗有的不到同等建筑的百分之十。】

草妹拉了拉顺阳，有事想问，顺阳拍了拍她给以鼓励：自己说嘛！

草妹上前一步：你刚才说，你们，你们有父王？还、还有兄弟？

白蚁小妹：是的。这一点我们与你们蚂蚁不同，我们的父王、母后一辈子不离不弃，相伴到老。也有兄弟，但和姐妹一样，都是中性的。

大家还问了一些其他感兴趣的事。

顺阳觉得差不多了，抬眼找鬼点子、红点子，可是哪里还有鬼影子？

她用触须拂了拂白蚁小妹的头：谢谢小妹。小妹真漂亮！

白蚁小妹也摸了摸她身上的红斑：姐姐也是！

【华秋野博士：人们常把白蚁也当蚂蚁，或称白蚂蚁，实际上白蚁和蚂蚁在昆虫纲的分类体系中，分属蜚蠊目和膜翅目。白蚁有两亿五千万年生存历史，属不完全变态昆虫。从进化史来说，白蚁比较古老而原始，与蟑螂关系接近，从蟑螂演化成白蚁的关键，就是有的分支出现了吃木头的能力。白蚁是最古老的社会性昆虫，堪称群落生活的鼻祖。白蚁主要分布在以赤道为中心，南、北纬度四十五度之间，我国除新疆、青海、宁夏、内蒙古、黑龙江、吉林等省、区外，其他省、区都有分布。】

第七章

54

第三天，顺阳坚决辞行了。

挥手自兹去，萋萋满别情。

主人感恩友邦尊客，给她准备了许多上乘的虫干、鱼干，和一支浩浩荡荡的送客队伍。顺阳坚持只要了五条鱼干。她说女王赠送的信息素是最好的礼物，她会想来就来的。这样，长达两标的送客队伍硬让她缩减到了二十多个姐妹。

轻车简行，很快就要走出黄猄蚁地界了。

忽然前面闹哄哄的，队伍停了下来。

红点子快去快回，报告说，黄猄蚁巡查逮到了一只受伤的黑尾土蜂，正准备麻醉了运往岛上去。

黑尾土蜂？顺阳想起了古檀树上的邻居：快，去看看！话音未落，一溜小跑。

慢！顺阳还隔老远就大声喝止，因为她瞧见了两个举着螫针高高撅起了的屁股。

她想挤上前去，围着的黄猄蚁不让。

顺阳正要掏出女王的信息素，送客的黄猄蚁赶忙介绍：不得无礼！她是王国的友邦尊客。

王国的友邦尊客俯身辨认，果真是一只黑尾土蜂，腹部黑亮肥大，且后腿没有花粉筐，应该是位公主。可惜她灰头土脸，耷拉着翅膀，唧吓，霸王垓下，英雄落寞啊！

她声气柔和：请问家在哪里？

黑尾土蜂：乌石仑东岗。

顺阳：莫不是古檀树上？

黑尾土蜂这才转过身来，瞟她一眼：是的。

顺阳：噜哈，邻居啊！我住红斑蚁帝国皇城呢。你怎么受伤了？

黑尾土蜂：背运！参加婚飞，被大黄蜂追杀，伤了翅膀……【华秋野博士：大黄蜂是一种古老的昆虫，学名胡蜂，又名马蜂，属膜翅目，胡蜂科，分布广泛、种类繁多、飞翔迅速，体大身长毒性强，是昆虫中的恶霸。云南省普洱市有昆虫学家发现了迄今为止人类已知的最大胡蜂个体，长达七厘米。胡蜂是色盲，零星几只在身边飞舞不必理会，即使停落身上也不必拍打，轻轻抖落即可。大黄蜂咀嚼木浆营造纸巢，据说蔡伦受此启发，发明的造纸术也是技源于此。】

同是天涯沦落客，岂不惺惺相惜！

把她交给我吧！顺阳不假思索朗声宣布，她摆了摆前肢，头一扬，长长的触须划了个大弧。

长长的触须划了个大弧，也为历史定格了伟大的一刻：一只未来的蚁王救下了一只未来的蜂王。在未来的日子里，她们将在乌石仑东岗联袂上演一幕幕叱咤风云的悲喜大剧，甚至挑战人类霸权，共同书写昆虫一族的旷古传奇……

当然这是后话。

话说回头。

友邦尊客发话了，谁敢不依？她们不仅要依，而且还问：要不要护送？

啃啃，当然。麻烦各位了！顺阳说。她原本取消了属国之行打算直达皇城的，现在只能修改行程了：先去红斑蚁属国。

八只黄猄蚁充当临时担架，一声吆喝，扛起了黑尾土蜂公主。

55

红斑蚁属国红云女王是明丽八年乙乙，比顺阳大了整整十岁。姐妹见面，自然亲热。刚进宫门，姐姐就要妹妹就地转个圈儿，让她上下前后好好看看，见识见识这位于阵前化干戈为玉帛、说仇雠成友好的胞妹英雄。胞妹英雄虽然有些忸怩，却也不忤女王姐姐之意。

接下来的绕须相叙中，女王红云姐姐从当年婚飞坠地说起，到十年建国，再到如今拥三十万之众称雄当地，娓娓艰辛，滔滔荣耀，自信满满，牛皮哄哄。相比女王姐姐，英雄胞妹却不擅自叙，她将鸟口余生、路途遇劫、异国历险等诸多离奇故事讲得跟喝水一样淡然寡味。她想，没有身临其境怎能设身处地？讲得再多她也未必能够体会。她并非看不起姐姐，而是理解姐姐，虽然同是乙乙，却非母王直系嫡传，毕竟见识所限，难免自大自尊。

顺阳还从女王红云姐姐口中得知两条非常不好的消息：就在她参加婚飞之后第三天，母王过世了！眼下皇城有些乱，听说新女王有些把控不住……

顺阳知悉，恨不得立马飞回帝国都城。

她打发鬼点子、红点子为黑尾土蜂公主四处寻医问药。

所幸黑尾土蜂公主的翅膀并非伤筋折骨，只是扭伤肿胀，用凤仙花、伸筋草嚼碎敷了半天，便能上下震颤嗡嗡发声了，不过还有些疼痛。

顺阳心里火燎脸上却装着没事，陪着她七拉八扯嗑闲天。

顺阳：我见过你母王，在我们皇城。

黑尾土蜂：你？这么说你就是长乙乙？

顺阳：唷唷，我叫顺阳。公主怎么称呼？

黑尾土蜂：母王回来老夸你了，夸得我都嫉妒了。嗡嗡，我贪玩，大家叫我追追王，排行老三。

顺阳：唧吓，是三公主！

追追王：我母王也是想将都城让位于我，叫我提前继位，她另建王宫……唉，鬼知道我这样不争气！

顺阳想起自己的遭遇，和她半斤八两，不由得一阵心酸，抬起前肢跗节的小梳子为她梳头，算是安慰，并想岔开话题：公主结婚结成了吧？

追追王：婚是结成了。谁料返回的路上，遇到了一只该死的大魔头！追得我晕头转向……

三公主咬牙切齿，把话题又扯了回来。

顺阳：恭喜三公主，不管怎样，你都做了新娘子！哪像我，差点命都丢了，可至今还是、还是……乙乙身呢！

没事，还有明年嘛！这回轮到三公主安慰长乙乙了：你若催情需要王浆，就来找我……嗡嗡，我包了！

顺阳羞涩地点了点头。

56

顺阳、草妹、鬼点子、红点子全体，都是坐三公主的专机飞回东岗古檀的。

长乙乙顺阳回来了！

城门口甫一落地，消息如爆炸般在全城轰开。红斑蚁王国谁不知道长乙乙顺阳？即使没见过也都听说过：母王传位给她她不要，硬要让位给幺乙乙，自己参加婚飞却让云雀子一口吞下。这些天大家一直在慨叹、惋惜呢，她竟然死里逃生又回来了，谁不错愕，惊喜！

姐妹们像泛泉眼似的涌向城外，都想亲眼见证这是不是真的。一圈又一圈，一层复一层，甲壳相摩，触须交错。闹腾了半天，才陆续散去。顺阳骨头架散了，心却醉了。

忽然，一条长长的草叶上哧溜滚下一位姐妹，跑近了才看清是红妮！好个机灵鬼红妮，挤不进来干脆爬高观礼。姐妹重逢，抱头相拥而泣。

还有几位没走的丕带也纷纷过来，告诉她住的、吃的、用的都是怎么安排的，乙乙还有什么要求，随时吩咐。

顺阳叫住产业丕带里手，将草妹往她面前一推：唷唷，这是我从切叶蚁王国请回来的蘑菇技师，叫草妹，我把她交给你了。里手一迭连声：好事好事，笑眯眯带着草妹走了。

鬼点子、红点子跟我来！顺阳拉着红妮在前面带路，来到了古檀树蔸边，指着树洞神秘兮兮：去，看看你们的新宿主，满不满意……

57

帝国公墓园。

一座最大的新隆的坟茔，状如圆菇。

顺阳趴在坟茔上抽搭。

许久，红妮硬将她拉起，扶她在一旁草地上歇息。

顺阳指着母坟旁边的一座小坟，问是谁的。

红妮说是传令丕带稳当当的。母亲死后她不哭不叫，料理完后事就守在母坟旁边不吃不喝，五天之后就陪母王走了。

顺阳听了，又唏嘘不已。

红妮待到乙乙情绪稍微平复后，才说起王国眼下的事。

新女王顺晖继位后，产卵正常，每天五百多粒。但散发的费洛蒙信息素孱弱，形不成强大气场网罩整个王国。母王去世前的乱象不仅没有好转，反而更糟了。顶、底楼层偷偷下卵的工蚁越来越多，有的甚至潜往育幼室偷食幼蚁。姐妹们懒懒散散无所事事，城内到处都是垃圾，连兵蚁也不勤于巡查了，散兵游勇般四处闯祸……

顺阳朝红妮摆了摆前肢，示意打住。

怎么会这样呢？她感到困惑，只有顺晖这样，还是所有新女王继位都是如此？

她屏息凝神，抖动触须，到祖传史料库寻找答案……皇城世袭不同于婚飞建国，头几年，新女王繁衍数量甚微，治下的臣民多为前朝姐妹，俗称同代危机，欲治难达，不杀无解……

原来如此，先祖伟大！

顺阳顿觉轻松了许多。

忽然她问：女王的传令丕带是谁？

红妮：大家喊她蛇腰姐，走路一歪一歪，一个好坏的家伙！

顺阳：噜哈，坏？

红妮：是呀。她原来是九乙乙的保姆。乙乙记不起来了？母王挑选新女王时，怂恿乙乙们包围王宫，带头高喊只要公平、不要偏心的就是她！

顺阳点了点头，似乎有些印象，问：现在怎么个坏法？

红妮：该管的不管，不该管的乱管。比方说，育幼室保育员全部换成新生蚁，熟练的一个不留。有的姐妹反对，她就说是女王的意思，反对的还能说啥？结果呢？幼蚁成活率一直不到九成……

她为什么要这样？

这就说不准了……没证据。有姐妹怀疑她为了方便偷食幼蚁和卵，有的甚至说她偷偷繁育雄蚁，但都没有看见。她单门独户，只有几个小窗眼出气，从不让别个进去……

女王信任她吗？

这个……女王谁都信任。

唔。顺阳点点头，又摇了摇。

58

专家说，蚂蚁姐妹的 DNA 有四分之三完全相同，而人类同胞胎姐妹完全相同的只有四分之一，所以蚂蚁姐妹远比人类姐妹更亲，所以社会性更强。

专家说的总是正确。

正确不正确，其实明摆着：一个蚁王就是一台生殖机器，生殖机器每天从早到晚地生，模式化批量式流水线，其产品就像印钞厂印的钞，红砖厂做的砖，能有多大差别？亲，是理所当然的。

你看顺阳、顺晖分开才多少天？见面后那份亲热！

姐妹俩拥抱、旋转，捶打、推搡……全没了矜持，只剩下高兴。

顺晖：我就说了，姐命大，肯定能回！

顺阳：姐命苦啊，嫁不出去，不回咋办？

顺晖：姐姐眼睛好像更大了，更亮了，更有神了！

顺阳：啨啨这倒是真的，我也觉得眼睛确实好了蛮多，看得好远好远了……【华秋野博士：顺阳离开阴暗的巢穴在外闯荡，眼睛视力自然好了。法国生物学家拉马克有个著名理论：用进废退，即指生物体的器官经常使用就会变得发达，反之就会逐渐退化。】

姐妹俩越聊越多，聊到各自境况，干脆触须相绕，采取完全交流，虽然正式些，累些，但是直观些，快些。

一幅幅真实生动的画面，相继在各自的脑海里展现。

展现在脑海里的一幅幅真实生动的画面，顺晖不一定都能明白，她惊悚，困惑，好奇，按图索答，盘根究底，搞清楚了两条腿的是人，四条腿的是狗，长着尖喙的是啄木鸟，舌头老长的是树蛙，拦路抢劫奴役同类的恶霸是悍蚁，黄猄蚁水里捕获的是鱼……

顺晖终于问完了，没话了。她抬起跗节在顺阳的胸甲上轻轻地擦拭，已经黑红黑红了还在擦。

她或许有句话想说：姐呀，这一切厄运和苦难，本该都是我顺晖的啊！但她没说，半天才低低地说出一句：姐姐受苦了！

嗨，不全都过去了么！顺阳何尝感受不到顺晖的内心？她的心田升起一轮朝阳。对，该和女王聊聊王国的事了。

顺阳：女王……

顺晖：不要女王女王的，从此王国就是咱姐妹俩的！

顺阳：女王就是女王，这个规矩顺阳还是懂的。

顺晖：姐姐不要走了，留下帮我治理王国吧，妹妹我，有点，力不从心……

顺阳心里一阵温暖。她知道妹妹是真心的。妹妹是真心的，姐姐就掏心窝子吧：只要女王信得过顺阳，顺阳照办就是。不过，女王永远只有一个，顺阳只是精忠辅佐。女王知道，顺阳我也是受过母王完全交流的，只要我俩君臣一心，信息网强大，王国就乱不起来！

顺晖：可是，眼下就很乱啊。

顺阳：眼下乱不是女王的错！女王翻过祖传史料了没有？历代皇城女王更迭都是这样，这叫同代危机，先王们解决危机的办法就是……【华秋野博士：召唤择偶继承王位不同于参加婚飞自建王国，登位之初，新生代尚处孕育阶段，王国的子民全是前朝母王所生，与新女王同为姐妹，往往有个由乱到治的过程。】

顺晖：不杀无解。……可是我，下不了手啊！

顺阳：该杀的还是要杀，只要不滥杀就好。

顺晖：那就交给姐姐办吧。

顺阳：行。

59

顺晖召来列位丕带，当众宣布：从即日起顺阳乙乙为红斑蚁帝国的相国。因为她是我的姐姐，大家就喊她姨相吧，亲切些。姨相代我治理国家，她说的话，每一句都是我的意思。为了商量国事方便，姨相就在宫中伴我居住……封红妮为传令副丕带，侍应姨相，陪伴左右……

顺阳刚刚入住姨相府，传令丕带蛇腰姐第一个前来道贺。

这下好啦，这下好啦！身子还在门外摇摇扭扭，声音早已入室绕墙：有事可以请教姨相了，不必大小事都去惊动女王了！

红妮：姐姐大小事惊动过女王吗？妹妹好像从没听说过呀！这话顺耳一听，不明就里的，好像是恭维她有担当敢负责，其实谁都听得出是骂她大权独揽挟天子以令当朝。

噢，传令副丕带也在！蛇腰姐立马回敬一枪：以后还要仰仗妹妹多多帮助呢。她把副字拖得长长的，警告她说话注意身份，你充其量是个副的。

那还用说，肯定会全力帮你！红妮重音落在帮字上，突出一个帮字就有了带的意味，谁主谁从重新考量。

她俩枪来剑往的当口，顺阳细细打量这位蛇腰姐。三只单眼很小很黑，有点阴；腰比姐妹们是要长些肥些，拖着一个明显超标的后腹走蛇步，左摇右扭，春风摆柳。一只工蚁腹部这样肥大？稍大一点也就算了，大得太多就有点古怪。

顺阳：姐姐不必客气。大家都为王国办事，替女王分忧。

蛇腰姐：是，是，姨相说的极是！

顺阳：眼下王国有些乱，咋办？有乱必治啊，务请各位丕带全力支持。

蛇腰姐：对，对！当然，当然！姨相的意思是……

顺阳：从整治个别工蚁偷偷下卵、盗食幼蚁入手，发现一个杀一个！你看如何？

姨相锐目如锥，紧盯传令丕带的阴黑小眼。传令丕带的阴黑小眼像触了电，连忙闪躲。

红妮走拢来碰了碰蛇腰姐的大颚，话语轻柔：吔，姐，身子怎么有些抖，是不是病了？

蛇腰姐：是……不是，你不觉得吗？今天好冷。

60

防卫丕带大力神住处。

姨相单独前来拜访。

姨相：我参加婚飞离开王国这些天，有没有朋友来找过我？

大力神：好像没有，等等……她起身去角落翻了半天，叼回一张纸片递给姨相：守城蚁兵在城门口收到的，上面有长乙乙的气味，还有……她们以为是长乙乙的尸体，就交给我了。

纸片有些发黄，但照片还很清晰。

姨相闻了闻两面的气味，倍感亲切。分别那天秋野清晰的声音在脑海里响起：万一那天没有太阳，就于城门递上名片，以便通报……不见不散……

顺阳的跗节在名片上轻轻地久久地摩挲。

61

女王顺晖宣布顺阳为姨相后，皇城内外就像打了个寒战，抖地一下精神了。姐妹俩共同散发的费洛蒙如同并了电网，强大的生命气场重新网罩整个王国乃至藩邦。

尤其是皇城内，正念正行，邪恶潜踪，不到两天便一切基本回归有序。头两天，姨相法外开恩，缓开杀戒，是对生命的悲悯。两天内，在正念正行的震慑之下，过去偷偷生成的所有罪恶、错失，都有机会悄悄地自我消弭、省改。

第三天，姨相下令，对以前凡怀疑偷偷下卵的工蚁逐个进行搜查，重点放在顶、底楼层。搜查结果，发现心存侥幸没有自我处理，打算以死试法的还有十七只工蚁。对于这些死心塌地的叛逆，一律以卸块（首、胸、腹三块）处死，抛尸荒郊，不入公墓。同时处死的还有三只兵蚁。半月前她们借巡察领地之机，潜入友邦黑尾土蜂王国偷食蜂蜜，差点引发蜂蚁冲突，却一直逍遥法外。但她们不是叛反大罪，故只斩首示众，仍可葬入公墓。

红妮督办回来，小声问顺阳：乙乙，她呢？咋办？她怕姨相听不懂，特意扭了扭腰：下手吗？

顺阳思忖良久，默默地摆了摆触须。

王宫。

蛇腰姐：一天杀了二十个呢，怎么得了！

顺晖女王：这事我知道，她和我商定的。

蛇腰姐：明摆着，杀姐妹为自己树权威啊！

顺晖女王：不要这样说。姨相是对的，不杀无解。

62

檀城。

回南天。湿，闷。

墙上滴水，心上长霉。

檀城楼高尚且如此，土城低矮如何过得？

一早，姨相叫上红妮去土城，上上下下溜了一遍。说是溜，真是溜，因为潮湿，爪垫上的吸盘不再管用，拖泥带水，一步三滑。越往下，越暗，越湿，越憋闷，出气都不容易。

可是下面还住了不少工蚁姐妹啊！

下面住的工蚁姐妹们看见了姨相，都觉得新鲜，亲热，都挤拢来和她碰碰触须。

姨相坚持走到了底层才往回返。

姨相回返的路上坚定了一个主意：赶紧动手给土城开天窗，造鼻孔！

她叫红妮立马传来了建筑、内政、防卫丕带以及传令丕带蛇腰姐，向她们介绍了会呼吸的白蚁城，讨论在土城底部和顶部开天窗，造鼻孔，将土城也改造成会呼吸的广厦。灯笼里的灯，一点就明，红斑蚁精英们一听，都说好主意，只有防卫丕带在好是好之外加了个但是：鼻孔多了会不会影响皇城防御？万一敌军攻城，来不来得及封堵城门？

姨相说，来得及。她又说了在切叶蚁王国经历的故事，带大家到城外去看了什么是芭茅，又命兵蚁做倒拖芭茅现场封堵实验，眨眼之间封堵成功且牢不可破，比土封更快更好。

大家看了放心了，放心了便轻松了，轻松了就都说：干！

天气晴好，说干就干，两个半天就干成了。

两个半天就干成了，土城内真的出现了奇迹：底层有风了，顶层不滴水了，室内干燥了，路上不溜了……千百年的难题一朝解决，上上下下姐妹们高兴得撒欢，一堆堆一群群快乐地弹须相庆：知道吗？姨相干的呢！……嗨，谁不知道，姨相干得好啊！

她们哪里知道，姨相干得好，却讨不到好。

为什么？姨相在干的过程中，有个重要疏漏。

王宫。

蛇腰姐：女王，土城改造之后，空气还真的好了一些哩！

女王：土城改造？改造什么？

蛇腰姐：造鼻孔呀，您不知道？姨相没跟您商量？

女王：造鼻孔？胡说些什么？

蛇腰姐：我没胡说呀，就是在土城上打洞，多开些城门呀。这么说女王是真不知道？啧啧啧，你看你看，这么大的事，姨相都不向女王您报告的？不向女王报告就干起来了，她眼里还有女王么？现在全城姐妹都在夸姨相干得好呢，就差没喊姨相是女王了……

女王的心火被她煽得一蹿一蹿：去，把她叫来！

不一会儿，姨相来了。

女王：土城上打这么多洞，国防安全怎么办？

姨相：女王放心好了，不会影响国防安全……

女王：影不影响由防卫丕带说了算，传防卫丕带！

不一会儿，防卫丕带大力神来了。

大力神将姨相带领大家现场示范，如何用芭茅代土封堵城门，有多快，有多好，如此这般向她描述了一番，表示安全绝对没有问题。她还反问：这些，传令丕带不是都参加了吗？怎么，她没向女王报告？

女王斜了蛇腰姐一眼，火气小了一些，小了一些还是有火：我不知道就是问题！

姨相想再解释几句，她头一扭，根本不听。

63

草妹来看姐姐，好像吃了苦瓜叶，一脸的苦相。

顺阳问她是不是待不习惯？她说不是，产业丕带待她很好，吃的住的用的都关照得很熨帖。

顺阳用跗节轻抚她的背甲：那是有谁欺负你啦？告诉我，我去教训她。

草妹：也不是。她还说姐妹们都争着给她好吃的。

顺阳笑了：那你还有什么不开心的？

草妹小声嗫嚅：姐姐交办的事难办呢，我怕办不好啊！

草妹太实诚了，受姐之托，忠姐之事。接受任务后，她跟着产业丕带上上下下转了两天，凭她在切叶蚁王国的经验，这里生产蘑菇有几个事叫她脑壳疼。主要是场地。檀城无土，只能在土城干。原来小打小闹也是在土城底部，但要大搞，这里又湿又闷，根本不适合蘑菇生长。而且这样的地方一旦止潮返燥，又极易造成蘑菇疯长，万一疯长酿成缺氧窒息甚至弃城逃亡的大祸，她怕连累姐姐。还有，种子也是问题，用的还是切叶蚁王国第三代种子，现在已经是第六代了，要换……

顺阳笑了。首先肯定她干得好，发现的这些问题很重要。同时又安慰她，不要急，总会有办法的。

草妹还小声告诉姐姐，传令丕带昨天悄悄找过她，其他都不问，就叫她直说，种蘑菇有什么不好？她就直说了必须防止蘑菇疯长，传令丕带就问假如疯长会有什么问题，问得很详细。草妹着急地：姐，没什么事吧？

姐姐长哦一声，忙说：没事的，没事的。

她叫草妹先回，她会尽快去找她们商量咋办。

64

王宫。

蛇腰姐不在。侍应们正伺候女王，捶拍，按摩，擦拭。

女王腆肚蜷背，慵懒着享受，哈欠连连。

姨相进来了，尊称了一声女王。她是来禀报蘑菇生产计划的。本来想施工前报告，但见蛇腰姐已经盯上了，担心又让她抢先钻了空子。

女王欠了欠身子，主动示好：姐姐来了？还生妹妹的气么？

姨相：没有没有，顺阳哪敢！顺阳是等女王气消了，才上门做检讨的，都怪顺阳急于求成……

女王：做什么检讨！你不是不知道，妹妹任性惯了。

顺阳当然知道妹妹的脾性，从小就百事不探，只管任性，但又绝不容许别个超过她，更经不起挑唆，上次为了争宠，要不是母王护着差点坐实一个谋反大罪。这次鬼晓得蛇腰姐是如何煽风点火的，她才不依不饶。

姨相：只要女王不生气了就好，顺阳早忘啦。你看，我这不又有事来请女王示下了！

女王：什么事？

顺阳将带回草妹做技师，打算扩种蘑菇的事说了一遍。

女王兴奋：好事啊，干吧！

听得出，这事蛇腰姐还没有给她吹风。为什么？等到开工以后再来拆台？先不管她。

顺阳又说，种蘑菇关键要种子好，想叫草妹回切叶蚁王国一趟，取些好菌种来，顺便给她们女王捎带些蚧壳虫蜜露，她说我们红斑蚁帝国的蚧壳虫蜜露特别好吃。【华秋野博士：蜜露是蚜虫

及蚧壳虫等从肛门排出的含糖的液体。蚂蚁饲养蚜虫、蚧壳虫，为它们提供食源和保护，就是为了获取蜜露。】

女王说：应该应该，多送些！

土城。

姨相、产业丕带里手、草妹三只脑袋凑在一块，商定蘑菇园方案。

三个来来回回上上下下地看，看了议，议了又看，最后决定蘑菇园不建在土城内，建到土城外紧挨土城的东面。为便于管理，进出口设在土城的城根，但空气自成系统，独立于土城之外。而且，城东不远有大片四季常绿的野海棠，方便采叶。

方案既定，即日动工开辟园地。

这期间，草妹回切叶蚁王国取种。

姨相嘱咐产业丕带妥为护送，确保安全，并按照女王多送些的指示，挑选上好的蚧壳虫蜜露赠送切叶蚁王国女王。

里手话语干脆：放心，照办！

65

顺阳趴在房间里歇息。

回来这几天她累坏了。她觉得好多事情都应该抓紧办，却又一时办不过来。

红妮进来报告姨相：有朋友找你。

话音未落，两条身影空中一闪便落到了面前：姐姐好！

唧吓，鬼点子、红点子！顺阳喜得惊叫，忽然脸一绷，头一扭：不理你们了，有了宿主，忘了姐姐！

鬼点子：你看你看，我知道姐姐会生气吧！鬼点子踹了红点子一腿，踹得好重。

红点子：怪我怪我，检讨检讨！红点子赶快承担责任，想不到昆虫界也有妻管严。

原来是有了宿主，血源充足，鬼点子产下了第一批五十多个成熟卵，并孵出了幼蚤。她们是第一次当爹做妈啊，当然高兴死了。可是，那些讨厌的黄鼠蚤仗着是土著，蚤多势众，欺生欺小，有红点子在，她们还有所顾忌，红点子一离开，她们就包抄围攻，欺负妇幼。尽管如此，鬼点子还一个劲催红点子来看姐姐。今天，她们干脆将幼仔们带出洞外，寄放在一撮毛屑上，两口子便一齐过来了。

顺阳早已扭过身来，哧哧一笑：逗你俩呢，还当真啦？应该感谢你们，让我也做了婧妈！

闲聊时，鬼点子告诉姐姐，有天晚上她和红点子去过秋野家。

顺阳惊讶：你俩？逗我开心吧？

鬼点子：不骗姐姐，真的。宿主下山去他家偷鸡，我们坐他便车去的。

顺阳忙问：见到秋野了吗？

鬼点子：没有哇。本想去他房间里看看，又怕宿主落下我们……

66

大后天就是第三十天。

第三十天就是大后天。

这些日子，顺阳一天一天数着过的。

顺阳掏出那张发黄的名片，心里默默地祈祷：大后天正午，太阳高照，大太阳……

【华秋野博士：顺阳于归途被荆条扫下，竟然坏事变成了好事，历经磨难，见了世面，长了本事，再也不是那个养在深宫不谙世事的娇娇公主了。看得出作者从所提供的大量素材中选取的这些故事，都是为了磨炼顺阳，打造一个好姨相、好女王做铺垫的。不过回城后办第一件好事改造土城，就遭到算计了。无论人境、蚁界，改革总那么难啊。当然，有难才有戏。另外，记得顺阳一行搭追追王便车飞回途中，曾被狂风扫落，再次九死一生，惊险异常，叙述中未见此情节，不可取么？作者补注：狂风扫落一节，虽险象环生，却显得节外生枝，且于后面故事推进作用不大，是故割爱。】

第八章

67

秋野拖着醉步，一摇三歪进了堂屋，将书包往饭桌上一掼，将自己往凉床上一抛，口里直喊累死了，累死了，眯起眼睛等动静。

没有动静，只有安静。

华南坡正在破篾，瞅了一眼儿子，又瞟了一眼儿子他娘，一脸蜜笑，嘴巴角扯到了耳朵根。

南坡嫂正在叠衣，抬眼接过他老子的一瞟，睨着朝儿子一瞥，笑得颈根一缩，赶紧捂上了嘴巴。

半天悄无声息，有点出乎意料。

秋野：喂，要不要提醒一下？今天是领成绩通知单呐！

南坡嫂：成绩早就有人通知啦！

秋野鲤鱼打挺：谁？

南坡嫂忍住笑：你自己呀！看你那做派，肯定拿到了班上第一，是啵罗？没猜错啵啰？

秋野昂起脑壳，嘴巴一撇：哼，岂止！顺手还捡了个年级第二！【华秋野博士：动力加实力才能拿到班上第一，而且关键是动力。动力是什么？动力是胡师公作法那晚爸妈的承诺。】

华南坡慢悠悠地唉了一声，故意绷着脸直摇头：啧啧，那个年级第一的，也是人家的仔啊！

秋野一听来了火：你不要吃了柑子甩皮好不好？当初目标谁定的？自己没定年级第一怪谁？想赖账啵你？

南坡嫂赶忙转圜：放心放心，不赖账，不赖账！

华南坡：你浑小子没大没小，老子还赖你的账？不就是一台学生用的笔记本电脑！

秋野：就这？

南坡嫂：还有还有，去市里主题公园打个通关！

秋野：就这？

南坡嫂：唔，干脆，再追加两张大票子！怎么样？老爸老妈不小气吧？

咚，咚！秋野急得在凉床上跺脚，眼睛里闪着泪光：哼，关键的呢？我知道你们会耍赖的！

关键的是什么？什么才是关键的？华南坡、南坡嫂心里点着灯笼明亮得很：胡师公作法那晚，野仔提出与那蚂蚁履行东岗古檀三十天之约，当时华南坡被逼无奈点了头的，没想到浑小子还真的念念不忘。

南坡嫂望着华南坡。

华南坡篾刀一丢，倏地站起，背影如一道高墙：你妈跟着去，最后一次！

68

太阳火红。天空湛蓝。游云朵朵洁白如絮。

夏木阴阴，郁郁葱葱。

林子里格外幽静，只有几只小鸟隔空喊话，一对知了贴身吟哦。

一阵山风掠过，阳光从层层密密摇摇曳曳的叶隙中筛落，山道上叶影婆娑，如梦如幻。路旁的小树摇头晃脑，绿草点头哈腰。

二傻子在前边开路，手握一根竹竿沿着山道犁着跑，口里呵呵呵呵乐此不疲。

秋野一步三回头给妈妈引路，拨开荆棘，撩开刺蓬，提醒别划破了手脚。

南坡嫂趿一双秋野的旧波鞋，举一把红阳伞，像走亲戚。像走亲戚的南坡嫂趿一双旧波鞋是为了防蛇，举一把红阳伞是执行华南坡的指示，辟邪。

来到古檀树下，秋野偷偷看表，还不到十一点。

秋野将妈妈安置在浮根上坐了，迅即将周围前前后后仔仔细细扫视了两遍，没有发现顺阳踪影。

他从二傻子手里接过竹竿，往蚂蚁土城外太阳下一插，竿影还有一尺多长。秋野知道，完全立竿无影须在夏至正午，如今夏至已过，竿影越短越接近午时。以此为约，纯粹是方便顺阳计时。

南坡嫂细心观察，觉得蹊跷：野仔，插根竹竿做么子？

秋野：还要用它打草防蛇，怕下山时忘了。

南坡嫂将信将疑：我拿在手里就不会忘。说着就要去拔。

秋野捂嘴一笑，赶忙拔出竹竿递给妈。

妈横看竖看了半天，没看出有啥子名堂。

秋野念叨：咦，鞋绳怎么散了？便一脚踏在蚂蚁土城上弯腰系好，不经意间将手中米粒大小的名片塞进了城门。

然后，他转过身来，带着妈妈在树下转悠。

城门内。

姨相询问守卫：这一阵有无新的情况？

守卫：来了三个人，在古檀下兜圈子。另外，城门口还收到了这个……

姨相接过守卫呈上的名片，闻了闻，唧吓！喜得原地转起圈来。

古檀下。

秋野指着那圈巨大的树瘤以及宛如手掌般伸展的五根枝丫问妈，那里真的有个很大的水坑？他妈回应：都说有，我搞得鬼清。

娘俩又转到了古檀的北面。这里有一汪桌面大的泉眼，泉眼四周长满了水草，泉水清洌。二傻子一直趴在这里，正玩得起劲。秋野指着水中上下翻腾的黑壳虫问妈，这是什么？妈告诉他，俗称水蟑螂，能游，会爬，还会飞，治小孩尿床最好。你小时节床上撑得船，没少吃呢……【华秋野博士：龙虱，俗名水鳖，水蟑螂，昆虫纲，鞘翅目，龙虱科，全球有四千多种，中国有二百三十多种，主产于江南。食性很杂，能长时间在水底觅食而不被淹死，主要靠腹部上长有大量细微的茸毛，就像一个过滤器，更像一个氧气罐，可以阻止水流进入呼吸道，又能储存氧气。英国诺丁汉特伦特大学物理学家格伦－麦克海尔等人正在考虑如何将这种技术应用于合成材料中，希望研制出一种人造腮，以防止人类溺水。】喂，你不是来找一只蚂蚁吗？干吗尽陪着我瞎转？

南坡嫂有点忍不住了，不想当二百五，直接说出心中的疑惑。

秋野嘻嘻一笑：妈你放心吧，我正用半只眼睛盯着呢……咦，你看你看，她们来啦！二傻哥，过来过来……

长长的一队红斑蚁巡逻兵围过来了。她们爬上鞋面、裤脚，走走，嗅嗅，用她们蚂蚁的方式盘查每一位不速之客。

南坡嫂有些紧张，吓得跺脚舞手。秋野安抚她莫怕，她们不会咬人。

二傻子尖起指头，正要摁死脚背上的一只，秋野砍他一掌：不要伤害她们！

秋野吩咐，二傻哥陪着你婶在这块寻找，留意个头大的，肚皮肥的，千万要留神啊，发现了立马叫他。

二傻子：还是找那个顺阳啵？我认识，呵呵呵呵……

秋野嘴里嘱咐，肚里窃笑，他明白他俩是不可能发现的。因为他和顺阳的约见，说好是在古檀树下南面的浮根。他暗度陈仓，慢慢地往南面转。

果然，美人依约在西厢！南面的一条浮根之上，顺阳正昂首竖身而立，前肢挥舞，触须摇曳。

秋野朝她伸出右手中指，她轻盈跃上，一路狂奔，直达肉肉的柔柔的手心大广场，吱吱吱欢叫着转起圈来，跳起舞来。

白日温旧梦，惜别现当场！

秋野突然觉得眼睛有些潮了。

顺阳转够了，跳累了，她才停了下来，直勾勾地望着秋野。一对复眼波光四射，三只单眼脉脉传情，触须灵动，衣甲光鲜，红斑闪烁，身姿妖娆，看得出，她今天是精心刷洗打扮过的。

秋野将手掌移到面前，让她瞧见自己眼眶里的点点泪光。然后，他掏出一个透明的锥了许多气孔的塑料小瓶，指了指顺阳，又指了指瓶子，再指了指南边的远处，意思是将她带回家，然后用手掌点了点又摇了摇，问她行不行？

顺阳用触须点了点，欢快地转了一圈，意思明白：行！

于是，秋野让她自己爬进瓶子，然后拧好瓶盖，装进了裤口袋。

他猫着腰，一脸坏笑，继续在地上作古正经寻找，慢慢地向妈妈那边靠拢。

南坡嫂：野仔，还没找到？

秋野一脸哭相，一口哭腔：没有哇！八成上次弄丢了，没再回来啊……

南坡嫂：那咋办，还找不找？

秋野：再找恐怕也是白找啦！

二傻子：反正顺阳找不到了，让我捣了它算了！说着，冲向蚂蚁土城，光着脚板朝顶部狠力一踹。

秋野飞奔过去一把拉住，可是迟了，还是让他踹塌了一个篮球大的窟窿。

秋野气得嘭嘭嘭给他几拳。

可是，明明打在胸脯，二傻却疼在脚上，只见他猫跳狗跳，直喊哎哟。

南坡嫂过细一看，吓傻了：蚂蚁像流水一样涌出，直往二傻子身上钻。

秋野拉起二傻，发疯一样猛跑，跑了二十多米才停下，帮他脱下衣裤往身上拍打，清除余孽。再细看脚上，已经叮咬了三处，开始红肿。

秋野嘱咐他，回家后先用肥皂水清洗。

南坡嫂补充，听婶婶的，再嚼点苦瓜叶敷上。

二傻哥现在乖了：噢，噢，噢……

69

秋野一脸丧气回到家里，闷声不响连菜带饭扒了半碗，说了句：困死了，我要睡！

随即转身，满脸窃喜跑进房里，顺手扣死了门闩。

这几天，他一直在做铺垫。

他说，考个全班第一容易呀你们以为？死了好多脑细胞呢！死了好多脑细胞咋办？他说当然要补回来。咋补？天天吃了中饭砰一声关起门来睡觉，而且是真睡。之前他是从来不睡午觉的，真睡是为了养成习惯，到时喊进梦乡就进梦乡。

秋野于书桌上铺开一张洁白的A4纸，然后掏出小瓶，拧开盖子，请出顺阳，再抽开抽屉，拿出一盒上午就准备好了的美味，里面有水，有蜂蜜，香蕉、蔗块，还有一条蠼螋的大腿。他用镊子夹着，一样一样推送到她面前。

顺阳爬上瓶盖，只喝了几口水，然后每样都嗅了嗅，对每样都点了点触须，像是肯定这些都是她爱吃的，表扬他懂她、疼她。但每样都没吃，而是匆匆地沿着镊子直奔他的右手掌心，抵达后竖身而立，直勾勾地望着他。

秋野明白，她比他更心急呢。

他托着顺阳，往额上一搁，朝床上一倒……

70

梦境般的多维空间。

顺阳前肢搂着秋野的脖子，后脚咚咚咚直跺：我以为见不到你了呢！

秋野有些尴尬。他和女生还从没有过肢体接触，老实说，常有臆想不曾私试，谁知第一次和异性拥抱竟是与一位蚂蚁的公主（乙乙）！他觉得她搂着他脖子的跗节的绒毛软乎乎的，舒服。但他羞于熊抱，虽有冲动却绝不妄为，只是低垂脖颈，轻捧细腰，让她吊着身子横荡秋千。

秋野：喂，那天走着走着，怎么就丢了嘛？

顺阳：嗨！一根横道的树枝扫下来的。

秋野：都怪我，发现得太迟。

顺阳：唧吓，哪能怪你呢，全是我自己乱来！

秋野：几时回的东岗蚁巢……王国？

顺阳：今天刚好回家十天。

秋野：才十天？这么说，你孤身在外闯荡了二十来天？天哪！遇到好多危险啵？吃了不少苦头啵？

顺阳见问，停止了荡悠，松开吊着的前肢，对着秋野吱吱一笑。

回想那些天的经历，好几次死里逃生，你说危不危险，苦不苦？但她从不后悔，为什么？值得。如今的她，再也不是那个只能在檀城和土城里转的娇娇乙乙了，身体壮了，眼睛亮了，见识广了，知道了王宫外面的世界原来那么大，那么精彩，虽然险恶丛生，但更多的还是美好……

我命大！唷唷，几次都没死成。她说得像喝凉水。她不想和他现在叙说这些。这段时间她正忙着办理皇城的许多大事，想请秋野帮她出些主意，于是拉起秋野的手：喂，趁着白天亮堂，邀你到我们王国走走，行啵？

秋野抿着嘴唇，嘴角一翘，愉快地点了点头。

红斑蚁皇城。

梦境随心，随想随到。

顺阳带着红妮姐一起陪秋野逛城，因为秋野脚无吸盘，上下吃力时共同拉他一把。他们先看土城，后看檀城，土城两百多层，檀城三百多层，全都游览了一遍。对于蚂蚁城邦，多大算大，多小是小，秋野云里雾里没有概念，只是觉得布局还蛮合理，管理也算有序，据说坐拥一百万之众，一点都不乱套。

她们按照先军原则，将土城中部平地面的几层安排为军营，住的清一色都是步兵、炮兵、拆建（工程）兵、巡察（侦察）兵等，因为挨城门近，一旦有事，一呼百应，抬脚就走。顶、底楼层住的主要是外勤工蚁、产业工蚁，以及用做蚜虫、蚧壳虫、蛾蝶喂养场和真菌菌苗培育室（原有蘑菇土种园已迁至城外）。

王宫、育幼室及家务工蚁住在檀城。这里室内干燥，光线足，空气好。工蚁房按工种分层，因工而异，各得其所。育幼室按蚁龄分间，循序渐进，按部就班。王宫阔堂（大殿）坐落在古檀底部，拱形，像一口倒扣的大锅，穹高三尺，气势恢宏。乙乙、王子的府邸大大小小一百多间，环王宫而伺。她们是红斑蚁家族的未来，乐享华居理所当然。

女王住的就更潇洒舒适些，在檀城、土城各有几处行营（行宫）、雅卧（寝宫），因季择时，随心入住，但平时生活起居都在育幼室旁边的一个豪华大间里，主要是方便她机器般繁衍子民，壮大王国。

连接土城、檀城的顺晖大道，实际是一条横卧的隧道，宽约一尺，高约两尺，长约一丈，笔直的，掌平的。走在顺晖大道上，有如漫步在东岗水库大坝坝顶一般宏伟壮阔。

顺阳还陪着秋野走出都城，绕古檀兜了一圈，包括北面的泉眼和树上的水坑。

71

古檀水坑。

四周尽是青苔，坑底落满黄叶。山风摇曳，清水微澜。

绿蜻蜓，红蜻蜓，花蝴蝶，你来我往，在空中绕飞。

水坑边。红妮姐正指挥张罗。

不一会儿，几片青翠的青檀叶片上，摆满了蚜蜜、蚧壳虫蜜露，一山螺壳净水，几节新鲜的草管。

顺阳示意：请。见秋野一头雾水，便说这里是一处行营，所有都是现成。

秋野拿起草管吸水，清冽甘甜，便问是不是水坑的水？

红妮姐说是树下泉眼的，水坑的水能喝，但水质不如泉眼的好。她指了指那些飞舞的蜻蜓，意即被她们弄坏了。

秋野挪拢水坑细瞧，确实，水中扭动的是孑孓，青苔里栖藏的是蜻蜓的稚虫水虿。难怪，这里成了她们育儿的天堂。

顺阳执意叫秋野分别尝尝蚜蜜和蚧蜜。

秋野有些不敢，先用草管蘸了一点点放到舌尖上，觉得沁甜，带点青气，没有怪味，为了不违拗主人美意，便多舔了几舔。

顺阳：秋野，带你在我们皇城兜了一圈，嗬嗬，不是白看的呢！少说好听的，多挑点毛病，多提点建议，好不好？她还说，这次回来，女王请她担任相国，辅佐朝政，为了不负女王信任，她要为王国多做些实事。她说你是人类，见识广，心眼儿多，一定要帮她参谋参谋。

秋野呵呵一笑，原以为只是客套，见她越说越诚恳，口里噢噢噢应着，脑壳里正儿八经盘算起来。

正儿八经盘算了半天，他咳咳两声清了清嗓子，开口了：我这个人嘛，说话不晓得拐弯，一是一二是二，好就是好，不好求我说好都不会。至于建议嘛，还真有不少，全都贡献出来，供你们参考参考……

他首先肯定了皇城管理还是有序的，蚁数众多，一点不乱，卫生也是不错的，城邦不小，一点不脏……在说过好就是好以后，他用但是一转，开始了不晓得拐弯，并且和贡献的建议一块说，有板，有眼，还有钉。

他说，城内显得有些挤，特别是土城，为什么不竖着修一条和顺晖大道一样的道呢？说得顺阳猛点头，英雄所见略同，她早有考虑了，打算在土城内竖修一条立体高速路。

他说，在人的印象中，蚂蚁一天到晚忙忙碌碌就是觅食，储粮。你们能不能自己种，自己养，解决吃饭问题？

他说，在檀城和土城都看到了不少蚂蚁用嘴运水涂抹墙壁降温，用嘴运水喂食幼蚁，为什么不用自来水？他还科普了一番什么叫自来水，责怪她们白白浪费了水坑的资源，傻呢！水往低处流嘛，只要找些管呀绳呀什么的，一头丢到水坑里，一头拉到城内任何需要水的地方，不就成啦？顺阳知道，因为蚂蚁怕水，从来不敢打水的主意，听他如此一说心里一亮，想了想却又嘀咕，哪里去弄管和绳呀？秋野笑她聪明一世糊涂一时，东岗水库尾上种了好多棉花，到了秋天搬些回来捻成条条不就是绳吗？

他说，你们的军队太闲了。他看到城外巡逻的都是老兵，待在城里的都是年轻士兵。人类有句话值得你们好好琢磨，叫作养兵千日用兵一时。养兵包括练兵，只养不练就是懒兵。懒兵怎么打仗？他还把历史课学到的知识也贡献了出来，建议采取屯兵制，指着摆在面前的蚜蜜和蚧蜜，譬如说这些、这些，都可以分配给士兵们边练兵，边生产，闲时务农，战时打仗。

他说，你们只有陆军，没有水军和空军吧？想不想建立水军和空军？顺阳听了一愣，愣过一笑，唧吓，想谁不想？不过是梦想！

秋野说不是梦想，现成的。泉眼里的龙虱，走的，飞的，游的，水陆空三栖，收编过来就是水军。水坑里的水蛋，蜕变后就是蜻蜓，飞得快，飞得远，还能在空中悬停，人类造飞机还是学的她们呢。假如你们有了水军，逢水过水，还怕谁呀？有了空军，炮兵就等于长了翅膀，想打哪里就打哪里。【华秋野博士：现在回想起来，这样就地取材的奇思妙想，也只有少年时才想得出，成年人再怎么童心，也不会如此异想天开的。】顺阳听了心头一热，不过刚热又冷了，她说收编怎么可能？两处水源都是她们世代占领，如果硬斗，蚂蚁是斗不过她们的。秋野说，收编不行谈合作呀，互惠双赢也不干？实在不干来硬的也不一定会输。为什么？两处水源都在你们的地盘上，在家门口打仗谁怕谁？再说，即使干不过龙虱和蜻蜓，难道还干不过她们的儿孙？将大炮往水边一架，她们还想不想传宗接代？

他说，最后一个建议不太成熟，如果讲错了就当没讲，不作数。为什么红斑蚁一定要族内繁殖，不与外族通婚呢？不否认红斑蚁确实优秀，但山外有山嘛，同样优秀的蚂蚁应该还有吧？譬如劳动有特长的，力气特别大的，打仗特别勇敢的……和这些优秀的种族通婚，让后代优上再优，岂不更好？他还说，族内通婚容易造成近亲繁殖，近亲繁殖要不得，生的崽女忒蠢。他不光有理论，还有佐证，他堂哥叫二傻子，爸妈就是表兄妹。顺阳单眼瞪得鼓鼓的，噜哈，什么叫表兄妹？秋野想了想打了个比方，比方你顺阳生的乙乙嫁给了你妹妹生的王子。顺阳一下被他说呆了：这种情况在王国比比皆是啊。母王活了十九年，生了多少公主，做了多少女王，建了多少属国，各繁衍了多少代乙乙、王子，谁能说得清？虽然每年婚飞将各属国的乙乙、王子尽量错开，但是错得开吗？即使错开了也是近亲啊。再说辈分上也容易乱套，说不定舅舅娶了外甥女，姨奶奶嫁给了侄王孙。王国姐妹中呆头笨脑的确实不少，莫非祸根子真的在这？可是，红斑蚁家族历来不许与外族通婚啊，秋野说的这一条行得通吗？她先记在了心里……【华秋野博士：此建议牵涉到生物学生殖隔离。】

红妮拿起一节草管，递给顺阳，朝秋野摆了摆双颚。

顺阳吱吱一笑。她明白红妮姐被秋野的一番高谈阔论征服了，也开始喜欢上了她的这位人类朋友，只是还有些放不开。她将草管转手递给秋野，要他再喝些蜜露。

秋野喝着喝着就喝顺口了。

红妮姐给他添加，他也不再推辞。

红妮姐被秋野的高谈阔论征服了，顺阳何尝不是？他觉得秋野太厉害了，他还只是个小孩啊，如果成了大人不更加了得！他的这些建议，听起来句句奇谈怪论，想一想字字金玉良言，听过、想过之后就有做的冲动，想试一试到底行还是不行。

72

王宫门口。

左拐便是顺晖大道。

顺阳犹豫再三，还是决定不带秋野去见女王。她是这样想的：红斑蚁家族历朝历代痛恨人类，包括母王，自然也包括顺晖。人类是好是坏，一时半会跟姐妹们讲不清楚。讲不清楚不如不讲，何必节外生枝。因此，今天游览皇城，除了红妮姐，她没向任何姐妹介绍秋野。

正要拐上顺晖大道，蛇腰姐突然冒了出来，横在道上，声音甜得腻人：哟，姨相正陪客呐！

红妮姐看见她就烦，没有好声气：对，正陪客，忙着呢！

蛇腰姐：传令副丕带给我们介绍介绍贵客嘛。

红妮姐正要继续收拾他，顺阳拉她一下，接过话来：他是我的一位人类朋友，叫华秋野，路过皇城，顺道进来看看我。秋野，这位是我们的传令丕带。

蛇腰姐：噢，人类朋友到了我们蚂蚁王国呀，欢迎欢迎。见过女王了没有？

顺阳：我和朋友是私人会见，就不惊动女王了。

蛇腰姐：噢，这样啊，那就请便，请便！

73

华秋野家。堂屋。

华南坡和南坡嫂好像都不在家。

华南坡和南坡嫂早不设防了。因为，通过反复观察验证，他们坚信不疑了：胡师公真的法力无边，蚂蚁精没了，不用担心了。

虎爪坐在一旁，吐着红红的长舌，嘿嘿嘿嘿似笑非笑，盯着秋野的一举一动，不时摇几下尾巴。

秋野正在专心致志运用几样道具，从头至尾清清晰晰演示一个魔术，看客只有一个，就是竖立在左手心的顺阳。

他提来满满一桶水，放到饭桌上；从妈妈做针凿的簸箩里翻出一个纳鞋底用的粗棉线球，剪刀剪下三四尺长一截；将粗棉线的一头拴住一粒小石子，丢进水桶里，另一头拖到地上；然后叫顺阳沿着桶边的棉线往下跑向另一头抱住，等待奇迹的发生。

他搬来一把椅子坐在旁边守护，等待欣赏奇迹发生后的故事。

五分钟不到，棉线就湿漉漉的了，无数水珠不停地沿着棉线滚落地面。

顺阳早已松开线头，围着地下的湿痕手舞足蹈，转圈撒欢。

秋野笑吟吟地用中指将她接回手心。

顺阳兴奋地连续不停地点着触须，表示她看明白了魔术，懂得了他的意思。

秋野拿起簸箩里比茶碗还大的棉线球，在她面前晃了晃，又指了指她，意思是说，给你的。

打发她棉线球是急她所需。秋天没到，地里棉花没熟，还捻不得棉条条。

74

东岗村。

半阴半晴。微风拂面。

华秋野一个人在村子里转悠。

其实转悠的不止一个，还有一个趴在他衣领上，顺阳。昨晚她提出要去有人的地方转转，看看这里的人在干什么。并和他约定，掐他一下，表示要看这里；掐他两下，不看了，离开。秋野说他最怕掐了，轻点。她说，傻吧？当然。

前面就是华南岭家。

门口的二傻子老远就看见他了，两手直扒，跑过来迎客：呵呵呵，秋野！爸，秋野来了……

华南岭探出半个身来：喔，野仔放假了？进来玩吧……

秋野：嗯，放假了，不玩啦伯伯。他清楚他的这位伯伯是干什么的，家里的东西不好看，看不得。

顺阳突然竖起触须，觉得惊恐：唧吓，这里怎么啦？散发的死亡信息这样强烈，这样恐怖！不，越是恐怖越要进去看看！

她掐了一下秋野的脖子。

秋野还在犹犹豫豫，二傻子呵呵呵呵把他推进来了。

华南岭正在精心劳作：将满满一塑料袋黑蚂蚁尸体倒出一半，倒进盛了水的大木盆里，用木棍慢慢地搅动了一会儿，再用筲箕捞起滤干，倒进桌子上的一个大篾盘子里，用手轻轻扒匀，然后端到外面去，搁在竹架上晒。竹架上已经搁了好几个大篾盘子。太阳下，盘子里焕着黑幽幽的光。

他双手忙着，口里不停：野仔呀，听说期末考了个全班第一？了不得啊，祖宗显灵了呢！你是我们华家的指望呢晓得啵？仔呀，要继续发狠啊……

顺阳看得触须僵硬，六条腿直晃：几大盘子的黑蚂蚁尸体，总数恐怕比帝国都城红斑蚁全体还要多！

她张开双颚，笨笨地狠狠地连掐了两下。

哎哟！秋野疼得脖子一缩。

华南岭：仔呀，莫动！颈根上有只蚂蚁，我给你掸掉……

秋野：不要不要。他捂着脖子赶紧跑开。

二傻子跟着跑，跑上来搂住他的脖子，撮起臭嘴巴猛吹。秋野顺手一推，甩他老远。

秋野将顺阳请到手掌心，见她瞪着单眼直直地发呆，便说了许多安慰的话，又掏出口袋里的湿棉絮团，让她吸吮了些水，然后将她放回到衣领上。

大片棉花地。

南风掠过，绿浪翻滚。翠绿的叶浪里涌动着红色的、白色的花。

村长华近山背个桶式喷雾器，正环绕棉花地喷洒农药。

空气中浓浓的农药味有些呛鼻。

顺阳觉得非常难受，本想示意秋野离开，但又立马改变了主意，她想看看这些人又在干什么坏事？

于是她又掐了一下秋野。

秋野好不情愿——今天怎么啦？骑牛老碰上亲家！他见村长越来越近，只得脚步往地头上挪。

秋野：近山伯，您怎么转着圈喷农药？

华近山摘下口罩：嘿嘿，读书人不懂吧，这叫围杀，将虫子、蛾子往中间赶，农村包围城市，干净彻底消灭！

秋野：都是些什么虫子啊？

华近山用喷管撩起棉苗枝条，指着地下：你看你看，这儿，这儿，盲蝽蟓……这儿，这儿，还有这儿，棉铃虫……

地下，场面惨烈：盲蝽蟓肚皮朝天，六只脚胡乱挣扎，奈何虫生苦短；青褐色的棉铃虫幼虫硬邦邦横躺竖卧，可怜成虫梦碎……

秋野不想让顺阳细看，久看。

他没等她掐他，便和近山伯打了个招呼，赶紧离开。

75

顺阳在秋野家只玩了两天就说要走。她说皇城缺水，夏天姐妹们酷热难熬，她要早点回去安装自来水。

秋野也不强留，知道她在村里转了一圈后，心情不好，却也不想说破。

走的先天晚上，她才对秋野说，母王说得对，你们人类确实太坏了，太毒了！她还提醒秋野，以后不要带二傻子去古檀树。秋野问为什么？她支支吾吾了半天，才说他身上死亡气息太重，小心被姐妹们留下记号，找机会杀死他。秋野心里一惊，那天二傻哥踹土城一脚，被红斑蚁咬了三口，该没有留下记号吧？

他好感动，顺阳虽然痛恨人类，但仍然在乎他这位朋友，而且包括他这位朋友的朋友。

第二天上午，拣了个爸妈都不在的当口，秋野大摇大摆送她走的。

没喊二傻哥，只带了虎爪。

【华秋野博士：顺阳自己在外游学了一圈，又把好朋友请进来做高参，猜想得出，在接下来的日子里，姨相在王国治理上必有一番大的作为。

关于优化家族的建议事关生殖隔离。记得那时初中生物课好像还没学到生殖隔离，即使学到了，作为初中生也不一定理解得明白。这是一个复杂的话题。所谓生殖隔离，是指亲缘关系接近的类群之间在自然条件下不交配，或者即使交配也不能产生后代或不能产生可育性后代的一种隔离机制，以阻碍不同物种间的基因交流，使各种群各自按照与自然环境相适应的方向发展。生殖隔离与否，关键在于亲缘关系接近的动物类群双方愿不愿交配，能不能授精，以及受精后能不能繁育后代。比如，欧亚的老虎与非洲的狮子存在地理隔离，只有在动物园饲养条件下才可能产下狮虎兽或虎狮兽；蛇鼠一窝是绝无可能产下蛇鼠兽的。初中生秋野提出的优化红斑蚁家族的主张，只要红斑蚁选择接近的种族主动交配，且只是优化工蚁，不图产生生殖蚁，实现这一目标还是有可能的。】

第九章

76

顺阳回来的第二天，皇城的自来水工程就开工了。

总指挥是内务丕带，外号“百事通”。

上次土城开天窗，讨好不卖乖，这回姨相学乖了，包括请示禀报、组织施工，事无巨细，全由内务丕带百事通满台跑，她就坐着做姨相。不过她还是小声叮嘱了百事通：遇到坑坑洼洼过不去就来找她，和她一起蹚。

蚂蚁王国安装自来水，开天辟地谁干过？

真所谓万事开头难。

首先是引水的棉线头从哪里进水坑。从檀城外水坑边入水，试了，水量太小。从檀城内水坑底入水，不敢试，担心凿洞后会引水淹城。姨相爬上爬下实地考察，确认水坑坑底铺满了树叶，洞穿后水流（压）【华秋野博士：水压改水流吧，蚂蚁不一定知道水压。】不会太大，可以放心，不会淹城。

剩下的难题是棉线头入水后，谁去水里固定？蚂蚁个个怕水，只能外请潜水高手。蜻蜓只晓得飞，他们的幼虫水虿只晓得吃。再说，人家正担心凿洞取水会减少他们的水源，憋着一肚子火没发呢，他能帮也不会帮的，免开金口。

姨相记得秋野说过，龙虱是水陆空三栖高手，先叫内务丕带百事通去泉眼交涉试试。哪晓得水陆空三栖高手并不爽快，磨磨叽叽的，左一个困难，右一个麻烦。

姨相只得亲自出马了。

龙虱当家的外号水上漂，趴在泉眼边，悠闲地扇着翅膀。远远地瞧见邻居来了，等到了面前他才转过身来。

姨相说，啃啃，这个忙嘛，自然不会叫你白帮。开个价吧，需要什么？

水上漂说，不是他们小气，泉眼里清水一汪，缺的就是吃的，请问有地龙么？他用前腿扫了扫口器，咂吧咂吧了几下，好像尝到了久违的美味。

百事通小声告诉她：地龙就是蚯蚓，咱们皇城外垃圾场找得到。

姨相扬了扬触须：给你们十条地龙如何？

水上漂：就十条？以后每天十条还差不多。

姨相：不，就一次，十条！

水上漂半展翅膀，欲施威风：嚯，有没有搞错？是你求我，还是我求你？

姨相：哧！咱们谁也不求谁，是邻居互相帮助。

水上漂啪啪啪有节律地拍打着左翅，痞里痞气：我要是不帮呢？

姨相：不帮好办。这泉眼原本就是我红斑蚁帝国的，八十年前你们祖上流浪到此，我们先王开恩，让你们在泉眼安身至今。现在我们要收回主权，另行租赁！

水上漂大怒，即刻鼓动翅膀，猛扇狂风。

百事通、红妮姐及随从们差点被风吹起，瞬间链起前肢，将姨相围在了中间。

水上漂猖狂了一阵，收拢翅膀，仍一口痞腔：请问，还要收回主权啵？

姨相用跗节拂了拂复眼、单眼上的蒙尘，目光如炬：唧吓，你确实威风了得！若论个，我们几个加起来都可能不是你的对手。不过你别忘了，咱们蚂蚁的优势在群，你更不要忘了，你的邻居是红斑蚁帝国！我只要调来五百炮兵，将大炮往泉眼边一架，你的家园、你的家族眨眼就成为历史，成为传说！你信不信？要不要试一试？传令副丕带！

到！红妮姐闻声，竖身一挺。

姨相：去，传防卫丕带前来听令！

水上漂作为邻居，何尝不知道红斑蚁帝国的威名？何尝不晓得姨相句句都是实话实说？见她不是恫吓，于是立马换了一副嘴脸：别别别，好说好说……我们续租，续租！

姨相回府休息。不到半个时辰，百事通一路小跑进来报喜：成了，成了！

她说，真是会做的不难啊。水上漂只派来了三只龙虱，一个猛子扎下去，眨眼工夫冒上来，就说妥了，妥了。剩下的时间就是吃。坑里水蚕、孑孓不少，水蚕吃孑孓，他们水蚕、孑孓通吃。只只吃得挺胸凸肚才上岸，口里还直嚷嚷：好水，好水啊，尽是好吃的……几十只蜻蜓愤怒地在空中飞舞，瞧着他们作践家园，却又奈何不得，鼓眼凸睛看着他们吃饱了爬上来，嘴巴一抹，飞回家了。【华秋野博士：蜻蜓，昆虫纲，蜻蜓目，捕食苍蝇、蚊子、叶蝉、虻蠓类和小型蝶蛾类，是一种食肉性昆虫，全世界约有五千种，我国二百八十三种。蜻蜓生存史可追溯到三亿两千万年前。我国准噶尔盆地发现了一枚距今两亿年的原始蜻蜓化石，翅展宽达二百一十毫米。目前对于蜻蜓的研究，主要集中于飞行力学原理及仿生学方面。】

百事通还说：她们尝到了甜头，肯定还会来，估计这回两家结上了梁子。

姨相眼睛一亮：你是说龙虱和蜻蜓结上了梁子？好啊！

百事通懵懵懂懂望着姨相，猜不透她说的好，到底是什么好。

她邀姨相去各楼层走走。她说，自来水通了，现在全城都快疯了！

姨相说，好，去看看。

从檀城楼顶到土城底层，自来水全通了。姐妹们都抢着取水，你朝我喷，我向她抹，打起了水仗。有的楼层大家还抱成团，喊着叫着，跳起了舞，唱起了自编的歌谣：

> 美美美，自来水，
> 乐乐乐，有水喝，
> 棒棒棒，有姨相……

姨相：唧吓！坏了坏了！小心小心，还是坏了！

百事通一头雾水：坏了？什么坏了？

姨相有些烦：叫她们不要唱我！

77

土城内。一隅。

蛇腰姐旁边围着四五只工蚁。

蛇腰姐神秘兮兮：呃呃呃，上回土城开天窗造鼻孔，这次又安装自来水，你们以为她真是为姐妹们好啊？傻呢，她是为自己树权威！

一工蚁：她是姨相了，还要树什么权威？

蛇腰姐表扬他：看你机灵的，问得好！是啊，当姨相了还要树什么权威？你们自己想呀，想明白了才会觉得可怕！我可以启发启发你们：当初母王本想把王位传给她的是不是？她装模作样让给顺晖，自己选择参加婚飞的是不是？婚飞失败了她才回来的是不是？她婚飞失败了为什么还要回来？回来打算做什么？明摆着，她是后悔啦！她要把失去的再夺回来！夺回来怎么夺？单打独斗行吗？肯定离不开姐妹们的支持是不是？于是就……

另一工蚁：于是就献好，卖乖，拉拢姐妹们帮她造反！

蛇腰姐：对呀，对呀！……还有更可怕的呢，还有更可怕的呢！她举着脑袋，从右转到左，从左转到右，生怕惊悚的消息遗落了听众。

众工蚁果然个个紧张兮兮，将她围得更拢，静听下文。

蛇腰姐：你们信不信？她还有人类朋友！而且将人类朋友带进了我们王国，上上下下偷看了一遍！

众工蚁这一吓吓得不轻，不过还有点不大相信，你瞅我我瞅你交头接须：不可能吧？怎么可能？……在她们看来，人类是蚂蚁的死敌，姨相再献好卖乖，也绝不会结交人类朋友吧？更不会带进王国来的……

一个一直没有作声的工蚁发言了，她说传令丕带说的是真的，那天她在城外巡查，亲眼看见了姨相和三个人在一起，其中一个还踹坏了土城，她咬下了那人一块脚皮做记证。姨相带没带人进王国她不清楚，不过有不少姐妹看见姨相带了一个变形人在城里转悠……

蛇腰姐：记证在吗？借我用用。

工蚁：我一直带在身边，随时准备再次遇到他找他算账。她从嗉囊里吐出一小块皮屑交给蛇腰姐，针眼大小，黄褐色的。

一切都确证无疑了。大家都是祖制的维护者，女王的拥护者，王国的捍卫者，谁的眼里容得下沙子？

怒火在胸中燃烧！

工蚁们：你就说吧，咋办？

传令丕带：干掉她，争当护国功臣！

78

草妹回来了。

她带回了切叶蚁王国最新的菌种，也带回了她们女王对红斑蚁帝国馈赠蜜露的感谢。

草妹回来的第一时间就来看姐姐。来看姐姐的草妹背上驮着一个茧囊，茧囊里装的尽是好吃的。

草妹：来，姐，都是新品种，趁着新鲜，尝尝！

她放下茧囊，一副大功告成的欣喜样子。她解释说，其他物件都是护送的姐妹们扛，只有这个一路上由她亲自驮，她怕她们笨手笨脚弄蔫了，吃起来不爽。

红妮姐：嗯，姨相，真的好吃！爽，脆，啃甜茎似的！她正捧着一块红菇，大快朵颐。

顺阳一把将草妹揽到怀里，用跗节的小梳子给她梳头、捋须，她并不着急品味红菇的爽脆，却早已用心感受到了草妹一路上小个子驮个大茧囊的艰辛。她叫红妮姐用一节棉线头取些水来，自己用嘴衔着线头给草妹喂水。

顺阳：尝尝刚通不久的自来水。

草妹不习惯，羞涩地：姐，我自己来。

顺阳固执地说：不，姐喂你。

草妹喝完水，告诉顺阳，说她刚才上来时碰到了传令丕带，她问蘑菇园搞得怎么样了，为啥没动静了？她说还在搞呀。看样子她不知道蘑菇园已经搬到了城外。

顺阳说：莫理她，她不问，别跟她说起蘑菇园搬迁的事。她清楚蛇腰姐拖着个大肚皮上下吃力，很少去土城。她不知道更好，少知道，少是非。

草妹嗯嗯答应了，虽不明就里，却懂得亲疏。

顺阳叫草妹带路，说是去看看蘑菇园进度。

蘑菇园的进度不慢。

产业丕带里手坐镇指挥，按照草妹临走时商定的布局，开辟的五间制菌场已粗具规模，都已经整好了菌畦，备好了肥料，就等播种育苗了。

顺阳好不感动。正如祖训所言：一个一灰灰，几个一堆堆，还是大家齐心力量大啊！她回城后办的几件大事，大搜查，开天窗，安装自来水……哪一件都离不开丕带们的鼎力支持，没有她们捧场，没有她们亲临实干，她这个当姨相的，主意再好也是白搭嘛。她将感激的话放在心里，抬起前肢，在里手的背甲上沉沉地捶了几捶，让她知道，打也是爱。

里手是个油嘴，挨了几捶，领受了打爱，故意高叫连声：哎哟哎哟，疼到心里了！

姨相吱吱一笑，提醒里手：接通自来水嘛，省事些。

里手：好的！

姨相：还要多久能吃到蘑菇？

里手一指草妹：这个要问大技师。

草妹思忖：十来天吧。

从蘑菇园出来，天色已近黄昏。

太阳依恋地吊在西山头，无可奈何地做着引体向上，半张脸憋得血红血红。

顺阳看了一会残阳，起身回城，红妮紧随其后。

忽然，她快步追上顺阳，低声地：后面有两个家伙跟踪我们！

顺阳头也没回：知道了。好像她发现得比红妮还早。

79

王宫。

穹顶之下，巨大的正三角形阔堂。

女王的宝座位于一角，坐北朝南。殿堂如扇面开展，渐行渐阔，可纳百千之众。首排为丕带之座，丕带之座正中为首座，属于传令丕带。自从长乙乙归来，多了个姨相，于是在首座与王座之间又设了个姨相专座，直面女王。

女王向来放手，没有重大事情，一般不召集丕带们上朝议政。但她喜欢阔堂宽敞，清静，远离拥挤、嘈杂，每日产后身心疲惫时，总要来这里休憩，乐享一份安宁。

眼下，女王顺晖正趴在宝座上，任凭侍应们揉腹搓背梳头捋须，瞪着单眼凝听姨相讲述王宫外面的稀罕物事。传令副丕带红妮肃立一旁，随时听传，不敢怠慢。

蛇腰姐摇摇摆摆进来了。她见女王和姨相正在闲话，却也不敢冒失，径直摇往她的首座，坐下等候。她喜欢她的首座，尤其喜欢与丕带们一起上朝议政时坐在首座上的那份感觉。甚至，她还趁女王不在时偷偷坐过女王的宝座，面对空旷旷的庙堂，她设假为真，高踞极处，俯瞰群臣，那份感觉真的是太美妙了，只能体会得到，就是讲不出来。可是，首座与王座之间，近在咫尺却遥不可及，本来就心里酸酸，如今又硬摆一条姨相专座，更让她牙根痒痒。她，无论如何都不心甘！

闲聊告一段落。女王问：传令丕带有事吗？

蛇腰姐：上次捅我土城一窟窿的家伙坐实了，是人干的，我们有个姐妹咬了他的一块脚皮做记证。她扭动腰肢，想呈上罪证。

女王：行啦行啦！她听说是脚皮，早恶心死了。

蛇腰姐：那个姐妹还说，那天来了三个人，她还发现姨相和他们在一起。

她瞅了顺阳一眼，单刀直捅命门。

女王歪过头来，瞅着姐姐。

姨相一脸疑惑：哪一天？实诚的顺阳没有否认的意思，但她实在记不起来，那天古檀树下会秋野，没看见有谁捅了土城一脚呀。她哪里知道二傻子捅那一脚时，她早已进了小盒子，装进了秋野的裤口袋。

红妮姐：没有的事！我天天跟着姨相咋不知道？她不想和她多费口舌，先根本否认，再主动反击：你是串通一气想栽赃陷害姨相吧？

蛇腰姐：谁栽赃陷害了，你胡说！

红妮姐：你胡说！

女王：行啦行啦，别吵了！

蛇腰姐：那我再问，你和姨相陪着变形人在皇城四处转悠，这不是栽赃陷害吧？

女王问姐姐：什么变形人？

姨相：这人女王见过，顺阳婚飞失败坠地时，是她救了我的命……

女王：噢，就是那个两条腿的小……人？顺晖见过祖传史料库里的人，也记起了和顺阳完全交流时那个不是大人的人。她问：他那么高大，进得了我们王国？

蛇腰姐：所以变形了嘛，他们有科技，鬼得很呢！

顺阳忍住笑，科技就科技吧，她懒得和夏虫讲冬雪，再说她也讲不清，讲不清不如不讲。她只解释说，这人还是个小孩，叫秋野，不仅救过她，还帮过她，她和他是朋友。他知道她回来后，就来看她，她陪着他在皇城里转了转。他见皇城燥热缺水，建议安装自来水，并且赠送了输水的棉线。他对蚂蚁没有恶意，他不是坏人，他是个好人……

蛇腰姐：哟哟，女王听见了吗？姨相说他是个好人，人还有好的吗？哎！母王在世时，从来都说人类是歪歪种，从没听她说过人类好啊！她把母王也请出来了，伟大的明丽女王确实是红斑蚁帝国历史上为数不多的标杆，应为后世继承者必须尊奉的典范，她的话当然就是真理。

女王：可他的确救过姨相的命，他还建议安装了自来水……

蛇腰姐：是啊，他是她的恩人，她的朋友，可是恩人和朋友就能随便带进王国？他救过她的命、建议安装自来水，就是好人吗？是好人为什么不敢向女王报告？我们王国世世代代没有自来水，不也过来了？领着这么个不明不白的人进王国，上上下下偷看了一个遍，想干什么？我只问，他们想干什么？女王，我是为了您的安全、王国的安全啊！女王啊，我一直守在您的身边，从不与外界接触，您对我应该知根知底嘛，我对您是赤胆忠心啊！

蛇腰姐这话着实阴毒！她想用这话从此切分阵营：她属于知根知底派，始终站在女王一边，可以信赖；姨相属于外来派，与人为友，应该警惕。

红妮姐不傻，当然听得出来：你想挑拨女王与姨相的关系？

你想排挤姨相？

姨相一笑：啃啃，传令丕带，你的意思是，我不如你对女王忠诚，对不对？我想问你，你敢肯定你所做的一切，都是忠于女王，忠于王国吗？敢不敢肯定，唛？她厉声喝问。

蛇腰姐：这，这……

红妮姐：什么这呀那的，不敢了吧？

女王有些恼怒：都别吵了！她还在想那个变形人的事。她并不怀疑姐姐的忠心，也不在乎那人是好是坏，她介意的是姐姐带个人进王国，为什么不报告她？不是第一次了，上次有事不报告说过她，这次又来了，说到底，她的眼里还是没有她这个女王嘛……

她说：那人不许再进王国！

姨相想，再慢慢向她解释吧，便说：好的，顺阳记住了。

蛇腰姐歪了歪腰，好不得意。

80

姨相府。

红妮姐一脸气愤：你看今天她那嘚瑟样！上次大搜查，我就说要乘势灭了她，你不肯。怎么样，后悔了吧？你不灭她，她咬你了！

顺阳抬起前肢抚了抚她的背甲，帮她消消火气。

顺阳当初没有查她，她有她的考虑。她刚回，刚坐姨相位，就查女王身边第一丕带，顺晖本来就生性多疑，她会怎么看，怎么想？万一不能坐实罪名，拿不下蛇腰姐，被动的只能是自己。没想到的是，你不动她，她反戳你，事事与你作对，而且开始盯你的梢，捡你的漏，今天甚至拉女王做盾牌，与你撕破脸皮对着干了。看来，她是摆开了架势，不扳倒你决不罢手。哧！蛇腰姐，你也太小瞧顺阳了……

顺阳：育幼室还常丢失幼蚁吗？上次请你问问，问了没有？

红妮姐：问了，还是丢失，只是少些了。

顺阳：走，去育幼室看看。

81

育幼室。

晶莹洁白如细小米粒，绒毛酥酥透亮，头尾小小，胸腹便便，她们在地上满满地趴着，懒懒地蠕动。十几个工蚁正在悉心照料，帮她们舔舐身子，口对口喂食水、蚜蜜、蚧蜜。有些大个一点的老是笨笨地扭摆、翻滚，动静闹得很大，工蚁们便将她们叼到一处，又拖来两条毛毛虫、红蚯蚓鲜尸，让她们自己啃噬。【华秋野博士：蚂蚁一生经历卵、幼虫、蛹、成虫四个变态阶段。其中幼虫段又分为新孵化期幼虫、半生长期幼虫、完全生长期幼虫三个龄段，根据气候、食物情况短则二十来天长则几个月，发育成熟后吐丝作茧变成具有六足的蛹，最后破蛹而出变为成虫。幼虫还充当公共胃，因为成虫腰部很细，只能消化液体食物，而幼虫则可以代替成虫吃掉昆虫，然后产生可供成虫食用、富含营养的糊状食物。在食物短缺极端情况下，蚂蚁幼虫甚至被杀死和吃掉。德国伊娃·舒尔特纳说：这些蚂蚁幼虫实际上就是族群中随时可用的蛋白质包。如果蚁王处于饥饿危险中，它会吃掉幼虫或虫蛹。】

顺阳俯身而立，静静地瞅着这些憨憨傻傻的小家伙，是怜惜她们的稚嫩，还是回味自己的儿时？

红妮姐指着那些大个的告诉姨相：她们将来是兵蚁，吃得多，饿了就闹，闹是为了提醒照料她们的工蚁，快给吃的。她是顺阳幼年的专职保姆，自然经验丰富。

顺阳轻轻地碰了碰红妮姐的触须，是赞同，还是感恩？或许只有她心里清楚。

姨相找工蚁了解情况，得知大搜查后，除了这间育幼室，其他育幼室再没有丢失过幼蚁了。这间育幼室安排哺育的，历来都是清一色三天后吐丝织茧的幼蚁。这批幼蚁进来时登记为二百三十八条，来了五天只有二百零六条了，平均每天丢失六到七条。如何丢失的至今是个谜，有时刚刚数了还能对数，隔了一会儿又莫名其妙地少了。一般白天丢失少些，晚上丢失多些……

姨相带着红妮和两只陪伴的工蚁，满屋子一处处细心寻察，终于在一个不起眼的角落，发现了一个绿豆大的小洞。

工蚁说，她们查过了，洞不是很深，里面没有出口。

姨相要亲自进去看看，红妮姐一把拉住说，我来。不一会儿，她就出来了，小声报告姨相：洞的走向是通往隔壁，尽头好像是堵死的……

姨相：隔壁住的是谁？

工蚁：传令丕带。

姨相触须一仰，吱吱一声。

82

蛇腰姐住处外。

檀木洞壁上几个虫眼，上面的三个小，大概连工蚁也爬不进去；下面的一个是门洞，也大不过黄豆，却从里面闭上，闩死了。

姨相：传令丕带住处怎么没有门口，只有洞口？

内务丕带百事通：传令丕带说，她喜欢安静，不要门。

姨相：里面什么情况？检查过没有？

防卫丕带大力神：每次安全检查，传令丕带要么不在，要么不让。

姨相叫拢二位，触须相绕交流了一会儿，二位丕带相继离去。

姨相指了指上面的出气孔：鬼点子、红点子应该进得去。

红妮姐会意，扬了扬触须。

83

姨相府。

红点子禀报蛇腰姐住处所见。

他说，里面不大，不高，还经不得他一跳，很暗，很潮，很闷，进去好久才看得清。里面有八只长得像蚊子一样的家伙，她们以为他是跳跳虫，个个笨得要死，还想扑捉他，后来见扑捉不到，就死心了，不管他了。那个笨样子，想起来都好笑……

姨相打断他：是个什么笨样子？说说看。

红点子：脑袋很小，呆头呆脑，瘦不拉几，身子像工蚁，却又生了两对翅膀……

红妮姐：不要问神仙，肯定是雄蚁哪！

姨相：找到了与育幼室相连的洞口吗？

红点子：找到了！洞里是用木屑塞住的。我就是扒开木屑，从育幼室洞口爬出来的。

姨相：好，红点子有功！

84

姨相府。

草妹带了几个姐妹，背着茧囊，给女王和各位丕带还有各育幼室送鲜菇尝新。

草妹离开时，悄悄告诉姐姐，她送鲜菇给传令丕带时，传令丕带问了她，蘑菇园有没有疯长？有没有危险？她回答说，应该没有大事吧？她问姐姐：我这样回答行不？

顺阳瞧着她那担心的样子，吱吱一笑：行，很好。

85

王宫阔堂。

朝会小憩，君臣闲嗑。

阔堂右侧陈放一个硕大的蜗牛壳，蜗牛壳里盛有很多鲜菇，鲜菇有圆鼓的，条状的，红的，白的，黄褐色的，该有的都有。丕带们各取所爱，掰下鲜菇，啃着鲜菇，话题自然都是鲜菇了：真多，真鲜，好甜，好脆，好爽……先赞美鲜菇，莫忘了褒奖产业丕带：领导有方，组织得力，劳苦功高，我等楷模……

产业丕带里手急得触须晃动：不不不，大家错了，从策划到指挥全是姨相，全是姨相，我不过实施而已，实施而已……

姨相吱吱一笑：实干兴邦嘛，没有实施，何来鲜菇！

众丕带：指挥与实施，缺一不可，都棒，都棒！

蛇腰姐：我看先别互相吹捧吧，不嫌肉麻？这蘑菇园是福是祸，只有天晓得呢！

女王：是福是祸？什么意思？

蛇腰姐：女王你不知道，各位丕带你们都不知道，种蘑菇是有危险的！过去小打小闹不怕，现在大种就有大危险。我问过那个切叶蚁王国来的技师草妹，她说种蘑菇要么不长，要么就疯长，疯长就会造成全城缺氧，全城缺氧就只能弃城而逃！我知道，讲真话会遭忌恨的，可是真话总要讲啊，我不讲谁讲！女王，我是为了你和你的王国的安全呢……

女王盯着产业丕带里手：她说的是这样吗？

里手：是这样，可是……

女王盯着姨相：真的是这样？

姨相：是这样，但是……

女王：是这样，还搞？胡闹！

众丕带早已停止咀嚼，议论纷纷。

蛇腰姐举着脑袋左瞥右睨，蛇腰左摆右扭。

里手气鼓鼓地站了起来：女王，刚才我没有禀报完呢。传令丕带说的这种情况，姨相早就考虑到了。因此，我们的新蘑菇园建在土城外，没有建在土城内，只有进出口紧靠土城墙根，蘑菇疯长不疯长，与城内毫不相干！

众丕带议论声又起。

内务丕带百事通有些气愤，竖身站起：女王，现在我们王国有的干，有的看，有的不干还捣乱，这种风气实在不好！

女王盯着蛇腰姐：没有建在土城内，你拿来说什么？没事找事！

蛇腰姐：我，我不知道改到了城外……

姨相想，是时候了，该揭揭她的老底了。

她竖身站起，慢悠悠地：女王，刚才传令丕带说，她是为了女王和王国的安全讲真话，我今天学学样，也为了女王和王国的安全，不讲半句假话。上次大搜查后，各育幼室很少再丢失幼蚁了，至今仍在丢失幼蚁的只有一间，平均每天还丢失六到七条。我和传令副丕带红妮查过了，这间育幼室里有个洞，这个洞直通隔壁，隔壁住的是谁？传令丕带蛇腰姐。育幼室丢失幼蚁与蛇腰姐的房间有没有关系？不知道。因为蛇腰姐的房间从早到晚都是关着的，从来不许别个进去，据内务丕带和防卫丕带说，就连全城大搜查、安全大检查也从未打开过……

女王扫视二位丕带：是真的吗？

内务丕带百事通：是真的。

防卫丕带大力神：是真的。每次检查到传令丕带那里，要么她不在，要么她不让进。今天趁大家都在，请示女王，要不要我和内务丕带一起，带兵蚁进去查一查？

女王：查！

蛇腰姐：女王，女王，姨相和她们串通一气，报复我啊！她绝望地哭号着，爬到了女王的脚下。

姨相：摁住他！

几位侍应赶忙扑上去，不许她靠前。

不一会儿，防卫丕带、内务丕带回来了。雄壮的王宫卫士横列一排，手里各拎着一个小脑袋的雄蚁，翅膀还没长硬朗，垂着几条长长的瘦腿，就像快要饿死的蚊子，连挣扎的力气都没有，瞧着恶心。

女王厉声喝问：蛇腰！这就是你对我的忠心？凡事我总是惯着你就着你，你为什么还要谋反？说！

蛇腰姐疯了，扯开喉咙吼：我不服！都是母王的女儿，你能当女王，我为什么不能？为、什、么？！

防卫丕带：请女王示下，怎么处置？

女王：按照祖制，严惩不贷！

大力神当然熟悉祖制，谋逆大罪，一律卸块处死。冷面婆大卸九块，蛇腰姐前仆后继。

她大吼一声：好！疾步上前，欲抓蛇腰姐。

蛇腰姐哇的一声怪叫，就像一颗惊天一爆的爆竹，挣脱侍应，只一扑，趴在了女王肚腹上。

防卫丕带大力神将她猛地抓起，托举空中，六脚乱蹬，正要抛给那些卫士，忽然听得背后惨叫连声，撕肝裂肺，扭头一看，竟是女王！

女王的肚腹裂开了一道大口，被蛇腰姐仇恨的大颚刺破，还借了防卫丕带威猛的大力。

【华秋野博士：蚂蚁社会表面上团结、有序，你若深入其中细心观察就会发现内部的种种微妙关系，远比我们想象的复杂。社会昆虫学家、科普作家冉浩在《蚂蚁之美》中写道：在整个巢群中，女王信息素的威慑力充斥整个空间，让工蚁们无从反抗，抑制它们的卵巢及生殖系统发育，使工蚁专注于除产卵之外的一切内、外务。但工蚁也在时刻挑衅着女王的权威，它们偷偷地把那些不喜欢的幼虫杀死，吃掉，以获得足够的营养后便能生育了，但是它们没有交配，只能产下未受精卵，发育成雄性个体。雄蚁大批出现是一个巢穴岌岌可危的显著特征。

凡是社会就会有矛盾，就会有斗争，人境如此，蚁界亦然。顺阳终于动手了，扳倒了她的第一个政敌。】

第十章

86

人有旦夕祸福，蚁族何尝不是！

刚才君臣还在一起品味蘑菇，喊甜叫爽，谈笑风生，天晓得眨眼之间飞来横祸。横祸飞来蛇腰姐被大卸九块当然是自己找死，死了该死，可悲可叹的是女王顺晖被恶臣刺破肚腹，无端遭此一劫。

此时，王宫阔堂上，大家比在热锅上还要慌悚。

女王仰躺，痛苦地呻吟，伤口足有三分，几乎长及整个后腹，不停地往外渗黄水。在医官指挥下，四个侍应一边两个，分别用双颚钳住破口处，使劲往中间拉。丕带们围成一个圈，里一层外一层把头往里伸，都想表达自己的忠诚：女王莫急莫急，不会有事的，会很快好起来的……安慰的都是套话、废话。

姨相顺阳将防卫丕带大力神拉到一边，触须相绕，交代两件事：非常时刻加强安全防卫；找几个大颚长而锐利的兵蚁过来，注意，必须是自愿为女王殉命的！

刚才，姨相躲到阔堂一角，打开史料库，确证了祖先也曾发生过类似的事。那是二〇一六代女王，因逃避洪水浸巢，被石块划破后腹，惶急中用兵蚁双颚置于伤口两侧，强行咬合，然后分离兵蚁的头和身子，几天后女王的伤口竟然奇迹般痊愈了。【华秋野博士：非洲有位村民，曾用十只活蚂蚁来缝合一条长达二十五毫米的伤口，痊愈效果很好。后来这方法就被当地人沿用至今。医生在做完手术后，将蚂蚁摁在伤口处，蚂蚁就会用双颚自动缝合伤口，并向中间收紧，最后医生将蚂蚁下半身剪掉，待伤口愈合后，蚂蚁的上半身就会自动掉落。如果伤口较小，只要一只蚂蚁就够了。不过这样的缝合术，未经严格消毒，想必很有可能造成感染。】

一会儿工夫，大力神带进来十个兵蚁，齐刷刷跪下，争着要求为女王殉命。举目望去，宫外还有跪下的，黑压压何止百千！

姨相看着这些跪着的姐妹，突然身子触了电一样地颤抖，走路也有些摇晃。她硬撑着走了过去，将十位姐妹一个个扶起，并敬重地亲自制阄让她们抓，公平地确定了其中的三位。姨相逐个安抚她们：你们是后世姐妹的典范，女王不会忘记你们，帝国也不会忘记你们的。你们的身子骨，将按过世的丕带品级，厚葬于帝国公墓王陵之侧……

三位自愿殉身的姐妹再次跪拜，感谢王国赏赐的殊荣。

具体操弄由医官担当。姨相将她拉到一边，先向她讲授技术要领，然后由她与三位殉身姐妹配合实施。几位侍应做助手。

丕带们只能悬着心静静围观。

不一会儿，蚂蚁王国一场伟大的外科手术大功告成。三颗长了脑袋的订书针整齐排列，将女王后腹的伤口咬合得严丝合缝，在咬合得严丝合缝的伤口上再涂了些蜗牛黏液，既封闭伤口，又消炎止痛。

手术结束，大家将女王移回寝宫。

87

寝宫。

生死攸关。女王顺晖到底还是支撑不了。

移回寝宫后，她只平静了大约半个时辰。为了让女王安生休息，姨相仅让生殖蚁——女王迄今所生的三十五个乙乙、三百二十六个王子进宫，列队探视，但也不许交谈哭喊。生殖蚁探视过后，寝宫里除了医官、侍应和一个轮流值班的丕带外，就只有姨相和红妮了。

姨相坐在女王榻前，为她轻抚胸甲。

女王低声呻吟，复眼黯淡，单眼无神。

忽然，她开始痛苦地扭动，诉说腹内绞痛。

医官赶紧给她喂食了祖传的镇痛药方姜黄浸白菊花水，也没有任何缓解。她向姨相小声报告：恐怕是中肠破裂了，蝶怕伤翅，蚁怕伤肠，如果是这样，危险就大了……

姨相也有些慌神：该不会吧？

突然女王急切地拉住姨相的前肢，触须相交：姐，我不行了……恐怕挨不过今晚了，我要去见母王了……王国本来就是姐姐的，我该，该还给姐姐了……

姨相：女王……妹妹，尽说傻话！不会的，不会的……

女王：快，叫丕带都过来，我要当着她们，把王国还给姐姐……

姨相：不，王国是妹妹的，纵有万一，也只能传位给哪位乙乙呀，让给姐姐如何使得？

女王：她们不行，她们还小……

姨相：还小可以长大嘛！让给姐姐，一是不合祖制；二是姐姐没有婚嫁，不能繁衍壮大王国，万万使不得的。千年帝国不能消亡在姐姐手上呀！妹妹说吧，你想传给哪一位乙乙？姐姐继续辅佐她就是了。

女王：姐姐实在不受，那就……九乙乙丹霞吧！

姨相叫红妮姐赶紧去传九乙乙和列位丕带。

九乙乙丹霞到了。她还只有三个月大，衣甲黑亮，翅膀柔薄，浑身娇小稚嫩可爱。

列位丕带来了。一个个疲惫蹒跚，满脸焦灼。

姨相拥着九乙乙坐于榻前。众丕带俯伏于榻下。

可能是回光返照？女王顺晖此刻没有了丝毫病态，思维冷静，话语平静。她叫九乙乙跪下，先跪姨相，再跪自己。她说，母王就要走了。母王本来想把王国还给姨相的，姨相高低不受，她说她愿意像辅佐母王一样继续辅佐你。孩子你记住，从今天起，你要叫姨相为姨母相，她除了是相国，还是你的母后。母亲走后，姨母相全权代理朝政，任何情况下都不要听信别个挑唆，怀疑姨母相。母王从来没有怀疑过姨相，但听别个挑唆过，吃了大亏之后，实际证明还是姨相对。因此，任何时候都不准你怀疑姨母相，记住了吗？

九乙乙丹霞：女儿记住了。

女王顺晖：母王不能为你做完全交流了，等你再大些，姨母相给你做吧……

忽然，她又蜷伏身子，痛苦地扭动，许久，她才又恢复平静，面对趴着的列位丕带，说：姐妹们都竖身吧，你们不起来，我就不说了。

大家拗不过她，只得纷纷起来，环榻前而立。

女王说：各位姐姐再见了。顺晖妹妹有些散懒，顺晖妹妹有些任性，顺晖妹妹还有些霸道，治理王国全靠姨相和各位，大家操心了，辛苦了，顺晖这里感谢了，好多好多的事常有得罪，还请姐姐们多多包涵。今天，妹妹就要走了，还要把九乙乙丹霞托付给大家，各位姐姐一个都不许撂担子啊。来吧，丹霞……她想叫九乙乙再跪拜各位丕带。

各位丕带纷纷阻止，然后齐刷刷趴下，表示会永远效忠王国，永远会效忠女王一样效忠幼主的。大家都说，请女王放心，姨相是少有的治国奇才，在姨相统领下，大家会忠心拥戴幼主，王国定会更加繁荣强大……

88

女王顺晖是天亮以前走的。

女王驾崩，新主年幼，按常理王国应如天倾地陷，举国惊慌。然噩耗传出，都城上下只抖地打了个寒噤，却是惊而不慌。究其原因，姨相的费洛蒙早已与女王并网，网罩整个王国乃至属邦，如今女王逝去，虽然信息素有所减弱，但网罩犹在，加之姨相治国有方，早已成了王国子民的主心骨。姨相在，姐妹们心里踏实。大家明白，虽姨相不能繁育，却有幼主，幼主虽幼，终会长大。姨相加幼主，是王国的定海神针。

王宫。

姨相正与丕带们商量女王的治丧大事。

有的丕带提出要不要请属国前来吊唁，担心几个实力稍大的属邦，欺新主年幼，觊觎皇都，恐生战乱。有的丕带反对，认为女王过世，属邦前来吊唁，是为祖制，历朝历代从无简免。

姨相早已查阅过史料了，红斑蚁历史上共发生过十七次属邦颠覆皇都的事，除了一次是寻衅造反外，其余全是借吊唁之机兴兵叛乱。借吊唁之机兴兵叛乱如此之多，为什么还要将此定为祖制，一成不变？姨相想，定然是先王们为了确保红斑蚁一族世世代代强盛不衰，不得已采取的强胜弱汰之法吧。试想，如果王国新主羸弱，国力衰微，不能威服藩邦，如何统率四方，共抗外侵？她也评估过了，眼下一百多个属国能与帝国抗衡的几乎没有，三五个实力稍大的也除非联手，否则单挑绝无胜算。不过同族生乱绝非好事，还是以防万一为好……

大家争得七七八八了，轮到姨相做决断了。她说：祖先们总是睿智英明的，属国前来吊唁既然是祖制，就该依循。不仅要依循，还要办好，要办得风风光光，宏大庄严，周到安全。

她将治丧大事交由内务丕带百事通总揽，强调除了筹备吊唁大典、接待四方宾朋外，同时不能放松皇城管理，防范内乱，尤其要加强搜查，严惩谋逆。其余不参与筹备治丧的，原来干什么，继续干什么，一切如常。

朝会结束，姨相留住防卫丕带大力神悄悄说话。

她说，此次吊唁能不能平安圆满，重头戏还在你这里呢！

大力神：不会有事吧？上次吊唁母王……

姨相摆了摆触须，和她分析：唧吓！这次能与上次比吗？母王主政十九年，威镇藩邦，前来吊唁的属国女王，不少还是母王的女儿呢，你说，谁敢大不敬？可是女王顺晖呢？继位时间不长，又非寿终正寝，新主年幼尚未登基，姨相代理朝政……她们真要造反，编得出的理由一大筐呢：擒拿谋杀女王元凶，勤王护主，剪除篡逆……随便搬出一条都冠冕堂皇不是？

大力神频频点头：你说！咋办？

姨相：从现在起，你和将士们所做的要求不多，就是两个字：威慑！

大力神一点就通：明白！

89

黑尾土蜂王国。蜂王王台。

蜂王不在。丞相板脸相爷向她禀报去了。

姨相顺阳此行属非正式访问，没有派使预约，拉上红妮，说是串门去，一路问到了王台，被板脸相爷挡在了门外：不在！不知道！不清楚！……好像上门来的是讨债的。顺阳只得说出与三公主追追王的生死路遇，她才闪开身子让她们进屋，自己却扑闪扑闪走了，闷声闷气丢下两个字：稍等！

客人擅自将稍等变成了参观。

王台金碧辉煌，像一颗垂着的花生，里屋应为卧室，外间像是客厅。

花生壳之外与地面垂直平行悬挂几片巨大的巢脾，几片巨大的巢脾上有上万个六角形巢室相互连接，不浪费丝毫空间。巢脾与巢脾之间相距不到半寸，是为蜂路，大家来来往往熙熙攘攘吵吵嚷嚷黏成一团。这大概就是所谓的一窝蜂么？

顺阳发表观后感，说她们的都城算得上豪华气派，所有建筑材料都是用的金灿灿的蜂蜡，建筑风格千万年不变，足见已经成熟成型，至善至美。居民住房也比我们蚁族姐妹的讲究，各住一个单间。

红妮并不附和，头一摆直说她不喜欢，太挤，太吵，虽然空气还算流通，但太过甜腻，不习惯……

说话间，蜂王挺着大肚皮回来了。

追追王一把搂住顺阳转起圈来，转累了才停。

转累了才停的追追王还不尽兴，鼓起翅膀将顺阳狠狠地拍了几拍，嗡嗡嗡唱起了埋怨歌：顺阳你不够朋友呢，回来这样久了才来看我！

顺阳一乐：唷唷唷，你说谁不够朋友！我总算来了吧，可是你呢？

追追王拍了拍大肚皮，声音一下变得嘶哑了：嗡嗡嗡，我的情况不同嘛，一天到晚生生生，刚才还趴在巢口呢！哪像你，自由之身，天空地阔！

顺阳触须一点一仰在沉思：谁说不是呢！过去顽皮淘气的追追王如今做了蜂王，挺着个大肚就没了自由。反过来说，如果她要了自由，还能做得了蜂王么！老天啊，为什么总是得到这就少了那呢？这是什么天机啊，能不能开释？

顺阳：唧吓，谁让你做蜂王嘛，总不能好事都让你占了吧？

追追王：嗡嗡嗡，我正要问你呢，这回该轮到你当女王了吧？我把上等的催情王浆都给你准备好了呢！听得出来，上下邻居之间消息并不闭塞，她在时刻关注着她的好朋友。

说话间，板脸相爷将准备好的十多个茧袋交割给红妮，正一五一十讲怎样保管，如何服食。别看她面相古板，办事细心着呢。

聊到这里了，顺阳告诉追追王，此次前来讨要王浆只是目的之一，不过不是她自己吃，而是给新主，新主年幼，更需要助长强身。另一个目的是寻求军事后援，皇城正筹备为女王治丧，一百多个属国前来参加吊唁大典，万一发生叛乱之事，务请蜂王出兵相助。

追追王翅膀一拍，表示一切好说。她还嘱咐顺阳，王浆给新主吃，你自己也要吃，吃完了随时来拿。至于军援，更不是问题，两家历朝历代都有约定，一方有难，另一方将全力施援，追追王谨遵祖训，绝不会坐视不管……

顺阳和红妮由专蜂护送，送礼的队伍紧随其后，浩浩荡荡飞回来的。

90

东岗南坳。大齿猛蚁洞府。

几十年前被人砍伐的红枫留下的一个巨大的树兜。地面残存的树桩虽已老朽不材，化成了腐殖质，仍在无私地养育着一丛丛肥硕的白色、黑褐色的菌类。地下的盘根奉献给了大齿猛蚁，大庇十万之众几十载，遮风挡雨，成了她们繁衍生息的家园。

大齿猛蚁是蚂蚁中的奇、丑一族。他们丑，丑在双颚。双颚全张时，活像一对奔踊直冲的西班牙斗牛的牛角；半张时，就是两支杵地滑行的曲棍球球杆；收拢时，又成了一把刀刃入鞘的花木剪。他们奇，同样奇在双颚，能在零点一三毫秒内咬中猎物，比人类眨眼快两千三百倍，咬合力达到自身体重三百倍。由于快而有力，遇到危险时，只消双颚猛地一磕，能将自己反弹到半尺之高，远落在两尺开外。【华秋野博士：生物学家借助超高速电影摄影技术，以每秒三千帧的速度记录鲍氏大齿猛蚁上颚的闭合速度，发现其是迄今为止动物界已有记录中最快的。鲍氏大齿猛蚁上颚仅长一点八毫米，但头部却能以每秒八点五米的速度移动；如果换算为人相当于以每秒三千米速度进行拳击，比步枪子弹还快。大齿猛蚁凭借她们的独门利器，横行无忌，成了蚁族中的凶神恶煞。】

眼下，她们的蚁王正与各头领在大厅议事。因枫根腐朽，洞内到处渗水，阴暗潮湿，已不适合居住了，洞府是维修还是搬迁，应尽早定夺。

这时，一侦察兵蚁进来报告：红斑蚁帝国女王死了，新主年幼，由姨母相代理朝政，皇城正筹备女王的治丧大典，接待各路藩王前来吊唁；另外，二十万兵蚁从早到晚操练备战……

各头领闻报，一下炸开了锅：老天关照，机会来了不是！洞府还维修个屁，住现成的多好，她们的可是千年不朽的古檀呢……女王刚死，就抢她老巢，是不是太狠了点？……要的就是这样的机会呢，趁着一盘散沙……可她有一百万之众啊，二十万兵蚁，是我十倍之多……她再多又能如何？我大齿猛蚁杀她红斑蚁，剪草切瓜……她们天天备战，有备难犯……备战就能战、就能赢吗？再说她们备战有可能只是防备属国造反……

蚁王最后拍板：先别动手，看情况再说。如果真有属国造反，让她们螳螂捕蝉，咱们学黄雀在后！

91

顺晖女王吊唁大典如期举行，顺利结束。其过程中规中矩，按部就班，不必赘述。

值得特别一提的是防卫丕带大力神指挥的军事操演。

二十万红斑蚁精兵驻扎在皇城以西一百标开外，像一道铁壁铜墙，横挡在一百二十三个属国藩王护送队伍驻地与皇城之间。这里本是人类的一片坟场，高低起伏却无草木遮掩，天成一个演兵场。从大典筹备直到结束，这里就成了角力与厮杀的战场，怒吼与欢呼的海洋。武士们除了列队正步操练，还有各种阵法操演：方阵掩杀，长蛇奔袭，铁桶围攻，飓风横扫，海潮冲荡，炮雨屠城……一波接一波，精彩纷呈。

各属国护送队伍的士兵们刚到时还有怨词，说什么千辛万苦到皇城，挡在城外看演兵。如今挡在城外看演兵的看客们竟然看傻了眼，不时地狂呼：无敌无敌！威武威武！天天围着看，从不缺场。

大典结束，姨相代表幼主，领着属国的一百多个女王四处参观，娉娉婷婷迤逦而行，土城檀城转了个遍。姨相说，各位女王是治理王国的行家里手，皇城又是各位的娘家，务请女王们为娘家建设传经送宝，千万不要客气，不要保守。

大家看了皇城的自来水工程，土城的天窗改造，以及城根地底的蘑菇园基地，看一个，哗声一片，惊叫不断。都说这哪里是叫我们传经送宝咯，分明是现场展示，叫我们跟着学样呢！尤其是顺阳回来时路过的属国那位红云女王，简直佩服得五体投地，她一把拉住姨相，粗门大嗓：顺阳妹妹你真是神了！说实话，自打母王过世，我们都为帝国担忧着呢。你才回来几天！文攻武略，内外兼治，把帝国皇城打理得熨熨帖帖，还搞了这样多新花样，洋派头，佩服，佩服得紧呢！

众女王跟着附和：是啊，是啊！谁说不是呢！都说要派专门队伍来，学会开天窗，种蘑菇，装自来水，也要抖一抖洋派。

女王们走之前，皇城还安排了洋技师草妹给大家概要地讲了一课：切叶蚁种蘑菇；并各自打发了七个茧囊，里面装的都是新菌种。

大家听得津津有味，走得欢天喜地。

92

幼主丹霞的住处，由乙乙房移到了储宫。

红妮姐在悉心地辅导侍应们蜂王浆应该怎样保管，调配，服食。

姨母相顺阳慈爱地给丹霞梳理触须，告诉她，蜂王浆是姨母为了你特意到蜜蜂王国找蜂王讨要来的，你一定要早晚坚持服食啊，把身子骨调养得棒棒的，准备来年婚飞时给你召唤完婚，召唤完婚后就继承大位，继承大位了姨母就了了一桩心愿啦，就可以向你母亲交差了呢。

丹霞很乖，嘴也很甜：姨母相放心，丹霞都听姨母相的……

忽然，一兵蚁直闯进来报告：防卫丕带有请姨相！

姨相：什么事？

兵蚁：大齿猛蚁城外挑战！

幼主丹霞闻言，吓得惊叫，浑身瑟瑟。

姨相拍了拍她：别怕！吩咐红妮姐看好幼主，便火急随兵蚁去了。

93

战场就在土城南面五十标开外斜坡上。

晌午。约三千只大齿猛蚁摸上了南坡。一队巡逻的红斑蚁只留下了一个回来报信的。防卫丕带闻报，紧急出动五千兵蚁迎敌，炮兵步兵合力还击，坚持了不到十分钟，所有红斑蚁战士全被大齿猛蚁挥舞的大颚首斩、腰斩，无一生还。第二波进攻，红斑蚁兵力增加到一万，但仍然改变不了被剪草切瓜的战场局面。多亏蜂国追追王派出两千蜂兵出手相救。但大齿猛蚁根本不惧蜂兵的蜇刀，每当蜂兵俯冲而下，她们没等刀落，就如跳蚤般触地一弹，便无踪影。尽管大齿猛蚁不惧蜂兵，却因为蜂兵施援，缓解了红斑蚁压力，红斑蚁才撤出了部分兵蚁，避免了再次全军覆没。

姨相爬上了土城外的检阅指挥平台，防卫丕带大力神简略地报告了双方战况。

姨相：敌巢是哪里的？实力如何？

大力神：侦察蚁有过报告，她们的洞府在东岗南坳，约十万之众，军力三万左右。

姨相：双方以前交过手吗？这次为何挑起战事？

大力神：从无接触，这次完全是不宣而战。问她们，她们叫嚣打完再说。

姨相：哧，好像料定只赢不输，狂妄！

说话间，大齿猛蚁第三波进攻开始了。

大力神欲出动三万兵力，十倍于敌，围而歼之。姨相摆了摆触须，不让硬拼。

少顷，兵临城下。大齿猛蚁主帅于阵前来回踱着方步，一口痞腔：本帅杀无赦，听起来蛮吓人，其实挺温和的，哈哈哈……所谓不打不相识，于是小打一下，让你们红斑蚁认识一下我们大齿猛蚁。我们没有恶意，只是想与你们红斑蚁帝国做邻居。我们的洞府太小，还有点渗水，没有你们的檀城好。我们大王说了，想借你们的檀城住住，你们让出檀城，还有土城嘛……

防卫丕带气得来回乱窜：打吧，姨相？教训教训这个不知天高地厚的家伙！

姨相吱吱一乐：一群痞子呢，跟她计较啥？听不出来吗？她们的大王也是痞子。痞子就好对付！告诉她，按她们说的办，但必须马上退兵，二十天之内不许骚扰！

大力神瞅了姨相几眼，虽有些不解，但她信得过姨相，于是清了清嗓子，高声回话：我们领略了你们大齿猛蚁的本事，可以考虑和你们做邻居。不过，腾出檀城需要时间。我们的条件是：马上退兵，二十天之内不许骚扰！

敌阵一片欢呼。

只有她们的主帅好像不是太蠢，她绝不相信盘踞东岗千年的红斑蚁帝国竟会如此软蛋，不堪一击。她的声音里满是犹疑：你说的是真话吗？

大力神呵呵一乐：难道你想听假话吗？

大齿猛蚁主帅爆了一句她们本族才能听懂的粗口，恢复了自信，龇牙咧嘴：好！二十天就二十天，除非你们搬得走檀城！

94

战场上，姐妹们的尸体如同铺满一地的松针。绝大部分被一刀夺命，有的断脖，有的折腰。虽然身首分离，但因蚁族神经相互独立，仍有许多姐妹的肢体或触须犹自抖动，向大地苍天诉说她们不屈的灵魂。姨相浑身战栗地拨开姐妹们的尸身，慢慢地往前爬行。

忽然，一颗脑袋朝她狠命地滚动了一下，两根触须左右舞动，明显是想吸引她的注意。姨相赶紧过去，用双颚抱住她，与她触须相绕。这位妹妹告诉她：大齿猛蚁太……太厉害了，我们三五个……都不是她们……一个的……对手，对付她们，只能用……用……炮……小妹艰难地说完了最后一个字，触须才耷拉下来。

【华秋野博士：典型的利他主义行为。蚂蚁集群最突出、最宝贵的是利他主义精神。工蚁外出觅食，兵蚁外出侦察，尽管危险随身，都是年老的主动出勤，无论巢内巢外凡是重活累活险活，也总是老战士冲锋在前。她们自知来日无多，努力实现自己对于群体的贡献和价值。有的生物学家提出了利他主义是通过血缘选择进化的观点，即通过无私地照顾兄弟姐妹获得的达尔文优势，这些姐妹有相同的利他主义基因，并且这些基因是可以遗传的。】

姨相捧起小妹的脑袋，交给身后的红妮：厚葬！

姨相和防卫丕带等立马查验所有大齿猛蚁的尸首。果然！整个战场她们死伤不到两百，死于颚刀者寥寥，几乎全是被红斑蚁酸炮所伤，或头颅或肢体或触角或盔甲，全都塑料熔化般腐蚀成了糊状……

95

全城战争动员，按三十天战事备战，备荒。备战由防卫丕带大力神负责，备荒由产业丕带里手统管。

一切安排妥帖，姨相拉上内务丕带百事通一道，爬上檀城外的水坑，去找她们的邻居寻求支援。

姨相非常赞同大力神的看法：对付大齿猛蚁炮战最好，但炮要架得高，能移动，才能打得准，打得狠。换成人类的语言就是：最佳效果是凌空低射，因为战场的不确定性和士兵作战的流动性，要求炮兵具有较高的机动性，不能守株待兔、架炮空等，只有以机动对流动，方能有的放矢弹无虚发。

但是，红斑蚁王国还没有华秋野所设想的空军啊！

姨相顺阳当然想到了追追王，但是蜜蜂翅膀闪动太快，哼哼唧唧振动也大，驾机的与开炮的连交流都很困难，坐个便车还马之虎也，架炮打仗只能抓瞎。最理想的是蜻蜓，掠地入云，悄无声息，快似旋风，慢可悬停，尤为难得的是腹背悠长，左右两侧至少可安十个炮位，而且据秋野所说，蜻蜓有两万八千只小眼组成的复眼，可测速，可测距，叫什么活生生的小雷达，意思是炮弹长了眼睛一样，不怕打不准。问题是蜻蜓愿意合作吗？虽说是近邻，但两家从来天上地下各忙各事，疏于交往……【华秋野博士：蜻蜓的眼睛是复眼，每只眼睛均由上万个小眼组成，且每个眼都能完整成像，这样就使得蜻蜓所看到的范围要比人眼大得多，两只复眼就是两座小型的相控阵雷达。】

接待她俩的是个翼展颀长的青头大个，其属下介绍，大号飞将军，外号悬停大师。听完来意说明后，悬停大师态度不愠不火，他说他们也有个烦心事：那些龙虱隔三岔五就来骚扰，弄得全族都不安宁。你们红斑蚁与他们有些交往，能不能斡旋调停？这事办好了，双方再谈合作……

言下之意，这事办不好，其他免谈。

内务丕带百事通有些火了，干吼了一声，她想像上次姨相对付龙虱一样，摸出现卦来打，告诉他水坑主权属我，红斑蚁要收回另行租赁。

但被姨相制止了。

回来的路上，姨相说，红斑蚁与蜻蜓的合作将会是长期的，不想把关系搞僵了。

姨相和内务丕带只得转头来找龙虱。

水上漂如今客气多了，但老习惯难改，说话总带点痞气：姨相的面子当然要给，肯定要给！我们相信，姨相帮了蜻蜓，肯定会帮我们龙虱的，都是邻居是啵？我们龙虱只有一个小小的困难，就是给这些小的们找点吃的。只要他们天天填饱了肚皮，我向姨相保证，从此守住自己的一汪清水，决不去蹚他们的那坑浑水！嘿嘿嘿……

虽然话语带痞，细细一想，却还挑不出蛮多毛病。

内务丕带百事通被噎得又要发狠，姨相拉住了她，转身对水上漂说：明白，理解。我们再另想办法，另想办法！

96

另想办法，能有什么好办法？这是一个无解的死结：红斑蚁怎么可能为一洼龙虱天天提供食粮？红斑蚁不能为龙虱提供食粮，龙虱就要骚扰蜻蜓；龙虱骚扰蜻蜓，蜻蜓就不肯援助红斑蚁；红斑蚁没有蜻蜓的援助，就很难战胜大齿猛蚁……

众位丕带的意见，不能老是给脸不要脸，主张来硬的。可是，这是红斑蚁有求于他们啊，来硬的虽然表面上服了，但他们会衷心相帮吗？

姨相真的有点脑壳疼。

她的脑海里闪现的总是阵地上那位小妹的画面：滚动的血淋淋的断头，和她生命终结时的忠告：只能用炮……

关键时刻，她想到了她的人类朋友华秋野，和华秋野的那颗智慧的脑袋。

她吩咐红妮姐，去蜂国找板脸相爷，支援一个座驾，她要。

【华秋野博士：或内忧，或外患，随时发生的一个偶然事件，都可能叫一个蚂蚁集群倾巢覆灭。无论人类还是蚂蚁，我们都要为生存至今而感到庆幸，这是生命的奇迹！同时我们还要为生存至今感到自豪，因为物竞天择，优胜劣汰，留下的都是好样的！顺阳的红斑蚁帝国能不能战胜大齿猛蚁？她们面临又一个生死劫。】

第十一章

97

天黑了，华秋野才进房间。

摁亮电灯，拉开书包，翻出文具盒打开放在书台右边，翻出平板笔记本打开放在书台中间，翻出课本打开放在平板笔记本上面，一切程式化行云流水。然后坐下来，先玩一会儿电游，声音调到最小，近无。假如妈妈出现了，眨眼间课本回到了上面，麻利得不露出半点破绽。其实妈妈也鬼，有时明明察觉了硬是不揭穿，只笑笑，还说：好仔吔，知道你在搞学习呢！但她定了一条死规矩：做作业不许关门。方便她时不时露露脸，按家长会的说法是当好监护人，她却修改为妈妈向野仔提供必要的后勤服务。

这都是平日。

今天不同。吃晚饭时他就声明了，明天期中考，不要干扰他搞复习。因此，一进房间就关上门，完成所有程式后便坐下看书。

赫然发现，书页正中有只蚂蚁。

他细细一看，一声惊叫：哇，顺阳！

砰砰砰，南坡嫂来巡察了：没事吧，野仔？

秋野吓得一吐舌头：没事没事，书上有个笑话，笑得我肚子疼！

门外脚步声远了，门内才开始迎接客人。秋野将顺阳接到右掌心，托着她瞧，瞧着她哼，在房子里小声地咿咿呀呀，左右脚单跳着转起圈来。转了一阵，又出去给她弄来了一堆好吃的：香蕉，饭粒，碎骨头……全都摆在一张洁白的A4纸上，想了想，还从自己的水杯里滴了一滴水珠。

顺阳也懒得客气，先喝了点水，便大口大口吃起来。她是真的饿了，还是早上啃了半块鲜菇的。为战事筹划忙得团团转，直到傍晚才要了个蜂驾，直飞这里，降落在窗台上，吩咐蜜蜂明日清晨再来接她。然后，她从窗缝里爬了进来，趴在书台上静静地等。

秋野下巴搁在手背上，瞅着她美美地吃，心里纳闷：她是怎样来的这里？

等下问她吧，他没时间瞎猜了，他还急着明天的考试呢。他将平板笔记本打开，点了个动画片《大森林里的邻居们》，再将A4纸平移到键盘上，让顺阳边吃边看。

梦境，多维空间。

顺阳开门见山，请秋野做军师，解死结。

秋野详细询问了双方情况，眯着眼，右手捋着并不存在的胡子，来回踱着方步，作古正经，俨然一个小诸葛，老半天，胸里才长出了一竿竹子，便笑眯眯地开始在顺阳面前秀才华了：孔明出山博望坡初用兵用的是火攻，我华秋野从不抄袭别人，首战就用水攻吧！不过，只是……稍微狠了些。

顺阳只听懂了两个字，她问：水攻？哪里有水啊？

秋野：东岗之水天上来！哈哈哈……

秋野当然熟悉东岗的地形。他装模作样一番后，告诉顺阳，解开死结并不难：为什么树坑里的水长虫子，泉眼里的水不长虫子？因为树坑里的水是死水，泉眼里的水是活水。流水不腐嘛，水不腐，何来虫？只要在泉眼旁挖个坑，灌满水，要不了几天，就能长出虫子来。挖坑打洞对于你们红斑蚁来说，不是难事吧？

顺阳忙说，不难不难。

秋野又说，挖出来的泥巴可不要浪费了，围着泉眼修一道半圆形的蓄水坝，越高越好……

顺阳有些疑惑：蓄水坝？

秋野一脸坏笑：没错，正是！泉眼不是有条小水沟直通山下南坳吗？先把泉水堵起来，暂时莫让它白白流掉了，到时能有大用处！

顺阳的脑袋不笨，忽然吱吱一乐，明白了有什么大用处：这就是你说的水攻？

秋野笑笑：这是连环计，又叫计中计，试试看吧，按理说效果应该不差！

顺阳当然不怀疑秋野的能耐。想了想，她又提出了另外一个问题，担心挖坑、修大坝时大齿猛蚁前来骚扰。

秋野点点头，肯定顺阳担心的不无道理，沉思许久，告诉她，那就先给她们点教训，可以如此这般，如此这般……

顺阳听完，连称好好好，刚说完好好好，就听得秋野哇哇哇直叫：我帮你，你还咬我！

原来顺阳忍不住用大颚掐了他几下，掐了他还吱吱直乐：你这家伙太厉害了，我佩服，佩服得有点，有点……恨！

他俩一叫，一乐，把自己弄醒了。

睁开眼睛，窗外已经大亮。

98

红斑蚁都城全民动员，除兵蚁备战、幼蚁留守双城外，投入蚁力六十万，夜以继日挖坑、筑坝。坑，挖在泉眼东侧半丈处；坝，成U形环绕泉眼，两端与山嘞相连。

树坑的蜻蜓和泉眼的龙虱也协调参与了行动。三方讲妥，备战期间，红蚂蚁负责提供给龙虱部分食源；龙虱不得骚扰树坑，并负责堤坝水闸管理，安全泄洪；蜻蜓负责空中侦察，密切注视大齿猛蚁动向。

顺阳亲自与防卫丕带大力神一起，带领一班兵蚁观察地形，排兵布阵，随时迎战。

99

东岗南坡。

秋阳杲杲。无风，燠热。

大齿猛蚁主帅杀无赦带了三千士兵，沿着山路悄悄摸了上来。她是来探虚实的。这几天派了多路侦察兵蚁前来打探，回去都是一口话：几十万红斑蚁在泉眼边挖坑垒土，没见她们腾出檀城。她们大王觉得事有蹊跷，便叫她带兵前来摸清底细。

前边这截山路路旁有两棵大树，山路上落满了黄叶。落满黄叶的山路对于蚂蚁来说，好比沼泽地，如同迷魂阵，处处有路，条条不通。

杀无赦怕有伏兵，叫队伍停止前进。她高频抖动触须，感觉到了浓浓的甲酸味混合了腾腾杀气在前方弥漫。

她正踌躇，打算率领队伍绕道前行，忽然，山路的另一头来了一队约两百号巡山的红斑蚁，领头的正是防卫丕带大力神。

大力神爬上一根草叶，触须一抖，大义凛然：嘟！滚回去！时间没到，就来挑衅？

杀无赦涎皮赖脸：呵呵，就要做邻居了，说话别这么冲咯！小的们打探说，你们整天在挖坑垒土，根本没有腾出檀城，所以过来看看……

大力神：废话！不新造一个土城，怎么能腾出檀城？滚，滚回去，二十天到了再来！

杀无赦真痞：眼见为实嘛，我偏要上去看看！

大力神：嚯，想来硬的？老子叫你们有来无回！

杀无赦：哈哈哈，就凭你们这几个？……她笑脸一收，立马凶神恶煞：小的们，上！

三千大齿猛蚁终于冲进了黄叶阵！

每片黄叶底，不多不少埋伏了十个红斑蚁兵，统共三万。大齿猛蚁冲进阵来，红斑蚁兵迅即爬上叶面，举刀架炮，只等大齿猛蚁一露头，大家一哄而上，以多制少，围而歼之，咬的咬，砍的砍，铡的铡，甚至爬上其背举腹炮轰。大齿猛蚁逼急了，使出触地一弹的绝招，落下来只是到了另一片叶面，照样逃不过被围杀的局面。杀无赦自己左冲右突好不容易从叶堆里拱了出来，爬上一片草叶，这才看清了她的小的们被红斑蚁各个击破、围歼剿杀的惨状。她急得狂呼乱叫：撤！撤！撤……可怜她们正在以命相搏呢，哪里还撤得出来！

不到半个时辰，战斗结束，杀无赦清点残兵，三千剩下不到两百。

大力神也不追杀了，任由她们灰溜溜逃了回去。

此役红斑蚁死伤不过五百，歼敌两千八，可谓大获全胜。全城愁云尽扫，大大提振了士气。

大力神在泉眼工地找到了姨相，汇报交战情况，并说全过程跟她预计的完全一样。她问姨相：你是神吧？没有带过兵，怎么会打仗？

顺阳掸了掸身上的尘土，吱吱一乐。她心里也在问同一个问题：秋野你是神吗？没有带过兵,怎么懂得打仗的？她记得曾跟秋野提起过，路过黄猄蚁柑橘地时枯叶迷途是如何的艰难，莫想到他将蚂蚁的这一弱项竟记在了心里，并用在这次布阵迎敌上，不仅有效化解了敌蚁的个体优势，同时还将己方的群体优势发挥得淋漓尽致。唉，人，真是太厉害了！何况，他还不是个大人呢！

但她怎好跟大力神讲述这些？只得支支吾吾：嗨，还不是逼出来的？总得想个法子破敌嘛！再说，也是你大力神指挥有功，姐妹们杀敌英勇，才取得的胜利呀！

接着她又提醒大力神，大齿猛蚁吃了败仗，肯定不会甘心，还会来报复滋扰的。挖坑筑坝还要十来天才能完工，绝不可掉以轻心。

大力神说，姨相尽管放心，一切按部署依计而行。

100

干涸的水沟里，裸露的石块还残留着流水的痕迹。水沟从南坳的库尾蜿蜒而上，直达东岗泉眼。

大齿猛蚁上次吃够了苦头，再也不敢走山路了。杀无赦率领五千兵蚁，沿着水沟快速前进。她是来寻仇的，她是来雪耻的。只要红斑蚁不玩阴的，不摆黄叶阵，她要再一次剪草切瓜！可是，一路上除了几只蜻蜓伴着她们飞，怎么不见一只红斑蚁？怎么没有一点阻挡？她觉得奇怪，心里有些发怵，便派出几路先遣，呈扇形探路向前，她带着大队伍紧随其后，徐徐推进。

蜻蜓送回的情报准确及时，大力神的部署明确果断。五十个大青头蜻蜓于树坑旁停机待发。红斑蚁第一梯队五百炮兵填满五十度甲酸利炮，每机十名，左右分坐，待命出击；第二梯队五百炮兵荷枪实弹，列队等候，随时换攻。

战场就选在檀树下，土城前。

檀树下土城前还刻意布置打扫了一番，像迎接贵宾似的，拖走了黄叶，啃断了杂草，清理了影响炮战效果的所有障碍，清清爽爽，光光溜溜。

晌午时分，大齿猛蚁先遣抵达，随后大队伍涌进。杀无赦大模大样爬上土城旁边的一根荆条，这才看清了土城外墙检阅指挥平台上的大力神。

杀无赦：哈哈哈，防卫丕带先生，我们又见面了！今天怎么不摆黄叶阵了？上次不是让你捡了个便宜么？

大力神：嘿嘿嘿，游戏要玩新的才有味道！再说上次黄叶阵，虽然损失没有你们惨重，但我们多少还是死伤了一些姐妹，我们姨相心疼，她要的是零伤亡！

杀无赦：嚯，零伤亡？这么说，你们想提前交城啦？

大力神：嘿嘿，不是还差五天么？

杀无赦：那，同意让我们看看新城？

大力神：你呀，总是想得很美！

杀无赦：那你还零伤亡？做梦吧！

大力神：是啊，确实不易。但最难的还是，不仅要零伤亡，还要把你们全歼！

杀无赦恼怒至极，高举两把大剪：看谁全歼谁！不怕老子今天提前屠城？

大力神呵呵一笑，瞄了一眼土城下大齿猛蚁已经黑乎乎悉数到齐，便说：我呀，不怕你屠城，只怕你从荆条上下来。你知道为什么吗？你要是从荆条上下来了，就没有回去报信的了！哈哈哈……

她忽然收住笑，头一仰，触须朝古檀树坑方向一扬。

霎时，几十只蜻蜓从树坑俯冲而下，开始绕场旋飞。忽高忽低，忽快忽慢，一会儿直冲，一会儿悬停，如朵朵小花在蓝天下绽放，透亮的翅膀在秋阳里闪光，绚丽夺目。

杀无赦看呆了。她想，红斑蚁从哪里请来这么多蜻蜓？她得意地高声发问：你怕屠城，就请我来看表演，是吧？

大力神：对对对，看表演！但是你不要光看空中，还要看看地下！哈哈哈……

杀无赦很乖，忙看地下，这一看把她看傻了：地下，已经惨不忍睹，外围一个大圈，小的们横七竖八全都趴下了，身子在熔化，唯见触须乱晃，六肢挣扎。圈内活着的拼命往中间逃窜，你践我踏，我撕她扯，渐渐堆成了一个蚁丘。再细看那些蜻蜓，每只颀长的躯干上原来都有红斑蚁的炮兵，噗噗噗，噗噗噗……她们居高临下，她们弹无虚发，小的们有个别逃出圈外的，蜻蜓追上去，悬停补火，无一幸免……

炮弹由外围而内圈旋着扫射，是大力神指挥的；大力神是由姨相交代的；姨相是由秋野面授的；秋野是从华近山的棉田喷农药围杀技术学来的。五十只蜻蜓驮着五百个红斑蚁炮兵，分批次对着蚁丘轮番炮击，没有怜悯，只有愤怒；没有反抗，只有挣扎；没有逃亡，只有全歼！浓烈的甲酸在大齿猛蚁的躯体上腐蚀熔解，在秋阳下烹蒸散发。蚁丘在塌陷，凶残生猛的大齿猛蚁渐渐变成了一大堆松针、衰草……【华秋野博士：甲酸俗名蚁酸，是一种有机物，化学式为HCOOH，分子量四十六点零三，酸性很强，有腐蚀性，存在于蚁类、蜂类和毛虫的分泌物中。一八九六年在欧洲开始用于工业生产，是基本的有机化工原料之一，广泛用于农药、皮革、染料、医药和橡胶等工业，也可用作金属表面处理剂、橡胶助剂和工业溶剂。人体接触可引起皮肤炎症或溃疡、结膜炎、眼睑水肿、鼻炎、支气管炎、化学性肺炎等。蚂蚁防御或进攻喷射的甲酸，是从下腹部射出来的，发射时将下腹缩回至胸甲之下形成势能而后射出，酸弹可射二十厘米远。】

炮战结束了。

檀城、土城立时响起一阵阵呐喊和欢呼。原来姨相为了鼓舞士气，安排全城停工观战，没等停火，姐妹们便涌出城外，扒满了城墙，欢呼跳跃，庆祝胜利。

杀无赦从荆条上跌落下来，瘫软在地，嘴里没有了痞话，脸上也没有了骄横，只剩下被愤怒扭曲的恐怖和狰狞。

大力神走拢去，鄙夷里带着可怜：哼哼，滚吧！莫忘了五天后来接收檀城哟。千万记得多带点兵来，最好倾巢出动！

101

大齿猛蚁从来没有这样输惨过。

议事大厅里，大王召集众头领商议，休战还是续战。

起初，休战派略占上风，她们的理由是，红斑蚁盘踞东岗千年，是不可能想战胜就轻易战胜的。

后来，续战派渐渐取得优势，她们的理由更充分：如此惨败若不复仇，以后何以在东岗立足；大齿猛蚁与红斑蚁论战斗力一以当十，连工蚁也比她们兵蚁强；三次交手，红斑蚁两次取胜，都是靠的使诈取巧，不是真功夫；红斑蚁的炮火虽猛，但也可以防御……

最后商定：拼全力一战！除生殖蚁、幼蚁留守侍奉母王拱卫洞府外，凑足八万兵力，全员出击。

102

东岗。

没有太阳。秋风飒飒。有些阴冷。

挖坑筑坝工程早已完工。泉眼水位提高了两标还多。泄洪道不断有水溢出。龙虱将余水撇往北坡，不让流进南边的水沟。

姨相顺阳办事牢靠，再三追问水上漂，坝底的水闸如何？到时要水喊得应不？

水上漂信心满满：姨相放心咯，这也开得玩笑？我用山螺壳做的塞子，到时挪开，捅几捅，水就会哗啦哗啦一路滔滔奔大海！嘻嘻嘻，放心吧，放心好了……

正午时分。

八万大齿猛蚁成两列纵队，沿着水沟小心翼翼走走停停。她们各自顶着一片树叶，有点像切叶蚁，但切叶蚁是扛着叶片鼓帆而进，她们则像老农，披着蓑衣蹒跚向前。

队伍行进到半山腰，才遇到了红斑蚁强有力的阻击。大齿猛蚁立即将两列纵队变成八列，全力上冲。红斑蚁敌冲我撤，避其锋芒。大齿猛蚁甩掉披着的树叶，加速追赶。赶得太急了，刚要咬住红斑蚁队伍，空中炮手就来驰援了，大齿猛蚁急忙忙找来蓑衣披上，可是刚刚披上蓑衣，红斑蚁又俯冲下来……

如此来回往复，引导大齿猛蚁始终沿着水沟加速行进，不走偏路。

蜻蜓盯着队伍上下腾飞，及时传递情报。

离土城不远的水沟边，有一块突兀的山岩。飞将军悬停大师立于山岩之上，闲静安详；他颀长肥硕的后背上，红斑蚁防卫丕带大力神悠然端坐。

杀无赦呼哧呼哧爬上来了，于沟边立定，双颚咔嚓一磕，催促队伍快速登顶。其身边身后，蚁流奔涌，沙沙沙沙……

大力神主动招呼，声音洪亮：嘟，杀无赦先生，一路辛苦了！

杀无赦仰起头来，这才瞧见了大力神：嘿嘿，不辛苦不辛苦！马上有新房子住了，心里乐着呢！喂，今天怎么不用炮战了？

大力神：呵呵呵我说过了，游戏要玩新的。再说，你们都披了叶片了，还用炮战就威力不大了！

杀无赦：不跟你废话了！檀城腾出来没有？没有腾城，老子今天就屠城！

大力神：腾城了，腾城了！正要哗啦哗啦迎接你们呢！哈哈哈……

一只小个的红蜻蜓掠飞而至，悬停在面前。

大力神扬了扬触须。

飞将军拍了拍翅膀。

小个红蜻蜓盘旋而去。

杀无赦正在苦想，哗啦哗啦是什么？

忽然，哗啦哗啦就到了！

东岗之水天上来，唱着歌儿向远方！

当然是势不可当！

当然是荡然无存！

好戏自始至终不到一刻钟，刚刚开锣便收场了。真正是水火无情啊，小诸葛华秋野所料不虚，水攻确实太狠了些，这夺命的一刻钟，八万大齿猛蚁瞬间丧命！个别命大的没被冲进东岗水库，但水沟两边草地里各有一支伏兵，专等水过之后收拾幸存余孽。

姨相还吩咐了，大齿猛蚁太过残忍，务必斩草除根。因此，大力神还安排了一支队伍，冲进大齿猛蚁洞府，杀了个底朝天。

103

红斑蚁、蜻蜓、龙虱的祝捷活动在古檀树坑边举行。

姨相派红妮姐去请追追王来一块参加，可追追王不想来，嫌拖着个大肚皮累赘，倒是慷慨地送来了许多蜂蜜作为贺礼。

昆虫世界的祝捷方式简单实在。她们不搞仪式，不作报告，不发奖品，就是各方的头头脑脑们都来，各自拿出最好的东西堆到一块大家吃。红斑蚁拿出来的是各种鲜菇、蚜蜜、蚧蜜和蜂蜜；蜻蜓贡献的是果蝇、粉蝶，还有两只大黄蜂；龙虱的泉眼不产鱼虾，拿得出手的只有几只小蝌蚪，几枚小钉螺。好东西大家换着吃，抢着吃，吃个稀罕，吃个新鲜，吃个热闹，吃个爽快，吃得生吞活剥，吃得风卷残云。

席间最活跃的还是水上漂，嘴里咔嚓咔嚓地咀嚼，好吃好吃地嚷嚷，还不停地给这个挑坨蜜，帮那个掰条腿，好像这些都是他们泉眼的特产。

姨相见他饿鬼投胎，吃相难看，忍住笑问他：新挖的水坑装水几天了吧？里面还没有好吃的？

水上漂：有了有了，早有了！前天起就有了跟头虫（孑孓），可把小的们乐坏了，和她们比赛翻跟头，翻着翻着就把她们翻到了肚子里！

姨相：水坑可是我们红斑蚁挖出来的啊！这么说，你们还想一起租？

水上漂：当然当然，一起租一起租！

姨相：那咋办？我们想用来训练一支水兵呢。我们红斑蚁一直没有水兵，哪行啊！

水上漂：嗨，我们龙虱做你们的水兵不行吗？随时服从调遣！

姨相乐在心里，脸上好像有些犹豫，瞟了一眼大力神。

大力神也很灵泛，斜睨着旁边的飞将军悬停大师：恐怕不行啊，还是要有自己的水兵为好！

悬停大师憨厚得很，闻言有些急了。他清楚，如果红斑蚁真的收回了水坑，龙虱缺少了吃的，肯定还会再来骚扰，他们的树坑就会永无宁日。

于是，他赶紧表态：姨相，如果龙虱愿意做你们的水军，那，我们蜻蜓就做你们的空军吧！

等的就是这一句！

姨相和大力神你望我，我望你，心中暗喜。想不到与大齿猛蚁一战，红斑蚁不仅取得了大胜，而且还战出了一支水军，一支空军。这无疑加长了蚂蚁的短腿，实现了久有的梦想！

姨相竖身而立，触须高扬：好啊，很好！从此我们红斑蚁、龙虱、蜻蜓建立陆水空三军同盟，互不侵犯，一方有事，各方协同，共赴危难！我们将无敌于东岗！

无敌于东岗！无敌于东岗！……

头头脑脑们长久地尽情地欢呼。

此时，祝捷活动才真正进入高潮。

104

红斑蚁大捷的消息，于当天当晚就传遍了东岗，乃至整个乌石仑。不经小道，不付酬劳，统一由两家专业新闻媒体按通稿昼夜轮番播报。

这两家新闻媒体主办者，一家是知了，一家是蛐蛐。

知了负责白天。她们爬上树梢，通稿简洁，抑扬顿挫，字正腔圆，居高声自远，非是藉秋风。

得了，得了，
大齿猛蚁亡了，亡了！
了得，了得，
红斑蚁嘚瑟，嘚瑟！
…… ……

蛐蛐负责晚上。她们蹲于洞口，拖腔拉调，悠扬激越，秋风萧瑟，宁静致远。好消息催虫振奋，彻夜难眠，一声能遣万家愁，终夕声声晓未休。

消灭，消灭，
大齿猛蚁消灭！
胜利，胜利，
红斑蚁胜利！
…… ……

王宫阔堂。姨相顺阳和列位丕带正向幼主禀报战事，总结得失。

城外知了的声嘶力竭阵阵传来，声声入耳。

起初大家还心存感激，倍感荣耀；久了，便嫌单调乏味，有些心烦。

幼主丹霞：能不能叫她们别叫了，难听死啦！

姨相吱吱一乐：唷唷，她们是拼着命在做好事呢！

幼主：拼命做好事？

姨相：是啊！她说知了一生可怜兮兮，幼虫时好多年都生活在泥土里，蜕变为成虫后，趴在树干吮吸汁液，这样的好日子只有十天半月，雄蝉完成交配、雌蝉结束产卵便相继死去。别看她们活得短暂，但活得乐观通达，而且爱管点闲事，喜欢将别个的事编成歌曲，从早到晚不停地唱。【华秋野博士：蝉，俗称知了，半翅目，蝉科，有两千余种。蝉的幼虫通常在土中待上三年，五年，十三年，最长有十七年。年份数都是质数，因为质数的因数少，可以降低与别的蝉类同时钻出泥土的概率，以避免争夺领土、食物。一般在六月末幼虫开始羽化为成虫，七月下旬雌蝉开始产卵，八月上中旬为产卵盛期。雄蝉会鸣叫，雌蝉不能发声。】

说罢，她吩咐内务丕带百事通去犒劳犒劳，给她们送些吃的喝的，办法是叫工蚁姐妹去棉地里找些棉絮，蘸上蚜蜜和水，请飞将军悬停大师派员循声空运。

红妮姐说：还有那些蛐蛐儿呢，也是通宵达旦地喊，咋办？

姨相想了想说：她们就有些难办了！白天又不叫，晚上黑灯瞎火找不到。不过，蛐蛐又叫百日虫，大多能熬到冬天，还有时间呢，我们再找机会关照她们吧。【华秋野博士：蟋蟀，直翅目，亦称促织，俗名蛐蛐，是一种古老的昆虫，至少已有一点四亿年历史。常栖息于地表砖石下、土穴中、草丛间，喜夜出，食性杂，性孤僻，一般独居，绝不允许别的蟋蟀与之住在一起，一旦碰到，必会咬斗。雄蟋蟀弹琴奏乐浅唱低吟纯粹为了求偶，但并非矜持

的女友循声前往，都是在夜幕下雄蟋蟀哼着情歌翻山越岭寻到女友家的。女友如何依允并传递爱意不为人知。】

幼主丹霞闻言，将脑袋凑过来，说起了悄悄话：姨母相厉害。你怎么懂得这样多?

姨母相吱吱一乐，也悄悄回应她：到时候姨母相全都传给你，你会比我更厉害!

众丕带见一大一小如此亲密无间，谁都心里舒坦。

105

红斑蚁大捷后，属国来朝，友邦来贺，成了乌石仑东岗又一道绮丽的风景。

朝贺大军来自四面八方，携带珍贵贺礼，朝着同一目标，不分昼夜晨昏，无惧沟坎丘壑，涓涓细流渐渐汇合成溪渠江河，最后澎湃成海，聚泽于千年古檀之下红斑蚁帝国都城广场，广场不够广，黑压压向四周漫溢。

一百二十六个属国（上季婚飞后增加了三个）陆陆续续都来了。绝大多数是由衷前来，分享家族强大的荣光，献上祝捷朝贺之礼，表达敬畏依附之意。尤其那些边远弱小之邦，更觉机会难得，一路吹吹打打，动静闹的特大，宣示自己就是灭掉大齿猛蚁的红斑蚁帝国之属国，不是好惹的、好欺的。还有那些向来有些离心离德自以为强的属邦，这回准备的朝贺之礼更是特别丰厚，明显得很，她们借此机会表白自己坚决攀附帝国，从此再无异心。

友邦来了三百多个。可来多少、应来多少尚无统核，但来的绝对都是表示友好的。其中不乏实力强大的王国，如切叶蚁、黄猄蚁、大头蚁、东方弓背蚁等，【华秋野博士：东方弓背蚁实名日本弓背蚁，在我国全境、俄、日、朝、韩乃至整个东南亚国家均有分布。一八六六年一位叫迈尔（Mayr）的生物学家首先在日本发现并命名，所以冠了个日本的名头。通体黑色，个头较大，体长一般在一厘米左右，它们不仅是较为强大的捕食者，同时也是战争的好手。】她们扛礼的队伍长达近两标，奉献的全是自己的特产或上等的山货，贺礼珍稀，出手阔绰，无非是想表明：她们不会与红斑蚁为敌，愿意强强联手，永修盟好。来得最多的还是那些素无来往的弱小族群，为的是献份礼物认个门头，礼簿上挂个名头，日后相求有个由头。这些素无来往的弱小族群里，尤其值得一提的有十多家，她们是双齿多刺蚁、红头弓背蚁、红足厚结蚁、红黑细长蚁……她们没有珍贵的贺礼，只带了衷心的感谢，她们泪眼婆娑讲故事，讲完故事翻身奴隶把歌唱。她们都是大齿猛蚁的近邻，被充当出气筒，下饭菜，战战兢兢，世世代代。她们就像是夹皮沟的山民，挣扎在无底的深渊，谁料想有朝一日红旗指处乌云散，消灭土匪见青天！她们的控诉字字血声声泪，她们的感谢句句发自肺腑震撼心房，她们的赞颂，凸显红斑蚁剿灭大齿猛蚁扫黑除恶，无比正义，无上荣光。

黑涌涌，兴冲冲，闹哄哄；

匆匆跑，呵呵笑，团团转……

借用人类的一句俗词：累，并快乐着！

足足折腾了五天。迎来送往，收、授、会、别，一律按帝国礼仪，绝不简慢，五天下来，上上下下比打大齿猛蚁战役还要辛苦。

整个接待自始至终姨相顺阳没有露脸。

她将累与乐甩给了幼主和列位丕带。后来她与追追王聊起，问她原委，她说：幼主不小了，让她有机会历练历练。那些丕带们跟着她辛苦了，让她们出来亮亮相，应该应该。

接待伊始，姨相就找幼主请假，说要四处走走，放松放松，清静清静。

幼主说：姨母相操碎了心，是该好好休息一下。

但在临走之前，姨相还与幼主商量，将蚁事升迁及当下要务做了如下安排：

红妮日趋老练，去掉副字，升为传令丕带，留在幼主身边照料听传；外事与日俱增，将外事接待从内务剥离，提拔原三乙乙保姆外号叫玲珑儿的担任外务丕带；建筑丕带已经老去，提拔在土城开天窗、安装自来水工程中表现突出的工蚁姐妹外号叫鼓捣佬的为建筑丕带，目前专司路桥修筑。入冬前皇城要完成顺晖大道横向转纵向延伸至土城底部工程，方便姐妹们上下出入；然后布局，标量，定线，为修筑帝国至各属国间的风雨高速路做好前期准备……

她问幼主，以上安排，可否？

幼主说，姨母相想得周全，自当照办。

【华秋野博士：蚂蚁在地球上的生存史就是一部征战史。漫长的征战，使蚂蚁比人类更熟悉战争，更具有战争的智慧和谋略。它们外交与战争政策的总目标是：扩大领地，并尽可能征服和消灭邻近的集群以壮大自己。但生死较量只发生在实力悬殊的群体之间，实力相当则相安无事。因此它们总是在战争之前通过各种手段了解对方实力。有时以武士比武的方式一对一挑战，仪式般较量分出高下；有时是恫吓，上举头部、腹部并伸展其足，以踩高跷的方式行走以炫耀本事，让对手感觉其强大知难而退。如果试探和恫吓不足以探明对方底细，最后就是直接估测敌对者的数量。霍尔多布勒通过跟踪沙漠地区蜜蚁，发现它们至少有三条途径估测对方：一是凭感受计算头数；二是点数对方大个头兵蚁，因为大个头兵蚁百分数越高，集群就越大；三是衡量一对一炫耀比武的间隔时间，等待越长越说明对方胆怯，力量弱。通过估测，确定自己力量数倍于敌时便可开战。

红斑蚁帝国消灭大齿猛蚁一战是一场防御战。因为有人为介入因素，加之作者的文笔渲染，的确非常精彩。】

第十二章

106

姨相顺阳出行，还是原班人马：鬼点子，红点子，草妹，不多一个，不少一个。

红妮劝她多带几个兵蚁，路上安全些，她没听。顺阳觉得，原班人马于路上可以共同缅怀她们生死与共的艰难已往，回味那些劫后余生的惊险刺激，感恩磨难馈赠给她们的收获成长，共同面对和商处前路的凶险未卜，大家肯定会聊得来，聊得开，聊得有味。

草妹一直在属国做技术指导，这家请那家接，好久没在皇城了，听到姐姐传他，立马赶了回来。

鬼点子和红点子更是一喊就到。鬼点子早就做了太姥姥，膝下儿孙过万。前些日子她和红点子来看姐姐，检讨只顾忙着生养，冷落了姐姐。顺阳听了却没好气，骂她会笨死蠢死，你们蚤类饱一顿饿一向，居无定所，好不容易有了个安身之地，就爆芝麻一样地生，儿孙们十多天繁衍一代，你都做姥姥了还凑什么热闹？鬼点子被骂得像是热血呛了喉咙，憋屈得半天才说出话来，她说姐姐只晓得骂我们命贱，却不知道那些宿主多坏！黄鼠狼嫌小的们黏在她们身上痒，三天两日到东岗水库里抖洒，动辄往树干洞壁上磨蹭，还互放臭屁熏撵，小的们生活一直都难呢！我们只有多生才能图存，才不绝后啊！【华秋野博士：黄鼬具有肛腺能放出臭气，臭鸡蛋味，极其难闻。其实是一种琥珀色液体，由于尽量使劲喷出，便形成了细雾，一旦冲入对方眼睛，又辣又疼、流泪不止，甚至可以使对方暂时什么也看不见。经研究，这是一种叫丁硫醇的物质。一只臭鼬每天大约可产一毫升丁硫醇，存储于肛门腺，一旦需要，便前脚倒立，眼睛瞄准，肛门冲着对方将臭气喷射出去，可以喷到四米左右。】不过，她还是听了姐姐的劝，入秋后自己便下狠心停止了产卵，从此把任务交给了儿孙。所以，现在有了大把时间出来陪姐姐了。

原班人马之外，只多了一个座驾：一只漂亮的红蜻蜓，而且有个好听的雅号，穿云红。

顺阳安排第一站去看追追王，然后去看华秋野，主要是表示感谢。

没料到正赶上追追王遇到烦心事。

一窝蜂闹哄哄，乱成了一团糟，有的喊出走，有的嚷分家，有的叫嚣另起炉灶。

追追王呆坐在王台，气得两眼发直。

顺阳只好询问一旁的板脸相爷。板脸相爷板着脸一语不发，只是拍了拍翅膀，带她们去看现场。

蜂巢大堂，悬着的巨大巢脾之下，堆积着厚厚的蜡屑。板脸相爷掀开一层蜡屑，哇，尽是星星点点的白色虫卵和蠢蠢蠕动的黄褐色幼虫！再看那些巢脾，许多小块早已鹊巢鸠占，半寸多长的幼虫大摇大摆地在巢脾上挖坑蛀蜡，吐丝结茧，巢面上白茫茫如网如雾！

板脸相爷向来寡言，寡言者向来言简意赅，她说，这是巢虫，蜡螟所生，以蜡为食，蜡屑上产卵，巢脾上筑巢，造成蜜蜂幼虫死亡或得白头病，引起蜂群恐慌飞逃……【华秋野博士：巢虫属蜡螟科，又叫绵虫，蜡蛀虫，是蜡螟的幼虫。夏末秋初，蜡螟雌蛾和雄蛾在夜间交配，然后潜入蜂箱于缝隙、蜡屑中产卵。初孵化的幼虫先在蜡屑中生活，三到四天后上巢脾，在巢脾上穿隧道，蛀食蜡质，吐丝作茧，严重毁坏巢脾，甚至造成整个蜂巢被毁。】

顺阳踱出巢外，与草妹和二点子商议了一会儿，便踅转身子回到王台，对追追王说：别再愁眉苦脸啦！感谢追追王给我们红斑蚁一个报答的机会！

追追王满脸疑惑：你有高招?

顺阳：当然！你的难题我包了。只要你的臣民在巢外待上半天，你自己到我檀城的行营观战便是。到时候，还你一个干干净净的王宫！

追追王将信将疑，犹豫再三，还是朝板脸相爷拍了拍翅膀，示意照办。

树坑旁。红斑蚁行营。

精致的蜗牛壳里盛满了各色鲜菇、蚜蜜、蚧蜜。追追王不掠主人美意，各样都闻了闻，舔了舔，除了她不习惯杂食，主要还是没有心情。

她耐着性子正在行营闲坐，忽见一队队红斑蚁兵蚁、工蚁荷枪实弹雄赳赳赶赴她的王宫。只过了片刻，便见兵蚁们三五一群拖着一具具巢虫的僵尸班师回城。

追追王坐不住了，急得猛喊：顺阳，顺阳……

顺阳吱吱吱笑着出来了，告诉她：我与丕带们商量，派了一千兵蚁，先麻醉后刺杀，收拾那些巢虫；派了一千工蚁，帮你清除蜡屑；最后将派三百炮兵蚁，为你的王宫地板、天花和四壁喷射甲酸消毒，杀死虫卵。不过请你放心，我反复交代了，要精细施工，不会损坏你的王台和巢脾。消毒完了，等甲酸味淡些了，你就可以回宫了！

追追王听了，嗡嗡嗡哽咽了半天，要说的话半句都说不出来。

等她平静些了，顺阳又吱吱吱笑着说：好啦好啦，没事啦。只是我还有个建议，你别太懒了你的那些工蜂，叫她们经常打扫王宫的蜡屑。没有蜡屑，何生巢虫，对不？

追追王猛扇翅膀：嗡嗡嗡，极是，极是！

顺阳送追追王返巢时，特意在树坑找到了飞将军悬停大师，向他介绍了蜂王之后，拜托他说：以后蜡螟蛾子下蛋蛋的日子，请你多派几个手下，专门盯着树上的蜂巢，见一个灭一个，莫让她们乱闯王宫。

飞将军悬停大师忙说：姨相吩咐的，照办照办！再说都是上下邻居的，好说好说！

追追王听了，又被感动得嗡嗡嗡哽哽咽咽。

107

晚霞满天。

虽然已是深秋，南方依旧树木葱茏，绿肥黄瘦。穿云红驮着乘客，在林涛叶浪里左右盘旋，上下腾飞，一红点万绿。因此若将放翁的名句改改，或许也是好诗：一片风光谁画得？红蜻蜓舞绿东岗。

远远地望见了那扇熟悉的窗户。不过，那扇熟悉的窗户是紧闭的，窗户的玻璃是磨砂的。窗内那人，黄昏未约；月挂梢头，但凭机缘。

顺阳叫穿云红停立在窗台上，先叫鬼点子打探一下秋野在不在。鬼点子钻进窗缝里，眨眼退回来，报告：在在在！

顺阳说：在就好办。咱们商量一下如何会他。你们除了鬼点子，谁都没见过秋野。这回穿云红和草妹都要和他认识认识，一回生二回熟，以后来去方便……

穿云红急了：咹，我也要啊？他们人，不，是小孩人，特爱捕捉红蜻蜓，上回我姐姐就是被他们网住了，用绳子拴住尾巴弄死的！

顺阳：秋野不会，他是好人。

草妹更紧张：我就免了吧，我也怕。

顺阳：说过了，好人就别怕。吓得战战兢兢，让人笑话咱没见过世面！

红点子：姐姐，我俩呢？

顺阳：你俩就算了。人最讨厌你们蚤类与虱子。

红点子：可是，可是……我，有个小小小小的请求……他有些结巴了，用后腿踹了踹鬼点子，求她帮腔。

鬼点子哧哧一乐：你不会自己对姐说？但她还是凑近顺阳帮她老公说话，嘴巴上抹了蜜：好姐姐呃，他是想，尝尝华秋野的血。

顺阳惊诧：啊！为什么？

鬼点子：姐姐啊你不知道，在我们蚤族，谁尝过人血，就讲得话起，是一生最高的荣耀。

顺阳断然拒绝：不行，绝对不行！华秋野是我们的恩人。红斑蚁有祖训，受之一哺，报之一囊，我们恩还没报呢，岂能恩将仇报？

但是，二点子老是就一小口就一小口直哼哼，顺阳架不住他俩的软磨硬泡，毕竟都是曾经患难与共的姐妹，最后还是松口了：那就真的只一小口。红点子一蹦老高，当然当然！但顺阳限死他，不许咬他的头，不许伤他的脸、手和脖子，只准先在脚板皮试试。红点子不干了，说脚板是走路的，全是茧，谁咬得破？最后讨价还价，商定的部位是屁股。

红点子的敲定了，鬼点子又凑过来：姐，我还是原来尝过的。我也一小口，一小口，嘻嘻！

顺阳真是脑壳疼，横她一眼，算是默许。

来！穿云红，你来敲门，咱们飞进去嘚瑟嘚瑟，让他瞧瞧！顺阳拉着草妹，重新登上座驾。

穿云红启动，先退后，再向前，用头轻轻地撞击了几下磨砂玻璃，然后悬停，静等。

窗户开了。

玉树临风，还是那位翩翩少年！

哇！红蜻蜓，好漂亮！华秋野喜之蹦矣，尖起拇指和食指，想要轻轻拈住穿云红。

穿云红吓得一激灵，猛地拉起，拍翅高飞。

顺阳吱吱大乐：说了叫你放心，放心，他不会伤你！

穿云红飞了一圈，才又飞回来，悬停在窗口好一会，终于麻起胆子飞进屋里，缓缓停立在书台上。

华秋野做梦都不曾想到，顺阳会带着她的伙伴坐红蜻蜓飞来看他。

他像外婆家来了客人一样兴奋，打开房门，一声不吭偷着乐，先上茅房再喝茶，巧借名目防盘查，悄悄备齐了各色好吃的好喝的：三只苍蝇，几只蚊子，点点肉末，半片菜叶，还有苹果、香蕉、蜂蜜和水，统统放在一张 A4 纸上，端出来招待贵客。他见顺阳将好吃的尽往红蜻蜓和那只小蚂蚁面前送，心想肯定是她的好姐妹们，因此他对她俩也格外殷勤。

贵客们进膳之际，华秋野忽然歪起腰身，两只手在屁股上狂拍，猛搓。

穿云红视野宽，眼观六路，首先发现，她抬起前腿拨了拨草妹；草妹见了会心一乐，扬起触须扫了扫姐姐；顺阳正在吮水，抬头瞧见，忍不住吱吱一笑，吮的水全都喷洒了出来。

大家心照不宣：红点子、鬼点子也在大餐！

当晚。

穿云红习惯了餐风露宿，主尊客意，就让她在外窗台过夜。

顺阳好说歹劝，横竖拉着草妹左试右试，一起走进了秋野的梦乡。

草妹觉得新奇，躲在姐姐后面。顺阳硬把她拽到前边来，介绍给秋野。秋野满脸是笑，说他是在生物书上认识切叶蚁的，见到活的还是第一次，而且还是个种蘑菇的大师。说得草妹很不好意思，低着头掀了掀顺阳，小声回应：都是姐姐抬举我的。

接下来，聊得最多的话题是红斑蚁与大齿猛蚁的东岗战役。秋野详细询问了全过程，包括大战之前的两次小战，连细微之处都问了再问。他细微之处问了再问，就是想通过实战效果验证他的战略思维和战术安排有没有大的疏漏。他对结果是满意的，牛刀小试，证明自己文也呵呵，武也嘿嘿。

顺阳趁机问了一个缠绕心头已久、十分要紧的问题：你们学校教不教小孩带兵打仗？不教小孩带兵打仗，你从哪里学来的？不是学来的，那你是神么？她三只单眼里闪射出来的尽是倾慕的光芒，盯得秋野浑身不大自在，一下变得腼腆和谦虚起来：嗨嗨，哪有那么多神！再说，也是你们战略意图理解透彻，战术运用准确无误，你们自己好厉害的嘛！

这时的草妹早已没有了拘谨：叫我看，你俩都厉害，一个部署得好，一个指挥得妙！不过，我现在才知道，姐姐办事要风得风要雨有雨，原来后面有高参！

草妹向秋野介绍，姐姐先给她妹妹女王做姨相，现在又给妹妹的女儿幼主做姨母相，代理朝政为王国办了许多实事好事，姐妹们都敬她爱她，编了歌谣唱她：棒棒棒，有姨相……

顺阳打断他：行啦行啦，讲点别的咯。

秋野想，上次去不是她妹妹为王么，这才多久又换主啦？不过，他对她们的王呀相呀兴致不高。

过了一会，他说了说他的学业情况。现在读的是初三上学期，再过半年就初中毕业了，有可能会去县城读高中，以后见面的机会就少了……

顺阳急了：我们去县城找你，不成吗？

秋野说：不成，太远。

顺阳：我坐穿云红。

秋野说：距离不是问题，但要过条江，蜻蜓飞，有风险。

顺阳：那咋办？

秋野说：还是我回来找你们吧，老办法，递名片。

顺阳默默地扬了扬触须……

清早。

顺阳一行说好趴在校车顶上，跟秋野一道去学校玩耍。正要动身时，红妮飞来了，传达幼主的口信，请姨母相赶快回去。

顺阳问：什么事，这样急？

红妮：幼主不肯明说。

顺阳只得取消行程，马上回城。

幼主丹霞哪里经历过这样的场面？她被老臣们的举动吓傻了，触须僵硬，单眼发呆：我，我，我……

你们吓着丹霞了！都给我闭嘴！姨母相亮嗓一吼，阔堂霎时安静：能这样跟幼主说话吗，咹？丹霞不就是想提前做完全交流嘛，这有多大的事？值得这样吵吵嚷嚷的吗，咹？还都是些老臣了，开口闭口不干了不干了，像话吗，咹？这回原谅你们，该干嘛干嘛去，下不为例！

109

夏日。黄猄蚁荒岛。

草木青葱，湖水清澈。

友邦尊客故地重游，王国派出接待的还是那位队长五腿先生，故交，亲切。眼下她正给守卫们帮厨，准备大餐。

草妹陪着顺阳在湖边溜达，嘀嘀咕咕。鬼点子、红点子在稍远处蹦跶，嘻嘻哈哈。

穿云红一旁静候，随时待命。难得姨母相近来稍许清闲，喜欢四处走走，她不敢远离，担心叫她时找不到。她早就成了姨母相的专驾司机，当然也早就成了姨母相的异族朋友。

姨母相顺阳直到最近才算松了一口气。

一年一度的红斑蚁家族的婚飞已经落幕。虽然与往年一样成功率不是很高，但毕竟大事了妥。

幼主丹霞的召唤择偶与登基大典也已完成。再过些日子，新女王便可着床产卵，王国将重新焕发蓬勃生机。

这一天，终于将要来了！

可是，过去的这半年多，是红斑蚁帝国新生命繁衍生殖中止的半年多，是没有女王强烈散发费洛蒙的半年多，半年里帝国井然有序，全凭全城姐妹对姨母相的高度信赖所形成的强大气场。谁说这不是奇迹？这是红斑蚁家族史上绝无仅有的奇迹，更是蚂蚁社会违背自然法则出现异化的奇迹！

可是，有谁知道奇迹的发生是多么的艰难。姨母相顺阳真的是身疲心累啊！

丹霞做过完全交流后，得寸进尺，天天吵着要亲政。这是底线，不能由她胡来，她就天天嚷嚷城里闷，要出去玩耍。储王出宫岂非儿戏？拗不过，姨母相只得与防卫丕带商量，每次给她派兵一万近身护卫，规定范围只能在皇城外一百标之内。

幼主骄纵，丕带们很不理解，埋怨姨母相放任，常常三五一伙躲到城根底下的蘑菇园发牢骚，有时连上朝也到不齐。姨母相发一次大火好几天，稍一放松又归了原。

新女王登基，精力过剩，踌躇满志，提出朝政由她自己打理，姨母相在旁指点指点就够了。顺阳想，让你历练历练也好。谁料，自己打理竟是乱理。第一次朝会，她雄心万丈，向大家介绍蜂王浆可是个好东西，味道好好，她质问为什么皇城只养蚜虫、蚧壳虫？提出要大养蜜蜂，让大家都能吃到蜂王浆。产业丕带里手笑问：蜜蜂同意了吗？新女王觉得奇了怪了：为什么要她们同意？就说是我交办的！丕带们都想忍住不笑，但谁都闭不住嘴，特别是新晋外务丕带玲珑儿原本就是笑神，笑得哎哟哎哟趴在地上打滚，半天直不起腰来。

新女王虽然恼怒，但自己闹了笑话还不晓得为么子好笑。下朝了，姨母相给她解疙瘩了疑难：天上从来只落雨水不掉吃的，所有收获都要经过自己努力……任何合作也是先有付出，才有回报，互惠双赢，才会成功。我们给蚜虫、蚧壳虫提供了吃的住的，她们才给我们蚜蜜、蚧蜜……朋友做得长，天天清伙账……

上了这一课，丹霞学乖了些，凡事不懂的总是先问问姨母相再拍板。

不过，有件事丹霞铁了心，不听姨母相的。姨母相劝她，快着床产卵了，别老往外面跑，不安全。丹霞却说，就是因为快着床了，以后没机会了嘛，才要抓紧玩玩呢！

110

一坡新草绿，几簇角梅红。

红灿灿的三角梅挡住了火辣辣的太阳，撑起了一片凉爽爽的荫蓬。

红斑蚁一万蚁兵围成了一个椭圆形的防卫圈，长约十标，宽约八标；里三层，外三层；里三层朝内拱卫，外三层向外警戒。

花荫下，传令丕带红妮正指挥侍应们帮助新女王整理装束。

丹霞今天要玩飞行。一般来说婚飞之后翅膀就会自动脱落，可是丹霞好运，好几天了她的金翅一直还在，只是有点松动，有点疼痛。【华秋野博士：蚁王在受精后几天里，翅膀如果没有自动脱落，它们会用中足和后足不停地推翅促其脱落。】她知道，脱落就是这两天的事了，所以，她要抓住最后的机会。她太喜欢飞行了，太喜欢蓝天里沐着阳光迎着微风振翅奋飞的感觉。

她在大家的帮助下，爬上了一片三角梅叶子，旋即起飞。她先绕场一周，向兵蚁们炫炫技，赢得一阵欢呼之后，便开始左右绕曲水，上下腾江波，随心所欲，自飞自赏。

她正玩得尽兴。忽然一只山雀口叼红虫，掠空而过。他嘴里不闲，家中待哺，无暇旁顾。

幸甚丹霞！

红妮吓坏了，绕着圈子追着喊：低点，低点，小心飞魔，飞魔！

她好后悔，没去找飞将军悬停大师派兵护驾。

三十多只悍蚁像一群秀珍的大象，嘴里别着两把新月弯刀，带着一大队家奴，目空一切匆匆而来。

孰料与红斑蚁不期而遇。

她们只是路过，不想挑衅，因为早已踩点，须尽快奔赴掳掠目标。她们按照既定的路线，必须从红斑蚁的戒严区域横插过去，不想浪费时间。她们不擅言辞，从无外交，没有商量的习惯，一切凭大刀说话。

遭遇战是必须的。

可是，区区三十豪强挑战泱泱一万精锐，单兵再厉害，也无异于钉子戳铁。

后果是必然的。

红斑蚁战士打扫战场，从尸堆里找到了一个个头稍大铠甲略红的家伙，大家认定她就是奴隶主头子悍蚁蚁后，将她高举过头，欢呼胜利。

新女王丹霞正在花荫下小憩。听到那边欢声阵阵，她当然要去看看。于是，红妮和侍应们连忙将她众星拱月般移了过来。

在新女王面前，红斑蚁战士们将伟大的战利品骄傲地一掼，请女王过目。

新女王丹霞优雅地敛了敛金翅，躬下身来，看看稀奇。

突然，直挺挺硬邦邦的悍蚁蚁后从地上一弹而起，两把弯刀稳准狠架在了丹霞的脖子上！

原来她是诈死！这是她惯用的伎俩。不过平常上演拿手好戏，舞台都在被掳掠的蚁巢里，她以蚁王为要挟，狮子开大口，幼蚁和卵随她搬。今天她听到了女王二字，习惯性地跃起，睁眼一看，竟是阳光下的罪恶，她才回到了现实。再环顾四周，小的们已经没有了一个活的！

小的们没有了一个活的，谁去掳掠？小的们没有了一个活的，掳掠了谁去搬回？

她绝望了。

罢罢罢！这回便宜了你们！

她大吼一声，将女王往空中一抛，扔垃圾一样；然后咔嚓一响，将自己脖子扭断，轰然倒下。

生为蚁杰，死亦鬼雄！

红斑蚁战士们哇的一声，赶忙接住空中落下的女王。

可是，她们接住的只是女王的躯干，寻觅了半天，才从草丛里找到了她的头颅。

冤哉丹霞！

111

顺阳接到噩耗，觉得天黑了，地陷了！

丹霞之死，岂止是新女王殉位如此简单！今年婚飞大典后，皇城所有乙乙都出嫁了，只有丹霞召唤择偶成为女王，成了帝国皇城仅存的有生殖能力的雌蚁！她的存在，标志帝国的未来；她的存在，是顺阳实现家族振兴宏愿的唯一指望。

可是如今，未来没有了，指望破灭了！你叫她怎么不伤心欲绝？她愧对顺晖，愧对母王，愧对红斑蚁家族列祖列宗啊！

她飞回都城时，檀城和土城简直成了两口热锅。

全城姐妹听说姨母相回来了，才又渐渐复归安静。

大殿之上，跪着传令丕带红妮，防卫丕带大力神。她俩争揽失职之罪，引咎请死。

顺阳详细盘问了前前后后全过程，沉吟许久，最后叫侍应将她俩扶起，无奈地长叹一声：都是天意啊！

她和众丕带议来议去，决定简办国丧，先救当务之急：立即组织强将精兵于东岗南北东西展开地毯式排查，务必找到一个前些日子婚飞成功落地至今幸存的红斑蚁乙乙。只要找到了，无论其是否建巢，一律请回都城，立为帝国女王。

邻居有急难，飞将军悬停大师很给面子，他叫穿云红传话，指派四十个蜻蜓飞驾，交给姨母相调遣。土城前交接队伍时，悬停大师对姨母相点了点头：有啥困难，随时吩咐。患难时刻见真情，感谢的话藏心里！姨母相顺阳望了望悬停大师，只是将触须朝他扬了扬，啥也没说。

她叫大力神挑选几百个精细的巡察蚁，组成四十路飞行小分队，并由她亲自统领，于空中像织网一般，纵横交错，仔细搜寻，务必找到。

112

丹霞的丧事，除了给各属国飞传了噩耗，对东岗昆虫界连个讣告都没有发。因为母女两代女王时间都不长，且相继死于非命，丧气的事不想闹得沸沸扬扬。

丧事虽不张扬，但也并不草率。一只漂亮的红黑色的大山螺壳做了丹霞的棺椁，里面空间阔绰，塞满了她平日收藏的珍爱：绿萝花金龟子，红点唇瓢虫，太阳蛾，月亮蝶，彩栗壳，各色干花、果核……姨母相嘱咐说，丹霞爱玩，都给她带上。

帝国公墓。

丹霞葬礼毕，众丕带正簇拥姨母相顺阳缓缓步出墓园。

大家绷着的苦脸上刮得下一层秋霜。

突然，姨母相甩开搀扶她的红妮，扭头朝母王的坟茔大冢猛跑。

众丕带愣过神来，也都跟在她后面紧赶慢赶。

姨母相顺阳不顾一切地将自己掼在茔冢上，撕心裂肺地号啕，双须耷拉，六肢横陈，躯干一拱一拱，头颅在草丛里俯仰。

姨母相的哭声，如同烈火点着了火药，一下爆开了众丕带压抑着的情感堤坝，大家齐整整跪在姨母相身后，一个个哭得呼天抢地稀里哗啦。

姨母相的哭声里全是自责。她骂自己笨，她恨自己蠢，没有保护好顺晖女王，患得患失优柔寡断，没有及早除掉女王身边的恶魔；没有照看好丹霞幼主，溺爱迁就疏于开导，没有狠心制止幼主的任性妄为，以致酿成大错，让家族遭难，让帝国蒙羞！她对不起母王，对不起顺晖妹妹，辜负了母王的爱，辜负了顺晖妹妹的信任和重托。她失职啊，后悔啊，痛心啊，该死啊……

众丕带见姨母相将脑袋一下一下往茔冢上死磕，全都吓得止住了悲声，却又不知所措，但见红妮扑上去一把抱住顺阳，将半截身子塞到了她的身下，大家这才纷纷拢去竞相劝慰。

许久，姨母相终于慢慢平复下来。

她复眼无神，单眼发直，声音缓慢低沉：我们的母王治理王国长达十九年，威震东岗。她是我们红斑蚁王国两千多年来为数不多的伟大的君王。她把这样好的一个王国交给我们，我们却管不好，管成了这个样子，惭愧啊！我们不能将母王的帝国毁在我们的手上啊……

她缓缓站起，走到稳当当的墓前，默默地绕了一圈，然后在丕带们面前站定，一字一板：我们要学习稳当当姐姐，忠于母王，振兴王国，如说空话，死在墓前！

她停了停，突然爆发似的大吼一声：我们要发誓！

这是红斑蚁家族异常事态下举行的独有的仪式。

姨母相顺阳率先将两根触须交给传令丕带红妮，红妮用大颚钳住，再将自己的触须交给内务丕带百事通，百事通用大颚钳住，再……如此循环相继，所有丕带除大力神外出办差，其余都在。大家触须相继首尾相连，然后围着母王的大冢绕行三匝，齐声呼喊，声嘶力竭：忠于母王，振兴王国，如说空话，死在墓前！

【华秋野博士：蚂蚁的世代更迭三到十年都属正常，十年以上算特长，二十年以上算奇迹了。红斑蚁王国母女两代蚁王相继夭亡，王国面临生殖蚁危机。一个蚂蚁集群就是一个超个体，维系这个超个体生命力新陈代谢的就是充当灵魂和生殖机器的蚁王，蚁王逝去，超个体自然消亡。它们能不能化解危机，走出困境，无疑是下文看点。】

第十三章

113

大家从墓园出来正要进城，忽然，一种异常恐怖的声响从西而东，自远而近，由小而大：沙沙沙沙……噗噗噗噗……咔咔咔咔……连续，急促，惶悚，近乎凝固的空气里，传递的是世界末日来临的讯息。

跟我来！产业丕带里手一声低吼，扶着顺阳，招呼大家，迅速爬上了土城的外墙。

哇，天！原来恐怖的声浪里，裹挟的是滚滚而来的逃难大军：沙沙沙溜来的是一条条花蟒，黑蟒，虎蛇，银环蛇，竹叶青，山鼠，竹鼠，黄鼠狼……噗噗噗跳来的是一群群蟋蟀，蠼螋，树蛙，石蛙，牛蛙，蟾蜍……咔咔咔连飞带蹦的是蚱蜢，螳螂，蟑螂……那些平日懵懵懂懂不谙世事的蜗牛、蚯蚓之类，见别人吓了跟着吓，口里冒泡泡，直往树上拱……大家穷途末路，仇雠与共，跌跌撞撞，一路向东。

人类社会或许有过类似的图景，只是方向相反：当年小日本东来，犯我中华，老百姓只要闻说鬼子来了，就背个防空袋扶老携幼往西逃命，叫作跑西山。他们敌情不甚了了，只能掐住大方向不错。

蚂蚁社会自然没有这样的体验和历练。她们面对异常，惊恐之状与人类无异，你问我我问他：咋啦？咋啦？

大家朦朦胧胧都有预感，可是心里明白，谁都不愿说出来：更大的可怕还在后头！

愁云笼罩，天日无光。

檀城、土城外广场，逃难的洪流奔泻，阴风呼呼。

姨母相顺阳和一众丕带登上了土城外检阅指挥平台。面对异军突起，唯有瞠目惊恐。

城里的红斑蚁姐妹们也纷纷爬出天窗，于外墙上惶惶涌动，争相一睹城下的怪象。

大家正在惊悚之际，大力神领着飞行小分队从西边飞回来了。他老远看见了竖身立在土城平台上的姨母相和丕带们，其座驾一个俯冲，悬停在她们面前，急慌慌地，高频喊话：魔蚁爆发，魔蚁爆发！赶快进城，紧闭城门！

她座驾上的红斑蚁侦察兵争着补充，声音尖细：只能炮兵防守，炮兵……快快快，就在后头了！

姨母相平静地问：知道是什么魔蚁吗？

大力神：听说是东方魔蚁……

她感到刻不容缓了，挥舞前肢，摇动触须，对着土城外墙上的姐妹们大喊：赶快进城，赶快进城！同时催请姨母相和丕带们也从天窗回城，安全些。

姨母相嘱咐她：多用芭茅，把城门和天窗堵死！她想了想，又补上一句：别忘了土城外的蘑菇园！

大力神：放心，万无一失！说完，率众飞往土城城门，卸下侦察兵，换上炮兵。

快到天窗口了，姨母相突然停下脚步，对紧挨着的红妮姐说：

应该告知鬼点子、红点子，叫她们进城来躲躲。

红妮姐说：好！转身就走。

姨相拉住她：进去后从檀城下，既安全，还快些！

114

土城行宫。

关门闭户了，城内很暗。

姨相和几位丕带挤在一起，凝神静气，竖起触须谛听城外的声响。

起初，仍是沙沙沙噗噗噗咔咔咔……各种惊奔交汇之声纷涌杂沓。大约过了一刻钟，世界突然一片沉寂，像死了一样的可怕的沉寂！沉寂了不到五六分钟，却比半个世纪还长。倏然，隐隐约约天边有声，窸窸窣窣似风起于青萍，略带啃音，渐渐地，酝酿于大地，盘旋于空中，呼吼翻滚，终成大势，然后贴着山脊，沿着山坳，咆啸狂舞，挟雷电，裹泥沙，如山洪暴发般滚滚而来，在土城外荡涤，冲刷……

眼见为实，不存幻景，可是谁敢出去一见？耳听为虚，但凭想象，也许想象的还不如眼见的恐怖！

姨母相想，城门和天窗有芭茅堵死，外有飞炮巡防，内有蚁兵把守，应该不会有失。

她查过资料库了。所谓东方魔蚁，祖先留下的图片及说明少之又少，只说是蚁族中最为可恶可怕的异类，她们除了天上飞的水里游的，陆地上见谁灭谁，无可抵挡；若干年爆发一次，无有定规；遇上了，只有认命；唯一办法，保种不绝……

顺阳祖上所述的东方魔蚁，其实就是行军蚁。她们不会筑巢，居无定所，以军团游牧为生，晚上抱团宿营。群体数量百万千万甚至过亿。清晨，她们离开营地，纵队出发，不断分支拓展，以越来越广阔的扇形阵扫荡挺进，发现了吃的，集体包抄，围攻，猎取，吞食，一点不剩后继续向前。每游牧一段便进行休整，两到三周的休整期便是繁殖期，蚁王产下几十万粒新卵。休整结束，大军挈卵将雏，又踏上新的征程。行军蚁主要分布在非洲和南美，亚洲的热带、亚热带也有分布，主要的有东方植食蚁、双节行军蚁等。【华秋野博士：东方植食蚁，属于蚁科，行军蚁亚科，行军蚁属。工蚁长五到七毫米，无复眼；雄蚁体长二十五毫米左右，全身长有柔毛，有单眼、复眼。主要分布于我国南方及西南各省和印度、缅甸、斯里兰卡。植食蚁顾名思义以植物为食，且是土栖白蚁的劲敌，能将整巢白蚁歼灭。此次乌石仓东岗爆发的东方魔蚁，到底是东方植食蚁，还是双节行军蚁？东方植食蚁以毁食植物而得名，为什么动物们对其如此恐惧？至今存疑，留待学界同仁共同研究。】

言归正传。

土城外东方魔蚁大军碾过之荡涤冲刷声里，突然夹杂了一阵尖厉惨绝的哀嚎，如野猫叫春，哑人受吓，闻之胆裂。然持续不过三两分钟，哀嚎之声渐短，渐低，渐无。

红妮姐小声地问：是不是古檀树洞里的那几只黄鼠狼？我刚才去找鬼点子、红点子，见黄鼠狼一家老小都在。

顺阳点了点触须：十有八九。她更替二点子担心了。红妮姐拉她们进城，她们说丢不下儿孙。可如今，只怕也凶多吉少了！

115

一个多时辰之后，城外复归平静。

天窗开了，城门开了，城内重现光明。

顺阳叫上穿云红先去探访几家邻居：追追王，悬停大师，水上漂，她们属于天上飞的水里游的，均无多大损失，大家互道平安，谢天谢地。

探访归来，顺阳拉上红妮急急忙忙去看二点子。洞口，二点子正在发呆，哀伤的儿孙们黑麻麻身旁簇拥。她俩见到姐姐，相继一蹦，落到她身边，一个号啕，一个饮泣，都说：姐啊，毁啦毁啦，家都没啦！

她俩搀着姐姐进到洞里一看：天！五只黄鼠狼只剩下了五具白森森的骨架！

红妮吓得一声尖叫，紧紧挨着顺阳。

顺阳明白了，却还要证实：都是魔蚁干的？

鬼点子嗯了一声，说起了那噩梦般的一幕。

魔蚁流水般灌了进来，黄鼠狼起初并不在意，还尖起鼻子嗅嗅。后来就开始慌了，她们招呼都不打就检场开工，小工蚁叼着弯镰砍毛，大兵蚁挺起大刀钻洞，嘴巴，耳朵，鼻子，屁眼，无孔不入，长驱直入。黄鼠狼恐惧加疼痛，首先还能惨叫，不一会儿，就只能哼哼，后来连哼哼也不能了，就只有抽搐，到最后赤条条软奄奄成了五块白肉。五块白肉开的是流水席，饕餮大餐的食客们先把自己的胃填饱，再往嗉囊里为同伴们打包，嘴里还叼一大坨路上吃。她们吃一批，走一批，又来一批，前赴后继，不到半个时辰就只剩下些残羹，后来的只有啃皮舔骨了……

顺阳关切地：你们儿孙呢，死伤大不大？

红点子有些得意：她们活泛，魔蚁抓不到。问题是宿主没啦，家毁啦！说到问题，喉头又有些发硬。

顺阳安慰她们：急什么！红斑蚁祖训是，天上有太阳，明天有希望！

离开檀树洞，顺阳来到广场上，见工蚁们正在打扫城门和天窗，将炮兵蚁扫死的一具具行军蚁尸体堆成一堆，打算用甲酸销毁。

她走拢去，想见识见识这些凶残的恶魔。

原来，这些家伙个头并不起眼，工蚁比红斑蚁小得多，兵蚁也不比红斑蚁大，复眼、单眼都没长全呢，头近方形，腹部椭圆，浑身黄褐色，通体油光放亮，短小凶悍，一副恶霸样子。

116

红斑蚁帝国都城幸免于浩劫，飞将军悬停大师功莫大焉。他派遣四十只蜻蜓飞驾协助红斑蚁搜山，方使大力神在第一时间回城飞报横祸将至，让红斑蚁都城提前防备，加之利用援军火速架炮防守城门与天窗，才不致帝都陷落，魔蚁屠城。

而且，这一丰功伟绩也是在东岗浩劫之后才得以凸显。

魔蚁席卷东岗之前几天，大力神率领飞行小分队早出晚归，掠地穿梭，搜寻前些日子婚飞落地的乙乙，结果宛如大海捞针，一无所获。

东岗浩劫之后，顺阳吩咐大力神继续率队外出搜寻。大力神二话没说，率领飞行小分队重新出发，忙了一整天，不但没有找到婚飞落地的乙乙，带回的却是更加不幸的消息：整个东岗就像篦子篦过一样，死寂寂的，看不见一头活物！小分队侦察蚁逐个搜寻了东岗的一百二十六个红斑蚁属国，除了最边远最外围的十一个幸免于难外，其余一百一十五个一劫如洗，无一幸存！

阔堂上。

姨母相顺阳听得张口结舌，半天回过神来后急问：最边远最外围的十一国什么情况？照实说！

大力神见姨母相逼问，犹豫了半天，吞吞吐吐绕起了弯子：她们都是明丽王朝以前好多代的旁系子孙，最少的也有六代，最多的五十七代了……

顺阳听明白了，还要确认：就是说，没有一个是母王的女儿属国？是吗？说！

大力神只得实话实说：是的。母王在位十九年共三十二个女儿属国，一个不剩！

顺阳只觉两眼一黑，直挺挺趴下了，两根高扬的触须也软软地耷拉了下来。

阔堂又成了一口倒扣的热锅。

大家找来医官，又是喂药，又是拍打，调理了半天，姨母相才苏醒过来，她推开送到嘴边的药液，恨恨地长叹一声：老天亡我，我心何甘！

天啊，神仙也想不到会有这一幕！

红斑蚁王国跟其他蚂蚁王国一样，朝代更迭必须一脉相承，除非天灾战祸万不得已，王位才传旁支庶系。这是伟大的明丽女王的王朝啊，岂能成为断崖，失去嫡传！所以，丹霞夭亡后，前些日子姨母相吩咐大力神务必找到顺晖所生的乙乙。实在找不到了，她心里还盘算了最后一条退路：再从母王明丽女王的其他女儿属国里挑选一位最近完婚的优秀乙乙，继任皇城女王，而且由她补办完全交流，复归世袭正统。谁料七算八算，兜屁股一颤，不但顺晖所生的乙乙没找到，最要命的是东岗一劫，母王所生女儿的所有属国荡然无存！面对亘古浩劫，怎不叫姨母相顺阳悲恸欲绝？

117

姨母相府。

三天了。顺阳不吃不喝也不动，独坐发呆，形容枯槁。守候在旁寸步不离的红妮姐百般劝慰，精心照护。然顺阳旁若无人，丝毫不为所动。

第四天一早，她突然要吃要喝，吃饱了喝足了，要见丕带。

不一会儿，丕带们全到了。

姨母相顺阳精气神蛮足，话语沉稳有力，滔滔不绝，全是几天来的所思所想。

她说，大家都清楚了，红斑蚁王国没有生殖蚁了！不仅都城王国没有了，而且母王所有女儿属国全都没有了；不光生殖蚁没有了，而且所有女儿属国惨遭覆灭了；仅存的几个边远属国，她们只是我们的同宗远亲。我们怎么办？伟大的明丽女王留下的帝国就这样坐等亡国吗？不！我们要与老天抗争！我们要上下同心，再造一个更加强大的红斑蚁帝国……

众位丕带满脸疑惑，议论纷纷：再造？怎样再造？没有生殖蚁啊！

姨母相：没有生殖蚁咋办？那就首先再造一群生殖蚁，从中挑选一个最优秀的成为我们的女王！大家都明白，以前凡是出现生殖蚁危机，我们不少工蚁姐妹总想把自己变成生殖蚁，甚至不惧被以谋反治罪。从现在起，所有姐妹只要愿意，都可以申请变为生殖蚁，凡经申请并获批准的，不仅合法，而且光荣，不仅不治罪，而且还奖励！我会向我们的邻邦蜜蜂王国请求支援蜂蜜和王浆，凡决心成为生殖蚁的姐妹吃蜂蜜，长出了翅膀的吃王浆……

众位丕带开始变得亢奋，讨论也热烈了：怎样才算真正的生殖蚁？恐怕还要制定标准吧……

姨母相：当然要有标准！标准只有一个：必须长出翅膀，能够参加婚飞交配，产下受精卵。反之，长不出翅膀，不能参加婚飞交配，不能产下受精卵的，就不是生殖蚁。自己偷偷下卵，生养雄蚁，仍然是非法的，严厉禁止，一经发现，仍按谋反治罪……

118

姨母相顺阳的再造方略，迅即化解了红斑蚁帝国都城的一场空前危机。

自从顺晖女王亡故，王国都城生殖中止已有大半年了。大半年里，虽然没有女王强烈的费洛蒙散发，但都城始终不乱，持续稳定，靠的就是定海神针姨母相加幼主，一个执掌当下，一个标榜未来，相辅相成，相得益彰。孰料幼主夭亡，王国未来希望顿失，东岗浩劫更使全城陷入绝望。所有工蚁姐妹感到了末日来临的恐慌。平素以劳动为荣的她们，霎时觉得一切劳作和付出都变得了无意义。没有了女王，没有了幼蚁，她们失去了服务的对象，劳动的成果谁来享用？没有了期盼，没有了未来，我为大家、大家为我也变得虚幻无根。她们生命短暂，只是建设和守护王朝的匆匆过客，王朝没有了，皇城将变成废墟，她们不日便将在废墟中化作尘土。没有号令，没有动员，城根的蘑菇种植园停工了，蚜蜜、蚧蜜养殖场歇业了，顺晖大道横转纵延伸至土城底部的在建工程散伙了，甚至城内城外司职清洁卫生的也没影了！无论檀城土城，工蚁姐妹们无一专心干活，狂躁地到处乱窜，各自散发信息素，五花八门，互相传播，大致的意思都是：完了，一切都结束了！四散五方，听天由命吧……

皇城乱成了一口热锅。

姨母相的方略只能由丕带们分别传达，因为大集会根本没有可能。

谁都不曾料到，姨母相的再造方略仿佛是镇静剂，一下止住了皇城的狂躁；又像是强心针，立马提振了大家的精神。工蚁姐妹们如同黑暗中看见了亮光，于绝望处感到了希望。尤其那些平日特别羡慕生殖蚁的工蚁姐妹，显得格外亢奋，窃喜老天开恩，终于给予她们一次公平竞争的机会！

于是，皇城在新政实施中渐渐复归平静，一切按部就班，照常运转。

其实，并非所有工蚁姐妹都想当女王。她们中的绝大多数乐天安命。内务丕带最后统计，皇城共有姐妹一百零五万，申请变为生殖蚁的只有八千五百三十六个，不到百分之一。

这些志愿变为生殖蚁的工蚁姐妹，她们申请时口口声声无一不是为了王国都城。可是，真的全都是为王国了难，为家族分忧？其中就没有为了一己荣耀贪图福寿的？这是个非常有趣的问题，或许只有老天知道。

这些可爱的精灵！

其实何必追究她们的动机？她们的姨母相不是说了么，凡申请变为生殖蚁的，不仅合法，而且光荣。再说，公而挟私，天知地知，人类典范，堂而皇之！

百事通禀报时提出准备甄别筛掉一些。姨母相抬起前肢摇了摇：数字没有预期的大，算了，别筛了，都给她们一个机会吧！

众位丕带里申请变为生殖蚁的，也有新近擢升的外务丕带玲珑儿和建筑丕带鼓捣佬。她俩蚁龄不大，与姨母相同庚，相携来找姨母相，你推她说，她让你讲，羞羞答答，声音细细，表示也想一试。

姨母相扬须一笑：好事嘛，应该应该！

旁边的红妮有些鄙夷，背过身去。

玲珑儿、鼓捣佬走后，姨母相走近红妮，触须抚背，温语柔声：姐姐何不一试？

红妮：红妮没这福气，还是让我服侍姨母相吧。

姨母相：你不用担心我了，我有草妹陪伴呢。

红妮将触须与姨母相亲昵相绕，说出了早就想说的一句话：姨母相你本来就是生殖蚁啊！恢复生殖功能应该比谁都容易……

姨相沉吟许久：看看吧，不到万不得已……我还是想辅佐新王，自由些，过瘾些。

119

追追王真是慷慨。

姨母相带上红妮亲临求援，话没说完，她就劈头盖脑：顺阳你呀你，求什么求？我的就是你的！

她如今大肚拖累，行事不再风风火火，说话还是噼噼啪啪，她说你听，泼水不进：今秋风调雨顺，秋花不输春花，桉树开花漫山遍野，山菊、金桂也满岭飘香！……秋蜜好啊，春蜜补气，冬蜜败火，秋蜜养元呢，正好适合你们催情育性！不过，桉树蜜虽好，但口感有些酸涩，你们不常吃，肯定不习惯，这样……板脸，全给她们山菊蜜、桂花蜜，需要多少给多少，都城不够找属国。哦，还要记得负责送咯，省得她们爬上爬下麻烦……

板脸相爷闻言，侧身近前，扇了几下翅膀，嗡嗡嗡表示明白，然后飞身办理去了。

姨母相正要感谢，还没张口，又被追追王抢了先：我再给你一缸金桂王浆。这是御品，她们专门为我做的！但我有个条件：顺阳你，必须自己也吃，否则不给！这回你不要再推三让四了，你们红斑蚁王国做女王有谁比你更合适？而且，我要我要……叫你也陪着我，尝尝一天到晚生生生、没有自由的滋味，嗡嗡，嗡嗡！……【华秋野博士：蜂王浆是工蜂舌腺分泌的专供蜂王享用的物质。主要成分：蛋白质占百分之五十，十种以上氨基酸，各种酸和丰富的维生素，富含铁、钙、镁、铜、锌等微量元素，有助于调整内脏功能，调节内分泌，延缓机体老化。蜂、蚁取食确能延缓寿命。】

她终于住口了，歪着头，拍着翅膀，很是欣赏自己的算计，专等顺阳表态。

顺阳终于逮到了说话机会，却一句话也说不出来了，嗫嚅了半天，才蹦出两个字来：好，好……

120

蜂国送来的蜜，装满了檀城树坑行营里的两个洞窖，余下的用五十多个山螺壳盛着，分别陈放在各楼层，专职管理，特供那些志愿变成生殖蚁的工蚁姐妹们取食。

姨母相府里，顺阳天天坐等报告好消息，可是日复一日，并无奇迹发生。可能时间太短吧？等等，再等等……

一个月过去了，顺阳有些坐不住了，她将吃了蜂蜜的姐妹叫来一个个验看，发现除了腰围粗了，肚皮大了，没其他明显不同，摸摸应该长出翅膀的地方，连一点茬茬都不见；再瞧瞧生殖门，不红，不肿，仍然紧实得很。

她无奈地瞟了身旁的红妮一眼。

红妮细声细气宽慰她：不会这样快吧？

又等了半个月。一天，终于发现有十几个姐妹背上长出了亮晶晶的翅芽！

长出了翅芽，就是长出了希望！

皇城上下一片欢腾。

这十多个姐妹一下成了全城的宝贝。檀城、土城涌动如流，大家围着她们，排着队轮流观看。

内务丕带百事通怕出意外，及时将她们的住处调进了王宫里乙乙的府邸，并分别安排细心的姐妹做她们的保姆，服侍饮食起居。

她们的食物，第一时间换成了金桂王浆。

顺阳总算松了一口气。

然而，松气不久便泄气了！

姨母相天天围着这些姐妹转，盯着她们的翅芽看，又是半个月过去了，她们的翅芽变成了鱼鳍，再也长不长了，身体除了肥胖，没见任何变化，一个个越来越像刚刚生出腿脚的蝌蚪，在浅水里扭动。

原来蜂蜜、王浆对于蚂蚁，准确点说或许对于红斑蚁工蚁，只能催肥，不能催情，更不能变性！

为了不致造成皇城新的恐慌，姨母相交代百事通，从即日起，加强王宫警戒护卫，对她们进行封闭管理，所有姐妹不得随意出入。

顺阳将红妮拉到一边，吱吱长叹：看来挨不过去了！

红妮紧挨着她，轻抚其背，表示懂她。

她知道，姨母相打算赌上最后一把，由她自己亲自一试了：她是本来的生殖蚁，通过催肥养性，看看能不能恢复生殖功能。这真是难为她了！她平生志趣，愿将自己的智慧才华治国安邦，振兴家族，从来不愿，也不曾想过，将自由之身变成一台只能蠕动的生殖机器，成为追追王第二。

若非山穷水尽，怎会猥自枉屈！

红妮去一旁忙乎了一会儿，然后叫侍应们抬拢来一只精美的蜗牛壳，里面盛的是金桂王浆。

姨母相接过红妮递给她的吸管，吱吱一声长叹后，头也不抬地吸了起来……

121

顺阳闭关修炼。

她宣布，即日起除了传令丕带谁都不见，王国都城大小事务全权委托给红妮，由她与其他丕带们一起商量办理。

身边，她叫回了草妹，还多挑了几个侍应。

全城的姐妹们都知道了，她们的姨母相将要变回生殖蚁！

她们一齐为姨母相祝福，默默地祈祷苍天保佑。

苍天还是很给面子。

不到一个月，顺阳就生出了一对乳白色的长长的翅膀，比她做公主时的那一对还要长，还要白，还要明亮！

姨母相的翅膀，让都城王国重现一派喜庆祥和。

姨母相的每一次试飞，都给皇城带来一阵阵欢呼。

自从姨母相有了长长的亮晶晶的翅膀，原来安排的其他姐妹做生殖蚁的努力已经终止。

大家各归其位，各司其职……

可是，苍天并不给足面子。

又是两个月过去了，都春天了，再过两月就是婚飞了，顺阳感到自己除了翅膀像生殖蚁，肚腩大了一圈，身体其他没有多大变化，生殖门一点也不红胀。尤其是，她还记得做乙乙时，越是婚飞临近，越会感觉到身体内仿佛有一汪水，一堆火，水波荡漾，火花劲舞，水火激荡冲撞，向周身蔓延，时常产生一种从未有过的莫名的冲动……然而迄今，这种冲动还不曾有过。

她知道，没有性的冲动，就还算不得是真正的生殖蚁！

全城的姐妹们只能看到她长长的亮晶晶的翅膀，谁也感受不到她的感受！

举城欢乐独自愁，千钧重石在心头。

陪她一起焦急恐慌的只有红妮和草妹。

草妹：还有两个多月呢，姐姐也不要太急。

顺阳：可是总不能一点征兆或预感都没有哇。

红妮：查过了祖上的资料么？怎么说？

顺阳：查啦，就是怪呢，红斑蚁两千多代竟无先例！

草妹：要不去找找秋野？他是个百晓呢！

红妮：妹妹傻啊！他是人，还是小孩，怎么知道我们蚁族生养的事！何况，他早去县城读书了……

草妹：鬼点子去过他学校呢！我和她一起去……

顺阳：妹妹不要胡闹！红妮姐说得对，我们不能遇到啥事都去找他。再说，他去了新学校，读书正忙呢！

122

草妹这回犟得很。

第二天下午，她跟红妮姐打了个招呼，说是要去看看鬼点子，然后叫上守候在宫外的穿云红就出发了。

鬼点子带着红点子现在又住回到了华秋野家。

自从宿主遭灭，家园被毁，二点子只得将子孙遣散四方，各自寻觅山鼠、野鸡保命求存去了，他俩则想从此一心一意待在姨母相身边听从差遣。姨母相知道她们离不开宿主，便叫他们还是先回到秋野家，暂时做个联络员。

穿云红驮着草妹，在华家院子里上下翻飞，悬停侦察，逗得鸡追狗扑，当立在一片新剖的竹篾上小憩时，不期嗨的一声，二点子双双跳到了穿云红的背上。

鬼点子嘿嘿一乐：你们呆呢，老是围着鸡狗转，我们还吃狗血鸡血呀你们以为！

红点子扬起前肢，朝正在埋头剖篾的华南坡一指，得意地：看见了吗？就是宿他，吃他！

草妹跟他俩讲了姨母相的事和打算去找秋野的想法。

鬼点子听了，急得一蹦老高：那走啊，还磨磨叽叽！

123

十里江堤，春景如画。

桃枝夭夭，灼灼其华；李英纷纷，莹莹之雪。

穿云红驾机，红点子导航；春阳和暖，一路顺风。

草妹办事牢靠，她问：路都熟吧？

鬼点子：我们跟华南坡的农夫车去过一次。那天，过了江下小雨，车外朦朦胧胧，进城的路有些模糊。

穿云红有点急了：大方向呢，搞得清吧？

红点子特自信：没问题！进城了一直往东，学校旁边有座小山，山上有座高塔（电视塔），老远就看见。

草妹望着旁边横着的滔滔大江，心想怕莫宽有几百标？又问：过江呢？不会有事吧？

穿云红：今天风不大，应该没事。

应该没事，却偏偏有事！

但事情不是出在风上。

她们飞至江心，穿云红的复眼遥见身后有只毛色灰蓝、腰带栗黄的金腰燕，犹如箭矢般射来。

她心里一惊，来者凶猛，只能见招拆招了！

她低吼一声：坐稳！然后猛拍前翅，霎时周身被快速形成的气流旋涡裹挟，后翅获得巨大的升力，身躯宛如直升机急遽垂直升空……

草妹、二点子忙看身下：一只燕子如飞镖掠过！

大家还只“吔”了一声，听得穿云红又喊：继续坐稳！却见金腰燕掉转身子，又如一发直射的炮弹迎面平射过来。穿云红以逸待劳，悬停迎敌，就在金腰燕张开黄口之时，她机敏地往右侧一拐，大家又躲过了致命一击……

草妹和二点子缓过神来，再找那个恶魔，却四下里不见踪影。

她们看不见，穿云红找得到。她的两只复眼是由两万八千个小眼组成的相控阵雷达，三百六十度全方位寻物只需零点零一秒！

小心头顶！她大吼一声。

原来金腰燕前后突袭两次扑空，恼怒至极，迅速爬高到近乎垂直的位置，欲俯冲猎取。敌变我变，穿云红迅即呈之字形扑向江面。金腰燕像一把金剪，对准目标一头扎下，贴近水面时才改变方向，后尾掠起一串水花……

金腰燕飞走了，唧呀唧呀恨恨连声：老子没有口福，也叫你们葬身鱼肚！

穿云红神慌情急之时，幸见水面有个黑色之物，像龟背，若礁尖，她想点触借力，再振翅高飞，孰料六脚踏上，软漂漂的，原来是一只塑料袋！

感谢伟大的人类文明（或曰文明的伟大人类），于关键时刻，他们的不文明行为倒是给地球村昆虫纲的几位居民解危难于倒悬！

124

晚餐后。男浴室前。

华秋野漂洗完衣袜，正准备去晾。他不喜欢排队等洗衣机，觉得自己动手搓几把简单省事。

忽然，一只美丽的红蜻蜓飘然而至，立在他的面盆边口。

他一眼认出，是穿云红！定睛细看，还有草妹！二点子躲在了穿云红的翅根下，他自然看不到，因为上次姨母相说了，人类最讨厌蚤类虱子。

秋野且惊且喜：小精灵们竟然寻到这里来找他！他担心同学们瞧见了围观，忙将她们请到盆子里，抖开点湿衣服遮掩好，赶紧跑回宿舍，打开窗户，悄悄安置在窗台上。

顺阳肯定有什么大事……他想。

可是，晚上还要去教室自习啊，赶紧先给小客们弄些吃的填饱肚子吧。穿云红爱吃荤，草妹喜素食……不一会儿，便拍到了几只蚊子、苍蝇，再去食堂找了几片苹果，菜叶，还有肉末，饭粒……装在一个小纸盒里，摆到了她们面前：吃吃吃咯，别客气哪！我还要去上课，晚上聊啊，I'm sorry……反正听不懂，干脆来句洋的。

他朝她们摆摆手，径自走了。

晚上，他与草妹的交流很顺。

翌日，秋野起了个大早，先用学校座机与妈妈通完电话，然后揣着小客们去了学校南坡。

他记得他们村子里有位婶婶，结婚几年了不生小孩，后来有个郎中教她扯一种野草泡水喝，不到一年就生了。他在电话里跟妈说，有个同学的姐姐想生宝宝，问妈知不知道那叫什么草？妈妈告诉他，那叫益母草，又名坤草。他说，就是益母草啊？他认得，老爸教过他。【华秋野博士：益母草，中药名，为唇形科植物，有点像青蒿，主治妇科疾病，广泛分布于全国各地，生于山野、河滩草丛中及溪边湿润处。《本草纲目》：益母草之根、茎、花、叶、实皆可入药，若医妇人胎产诸病，则宜并用为宜。】

秋野仿佛在学校南坡见过，果然轻易就找到了。他扯起一株来，抖掉根须上的泥土，重复梦里演示过的各种手势给草妹讲解，怎样泡水，怎样喝，还根茎叶各取一片，让她带回去做样品。

草妹在他掌心里指着样品点仰触须，又摆前肢，意思很明白：不用带，我认识。她还叽叽叽叽说一大串：东岗就有好多。我们切叶蚁叫它苦草，可以生菌养蘑菇……

秋野一句都听不明白，但见她又点又摆的，倒也揣摩出了个大概。

他也不管你懂不懂，自顾自地说人话：不带就不带咯……这是人类的药，不晓得适不适合你们蚂蚁？祝顺阳好运！

【华秋野博士：行军蚁又称军团蚁，主要分三大类群：欧亚的行军蚁亚科、双节行军蚁亚科，以及美洲大陆的游蚁亚科。这些行军蚁均起源于同一物种，早在一亿年以前就已出现。集群从数百万到数千万甚至数亿不等。它们以大规模集团军行动获取猎物，没有固定的巢穴，经常周期性迁移。如布氏游蚁从不筑巢，晚上露营，工蚁用足彼此勾连形成一个直径达一米以上的结实的圆柱体或椭圆体。它们安营扎寨半月至一月，其间蚁王进入生育高峰，一个月能产下几十万到几百万枚卵，卵在数天之内孵化成幼虫后，蚁王便停止产卵，集群挈卵携幼开始新的游牧，工蚁捕猎哺幼，蚁王孕卵待产，并寻找食源丰沛的露营地，进入下一个周期。《蚂蚁的故事》里写道：没有什么动物（不管大的还是小的）能阻挡布氏游蚁，任何生物只要大小足以让行军蚁夹住，必然不是被吓跑就是被杀死。非洲土著人倒喜欢行军蚁光临，它们一来就撤，等再回来时各种害人虫一扫而光。】

第十四章

125

顺阳真的好运！

天地演造化，万物一般同。人类的一个偏方，竟然医得蚁族的疑难杂症。

医官精心调制的益母草汤剂，顺阳起先略嫌苦涩，但连服几天后，便感觉苦中带甘，喝了全身微微发热，像通了电一样，头、胸、腹、六肢直至触须末梢，一天比一天酥畅；躯体内那种久违的、期盼的水火激荡般的冲动，一天比一天强烈；随着婚飞越来越临近，生殖门也一天比一天红胀，松软。尤其令顺阳自己都觉得好笑的是，后腹老是自作主张，撅尾上翘，为了会情郎，提前彩排忙……

变回了地地道道的生殖蚁，是无疑的了！

距婚飞日还有八天。她早交代过传令丕带红妮和防卫丕带大力神：属国少了，婚飞大典不可能大办，但小办也要办得安全，妥帖，办得喜庆，精彩。

婚飞前一天，皇城将为她举办召唤择偶。她早嘱咐过内务丕带百事通、外务丕带玲珑儿，一定要与属国通力合作，推荐后筛选，筛选后甄别，务必优中选优，至少遴选五十位王子，个个都要健康精壮。

一切都稳妥妥的了，可她心里还是乱糟糟的。

这些天，华秋野就像灵魂附体一样，总在她脑海里把他以前说过的话翻来覆去絮絮叨叨：红斑蚁虽然优秀，但山外有山嘛……为什么一定要族内繁殖，不与外族通婚呢……让后代优上再优，岂不更好吗？

是啊，秋野讲的何尝不是道理？她顺阳在外转一小圈，就亲眼所见黄猄蚁、切叶蚁是多么了不起的蚁族！她们从不靠天吃饭，依靠自己的智慧和力量，捉获的捉获，种养的种养，自食其力，自给自足，……即使残暴掠夺成性的大齿猛蚁，其血性十足，勇猛无敌，也不由你不叹服……她们的强项，可都是红斑蚁族的弱势啊！取强补弱，当然不错，可是谁敢？不与外族通婚，这是祖制；岂只是祖制，恐怕整个昆虫界甚至动物界都是通规，这隔离、那隔离的，谁都不敢大逆不道，离经叛道！……母王啊，就让女儿挑战一次吧，不改良家族，怎能谈得上振兴王国？全城的姐妹们啊，为了红斑蚁家族的复兴强大，你们能不能容忍顺阳一试？

草妹瞧着姐姐不分白天晚上，在相府里来来回回操练正步，咕咕哝哝念念有词，问又不好问，干着急，唯一能做的，就是守在身边，不离左右，以防意外。

突然，姐姐停止了操练，也不再念经，她触须高扬，叫拢草妹，眼光灼灼：去，把鬼点子、红点子叫回来，交给你们一个任务。

原来顺阳下决心了：她要挑战一次，斗胆一试！

126

顺阳交给草妹和二点子的任务是，密探切叶蚁、黄猄蚁婚飞的日子和地点。

交代任务时，顺阳先屏退了所有侍应，然后对任务执行者掏底讲实话：她要与她们通婚，改良红斑蚁家族，千叮咛万嘱咐，绝对不能走漏消息。

草妹、二点子都是姐姐的铁杆拥趸，只要是姐姐交办的，理解的执行，不理解也执行。她们都说，姐姐你就放一百二十个心吧。

草妹还说，切叶蚁的婚飞日子和地点她清楚，从来没有变过；主要打探黄猄蚁。

顺阳问，要不要带上女王的信息素？

鬼点子说不必要，直接找队长五腿先生，省事得多。

她们快去快回，半天不到，一切搞定。而且巧得很，黄猄蚁、切叶蚁的婚飞都在同一天，黄猄蚁上午，切叶蚁下午。还有更巧的：这一天，正是红斑蚁婚飞大典倒数第三天，即顺阳召唤择偶的先一天。

一切自然衔接，可谓天作之合！

127

这天出发，她们玩了个空城计。

红妮把守在姨母相府，说姨母相明天召唤择偶，今天她要休憩养神，谁都不见。

顺阳的出发地点，选在原明丽女王第二寝宫。

这里，古檀树干有东、西两道裂缝，朝迎旭日，晚沐斜阳，当年顺阳、顺晖就诞生在这。

一束暖阳聚光在寝宫中央，草妹正在精心地妆扮新娘。顺阳拖着长长的亮晶晶的婚纱，金色的翅脉在阳光里熠熠生辉，高贵典雅；两根触须擦拭得锃明瓦亮，高高扬起，飒爽威风；全身黑甲光鲜，红斑闪亮，在婚纱的映衬下，端庄妩媚。

草妹觉得效果不错，尽夸姐姐漂亮。

顺阳也是非常满意，却赞妹妹手巧。

鬼点子却唱起了反调：我看姐姐今天不能太漂亮，尤其是红斑，还要想方设法遮起来！

说着，她用前肢跗节上的梳子扫起地上的尘土，尽往姐姐的红斑上刷，刷得满身灰蒙蒙的。

顺阳望了一眼草妹，两个如梦方醒。顺阳不仅不恼，还扬起前肢，将鬼点子猛地一拍：你个鬼家伙，就是鬼点子多，亏你想到了！

一切准备妥帖。

草妹和鬼点子搀着顺阳从东边的缝门里钻了出来。

缝门外，有个树瘤，正好做停机坪，红点子陪着穿云红，早就在这里等候。

128

黄猄蚁的婚飞大典，就办在她们的橘园。

顺阳一行飞抵时，场面正如火如荼。

穿云红在一枝高耸的绿玉般的枝条上徐徐降下。居高临下，俯瞰全场无遗落；夏木阴阴，万绿丛中一点红。

草妹觉得太打眼了，立马叫穿云红转移到绿荫里。

红点子在叶片上蹦蹦跳跳，转了一圈回来，他说现在鸟雀不多，建议抓紧时间。

鬼点子：急什么！再看看。

再看看之后，她说，姐，黄猄蚁的婚飞蛮有特点嘛，不高飞，不远走，在自己的地盘上环绕橘树打圈圈，这样当然安全得多，成功率也高……

顺阳：对！鬼点子看出了门道，我们学样，出发！

她纵身一跃，扑向蓝天；穿云红如影随形，贴身伴飞。她俩环绕一棵高大的橘树，不到两圈，就有几个王子紧追过来，其中一个身手矫捷十分剽悍，凌空搂住了顺阳。两个左歪右偏了几下，很快稳住了身子。

王子：呀！你不是本族的公主？

顺阳：哧，不乐意？不乐意就下去！

王子早已急不可耐：乐意，乐意……

穿云红悬停在前方等待，顺阳拍了几下翅膀，稳落其背。

趴在她身上的王子吓得大喊：她是蜻蜓！

顺阳声音柔和了许多：怕什么？有我呢！

王子已经入港，正在兴头上，乐得不管闲事，专司操弄。

按照既定的休憩地点，穿云红箭矢般直达黄猄蚁荒岛。

二点子一蹦跳下，轻车熟路，去找守卫们联系中餐去了。

草妹小心翼翼地搀扶姐姐下来。

顺阳满脸惆怅。她身上的王子操弄完毕，刚刚拔出那管儿，便滑落下来，随风飘去了……不小心？还是太疲累？这个笨家伙，抢走了她珍贵的第一次，也带给了她片刻欢娱，还带给了她几许希望，可她，还没来得及看清楚他的模样！

王国的友邦尊客兼老朋友光临，岛上的守卫们倾其所有，热情款待。摆上来的全是时鲜珍馐，天牛，大绿蝽，千年佬，野蘑菇……都是熟客们的最爱。

顺阳关切地望了望二点子：你们吃啥？

鬼点子装着不在乎：喝水，喝水！

守卫：两位飞侠今天也有口福！你们来时没见湖里荷叶底下有头小水牛么？皮是厚了点，但后胯的裸肉还是下得口的……

红点子大叫一声：是吗？眼拙！拉起鬼点子飞蹦而去。

用餐时，小湖西畔传来阵阵欢呼，惊叫。

顺阳说：那边好热闹！

守卫：噢，是收获蚁婚飞。她们家族不小，因此场面也大。

餐后，顺阳赶紧查了查祖库，原来收获蚁与切叶蚁是远古宗亲，同样擅长务农，直接收获种籽，春播秋收，储存仓库，备荒寒暑。【华秋野博士：收获蚁属于切叶蚁亚科，有一百五十一种，分布于欧亚大陆及非洲，中国境内大量分布针毛收获蚁，体黑色，具白色毛，针状，主要生活在北温带各省。它们在雨季中采集成熟的植物种子，咬碎、运进蚁巢，放在上层的仓库里，或由另外的工蚁在巢内做深加工，将种子嚼烂，混合上唾液，使淀粉在酶的作用下转变成糖分，最后做成香甜的饼或团子储藏，作为旱季的食粮。】

顺阳想，多一个产业，多一条生路啊，干！

下午，顺阳仍然采取穿云红打掩护、捞一个就走的策略，就像赶场一样，不到半个时辰，就把收获蚁、切叶蚁两个场子赶完了，不仅货篮子提货精准，而且一个比一个顺，无惊无险。

太阳偏西了。

归途中，路过一个小山坳，听到欢呼惊叫，场面热烈。

婚飞时节，山场无处不精彩。

顺阳吩咐停下看看，打发二点子摸摸情况。二点子风去风回，原来是中华弓背蚁的婚典。

顺阳暗喜。她早就想过，怎样找到一个能改良家族兵员的王子，感谢老天撮合，终于给了个机会！

中华弓背蚁和红斑蚁家族是近亲，个头比红斑蚁稍大。她们帅气精明，不张扬，不好战，但从不怯战，而且善战。不像那些猛蚁类，原始保守，不习兵法，自恃装备精良，一味鲁莽蛮干。中华弓背蚁的作战利器，除了两柄大颚利刃，与红斑蚁一样善用酸炮。尤为难得的是不畏强暴勇于献身，关键时刻自爆头颅，将毒液喷洒四方，以一己之躯杀敌保众……

草妹：姐，要还是不要？她见洼地四周是树，鸟雀飞蹿，场面有些凶险，不无担心。

顺阳毫不犹豫：当然！

她说，她想沿着场地外围兜圈子，叫穿云红在前面飞，离得稍微远点，免得那些蠢家伙不敢近身。

说完，便纵身一跃。

不到半圈，后面就有了六七个追随者。顺阳猛拍翅膀，霎时加快了速度，并在心里叫喊：来吧，来吧，姐们不是收荒货的，追得上，算你有种！

空中曼舞的银白色小蛇，倏地变成了一支离弦利箭……

算他有种的终于拔得头筹，勇武地抱住了她的纤腰。

顺阳只觉浑身一热，正要加速追上前面的穿云红，却见穿云红朝左猛地一拐，不见了踪影。

原来，一只不知名的小黑鸟像一发黑色的炮弹，从顺阳身后射来。这一险象，顺阳和她背上的爱侣浑然不晓，却被穿云红的相控阵雷达及时捕捉，就在小黑鸟用他长长的尖喙做鼠标正要精准点击之时，斜刺里一道火红的闪电划向了黑色的幽灵，惊吓突如其来，小黑鸟猝不及防，扑棱了几下翅膀，定神瞧见是只蜻蜓，破口大骂：唧呀唧呀，你找死吗？立马弃小图大，转头去追穿云红……

顺阳和她背上的爱侣被黑鸟的翅膀拍落草地。

一同落地的还有二点子。她们不放心姐姐，从穿云红背上飞身而下，充作临时保镖。

过了好一会儿，穿云红和草妹才摆脱穷追的恶鸟，折返草地。

渡尽劫波姐妹在，相逢一笑踏归途。

129

翌日。

红斑蚁都城。

檀城、土城外墙上，熙熙攘攘黑黑麻麻挤满了观礼的全城姐妹。

土城平台上，众丕带环形就座。

传令丕带红妮居中，发布高频信息素：今日举行顺阳乙乙召唤择偶暨女王登基大典。有请顺阳乙乙就位！

宣毕，却见檀城行营方向，蓝天下，阳光里，翩翩飞来一只红艳艳的蜻蜓，红艳艳的蜻蜓背上立着一位身披亮晶晶婚纱的乙乙，身披亮晶晶婚纱的乙乙就是顺阳，大家曾经的姨相、姨母相！她频频挥动前肢，向姐妹们致意，绕场一周，然后于土城平台飘然落下。

平台上的丕带们和外墙上的姐妹们愕然惊艳，霎时噤声，而后一齐爆发，纵情欢呼，许久方才平息。

顺阳先向丕带们扬了扬触须，再朝红妮摆了摆前肢，传递的信息是：开始吧。

召唤择偶要有偶，必需的。各属国选送来的五十位王子，早已集中在平台的后侧，准备接受最后一个环节优胜劣汰。

红妮正在给她们交代竞赛规则：同时出发，绕土城三匝，取率先回到平台的前十五名。

一声开始，顿时环绕土城刮起一股白色的旋风；白色的旋风顷刻即停，结果立现。

红妮将十五位优胜者依次带到了顺阳的面前。

顺阳见他们个个雄风抖擞，甚是满意。但她嘱咐红妮：那些落选的也是属国的佼佼者啊，要好生款待，明天让他们去参加婚飞，不要误了他们的青春。

说完，顺阳登上一个为她夯筑的方方正正的交媾台，趴下，展开双翅，露出了浑圆的后臀。

王子们依次排好，红妮点一个，上一个，没有前嬉，不卖风情，两尾相交，一触即合，如同人类排队献血一般，王子们毫无保留地将他们的精子袋尽情地灌进了顺阳的储精囊……【华秋野博士：《蚂蚁的故事》写道：只有赢得达尔文意义上的获奖彩票的雄蚁才有机会与蚁王交配而使基因传给子代。在接受雄蚁精液后，蚁王将精液储存在腹部后端的储精囊里。精子在生理上是失活的，且这一状态可维持多年。当蚁王让精子返回其生殖道，精子就会重新恢复活性，并从卵巢下行到生殖道与卵子结合授精。】

这就是蚂蚁和人的区别。她们对于繁衍家族、壮大国邦的盛德大义之举，干得堂堂正正，从不偷偷摸摸，大白天办大典，阳光下公开，尽显庄严、荣耀，何来忸怩、羞涩？反观人类，本来是男男女女的朝思暮想，却要虚伪地隐忍，黑夜里操作，鬼鬼祟祟玩刺激，将美好的事情偏要弄得暧昧，苟且，龌龊，自私，残暴……无端地生出许多罪孽来！

顺阳在全城姐妹众目睽睽之下，阵阵欢呼声里，一口气干完了十三个（实际十七个，雌蚁中算是多的），够她一辈子横生竖生，生他个几千万过亿都不成问题的了。

稍事休息，便是女王登基。

顺阳在又一轮欢呼呐喊声中，于高高的交媾台上竖身而立，触须高扬，亲自以高频播发强烈信息素宣布：本乙乙即日起继位为红斑蚁帝国第二千一百三十八代女王；改年号为顺阳元年；原所有丕带全体留任，并重新委任；加封草妹、穿云红为国师，享丕带礼遇；号召全体臣民上下一心，共同努力，振兴家族，再造帝国……

振兴家族，再造帝国！振兴家族，再造帝国！……所有丕带和全城姐妹拥护新女王，尽情欢呼。

这可能是红斑蚁帝国史上最简约的一次新女王登基。不发请柬，不办盛典，不受朝贺，不宴国宾……一切低调从简。

一切低调从简的大典之前，顺阳就和所有丕带商定了的：实干兴邦，从登基做起。

130

垃圾场。

尸骸，杂屑，荒丘。

落照，阴风，衰草。

一丛刺蓬下，小群红斑蚁在此野聚。看过细一点，原来就是那班曾经长出过翅芽的十一位姐妹，一个不落。如今她们有的残芽还在，肥大的后腹多数还没复原，走起路来仍然扭扭摆摆像小鸭。她们好像做梦一般，共同经历了一场空欢喜，因此聚拢来容易，聊起来话多，经常凑在一堆感叹唏嘘。

今天大典过后，相约大家“深入聊聊”的是鬼多多。

鬼多多是谁？鬼多多蚁龄三岁了，一双巧嘴能把死的说活，活的说死，凭着点小机灵，从来就是个不安分的主，干过育幼室孵化房、破茧房保姆，王宫勤杂，皇城中止生殖后又争着去兵营干保洁，眼下被安排在国防丕带大力神身边做侍应。

她的鬼多多雅号是几个侦察蚁姐妹集体创作赠送给她的。那天，她缠着跟她们去巡察，路遇四五只多刺蚁围着半只螳螂大快朵颐，先填饱了胃，再往嗉囊里揣。姐妹们打算来硬的，抢过来解馋。鬼多多摆了摆前肢：不用抢，你们躺着别动，看我的，叫她们把吃了的打包的全都乖乖拿出来分享！她蹦过去冲着她们大叫大喊，意思是这条螳螂吃不得哪，十有八九中了人毒（指药杀）呢，她的几个姐妹刚刚吃了全都倒下了啊！多刺蚁们停止咀嚼，跟着她跑过来验看，吓得赶紧将嗉囊里的掏出来，将肚子里的也吐了个干干净净，掏出来了吐干净了还千恩万谢这位姐姐好心肠……

这位好心肠的姐姐今天看了大典，越看越妒火高烧，下午百般寻思，得把姐妹们叫拢来，看看能整出点什么幺蛾子。

鬼多多：大家都瞧见了，她终于自己当上了吧！既然自己想当就当嘛，何必下套，让我们给她做陪衬！

好几个姐妹感到惊讶：下套？作陪衬？

鬼多多：是啊，你们不觉得憋屈吗？你们不觉得奇怪吗？大家吃蜂蜜长出了翅芽，吃王浆反倒不长了；而她，一吃就很快长全了！

有个姐妹惊得大叫：你是说，我们吃的是假王浆？

鬼多多：聪明！如果不是，怎么解释？

有的姐妹提出疑问：不至于吧？她为什么给我们吃假的？没理由呀！

有个姐妹直接反驳：不是假的。我服侍顺晖女王时，尝过，就是这个味！

姐妹们七嘴八舌，都不认可鬼多多的揣测：没有真凭实据，胡乱怀疑不好嘛；姨母相原本就是生殖蚁呢；再说，她确实一直不想做女王的；唉，还是自己认命吧……

她们不想跟着瞎掺和，便各找各的理由，陆陆续续相继散去。

鬼多多恨得牙根痒痒：溜吧，都溜！成不了大事的废物！

131

大典之后，顺阳开始静心考虑着床产卵的事了。

王国都城眼下天大的事就是恢复繁殖。自顺晖女王过世至今，工蚁姐妹们一天天老去，每天死亡两百多，而新生的一个没有，这种局面已经快两年了。对于蚁族王朝而言，这是多么可怕的事！

顺阳感觉离正式产卵顶多三四天了。

三四天里，她还有几件事急需办妥。

首先她要调整朝堂、产房和寝宫。为了行动方便，出行自由，不想做追追王第二，她将寝宫定在原来母王的第二寝宫，寝宫下层设产房，产房下层设朝堂。因为王宫阔堂还在下面好多层，谁也搬不上来的，以后主要作为王国象征，接待外事，举办国典。就近增设朝堂，方便她每天上下朝处理国事。她想，以后她就清早上朝，上午产卵，下午便全是她的自由了，串门，聊天，晒太阳……这样一来，只是苦了育幼室的工蚁们，料理卵、幼、茧没那么方便了；而她，依旧是洒脱的！

其次她要改善穿云红的饮食起居。她怪自己太大意了，作为她的远足，只有急需时才想到她，太不应该！今天悬停大师飞临道贺，闲聊时才晓得她们蜻蜓食量如此之大，一个蜻蜓一天吃掉的蚊蝇数以千计，树坑太小，僧多粥少，哪里够吃？只能从早到晚，天空地阔，四处觅食。而穿云红成天待在她身边随时待命，不知饿了多少肚子！她想，这事交给外务丕带玲珑儿去找水上漂，他那里水坑大，蚊子多，应该不成问题。当然，光吃蚊子也腻，还叫他提供点水产小吃，孑孓、钉螺之类，隔天换换胃口。以后每天上午她产卵时，穿云红就去进餐。另外，叫内务丕带百事通安排几只工蚁来寝宫，将东缝门稍稍加宽一点，骄阳暴雨之时，方便穿云红进来避避。为你服务，还日晒雨淋的，这算哪门子事！

再是她要将二点子请回檀洞居住。二点子追随自己这样久了，患难与共。这次大典上加封草妹、穿云红为国师，就他俩没有，总觉得过意不去。事先与丕带们商议时，大家清楚二点子是她朋友，反对的话说得比较委婉：堂堂红斑蚁帝国请两只跳蚤做国师，是不是有点那个？于是她就没有霸蛮坚持。想想他俩真是命苦，一场浩劫，子孙四散，弄得自己也居无定所。好在老天又给了个机会：前天有丕带报告并请示，檀洞里住进了几条黄豺，大大小小像一家子，要不要撵走？她心里一喜，留下给二点子做宿主岂不正好！忙说：别别别，只要互不为敌，就相邻为安吧。此事交给草妹和穿云红跑一趟，料想二点子定会乐疯。

顺阳女王一件一件交代给红妮，红妮一件一件应承，尽快落实。

132

顺阳女王产卵了！

皇城倾城欢庆，沉浸在喜悦里。

王国举国祥和，网罩在新女王散发的费洛蒙的强大生命气场中。

新女王安排第一批产卵为红斑蚁工蚁。

蚁族的繁殖不同于人类。蚁王对于新生蚁性别、种类及产期切换，是可以大体预安排的，就像生产农作物一样，从种库取什么品种，种几亩地，下多少种，茬口之间如何衔接，一切由农夫自主安排，精心操作。【华秋野博士：蚂蚁的性别是由蚁王以最简单的方式决定的：自己关闭输精管入口阀，使精子不能与卵子结合，非受精卵产生雄蚁；打开输精管入口阀，使精子与卵子结合成受精卵而产生雌蚁。工蚁也是雌蚁。】

顺阳女王的安排和操作，都围绕一个目标，抓紧，抓紧，再抓紧，把耽误的时间补回来。

因为地处亚热带，冬天极短，蚁族几无冬眠，交配后产卵一直可以持续到深秋，还有足足六个月。顺阳盘算，除了九月份雷打不动另做安排外，其余月份都以产红斑蚁工蚁卵为主，再将中华弓背蚁、黄猄蚁、切叶蚁、收获蚁的杂交卵花着产。

九月份专用于安排生产红斑蚁可育的生殖蚁，为什么雷打不动？因为产卵，孵化，哺幼，成蛹，结茧，是一个漫长而又固定的周期，一环套一环，哪一环都不可或缺，必须确保来年开春时破茧，迎接新生的乙乙和王子，然后历练三两月，参加五月初夏的婚飞。她们才是红斑蚁家族的希望啊！世界是大家的，归根结底是她们的！

当然，繁殖生殖蚁仅限于红斑蚁。为什么？没有为什么，就是确保红斑蚁家族的纯正。至于那些混种杂交卵，是绝对不会生产可育生殖蚁的，除了这隔离、那隔离的原因不可生殖外，还因为她顺阳不愿意，更不敢：引进外种，改良工蚁，已经是祖无先例，大逆不道了！她正担着一百二十个心呢：新蚁出世后，谁都看得出掺了假走了样，那时候，天晓得丕带们、姐妹们能不能谅解、宽容？

133

顺阳的担心绝非多余。

几个月后，果然有丕带、姐妹不谅解，不宽容。而且不是一般的不谅解，不宽容，竟然为此爆发了红斑蚁帝国史无前例的皇城内乱，后来姐妹们称之为神鬼之乱，因为发起者是大力神和鬼多多。

不相信吧？匪夷所思吧？防卫丕带大力神，当年姨母相的铁杆崇拜者，竟然成了当朝女王的激进反对派！

当然，始作俑者是鬼多多。

育幼室，破茧房。

鬼多多指着整整齐齐排列的茧囊：这些都是什么野种？

保育员：不知道。反正不是我们红斑蚁纯种。

鬼多多：一共有多少野种？

保育员：楼上楼下的幼蚁房我都看过了，一共四种，有的个头大，有的没有红斑。

鬼多多：野种里面有没有带翅膀的？

保育员：这倒没发现。

鬼多多丢下狠话：不管什么野种，出来一个，掐死一个！走，请妹妹带我去哺幼房看看那些野种幼蚁。

她走出破茧房时，复眼蒙胧，觉得身后有幻影一闪。

土城。内部道路施工现场。

几百工蚁停止干活，在听故事。

鬼多多登高演讲，绘声绘色：……共有四个野种呢，都是个头好大，没有红斑……

工蚁们议论纷纷，群情激愤。

一粒土坷垃旁，红点子晃着腿在养神。

土城。兵营。

鬼多多在鼓动……

兵蚁们情绪激昂……

红点子在营房外徘徊。

檀城。大力神府邸。

鬼多多：全城都闹翻了，你还犹豫什么！

大力神：我去劝过她两次了，请她停产野种卵，就是听不进嘛，有啥办法！

鬼多多：这关系到红斑蚁种族的存亡啊，我的丕带！她软的听不进，你不会来硬的？兵谏嘛！

大力神愕然：兵谏？

鬼多多：是啊！两条路，逼她选择：要么停产野种，要么废黜下台！

大力神有些迟疑：她是女王啊！捅破天的事，我要与我的副丕带商量商量……

背光处趴着鬼点子。

土城。兵营，军机处。

副丕带大勇：兵谏？决定了吗？

大力神：没有最后定。我想明天朝会再争取一次……

大勇：不管定没定，我实话实说，我不赞成兵谏，也绝不参与兵谏！

鬼点子趴在背光处。

134

檀城。朝堂。

顺阳女王面对众丕带，神色淡定祥和。

大力神正苦口进谏：……你做姨相、姨母相时，我大力神全力支持，没说假话吧？你当女王了，我大力神完全拥护，这也是真的吧？我唯一反对的是，你不该引进野种，改变我们红斑蚁家族的纯正。这样做，你对不起祖宗，对不起母王！我唯一要求的是，立即停止生殖野种，对已生的要全部灭杀！

大力神讲完了，退回座位。她环顾列位，多么希望有同僚出来帮腔。

同僚们保持缄默。

顺阳女王发问：还有谁想说？

丕带们也不回应。

女王：都不说了，轮到我来说！这两天，皇城里有的挑唆，有的被挑唆，闹得乌烟瘴气！什么叫野种？说的这样难听！我坦诚地告诉大家，我确实引进了中华弓背蚁、黄猄蚁、切叶蚁、收获蚁与之杂交，让她们成为我们红斑蚁家族的混种工蚁姐妹。为什么要引进？就是为了改良和提高我们红斑蚁族群的素质。大家还记得三千大齿猛蚁与我兵蚁的第一战吗？片刻之间，我们五千兵蚁姐妹便被剪草切瓜一样，无一生还！引进弓背蚁混种，就是为了改良红斑蚁单兵素质；引进黄猄蚁混种，就是为了创办捉获产业，为幼蚁、兵蚁提供肉食源，强壮家族体质；引进切叶蚁、收获蚁混种，就是为了扩大种、养业，为家族长年提供稳定、多样的素食源，备荒寒暑天灾。请问，这样做，有什么不好，唉？至于保障红斑蚁家族的纯正，我也明白地告诉大家，只有纯种红斑蚁才是永远的可育生殖蚁，不存在杂交混种的问题！我还自信地告诉大家，我和你们一样热爱红斑蚁家族，热爱我们的母王，而且做得不比你们任何一位差！

大力神：引进野种工蚁也不行！这样做，违背祖法，祖上从来没有先例！如果女王定要坚持，我大力神坚决抗命！

顺阳女王：你说，违背了哪条祖法，唉？干祖上从来没有干过的事，就是违背祖法吗，唉？你要抗命？好，那就试试看！但我正告你：新种工蚁已经成了我们红斑蚁家族的工蚁姐妹，谁要灭杀她们，我先灭杀谁！

女王怒不可遏：退朝！

135

女王寝宫。

传令丕带红妮进来，后面跟着副丕带大勇。

大勇上前，正欲据实禀报。

顺阳女王摆了摆前肢：我只问你，你能掌控的兵蚁有多少？

大勇：大约一半。

女王：好！如果事发，你给我做好三件事：将掌控的兵蚁坚守城内，不准出城，重点保护好新生的混种姐妹；派重兵把守两处水源，不得有失；派重兵管制好蘑菇园、喂养场，严控食源，不得有误！去吧！

大勇抬头望了一眼神一样的女王，惊诧不已而又肃然起敬：她竟一切了然于胸，且稳操胜券！

她坚定表示：女王放心，大勇全力以赴！

【华秋野博士：本章再次涉及生殖隔离这一话题。红斑蚁女王顺阳为了改良家族，引进四个优秀品种与之杂交，其中与中华弓背蚁同属不同种，与黄猄蚁、切叶蚁、收获蚁既不同属也不同种，它们在自然状态下交配的可能性不大。故事中因为红斑蚁蚁王有主观意愿完成了交配，但能不能受孕产下受精卵并发育成工蚁或生殖蚁，这与动物园的狮虎交配能不能产下狮虎兽、虎狮兽一样，存在较大的不确定性。毕竟是文学故事，还是请作者斟酌。作者补注：博士已从专业上阐述明白，其结果留给读者去揣度吧。】

第十五章

136

城外。

太阳躲进了云层，天空晦暗。

空气湿闷，没有风，草木严肃得纹丝不动。

大力神拥兵十万，将土城、檀城层层包围，已经是第二天了。

只要纯种，不要野种！只要纯种，不要野种……

兵蚁们在鼓动下不停地呼喊，声嘶力竭，但并不齐整。

朝堂。

銮座之上，顺阳女王斜着身子半坐半卧，外面的呼喊传来，她像是欣赏蛙叫蝉鸣，不无遗憾地发表评论：你们听，怎么没有昨天那样爽亮了呢？这些家伙！

銮座之下，丕带们小声交头接须。

大勇实诚，听不出是女王的幽默，立马上前报告，说她们两天没吃没喝了，大概是提不起精气神了。她解释，两处水坑各派了一万精兵把守，加上有蜻蜓和龙虱主动支援，叛军根本拢不了边。援军们都说，女王是我们的朋友，谁反叛女王，就是与我们为敌。悬停大师指着叛军大骂，不怕死的就来，全扫到树坑里喂我虿儿！水上漂的办法更绝，亲自率领一队卫士趴在水坑边拍翅鼓风，扬言谁来就把谁吹到九州外国！昨日下午和今天上午，叛军先后几次到水坑抢水，一滴都没抢到。至于吃的，蘑菇园和喂养场都用芭茅封门，再派重兵把守，叛军晓得进不来，连试都没敢试过……

大勇说完，请女王示下：要不要给叛军一点教训，叫她们长点记性？

丕带们都抬眼望着女王。

顺阳女王吱吱长叹，缓缓摇了摇前肢：都是自家姐妹啊！相残何忍？

丕带们静听女王表态后，都长吁了一口气，频频点头。

大勇也说：是是是。

137

城外。

荆条树下。

大力神灰头土脑一副邋遢相，朝围着她的十多个头领挥了挥前肢，声音嘶哑：去吧，去吧！让姐妹们分头去找点吃的。但要轮着来哟，不能一哄而散……

头领们走了，她气不打一处来，猛吼一声：鬼多多！

鬼多多吓得做贼一样，赶紧溜了过来。

大力神：兵谏，兵谏！都是你出的馊主意！

伶牙俐齿的鬼多多，突然变得牙不伶齿不俐，声音也只有粟米子大了：谁料想她们会死扛硬顶咯，再说……还截水断粮，太狠毒了嘛……

什么叫骑虎难下？这就是骑虎难下啊！大力神躁得脑壳疼。造成眼下如此局面，固然怪鬼多多的主意馊，但主要还是自己太大意了，没想到带兵多年，关键时刻竟有一半以上兵蚁不听她的指挥。唉，都是顺阳女王太厉害了啊，这么多兵蚁死心塌地向着她！无粮无水，军心浮动，接下来该怎么收场？她心里一点底都没有，空落落的，只能走一步算一步了，听凭老天爷发落吧！

138

城外。

围城的第三天下午。

兵蚁们无精打采，队伍早已溃不成形，没有了呼喊，没有了吵闹，只剩下哼哼唧唧，骂骂咧咧。

忽然，队伍倏地安静，大家一齐昂起头来，紧盯着一只熟识的红蜻蜓绕场飞翔，绕场飞翔的熟识的红蜻蜓背上，腆着大肚躬身而立的正是顺阳女王！

顺阳女王只带了三名随员：搀扶她的是草妹，二点子做贴身保镖。

出发前，丕带们担心安全，集体跪谏劝止，她没理。

副丕带大勇要带三万兵蚁贴身护卫，她不准，只说了三个字：没必要。

她让穿云红悬停在檀城下、土城前的广场中央，散发高频信息向队伍喊话：

姐妹们，三天了，你们受苦了！你们是受了挑唆才做傻事的，我原谅你们，不责怪你们，也不处罚你们！我，你们过去的姨相、姨母相，现在的女王，仍然像从前一样爱你们！

队伍出现了骚动，四周唏嘘可闻。

顺阳原来还是个出色的演说家！首先动之以情，争取多数；然后晓之以理，以正视听：

请你们相信，红斑蚁家族的生殖蚁永远是纯种的红斑蚁，这一点任何时候都不会改变！我引进优秀品种改良红斑蚁工蚁，主要是为了优化族群，强大家族，拓宽产业，振兴王国！无论原种的、混种的，都是女王所生的工蚁姐妹，都是红斑蚁家族的成员，大家要和睦相处，共建家园……

忽然，队伍里有兵蚁高喊：我们知错了，不干了！我们要回城！

知错了，不干了！回城，回城！……一个带头，四方呼应。

顺阳女王顿感欣慰，抓住机会立即表态，并宣布政策，区别对待：

只要停止错误，欢迎大家回城！全都欢迎，包括你们的统帅大力神！大力神过去为王国作出了很大贡献，是有功之臣，她也是受了挑唆才犯错的，只要她停止犯错，我同样会原谅她！不能原谅的只有一个，她就是挑唆犯、谋反叛国罪犯鬼多多！大家要看住她，抓住她，别让她跑了……

噢！噢！噢！……兵蚁们纷纷立起身来欢呼。

顺阳女王开始作总结了：

好啦，我说完了，愿意继续认我这个女王的，请站到广场中央来，然后排队到后面水坑喝水去！……

女王话音刚落，呼啦啦……兵蚁们向广场涌流。

荆条树下。

鬼多多早已吓瘫在地。

大力神长叹一声，缓缓走向荆条丛，竖起身子将脖颈套在枝丫里，正要用力一扭，卫士身手敏捷，将她一把抱住……

神鬼之乱落幕的最后图景：

落日余晖；众目睽睽。

卫士们搀扶着大力神进城，步履蹒跚；

后面是鬼多多，她是被押解的，丧魂失魄。

139

朝堂。

丕带行列里，原来大力神的位置，换上了大勇。

銮座之上，女王气色有点不好，缓缓抬起前肢，朝红妮挥了挥。

传令丕带点点头，趋前一步，开始向大家传令：

今天朝会，女王宣布三项决定，布置一项任务。

三项决定是：

鬼多多犯挑唆谋反叛国大罪，处以极刑，大卸九块，交由防卫丕带监刑；

育幼室破茧房保育员四三一七八受鬼多多挑唆掐死五个混种新生蚁，犯虐杀同胞罪，处以死刑，大卸三块，交由内务丕带监刑；

罢免大力神防卫丕带一职，赦免其罪，仍住原府邸养老思过，保留侍应两名照顾其饮食起居；

副丕带大勇护国保驾有功，擢升为防卫丕带。

丕带们闻宣，长吁一口气，抬头仰望女王，眼神里满满都是感动和钦敬，或许还有终身追随的誓愿和虔诚。

传令丕带继续宣布女王交办的任务：

女王说，从现在起，将各位丕带分管的事项，设专职的衙口管理，即国防口、产业口、建筑口、内务口、外务口，各位丕带即为各衙口长官。交给各位丕带的任务，就是布置你们一道作业，拿出你这个衙口长远发展的筹划，干哪些，怎样干，干成什么样子。干的办法可以越祖制，闯新路。这个作业，光靠你们自己是完不成的，要动员所有工蚁姐妹都来动脑筋，出主意，一起来完成。谁的主意好，点子多，就采纳谁的，而且还叫她来做你的助手参与管事，各衙口丕带以下管事的依次设工带、管带。作业五天内完成，到第六天，大家回到这里交作业……

作业布置完了，朝堂内炸开了锅。

大家感到了责任和压力，以后的丕带不好当了！

大家或许也觉得，以后的丕带当起来才有味了！

140

五天没有朝会。

丕带们做作业，该轮到她顺阳休闲了。

一早她就通知了草妹，说她上午照常坐班（产卵），下午打算串串门去。

草妹乖巧，晓得串门就在近边，赶紧知会各方。

中午，女王回到寝宫时，草妹和穿云红已经在等，旁边还多了一个红艳艳的英气勃勃的红蜻蜓。

穿云红向来不善言辞，加之蚁语也不利索，草妹便充当代言。她说，这是穿云红的女儿。穿云红感谢女王待她仁厚，时常赏她蜂王浆，使她寿命增加了一倍还不止。但蜻蜓终究命短啊，担心哪天腿一伸就不行了，怕误了女王的大事，因此她把女儿带来，只要女王看得上，就叫她跟班见习，她一走，总还有个接班的……

女王听了，腆着大肚挪上前去，用触须扫扫穿云红，又扫扫她女儿，此时，她这位善言辞的说话变得也不利索了：好，好，好……她好了好久才好出一句：好漂亮的女儿！叫什么名字？

好漂亮的女儿摇了摇头。

女王就说：你妈叫穿云红，你就叫穿云丹吧！

穿云丹喜得撞了撞妈妈的头，猛拍翅膀。

她们第一站，先去檀洞，看看二点子的新家。

二点子早在洞外迎候。

檀洞深处，踡卧大小五条黄豺。这些昼伏夜出抓鸡摸兔的高手，自高自大，瞧见洞口飘落两只红色的蜻蜓，睥睨无睹，当然更不会瞧见红蜻蜓背上还有驮客，更不会想到红蜻蜓背上的驮客竟是统治百万之众的红斑蚁帝国的君王；更不会想到能在帝国京畿之地皇城之下的洞府落脚栖身竟是这位君王的法外恩准；更不会想到君王法外恩准完全是看在两只跳蚤的薄面；更不会想到这两只跳蚤竟是天天宿他们、吃他们的可恶的家伙，只有痒痒相知，从未两两相识！

世界就是如此奇妙：

一切都在浑浑噩噩中明明白白，

一切都在明明白白中浑浑噩噩！

鬼点子指着黄豺告诉女王姐：其实他们也蛮可怜的，大前天黄昏，那头公豺去东岗村华南岭家偷鸡，被二傻子一镢头薅掉了半条腿，直到后半夜才一瘸一拐爬回来，红点子跟他去看热闹，也吓了个半死……

二点子加入了串门队伍。

串门队伍相继来到了泉眼和树坑。

水上漂和悬停大师因为事先都知道女王要来串门，都说把啥事都摆在旁边了，专门恭候大驾光临！

女王也客气，说：唷唷，讲是讲串门，其实主要还是上门表示感谢呢，感谢在平定神鬼之乱中，你们给予了红斑蚁帝国无私的援助！

在泉眼，女王还感谢水上漂为她的国师穿云红提供食粮，并就势将候补穿云丹也做了特别介绍，要求今后为母女俩一起提供。水上漂当即表态：好说好说，本来泉眼就是你们红斑蚁的，水坑也是你们挖的，我们龙虱只是租客，哈哈哈租客……【华秋野博士：龙虱寿命可长达三到五年。】

水上漂笑声爽朗，他爽朗的笑声里可能还有当年与姨母相第一次交锋的回味。

顺阳女王心知肚明，也不点破，只是瞅着他回味，吱吱吱跟着乐。

在树坑，女王顺阳是真的动情了，她抬起右前肢的小毛刷，在飞将军悬停大师圆圆鼓鼓的复眼上轻轻地揩拭，揩拭得亮亮的，一点尘土都没有了，她才说：你多次救助了我啊，飞将军！我们红斑蚁有句祖训，受之一哺报之一囊。我的一囊是，你必须给我活久点！跟我来……

她将飞将军悬停大师领进她在树坑边的行营，叫侍应打开储藏蜂王浆的洞窖。顿时，香飘满屋。她指着洞窖：以后你可以天天来、随时来享用。我要叫你陪着我一起活！看看我俩谁活得长？

飞将军悬停大师开心地咧了咧嘴器：我吃你的不少了呢！可我哪有你女王的福气啊？能活过今秋就是超超寿啦！说完，走到行营门口，招呼穿云丹拢来，交代几句后，弹了弹前肢。【华秋野

博士：蜻蜓成虫的寿命一般不超过一年。故事里的飞将军寿命已经超长了，相信读者可以理解。】

不一会儿，一只比悬停大师还要威猛壮硕的青蜻蜓降停在行营门前。

悬停大师说：我走了，就是他了。以后蚁国有事，只管吩咐！

顺阳女王非常高兴地认识了飞将军二世。

她将他请进行营来，并叫草妹安排侍应呈上蜂蜜、王浆，还请进了穿云红母女和二点子，大家一起小饮。

最后一站，去看追追王。

两位君王重逢，你拍我打还不尽兴，又你扯我拉转圈圈。追追王是个资深大肚皮了，转起来比顺阳吃力得多，没转几圈就喊：行了行了，认输认输，我转不过你！

刚停下来，她就叫板脸相爷张罗甜品待客。顺阳连连摆手：别忙了别忙了，刚刚在下面喝过，喝的正是你们的宝贝呢！口里还有余香，要不信，你闻闻？

追追王笑了：那咋办？没有其他招待呀！

顺阳女王说：不要招待。本女王此次光临，是来搞卫生查验的！

说完，她请追追王带路，去看蜂巢大堂。记得上次来，曾建议她不要太懒了那些工蜂，勤扫蜡屑，防生巢虫，看看有无改观？

巢堂里，悬着的巨大巢脾之下，干干净净，一点蜡屑都没有了；巢脾上，一窝蜂熙熙攘攘嗡嗡嗡哼着小曲正忙……

顺阳甚为欣慰，表扬追追王：王姐没把妹妹的话当风吹。

追追王：哪敢哪敢，我正向王妹学呢。王妹治国太厉害了！这次平乱，我差点被你急死了！告诉你，我为你准备了三千蜂兵，打算随时冲阵呢！你倒好，兜一圈，讲一通，不费一兵一卒，就啥事都搞定了！佩服，我真的只有佩服！

顺阳笑了：唧吓，王姐把我捧上天了！

临走，追追王还要打发蜂蜜、王浆，吩咐板脸相爷尽拣好的挑。

顺阳坚决不受：还有还有，能吃半年呢。没有了，我会来要，王姐的东西还讲客气！

141

朝堂。

顺阳女王瞧见众丕带个个喜之蹦矣，便问：作业都完成啦？

那是当然！必须的！大家众口一词，听那口气，好像家家手握灵蛇之珠，怀抱荆山之玉。

女王：那就呈上来看看！

虽然底气都足，却谁也不愿抢先。她们懂得，抢先就是冒尖，张扬不如矜持。

刚刚进阶的大勇到底城府少些，说话办事实打实，她说，那就当兵的开头炮吧，请大家评点。

这些天，她们通过全军大讨论，建立了步军、空军炮战队、水军陆战队、皇城卫队四个军（兵）种；各军、兵种实行十、百、千、万管理办法；层层比武选贤，选出了十蚁长、百蚁长、千蚁长、万蚁长，又从二十个万蚁长中比试文韬武略，遴选出四位精英中的精英，分别担任步、空、水、卫四军工带。皇城卫队听命于女王直接指挥，拱卫皇城。无论军种，不分寒暑，上午练兵，下午生产，以捉获（捕猎）、喂养（养殖）为主，逐步实现军粮自给有余……

好！大勇话音刚落，女王忍不住大声夸赞。层级管理，逐级负责，张开是凶猛大颚，收拢是尖利蜇针；练兵，生产，军粮自给……这不正是自己所要的军队吗？也不正是当年华秋野所描述的那种军队吗？大勇，奇才啊！还真感谢这次内乱，让她有机会冒出头来！

女王想了想说：我只补充一点，军令如山，赏罚分明！

大勇表示，谨遵王命。

冷场了一小会儿，里手说，国防口玉石在先，产业口只能砖块在后了。

女王吱吱一乐：方方正正的砖块也不错呢！应该不是残砖断瓦吧？

里手平常说话油惯了：报告女王，残砖断瓦还有用呢，就怕是边角废料！

朝堂里一片笑声。

产业口全员讨论后，将产业分成种、喂、摘、捉四大门类，建立土种（种植）、喂养（养殖）、摘采（采集）、捉获（捕猎）、精作（加工）、剩存（储藏）、教做（培训）、挽肢（互联）八大管理坨块（条块），扩大和创建蘑菇园、蚧蜜场、蚜蜜场、地龙（蚯蚓）喂养场、蜗牛喂养场、蛾蝶喂养场、草籽土种场、捉获（狩猎）场、巨兽宰杀场、谷物精作厂、备荒仓库，冻存（冷藏）室共十二个产业本营（基地）。同时采取自报、推举加评议的办法，选出了各门类、各坨块、各本营的工带和管带。力争两年内实现皇城姐妹不觅外食，一年四季不饿肚，寒暑天灾吃饱餐……

内务丕带百事通提出疑问：冻存室？怎么冻存？

里手：在土城底层再往下挖地窖，将剩余谷物、肉类食物分别用蜗牛液、蜂蜡密封，保障鲜活不腐。当然，还要靠女王面子，少不了找蜂国求援。

女王吱吱一笑：你不是有挽肢吗？怎么挽肢法？

里手：挽肢就是各种先进技措的引进和输出，目前主要引进黄猄蚁、切叶蚁、收获蚁的捉、喂、摘、种技措，皇城搞成了，再向属邦普及。

女王大喜：好哇，里手！你的这块砖算得是一块玉砖呢！

里手心里美滋滋的，甜丝丝的，说出的话辣呵呵的：嘿嘿嘿，哪里哪里，还是只算土砖咯，土砖咯！

我来！建筑口鼓捣佬争到了第三发言。她平日做事四平八稳，挂在嘴边的口头禅是：不打开锣不压轴，不前不后也吃肉。

建筑口将工程项目分为城邦（城市）、走道（道路）、通坎（桥梁）、水自来（自来水）、专用场（基地）五大类，并按布局（规划）、标量（勘测）、建新、修旧、查歪（质检）、教做（培训）六个坨块，选出工带分别管理。当下，全力抓好一场、一堂、一路建设。一场，即演兵场，已与国防口沟通，将皇城以西原来练兵的一片草地，拓宽整平，扩大一倍，修筑司令塔台，观礼平台。一堂，即大讲堂，设土城内，可纳千数之众，分若干小室，供各口教做皇城及属国姐妹，也可用于风雨天气姐妹们都乐乐（娱乐）、看谁能（竞技）、忙后乐（休闲）。一路，即风雨高速路，直达属国，皇城负责东西、南北干道，属国负责各自支线，三年内修成……

女王：何为专业场？

鼓捣佬：就是为产业、内务、国防等各口建设如土种、喂养、忙后乐之类的本营，并提供教做、使用和设备修旧服务。

女王环顾：大家以为如何？

丕带们频频颔首。

女王：好！鼓捣佬就会鼓捣嘛，通过！

三强在前，个个不赖。

我来！我来！内务口、外务口感到了压力，谁都不想压轴的事了，同时抢四，互不相让。

女王笑了：内外内外，先内后外，还是内务先来吧。

百事通说，内务口按生育、生活、康乐、奖罚四个坨块管理，分吃、喝、拉、住、乐、生、老、病、残、葬十个方面，逐条拿出管理办法和实施标准：吃，讲究新鲜，不食腐臭，荤素搭配；喝，甲酸消毒，饮、用分开，供应蜜水；拉，定点、封闭，严禁随地，及时清除；住，宽松适度，保温祛湿，空气流通；乐，开发场地，室内室外，欢乐比能；生，严格流程，细心保育，提高存活率；老，关爱老蚁，干活轻松，提高寿命率；病，卫生防病，医药治病，降低死亡率；残，私残免劳作，公残配侍应，身残不厌世；葬，正常死亡入公墓，因公赴死竖墓碑，恒定百世荣光……

有丕带问：奖罚管什么？

百事通：就是让大家都知道这些管理办法，而且装到心里去，做得好奖励，违反了处罚，都有详细规定。

里手：百事通，按你这么个管法，我们谁还想死啊？

众丕带都笑了：是啊，是啊，谁还愿意死嘛！……只生不死，皇城肯定住不下呢！

女王顺阳也来凑趣：你们傻呢！住不下不会叫鼓捣佬再建几个土城？如此看来，大家的意见是太好了，好得过头了，通不过，是吧？

众丕带大声齐喊：通过，通过！

女王：下面轮到外务口压轴了！

玲珑儿急喊：我不压轴，我不压轴！

众丕带笑问：那咋办？只有你了啊！

玲珑儿无奈地说：我垫底！垫底算了。

外务口将外务分为外事往来、外务拓展两个坨块。外事往来：当下主要做好对友邦和属国的接待、出访事务，坚持在大国风范的前提下，制定和完善外交礼仪、规格、礼品、文书、翻译等实施办法。目前最大的障碍是语言交流，像哑巴讲话，比比画画。采取自报、推选与评议相结合，选定了五百个口齿伶俐、能说会道的姐妹，准备派往与我红斑蚁帝国有交往的三百多个蚁族友邦和一百五十多个异族外邦，了解风俗，学习语言，为以后长期交往储备外交翻译之才。外务拓展：红斑蚁帝国不能永远只是红斑蚁的帝国。将马上着手进行帝国外拓空间无限延伸调查。何谓外拓空间无限延伸调查？就是请求国防口、建筑口配合，立即开始以南、北、东、西四个扇形无限展开，在翔实调查、精准标量的基础上，首先编制东岗昆虫界万国分布图，最后编制红斑蚁乌石仑动物界皇舆全览图，为红斑蚁帝国成为乌石仑动物王国中的帝国做好前期准备……

玲珑儿讲完了。

朝堂内一片寂静。

众丕带全都听傻了！

女王好像还没听够：没啦？继续啊！

玲珑儿怯怯的：没啦，暂时……

女王激动地躬起身子，声音洪亮：玲珑儿！你个家伙垫了个好底！简直是伟大啊，我还只是设想，你就准备干了！没得说，优秀，通过！最后，顺阳女王对各衙口丕带的作业做了总评，连说了几个没有想到，一句话，都满意，太满意了！

她说，长远的布局已经拿出来了，实干才能兴邦，请大家立即动手干起来！

142

四月的山野，绿肥红瘦。

蓬蓬勃勃的东岗，在暮春骄阳熏蒸下，湿闷的空气里飘散的是泥土的芬芳，泥土的芬芳里夹带了各种生物的荷尔蒙、费洛蒙信息，撩拨万物，春心萌动。

眼下，红斑蚁皇城万众一心，正忙一件头等大事：送嫁乙乙。

去年以来，顺阳女王诞下的一百一十二位乙乙均已长成，个个健康娇媚，青春焕发，拖着洁白透明的长裙追逐嬉闹，王宫里春光熠熠，一派生机。

顺阳一个个地瞅着她们，倍感欣慰，她没有偏爱，只有都爱。离婚飞越来越近，不到一个月了，可是，她舍不得让她们任何一个参加婚飞。她要给她们集体召唤择偶，全都成为她的属国的女王！

顺阳女王发问了：原来的一百一十五个属国的城邦及领地，现状如何？能不能续用？

立马普查，迅即禀报：可以续用。但八十七个被蚁族占领，其余全被异族昆虫占用。

顺阳女王发话了：先礼后兵，限期收复；整修一新，还我属国！

女王发话的第二天，外务口将《红斑蚁帝国告示》送达到了每一个占领者，同时委托东岗两家新闻媒体知了社、蛐蛐社，昼夜轮番播报：

红斑蚁帝国告示

属国复兴在即，收回城邦领地。
旬日归还为友，继续强占是敌。
若感心中憋屈，与我大军商议！

外务口颁发告示在前，国防口全副武装小分队督察于后，若碰到左右观望迟疑拖拉的，挟帝国之威，斜瞪两眼，低吼几声，咕咕哝哝的观望者立马噤若寒蝉，当即表示照办、照办……

何须旬日？何须大军！只有七天不到，所有需要照办的全都照办了！

照办者刚刚办完，建筑口的修旧队就检场开工了。

内务口、产业口也是全员发动，筹备择偶婚典，备办嫁妆、彩礼，挑选陪嫁的技师和创业的工蚁，忙得六脚点地，不亦乐乎……

143

这是一个阳光明媚的喜庆日子。

集体召唤择偶婚典选在檀城下、土城前的中央广场。婚典活动的一切由传令丕带红妮总指挥，红妮总指挥指挥的一切都经过了顺阳女王首肯。

太阳刚刚露脸，檀城、土城的外墙上就已蚁头攒动，姐妹们纷纷抢占绝佳观礼位置。

日上三竿开始清场。二十万红斑蚁兵蚁全副武装将皇城围成个铁桶，里三层，外三层：里三层朝内拱卫，外三层向外警戒。空军炮战队出动蜻蜓飞驾一百炮兵一千负责空中警卫，以塔螺阵绕场巡飞，连蚊子也别想抵近。

辰时三刻。顺阳女王缓缓登上土城平台入座观礼。丕带环列，众星拱月。

传令丕带宣布：吉时已到，婚典开始！

檀城城门洞开，一百一十二位乙乙披着长长的洁白的婚纱，如烟如缕从门洞里飘出，霎时一朵朵白色的小花，袅袅婷婷，绽放在蓝天里，阳光下。她们一会绕飞，一会之扭，一会波涌，一会穿插，随心变幻迷魂阵，但等销魂公子哥。

公子哥一千八百位，从属国遴选，于清晨抵达，正待在老檀树坑旁，强捺欲火，躁等。但见传令丕带扬了扬前肢，他们即如一群饿鬼，兴冲冲，呼啦啦，箭矢般扑向蓝天，冲阵迷魂，看我销魂。此时无论乙乙、王子，双方青睐的是村夫，是强悍，是狂野，是暴虐……鄙夷的是君子，是谦让，是斯文，是亲柔……

奈何僧多粥少，第一回合能喝到头啖汤的十不够一。没有抱得娇妻的王子，悻悻然收翅落地，稍事休憩，养精蓄锐期待下一回合更加勇猛雄起……

采取婚飞的形式集体召唤择偶，乙乙的成功率百分之百，平均交配达十四次之多，储精袋盆满钵满；王子的成功率也高达百分之九十二，绝大多数如愿以偿。只有个别的可怜虫，十多个回合的机会却没能把握住一次，虫世间走一遭，就为凑了个热闹，做了回陪衬，留了个笑柄，最终也将坠落尘埃，与那些交媾过的王子一样苟延残喘，待以时日，拜见死神。然而同样是死，死的意义大不同啊：一个乐死，一个气死！

婚典之后是乙乙们拈果。

虽然一百一十五个城邦都已修葺一新，但有大小之分，南北之别，其山场水势，方便舒适，天差地远。起初红妮请示，就让内务口逐个安排算了？女王不同意，她说都是心头肉啊，怎能厚此薄彼，让孩儿们心生怨气？就看她们各自的福气和造化吧！于是，红妮便与百事通商量，决定拈果。他们的拈果跟人类的抓阄没什么两样：将南北东西一百一十五座城邦逐一编号，号码刻在一百一十五颗红艳艳的山果粒上，红艳艳的山果粒盛在一个大号的山蚌壳里，大号的山蚌壳摆在广场中央老檀树下的一条浮根上。

乙乙们嘻嘻哈哈一哄而上涌向山蚌壳，与她们各自的保姆合作，嘻嘻哈哈随机捧起其中一颗，嘻嘻哈哈奔向内务口登记台登记，登完记又嘻嘻哈哈与姐妹们一起飞往演兵场。

送嫁乙乙的出发地点就在演兵场。

浩瀚的演兵场上，分别按南北东西四个出发方向，早已排列好了一百一十二个送嫁的方阵。

每个送嫁方阵组成：一千个创业的工蚁，一百个土种、喂养的技师，一百个拆建、修旧的工匠，还有工蚁们扛抬的一百个装满嫁妆彩礼的茧囊，里面全是各类蚧蜜、蚜蜜、蜂蜜以及菌种、菌干、鲜菇……每位乙乙的保姆捧着那颗刻了号码的红艳艳的山果粒，站在每个方阵的最前头。各位乙乙也飞到了各自对应的方阵。

送嫁方阵之外，南北东西四路各有威武之师护嫁。每路出动步军三万，全副武装压阵；空军炮战队飞驾二十炮兵两百，全是甲酸利炮，前后巡飞警卫。

出发！巳时初刻吉时一到，司令塔台上竖身而立的传令丕带红妮和国防丕带大勇同时挥动前肢。

南北东西四路送嫁、护嫁大军一齐启程。

威风八面，浩浩荡荡！

【华秋野博士：神鬼之乱由乱到治，转瞬之间。各部门的未来规划无不别开生面，各有各的精彩。收复属国城邦以及择偶婚典，送嫁公主，场面宏阔，气势威武。这些都集中体现了顺阳女王的非凡统治力。让人提前看到了一个振翅腾飞的蚂蚁帝国的明天。】

第十六章

144

一年以后。

女王寝宫。

顺阳女王挺着凸肚六肢摊地仰躺好一阵了，还在大口喘气。红妮和草妹一个给她揉胸疏气，一个喂食王浆提神。旁边的侍应们倒没事做了，只能傻傻的一个捋一条腿。

她们刚从王宫阔堂回来。

前几天水上漂过世了。今天下午水上漂二世前来朝拜，诚挚感谢红斑蚁帝国对先王的吊唁和厚葬，表示谨遵前盟，世代友好。虽是例行外务，却关乎礼仪，只能在王宫阔堂举行。寝宫相距阔堂十多楼层，女王腆着身子上上下下，哪有不疲累的？

其实，女王不光是身子疲累，更要紧的还是心里一直酸痛着呢！

最近两个多月，她的几个异族好友相继去世。

最初是飞将军悬停大师。他可是为红斑蚁立过大功的啊！女王从内心里记着他，感谢他，曾特意关照他多吃王浆，却也没能留得住他。临终时他还嘱咐二世，切记相邻为安，红斑蚁王国的事就当是咱自己的事，要尽心尽力，不可敷衍。

接下来是二点子。鬼点子先走，走时前肢指着天上，口里噢噢不停，红点子明白，背着她就往檀城楼上跳。她是在女王姐姐怀里咽下最后一口气的。鬼点子走后，红点子抱着她不肯松开，不吃不喝，没过几天也走了。在异族朋友当中，女王最早认识的是鬼点子，最伤感的也是鬼点子，总觉得鬼点子一直为自己出生入死，而她很少对她有什么关照，太亏欠她了。

然后是穿云红。半月前的一个大清早，草妹发现她死在女王寝宫外的那个树瘤停机坪上。在旁边守着的穿云丹说，妈妈知道自己快不行了，这几天她把凡是女王去过的地方都带她重飞了一遍，对她千叮咛万嘱咐，只要是女王的事，要随叫随到，保障绝对安全。女王责备穿云丹，外面露气这样浓，干吗不劝母亲进到里面来？穿云丹说，劝了，她不肯，她说女王上午生产，下午上朝，好累，不要影响她休息。女王听了，趴在穿云红身上，哽咽着半天不肯起来。

水上漂是大前天走的。走时他对二世说，我们原来一汪清水，没什么吃的。后来红斑蚁挖了第二个水坑给了我们，小的们才三餐不愁。一定要记得知恩图报。红斑蚁女王是个干大事的，和她结盟修好没错，要真心实意，竭尽全力。我以前对女王要过横，一直想道个歉，就是拉不下面子，我死后，你帮我了了这个心愿吧……女王听了二世的转述，声音发酸：水上漂啊，那是什么年月的事了？你还说这样的疯话！要说帮，你我是互相帮衬啊！

唯一想得开的是，她们并非伤病灾祸死于非命，都是寿数已尽各安天年。但她们族类都是从来不设公墓的，无论王公庶民，死后一律抛诸荒野。女王觉得让她的挚友暴尸于野，其心何忍？在征得两位二世同意后，紧挨帝国公墓，新辟了一座红斑蚁国宾陵园，将飞将军、水上漂、穿云红、二点子均按王国丕带礼遇，盛殓入土，修筑坟茔，立碑纪念。

女王喘气平缓些了，情绪也平和了很多。红妮扶她坐起来些，用半边身子顶住她，让她半躺半卧。草妹也不再给她喂王浆了，拿过湿棉来让她吸了吸，舔了舔，算是漱了口，揩了嘴，然后找些话来跟她闲聊，解闷。

草妹：昨天，我在土城外见到了大力神，有侍应搀着她在晒太阳。她左边的腿不大利索，走路一瘸一瘸的……

女王：噢，是吗？她是明丽十五年的，长我三岁。那也不该这样老态啊！猜她心里蛮不爽吧？

草妹：看不出，绷着脸，不言不语的。

女王：唉，大家一忙，就冷落她了。你跟她们说说，叫她们领着她到处转转，看看，谁都不许敷衍……

145

太阳刚刚出来。朝霞满天。

东岗草草木木花花叶叶全都染成了一片金红。土城外广场边，一节浮根上，大力神躬身站在朝阳里，高高扬起两根触须，静静地凝听演兵场那边隐隐传来的厮杀声。

天天都是这样。每天一大早起来，她在内务口分设的餐饮点排队领了吃的，三几下全都塞进大嘴帮子，边走边嚼赶到这里，比工蚁们上班还准时。侍应老说她：你光听有啥意思嘛！既然放不下她们，就去那边看看嘛！大力神总是长叹一声：嗨，你懂个啥哟！她何尝不想过去看看？可是，心里杂七杂八各种想法死死绊住了她的六腿，迈不开啊！

早哇！老帅！大力神觉得背后有谁叫她，回头一看是大勇。

大勇：正想请老帅去看看将士们操练呢，帮我指点指点，行吗？

大力神：这，不……不好吧？口里说不，脚底开始了挪动。

有什么不好的！大家不都是您的兵嘛！大勇傍着她半推半搀朝前走，不一会儿就到了演兵场，登上了高高的司令塔台。

司令塔台这是以前所没有的，足有三标之高；抬眼四望，嗬，如今的演兵场也像海洋般宽广了！海洋般宽广的演兵场上，二十万红斑蚁步军勇士正分成二十个军团各自演练阵法，场上波翻浪滚，杀声震天……

大勇指着一处处阵地请她细看：长蛇奔袭，铁桶围攻，飓风横扫，海潮冲荡，快刀屠城……天！这不都是她大力神创下的阵法吗？她们没丢啊，她们还在练着哪！

看着看着，大力神浑身有些抖颤了。

大勇紧挨着她，当然感觉到了。

忽然，大勇扬了扬前肢。即刻，传令兵们将司令塔台中央高高耸起的芭茅穗子放倒。

场上各军团阵法操演戛然而止。

紧接着，两队红、蓝蜻蜓分别自东向西、自西向东从司令塔台前相对飞过。

演兵场上，二十个军团闻风而动，不一会便分成了东西两大阵营，相距三十标开外。相距三十标开外的东西阵营，各以衔草、戴环为记，军阵森森，军威赫赫。

稍许，又见东西阵营之间，一队混编的红、蓝蜻蜓由北至南横穿而过。

蜻蜓刚过，哗……哗……演兵场上二十万步军开始了方阵掩杀，双方如旋风般冲向敌阵。这阵势太突然，太猛烈，太胶着，太……实在难以描述，只能打个比方，好比相距百米的两头野牛，各自挑着一对大角，埋头，扬尾，铃铛大眼盯死对方疾风般对撞过来，轰然一声，两头相抵，四角相交，八脚相较，你进我退，你退我攻，生死以搏，力竭方休……然而，野牛再猛只是个体拼杀，哪比得军团作战排山倒海！幸而只是演练，要来真的，恐怕早已尸横遍野，血流成河，二十万也剩不了几个活的……

面对如此惨烈的混战，多年带兵的大力神被深深震撼了，她张开双颚，高高扬起触须，连连点仰。

大力神：干得漂亮哪大勇！你带出了一支无敌之师啊！

大勇毕恭毕敬：请老帅多多指点！

大力神：你干得比我好啊大勇！好就好在你的十、百、千、万带兵法，以前只是听说，今天算是见识了！将士兵各自为战变成了集体搏杀，打出去，岩头变成了重炮；撒出去，砂子变成了石块！

大勇见大力神兴致很高，还领着她去看了空军炮战队和水军陆战队的操演。于檀城广场，五千甲酸炮手轮番驾驭一百架蜻蜓飞驾，实弹演练俯射、仰射、侧射和围射。于水坑，在有强敌坚守凶狠抵御的情况下，一百龙虱玩魔术般顷刻之间架起十座芭茅浮桥，一万水军陆战队勇士飞兵强渡……

大力神看后，都给予了真心夸赞。

可她心里还挂着个闷葫芦：不是说还有一支新军吗？步、水、空三军看了个遍，影子都没见到，为何？

她闪闪烁烁地问：应该还……还有吧？

大勇何其灵泛，立即明白她问的“还有”是指皇城卫队。因为皇城卫队全部由新生的弓背混种蚁组成，这对于大力神是个敏感话题，所以问得不爽朗，不干脆。

大勇笑了笑忙说：是的，还有，正要带您去看呢！

演兵场北面，密林深处，一块长宽五标左右的橘红色沙地，寸草不生。一万五千名皇城卫队战士在这里严苛密训。教官是从中华弓背蚁请进的外教。

大勇领着大力神悄悄爬上场边的一丛灌木枝丫。

大力神细瞧，这些新生的弓背混种蚁聚堆后，个个好像比在皇城里瞧见的更加威武雄壮，个头比一般红斑蚁兵蚁整整高出一头。她想，身大力不亏，应该都是好样的。

再看高高的树墩上，竖身挺立舞动触须指挥训练的应该是中华弓背蚁教官了。

中华弓背蚁教官的训练很奇特：指挥不用口令，全凭触须号令；士兵不准呐喊，一心贯注行动。偌大演兵场上，除了军士们沙沙的脚步声，呼呼的动作声，嘘嘘的喘气声，再无其他杂音。这阵势，这气场，森严肃穆，望而生畏。

操演单位从小至大，次第展开：十蚁长指挥小组合侦察、格斗、擒拿，之后归并到百蚁长；百蚁长指挥奔袭、伏击、增援，之后归并到千蚁长；千蚁长指挥阵地攻防、转移、围歼，之后归并到万蚁长兼卫队工带。全过程按部就班，环环相扣，无不招招到肉，刀刀见血……

最后，万蚁长兼卫队工带向总教官示意；总教官舞动长长的触须，在空中画了一个大大的圆。

霎时，沙沙沙……全体战士向场地中央涌聚，围成一个巨大的圆圈，将万蚁长和十五位千蚁长围在巨圈之中。

大勇说：下面是自爆演练了！

大力神：自爆演练？

大勇：是的，而且是实战的！战场上敌强我弱情况下，就会有勇士自爆头颅，将毒液喷洒四方，以一己之躯杀敌保众……

说话间，演练开始了。

包围圈里，万蚁长将一颗红色的山果粒抛向空中，十五位千蚁长就像橄榄球球员抢成了一堆；抢到的一位紧紧抱住山果粒，欣喜地跑回自己阵营，再次抛向空中，一千士兵又疯抢成一座小丘；最后的胜出者从小丘里拱出，骄傲地高举起红色山果，在万众艳羡的目光下跑进场地中央；场地中央等待她的是十四个千蚁营各推出的一名勇士，身披叶片，将她团团围住，同时猛扑而上，碾压，撕咬；倏地，噗！一声闷响，勇士散开，那位骄傲的胜出者头颅爆裂，残尸横陈，旁边还有三名中毒弹的勇士在沙地上抽搐，陪她一起壮烈了……【华秋野博士：德国昆虫学家埃利诺和乌利奇·马施维茨夫妇二十世纪七十年代在马来西亚雨林发现，弓背蚁属的工蚁在解剖学和行为方面都已程序化为步行炸弹，两条充满毒液的巨大腺体，从上颚的基部一直贯穿到身体的尾部尖端，它们在战斗时如被敌对者死死压住，就会猛缩其腹肌而炸开体壁向对方喷射毒液，与之同归于尽。】

大力神看得心惊肉跳：非要实战吗？这多残忍！

大勇：就是以实战培养士兵血性，树立战死沙场为荣的风气。她们中华弓背蚁演练时，围攻的勇士还是不披叶片的呢！

中午饭，大力神由大勇陪着，在军营里吃的，全是肉类和时令山鲜。大勇介绍，现在军士们上午练兵，下午生产，以捉获、喂养为主，军粮基本自给……

大力神这顿饭吃得一点都没胃口。她还沉浸在观看军演后的复杂的心绪里跳不出来。佩服？不服？懊悔？自愧？自责？……或许什么都有。

146

大力神从军营回来，正要进城，巧得很，在檀城门口又碰见了产业丕带里手。

里手正从蘑菇园回来，老远就挥动触须喊开了：老帅老帅，你好没良心呢，一直不来看我！她打一反耙，让你更觉得近乎。

大力神实诚，一脸憋屈：没有搞错吧？你们都是忙大事的，就我闲蚁一个打发日子，你说该谁看谁？

里手不入她的套路：对呀，我忙，你闲，闲的才有时间嘛！她只强调时间，这样闲的看忙的就有道理了，狡猾狡猾。

没有道理的大力神听了,真的不觉得憋屈了,脸上也有了笑意：里手就是里手，谁讲得过你！不过，听说这一年多你铆足了劲，干得风风火火，什么八坨块、十二本营的，了不得啊，了不得！

里手见她自己入了道，也就省得绕弯子了：我就说嘛，老帅还是记挂着我的嘛！那你就不想给我指点指点？

大力神情绪上来了，也学她耍起了油腔：好哇！我有的是时间，就等着你给我显摆显摆呢！

确实，这一年王国的产业按照里手的摆布突飞猛进，建立了种、喂、摘、捉四大产业，完善了土种、喂养、摘采、捉获、精作、剩存、教做、挽肢八大管理坨块，扩大了蘑菇园、蚧蜜场、蚜蜜场，创建了地龙（蚯蚓）、蜗牛、蛾蝶喂养场、草籽土种场，捉获场，新建了巨兽宰杀场、谷物精作厂、备荒仓库，冻存室等专业本营，提前一年实现了皇城姐妹不觅外食的亘古奇迹。

里手不可能带她看个遍，想了想，便领着她直奔城西。

下午的太阳好猛。

她们路过一个长宽均有六七标的大垃圾场。皇城百万蚁民，每天吃喝拉撒，有多少脏东西得往外排。成堆的垃圾在太阳的烘烤熏蒸下，散发出难闻的气味。

大力神嫌臭，甩开大步抢到了前面。

里手紧赶慢赶追上她：臭吧？嘿嘿，今年臭，明年这里就是宝贝啦！你看前面……

前面？前面不就一片杂草吗？大力神见她神秘兮兮,有些疑惑。

里手：老帅你忘啦？去年这里是啥地方？

哦，对！大力神看见了中间的那棵松，这才记起来了，去年这里也是垃圾场，今年挪了地方。

她们来到了垃圾场变成的草地。草地里长满了狗尾巴草、稗草、黑麦草、高羊茅等，虽然长得并不齐整，但也肥茁青翠，而且都是带穗的，山风吹过，摇头晃尾。

草地泥土微黑，松软。细看，泥土里还有许多工蚁，正挥舞双颚斩断各种野草的根茎。她们有点像自家姐妹，又不太像，个头没有红斑蚁大；旁边几个个头更小的，来来回回，指指点点。

大力神正要发问，里手一笑，主动介绍：她们都是我们新生的收获混种蚁姐妹，这几个小个的是请进来的收获蚁技师。她们正在技师指导下给庄稼除草呢！

大力神愣了一下，又是混种蚁！她好奇地问：你是说，这些野草都是她们种的……庄稼？

里手：对呀！这些草籽收获了，今年旱季全城姐妹的口粮就没问题了！

大力神：非得在垃圾场种庄稼吗？

里手：垃圾场土地肥呀！噢，忘了告诉你了，来来来，你看你看！她指着地里许多豆子大的洞口，叫工蚁们一一扒开，一扒一个准，都是一条条红红的油光水亮的蚯蚓。

里手不无得意：所以，垃圾场不光是庄稼地，还是地龙喂养场呢！皇城里所有新生蚁、幼蚁一日三餐和老、残蚁晚上的加餐，不都是吃它们吗？怎么，你的侍应没给你领餐呀？

大力神没有答话，她看傻眼了，想入神了，望着这么大一片庄稼地、喂养场，操心开了：这地龙多了，可以藏在地里，要吃就来扒，可是这草籽多了咋办？总得有个地方放呀！想来想去想不明白，只得再问里手。

里手笑了笑告诉他：藏在土城地窖肯定不行咯，发霉；收获蚁的办法是嚼烂，做成香甜的饼子，【华秋野博士：淀粉在唾液酶作用下糖化。】储存在土城上层的温室里，但也不能放得太久。我们的草籽主要存放在檀城的壁洞里，打几个通风孔，放一两年都没问题！只是到了明年，我们会有三块这样的庄稼地，到时候檀城的壁洞就会装不下了，要凿新的……

离开庄稼地、喂养场，里手问她还想看什么？要不要去看看那些新生的黄猄混种蚁捉获？她说，没想到这些混种蚁这样厉害，个个力大无穷。她曾亲眼看见那些请进的黄猄蚁技师培训她们时，三个就可活捉一只蠼螋，五个就能弄死一只蚂蚱，十个就能降服一只大绿蝽甚至天牛，十几个链在一起硬生生将两根枝条拉到了一块……

大力神一听来劲了，论力气还有超过她的？她才是大力神啊！她张开双颚，触须一扬：走！去看看！

可是刚走到半路，就碰上捉获队班师回城了。

今天捉获大丰收，大到运回去都有些困难。长长的队伍看得见头，望不到尾，没有一个走空路的，大家扛的，驮的，推的，拖的，抬的，顶的，扶的……都在拼尽全力；捉获五花八门：白蚁，瓢虫，毛毛虫，蛾子，蝴蝶，大绿蝽，金龟子，天牛，蚂蚱，螳螂……队伍的最后竟然还有巨兽：半大不小一头蜥蜴！那蜥蜴死相难看，眯着眼，歪着头，一脸的不服和憋屈，无奈龙搁浅滩，趴着身子任由她们拱起缓缓蠕行。有趣的是那只螳螂，虎死不倒威，仍然瞪着眼，昂着头，像是骑匹高头大马去迎娶新娘的金龟快婿。

里手拉住大力神横在路旁，腾出道来让队伍先行。

大力神望着这些混种蚁，心中五味杂陈，说不出是恨还是爱。她的今天，全由这班家伙而起啊！不过说句实话，这些新生混种蚁数量还不够多，却已经给王国带来了明显变化，增强了兵员素质，改善了都城生活。就说吃吧，红斑蚁食性虽杂，但自古以素食为主，自从有了这班家伙，如今一日三餐，荤素参半，每个餐饮点上姐妹们嚼肉舔骨吃得好香，没有一个不叫好的。这还仅仅只有一年呢，再过几年会变成啥样？到那时，千年古国，生机勃勃……咱大力神还看得到那一天吗？

里手：老帅，想什么呢？哪天我叫几个混种姐妹和你比比谁的力大，看看有没有比得过你的，如何？

大力神哭丧着脸笑了笑：嗨，比什么比？老喽！

147

翌日，早晨。

日高三竿，大力神和侍应才来到城外广场边的浮根。昨天看完军演又看农场，她太累了，今早起了个晏床。

浮根上，趴着的鼓捣佬见她来了，立马起身招呼：老帅，你总算到了！

大力神：哦，鼓捣佬，你找我有事？

没事没事！鼓捣佬这才发现自己说溜了嘴，赶忙掩饰：她们都说你天天一早就在这里晒太阳，可我……等你半天了！

大力神盯着她：这么说，你还是找我有事嘛！

鼓捣佬躁得脑壳疼，心里骂自己笨得死。她和大力神都是属于天生不会说谎的那种，直来直去不晓得拐弯，今天两张笨嘴笨到一块了。

鼓捣佬：我特意想带你去看看我们建筑口的几个工程项目……

大力神一脸惊奇：什么？专门带我去看项目？你们都快忙死了，就你没事干呀鼓捣佬？

同样一件事，行事方法不同，效果就大不一样。大勇和里手脑壳灵泛，办事圆滑，让你感觉一切顺理成章；而轮到鼓捣佬，直捅捅的，硬生生的，大力神就觉得古怪怪的，假惺惺的。

鼓捣佬被逼到墙角了，退无可退，只得实话直说：嗨，你跟我较什么真咯？告诉你算了：都是王宫里安排的。

大力神一愣：王宫里安排的？谁？

鼓捣佬：不知道。草妹传的话。

大力神顿时觉得一股暖流传遍全身。草妹传的话，那还不明摆着，肯定是女王的安排！难怪难怪，就说嘛，昨天今日接二连三，哪有这样巧！她想，女王这样安排，虽然不明就里，但有一点是清楚的，她女王心里还有咱大力神！

大力神心里轻松了，说话也爽朗了：走！你说，去看哪里？

鼓捣佬告诉她，一年来建筑口就干三件事：一场，一堂，一路，演兵场和大讲堂干成了，高速路还在干。

大力神也告诉她，演兵场看过了，威武，干得漂亮；大讲堂参观过了，宽敞，姐妹们在城里有了个教做和玩耍的地方，干了件好事；只有高速路没看了，愿意开开眼界。

鼓捣佬说，高速路南北干线已经完工，东西干线还在建，路程都不近，怕她腿脚不灵光吃不消，最好叫个飞驾。但飞驾属于军需，若要动用，须经传令丕带或者国防丕带批准，有点担心叫不动。

大力神说，试试看。两个去找飞将军二世。

飞将军二世当即表态没问题，还说王宫里好像知道大力神会有需求，早就派草妹过来打了招呼。

大力神听了，心头又是一热，愣在那里了，半天挪不开步子。

天上没有玉皇，
地上没有龙王，
我就是玉皇，
我就是龙王，
喝令三山五岳开道，
我来了！

这是人类的一首著名的民歌。在那大办钢铁、大办粮食、大办水利的年代，时兴人定胜天，天连五岭银锄落，地动三河铁臂摇，什么人间奇迹都可以创造出来。当年的东岗水库就是这样创造出来的。

如今红斑蚁在东岗正建的高速路干线，完全不输当年人类，大有蚁定胜天的气势。

飞驾上，鼓捣佬陪着大力神从东往西慢慢地巡看。整个工程东西长达五千多标。二十万红斑蚁建筑大军排开一字长蛇阵，各自挥动一双铁颚，啃山石，搬泥土，首先开凿出一条垂直高约十分之一标（约五厘米）的山墙；然后于山墙之上横挖出一条向南面开口的U形大道，大道三边宽、高均约为山墙高度的一半；每日掘进三十五标，年内可以全线完工。工地上，她们不玩虚的，没有红旗，没有锣鼓，没有标语口号，却也没有偷工，没有减料，没有拈轻怕重，你来我往，争先恐后，忙碌碌一线，黑压压一片，无声的震撼，令你胆寒……

大力神：每天从早到晚这样干，工蚁姐妹们该多累啊！

鼓捣佬：是啊，没办法，只能拼命抢在干凉旱季到来之前完工。不过还好，姐妹们虽累但吃的不错，产业口、内务口全力支持，每天将猎获的时鲜山货优先供应我们工地，姐妹们餐餐吃肉，累是累，个个还是劲鼓鼓的。

看完了东西看南北。

南北干线是修通了的。大力神每飞一段，就要下来走走，说是要体验体验。鼓捣佬当然跟着她一起体验。

大力神一边体验一边发表感慨：这多好啊，一条路变三条！一条来，一条去，一条运货，各行其道，互不干扰！

鼓捣佬：还有哇，平时民用，战时军用。过去属国到皇城，茅生草长，石阻叶拦，远的两天还到不了；全线贯通后，一坦平阳，畅通无阻，最远的也要不了一个时辰！现在各国都在积极抢修支线连接干线，到明年都会陆续连上！

大力神是个带兵打仗的，懂得交通对于战争胜负的重要。她想，到了明年，一旦发生战事，皇都和属邦的兵力就可以整体部署随意调度，在东岗乃至乌石仑，咱红斑蚁帝国无敌于天下，就不是吹牛皮说大话了！

大力神：嗨！这样的好事，以前怎么没想到做啊！

鼓捣佬：你不知道吧？高速路技术还是女王从白蚁城学回来的呢！连设计草图也是女王和草妹画好了交给我们的……【华秋野博士：蚂蚁、白蚁还有壁虎，都具有高超的攀爬能力，身体能在垂直平滑的物体上侧行甚至倒吊爬行。目前关于壁虎脚底毛黏附机制的范德华力假说已得到国内外学术界广泛认同，其原理是脚底毛在黏附、脱附过程中产生生物电及生物电变化，带来黏、脱附机制转换，从而实现身体侧行或倒吊行走。】

突然，大力神站着不动了，两只复眼呆呆地凝望着路外的山景，三只单眼也是直直的目中无物，一语不发。

过了好久。

旁边的鼓捣佬有点急了，担心出什么问题，轻轻地碰了碰她的触须。

大力神这才回过神来，慢悠悠地说：我们红斑蚁帝国福气大着呢，有个顺阳女王！鼓捣佬，你信不信？我把话丢在这里：顺阳将成为我们红斑蚁史上最了不起的君王！她的成就将超过所有最厉害的女王，包括我们的母王明丽！信不信由你，反正我信……可是，我不该啊，我真的好后悔呢……鼓捣佬，托你办个事，行啵？

鼓捣佬：行，啥事？

大力神：帮我捎句话给顺阳，就说大力神她，她……她知道错了……

鼓捣佬：你为何不自己去当面说？

大力神：嗨！……哪有脸啊！

148

朝会。

百事通指挥工蚁抬进一只蜗壳，里面盛了些许食物。

从去年下半年起，每次朝会内务口都安排了会前小吃。每次安排的会前小吃大多是产业口开发的新产品，或者是收获、捉获的时鲜山货，能拿到朝会来的，当然都是珍品中的极品。

今天呈上来给女王和各位丕带尝新的是蝶卵，新建的蛾蝶养殖场的头批产品。说它珍贵，是产这种卵的蝶珍贵，人称小凤凰，浑身披五彩，光散金芙蓉，其卵黄灿灿，圆溜溜，硕壮饱满，粒粒皆珍珠。

侍应们呈上来，女王只要了一颗，众丕带各分得一颗。

女王捧起来瞧了瞧又闻了闻，说：是不是太奢侈啦？孵化出来，喂得多少幼蚁！

没有谁回话。因为大家嘴巴都不闲着。

鼓捣佬进度最快，三下五除二就完事了，咂吧着嘴还在回味：是好吃，确实！原以为蝶卵应该甜软嘛，没想到这样爽脆！

里手的嘴巴也腾出来了，捡起她的话当场高仿：是爽脆，确实！原以为你尝过蛮多东西嘛，没想到尽是空想！

里手现抄现卖惟妙惟肖，逗得女王和丕带们都笑了，鼓捣佬也只好跟着笑。

今天朝会，主要听取外务口禀报关于外拓空间无限延伸的查察标量情况。

外务丕带玲珑儿长话短说，大意如下：一年来，在国防口、建筑口全力配合下，红斑蚁帝国以皇城为中心，朝南、北、东、西四个扇形无限展开翔实查察、精准标量，已经初步编制出了东岗昆虫纲万国分布图。正在查察、标量、编制的是红斑蚁帝国乌石仑动物界皇舆全览图。在编制东岗昆虫界万国分布图过程中，一边查察、标量，一边与友邦、外邦建立友好关系，迄止目前，已经与三千三百五十个蚁族友邦签订了互助友好契文，与二千五百八十个异族外邦签订了和平交往契文。所有进展基本顺利。但也有不好的消息，必须禀报女王知晓：乌石仑正东、正南、正北以及东南、东北和西北六方，一万标（两标约为一米）之外的地方森林已经不复存在，全被人类建成了石头城，石头城一座一座好高好大，座座都高到云里去了。最近的东南，距离林子不到三千标了！乌石仑边境的动物居民惊慌末日来临，纷纷后撤……

百事通：人类真是可恶！好像乌石仑就是他们一家的！

鼓捣佬：是啊，人类做事从来不与大家商议！

里手：那些狼豺狐猴干什么吃的！就不会出来挑个头，找他们讨个说法？

大勇：她们不挑头，咱红斑蚁挑头！

玲珑儿：眼下怎么挑头？在乌石仑，动物们就像散落满山的树叶，各自随风飘扬，谁管得了谁！

大家议来议去，感到当务之急，除了打通八方关系，建立友好往来外，关键还是全力壮大帝国，只有自己强大了，说话硬朗了，待到大风起，自有群山呼……

顺阳女王问：乌石仑动物界皇舆全览图，大概还要多久搞得完？

玲珑儿：至少还要两年。

女王：噢。两年后的事情两年后再说。当下，我同意大家说的，全力壮大帝国，包括我们的每一个属邦。加快高速路完工，集中向西面和西南扩展势力范围。对外交往上，继续抓乌石仑皇舆全览图编制不松劲，但重点放在东岗，按照已经编制好的东岗昆虫界万国分布图，尽快、尽多地建立友好往来。大家晓得明年是什么年吗？明年是我们红斑蚁家族纪年一万周年！内务口和外务口为主，各衙口参与，尽快草拟一个万年大庆施纲，下次朝会再议！

149

半年之后。

红斑蚁帝国正举全国之力筹办万年大庆。

万年大庆地点当然在皇城。时间定在九月十五，重阳之后，金菊飘香，天高气爽，万类自由。

只有三个月不到了。昨天朝会，女王了解施纲进展情况，大体还是满意的：

高速路干线、支线已经全线贯通，参加大庆的嘉宾，无论属邦、友邦、外邦的，均可高速来，高速散。

已与五千多个蚁族友邦签订了互助友好契文，与六千多个异族外邦签订了和平交往契文。玲珑儿禀报时还有一则花絮：里手当场喊醒她，与异族外邦的不要签得太快噢。大家一头雾水，追问为何？里手说，都和平友好不交战了，我们捉获队还捉获个屁呀！你们还想吃肉啵？众丕带想想，哄然一笑，都说也是，也是！顺阳女王也笑了，表态说：那就稍微慢点，慢点，留足猎获场。

共发出庆典请柬一万一千封，收到的回执，除了一家外，无不表示荣幸之至，一定参加。没发给请柬，但知道了消息要求参加的，还有三千多家……

女王插问：不愿参加的那一家，是哪一家？

玲珑儿：东岗西面举腹蚁王国。回复了两句话：我们正忙，不凑热闹。

众丕带一听，都很气愤：傲慢无礼，什么东西！

国防丕带大勇上前禀报：我们侦察过，举腹蚁王国在东岗正西，包括五个属国，拥两百万之众，五十万军队，擅长弹雨战。上次东岗魔蚁浩劫，她们凭借花溪天险，纤毛无损……

女王打断她：噢，是个大国，应该尽力争取和平友好！她决定高规格派遣传令丕带红妮、外务丕带玲珑儿出使举腹蚁王国，试图建立大国友好关系。

红妮和玲珑儿手持女王亲笔信札和一份国礼，叫上穿云丹，当天去，当天回。

她俩带回的信息是，举腹蚁王国拒绝友好。究其原因，竟然是指责红斑蚁做事太绝，太残暴，不该将大齿猛蚁王国斩尽杀绝，而且叫来使捎回口信，她们举腹蚁迟早要替天行道，为大齿猛蚁讨回公道！玲珑儿反问，那到底是迟还是早呢？举腹蚁国王冷冷一哼：滚回去准备吧，随时！

红妮和玲珑儿带回的消息，像是一桶火药，在朝会上爆开了：现在、而今、眼目下，居然还有如此挑衅红斑蚁帝国的，这还了得！教训一下是必须的。可是问题是时间啊，偏偏事出帝国将要举办万年大庆之际！

是战？是和？朝会上，两种意见针锋相对。

【华秋野博士：顺阳女王重情重义，缅怀曾经患难与共的外族朋友和同族老臣。同时借崇拜过自己也反对过自己的老臣大力神的眼睛和嘴，目之所及，言之所述，展示王国巨变，彰显变革正确。较之正面铺陈更觉手法高妙，佩服。

红斑蚁帝国正欲势力外扩，却发现了东岗四周早被城市包围且越逼越近。它们与人类的矛盾开始显露端倪？】

第十七章

150

朝会。商议与举腹蚁王国之战事。

国防丕带大勇、产业丕带里手主战，内务丕带百事通、建筑丕带鼓捣佬主和，外务丕带玲珑儿、传令丕带红妮认为全凭女王决断，三方各摆各的理，都有一大堆。

吵什么吵！女王一声断喝，朝堂立马寂寂封音。

女王：多大的事嘛？这样沉不住气！大家议一议，如果打，有几分把握？

大勇：大胜九分，完胜八分！兵力上，举腹蚁加上五个属国只有五十万；帝国加上属国二百七十万。我方只需出动帝国二十万，再从西部二十七国调五十万，即可拿下。

里手：产业口余粮可供半年军粮！

女王：一旦开战，高速路能否确保畅通？

鼓捣佬：这个，应该没有问题。

女王厉声：不是该不该，而是能不能？

鼓捣佬脑壳一昂：能！确保畅通！

女王舒了一口气：这就行了嘛！有了这三条，心里就有底了！大家应该明白：当前乌石仑，东西北三方已被人类强占，往后我红斑蚁出路在哪里？地盘向哪里延伸？我们只能集中向西和西南扩展势力范围了！从现在起，就要扫清一切障碍，友我者，交；反我者，剿！既然举腹蚁给脸不要脸，拒绝友好，那就荡平它！你们与水上漂二世、飞将军二世详议作战方案，确保万无一失；速战速决，给大庆添个喜！

151

檀城。水坑边。

几片青翠的檀叶上，摆放了王浆和各类荤素小吃。

大勇主持召开三方军事峰会，会商攻打举腹蚁作战方案。出席峰会的除了水上漂二世、飞将军二世，还有红斑蚁陆、水、空、卫四军工带。

水上漂二世也是饿鬼投胎，胃口比一世还棒，抓起一条螳螂腿，边啃边问：举腹蚁？名字怪怪的！跟你们红斑蚁有什么不同吗？

飞将军二世绅士多了，拈起一根吸食王浆的草管只管把玩，也说：是啊，东岗这边好像没见过这家伙啊，你得详细讲讲才行。

大勇清楚，他俩非我族类，自然不会通晓蚁族，于是，就将什么是举腹蚁，以及这几天侦察到的情况，简明扼要，先做介绍。

她说，举腹蚁身形比红斑蚁短小，身子黄，肚皮黑，老是喜欢将肚皮杵在空中，活像一只只翘着黑尾巴的山鸡，所以叫举腹蚁。他们巢穴建在东岗之西的梅林。她们像蜜蜂一样在树上筑巢，用唾液拌和泥沙、树叶、木屑，垒成一个黑不溜秋的大球镶嵌在树杈里，远看像个巨大的鸟窝。举腹蚁有两件看门法器：一件是竖在黑尾巴上的一柄锋利的带毒的蜇刀，另一件是蜇刀尖尖上挂着的那颗露珠般晶亮的毒珠。遇到强敌先用蜇刀，杀得赢就杀，杀不赢就晃动肚皮，将那颗毒珠甩出去，如果汇聚一起，居高临下，甩弹成雨，杀伤力极为威猛。【华秋野博士：举腹蚁属切叶蚁亚科，举腹蚁属，又称举尾蚁。全球分布，常见于热带地区森林、灌木地，于土中营巢或树栖，多数喜欢筑巢在树上。巢为球形，上有许多突出的小檐盖住出入口。我在海南的住所后山，是一片原始次生林，生态保持较好，光蚂蚁粗统就有三十八种。山道旁好几个举腹蚁巢就筑在树杈里，黑咕隆咚大若小筐，蚁巢下面的树干因蚁群上下早被蚁酸染成黑漆漆的了。若用石块轻轻敲敲树干，便有举腹蚁蜂涌而出保卫家园。它们将装满毒弹的后腹高举过头，准备随时抛掷，凶悍之相令人心悸。】她们还有五个属国，都在梅林，相距不远，加在一起兵力五十万。从东岗之西到梅林，有一条花溪阻隔，宽五到六标。过了花溪，进梅林的山口是一条狭窄的山谷，长达五十多标，两旁长满梅树，枝条交错，宛如拱门，这是进山的必经之路……

大勇边说边比画介绍完了，水上漂二世停止咀嚼，先谈看法：七十万大军过花溪，溪宽五标还是六标都不是问题，关键看溪水流速；流得急就架不了浮桥，只能用舰船；如果用舰船，过溪的速度就没有浮桥快了，而且用什么样的舰船，都只能就地解决；但是就地解决，有没有合适的？所谓合适，就是够长够大，能保障七十万大军尽快通过的。因此，水军陆战队还得实地查看才有把握。

飞将军二世也分析了难易得失：大军过花溪后，进山口不容易啊！这样长这样窄的山谷，两边树枝交叉，要是举腹蚁爬到枝条上甩毒弹，封锁山谷咋办？他们躲在梅叶下，空军炮战队的炮弹很难发挥威力。因此，我们也得实地巡察，最好能找到其他进山的路。

大勇说：好！你们实地巡察后各自备战，水军陆战队、空军炮战队交由二位统领全权指挥。这几天，我要集中属国参战军队整训磨合。如果备战顺利，咱们就七天后开战！

峰会结束，大勇留下快刀，商议皇城卫队如何坚守皇都。

快刀是新生代混种蚁，块头比大勇还大，通体黑亮，独有额上一块红斑，格外英气勃勃。

大勇：一旦开战，皇都就交给你了！你们须尽快拿出一个城防方案。我的意见是：城内少量兵力留守，集中主力围防城外，加强岗哨，扩大巡察，切不可粗枝大叶！

快刀：丕带放心，快刀不敢玩忽职守！如有情况，立即飞驾联系。

大勇：好。但别忘了，指挥打仗也是女王的拿手！

快刀：不到万一，不会惊动女王。快刀在，皇都就丢不了！

大勇厉声纠正：快刀不在，皇都也不能丢！

快刀触须高扬：是！

152

举腹蚁王国。王宫。

镶嵌在树杈里，外面看似一个巨大的黑球；里面看，墙壁、天花、地面都是黑漆漆的，而且极不平展，凹的凹，凸的凸，像个黑咕隆咚的洞府。

即使王宫，也只有巢壁上凿了几个小孔，漏进几束光来，于地面叠成一个古怪的大光斑，闪闪烁烁。

闪闪烁烁的古怪光斑里，举腹蚁国王和她的大臣们正聚在一起，紧急磋商军国大事。

国王不停地蠕动黑色的巨肚，看得出有些心烦，声音也有些嘶哑：红斑蚁可恶！不是说要搞什么万年大庆吗？没想到还真的准备开战了！

国防大臣外号凶巴巴是个鲁莽家伙，粗喉大嗓：开战就开战，怕他不成！小的们回来报告，她们只准备了七十万兵力。咱们有五十万精兵，易守难攻，看他们如何过得了花溪？就是拼死过了花溪，他们也绝对进不了山口！不怕死就来，来多少，灭多少！

军师是个老者，讲话一个字一个字往外蹦，声音像是肚子里发出来的，有点冷，带点狠：谁说我们只能防守？咱们来个连守带攻出奇制胜，如何？

国王忙问：军师有何绝招？快说快说！

军师说得晃晃悠悠轻轻巧巧，却字字句句凶狠阴毒，大体意思是：红斑蚁王国都城的兵力全部出动，老巢必定空虚了，举腹蚁来个长途奔袭，只需奇兵十万，就能杀他个底朝天。国防大臣提出质疑，大部队偷袭，会不会暴露？军师说，在红斑蚁大军到达花溪之前，举腹蚁奇兵先行出发，化整为零，昼伏夜行，分散到达后，四方埋伏，到时两边战场打响，红斑蚁首尾难顾，势必军心大乱；军心一乱，兵败山倒，举腹蚁就能一以当十，大获全胜……

众大臣一番热议之后，都说好计好计。

国防大臣凶巴巴也觉得军师之计挑不出什么毛病，便向国王点了点头。

于是国王拍板：依计而行，就这么定了！

153

东岗。

一钩冷月，像一把弯镰，悬挂在千年古檀枯枝嶙峋的梢头，焕发幽幽的寒光。

夜色沉沉，山风飕飕，虫声唧唧。

从东往西一道红斑蚁专属的山墙上，U 形高速路上、下、北三方，正运动着七十万大军，宛如一条被快速拉动的黑色长绳。流水有声，行军无息……

154

东方既白。

大军开始抵达花溪，半个时辰后于花溪东岸一字排开。各万蚁长统一号令，军士们各自打开行军茧囊掏出干粮，吱吱嚓嚓咀嚼起来，有的往嗉囊里储存，有的直接朝胃袋里送。大家互相提醒：吃！多吃！吃饱！今天是一场恶仗！

朦胧的晨光里，水上漂二世指着水边排列整齐的舰船，向大勇禀报，压低了的声音里听得出炫耀：不多不少整整两百条！运气不错啊，刚好附近有山枇杷，弄的清一色枇杷叶舰船，又长又宽，片片干黄，轻漂哇！每次每条上三百，包你十几个来回全部过溪！

朦胧退隐，清晰浮现。水上漂周围，趴地休憩的全是龙虱兄弟和水军陆战队军士，他们身上湿漉漉的，有的还沾着些泥草。毫无疑问，这么多叶船，从远处找到，拖来，运下溪坡，锚泊水边，他们肯定通宵未眠！而且，等会还要运送大军过溪……

大勇抬起前肢，重重地拍了拍水上漂二世黑黝黝光溜溜的背甲，只是低声地说了句：辛苦了！

蜻蜓飞驾不能夜航。太阳从东岗拱出来时，飞将军二世率领的空军炮战队才到。

陆、水、空三军会合后，统帅们做了简短会商，过溪便开始了。

空军炮战队打头阵，飞过对岸抢夺前沿阵地。说是抢夺，实属夸张，炮战队一阵凌空低扫，举腹蚁守军立马四散溃逃，就像两个跨级别辩手过招，一个啪啪啪唇枪舌剑妙语连珠，另一个瞠目结舌哑口无言，根本轮不到有发声的机会。

水军陆战队作为先遣，第一批次横渡过溪，清除守敌残余，也像打扫自家庭院一样，没有精彩故事。

大军过溪从从容容。溪流并不湍急。每条舰船配两个龙虱推船领航，一前一后，一潜一浮，平稳无险。除了三条舰船因虫洞渗漏，先后五名勇士以身堵洞壮烈殉国，再无其他伤亡。

不到一个时辰，七十万大军过溪完毕，屯驻于溪岸至山口的开阔地带。

太顺利了！三军统帅们觉得。

大勇召见各军团工带，喊醒大家：恶战还没开始，脑壳不要发热！都想想，下一步怎么打！

155

举腹蚁王宫。

国王雷霆震怒：说什么天堑、天堑！一个早晨不到，就丢了花溪！还白白送了两万将士的性命！

国防大臣凶巴巴一脸丧气：谁知道啊？她们有龙虱和蜻蜓做同盟军！

国王咆哮：谁知道，谁知道！打仗不清楚对方底细，打什么打？你们搞侦察的干什么吃的，咹？

军师沉得住气，还是慢条斯理：国王息怒！花溪丢了，还有山口。那才是真正的魔口，天兵天将也休想攻得进来！再说，我们还有绝招……

国王忙问：噢，奇兵到位了吗？

凶巴巴：小的们回报，已经到位！设伏于红斑蚁皇城南北东西，只等这边打响，便四方围攻，屠城灭杀……

国王没再吼了，声调仍然严厉：好！传话下去，带兵的要亲自督战，冲锋在前，再有失误，定斩不饶！

156

巳时初刻，大勇下令，向山口发起第一波冲锋。

两名千蚁长率领其部打头阵，后面紧随两万属国士兵，各顶一片坚厚的树叶，像蟑螂一样伏地猛冲。两万两千名战士，全都冲进了梅枝交错的山门，可是谁都没有冲到尽头，更是谁都没有再能爬出来。

趴在山门外的大勇向里窥探：自从勇士们冲进山门，长达五十来标的门道里，梅枝上顿时下起了酸雨，酸弹如霰，淅淅沥沥全都洒落在勇士们披着的叶片上；再看那些中弹的叶片，如同溅上了墨点，黑黑的快速地洇开，洞穿；叶片下的勇士，有的立马不能动弹，有的还能再冲几步，然后就只有抽搐的份了……

大勇震怒，竖身而立，前肢一指山门：炮战队，给我狠狠地轰！

即刻，五十飞驾驮着五百炮兵拔地而起，飞到门道的上空，对着梅树枝叶来回穿梭，不停狠扫，狂泻的不光是仇恨的炮弹，更是复仇的怒火！然而，密密匝匝的树叶，覆盖了层层叠叠的枝条，炮轰的效果如何呢？

大勇又命五名千蚁长率领其部及五万属国士兵发起第二波冲锋。在炮战队强烈炮火支援下，士兵们信心倍增，顶着叶片怒吼着向里猛冲。举腹蚁的弹雨明显没有先前密集了，为了躲避炮轰，她们只能将身子悬在梅枝下背对地面，这样投弹大大提高了难度，降低了准度。但是，红斑蚁的冲锋并没有因此加快。门道里战友的尸体越积越多，她们只能冒着弹雨在尸堆上爬行。尽管行进艰难，死伤不断，最后还是有两万多士兵冲出了门道！她们甩掉叶片，瘸瘸拐拐，呼喊着朝山上一路狂奔。但是，她们奔进了一个早已张开的口袋，埋伏路旁的举腹蚁以逸待劳，霸凌伤残。伤兵们虽殊死抵抗，然挣扎而已，不一会儿便惨遭全歼！

大勇气得六肢发抖。

万蚁长们围着她纷纷请战，要求再度冲锋。

倏地，飞将军二世飘落在大勇旁边的一截草茎上，茎细身粗上下浮沉，提醒她：再冲也是送死啊！我就不信，这样大一座山岗，就找不到第二条上山的路！

大勇默默地点了点触须，当即命令：停止冲锋！多派侦察小队，另寻进山之道！

这时，一头红蜻蜓飞驾飘然而至，降落在大勇和飞将军二世面前，红斑蚁传令兵：报告！十万举腹蚁正围攻皇都……

157

昨晚。东岗。

皇城卫队五千留守城内，一万通宵驻扎于城外，环绕皇城筑起了一道无声的铁壁铜墙。

黄昏时快刀曾召集全军严厉训示：全体都有！拱卫皇都，万无一失！夜晚你们可以打盹，但必须竖起触须，辨识风声，不容许放进一只蚊子！

她亲自带队四处巡察。忽有外哨跑来报告，城东一百标之外发现有外军埋伏，来历不明。紧接着西、南、北各方均陆续报告了类似敌情。

快刀明白：有敌军企图围攻皇都！

但此时夜幕沉沉，军情警报无法传递至国防丕带；若禀报母王，又不忍心打搅。她想，敌军料也不敢夜晚贸然开战。

于是，她叫醒全军，枕戈待旦。

拂晓。

四面埋伏的敌军黑压压呼啦啦朝皇都涌来。

快刀派出两个飞驾快报，一个驰报丕带，一个禀告母王；然后吩咐十个千蚁长：传下去，不要擅动，等拢来后再打！十蚁为伍，各自为战，梅花阵迎敌！

举腹蚁呼啸着步步逼近，逼近……

皇城卫队一声令下，眨眼四下散开，五蚁一组，化作数千朵梅花，又像一把把疾速旋转的五轮飞刀，迎面旋进敌阵，哪里敌军稠密就往那里旋。她们背靠背，没有后顾之忧，各持两柄颚刀，螺旋式挥杀，相互照应，一往无前。敌军将她们分割包围，围成铁桶，五轮飞刀再也旋不动了；旋不动了就不旋了，突然噗的一声，群体自爆！她们毫不顾惜地凋残了五瓣梅花，倒下的却是一大片敌军！

举腹蚁军团何曾见过这样的阵势，这样的战法？每每噗的一声倒下一片，便哇的一叫吓散一群。这样噗的多了，吓得傻了，战场形势出现了逆转：五轮飞刀旋到哪里，那里的敌军就四面溃散，一万近卫军倒变成了攻方，十万举腹蚁反成了守势。

然而毕竟敌众我寡，力量悬殊，快刀得势即收。她于土城平台上将触须抖了几抖，近卫军便迅速聚拢，但仍保持十蚁为伍的梅花阵形，可以随时出击。

举腹蚁嘈杂的队伍也渐渐安静下来，惊魂甫定，急商良策。

暂时谁也不敢贸然行动，两军陷入僵持。

158

再说梅林战场。

大勇闻报举腹蚁围攻皇城，陡然一惊，急问是否禀报了女王，确认女王已知后，悬着的心才安然放下。

她不但不急了，还淡淡一笑：哼，调虎离山，拙劣！

这时，派出去的侦察小队陆续回来了，其中有两组带回了好消息：

一组是侦察蚁用丰美的军粮从几只流浪蚁口中套出来的。流浪蚁说：她们知道一条穿山甲钻山打洞猎杀白蚁的隧道，只是里面有点潮，有点黑。侦察蚁叫她带路实地察看了，是真的，清扫清扫，能过大军，出口就在梅林后山，看得见举腹蚁的老巢……

另一组是侦察蚁从蚁蛛口中救下的一只弓背蚁获得的感恩奉

献。弓背蚁说：梅林左边山脊上人类栽了一根很高很高的石柱子，石柱子的最上面架了一排天桥，天桥嗡嗡嗡通向远方，没有尽头，嘱咐千万不要上天桥。她说人类生怕石柱子再往天上长，就在它脖颈上拴了两根斜线，分别拉到山岗两边的地面把它锁住了。不过她说斜线太高了，恐高的不能去，风太大也不能去。侦察蚁也叫她带路试过了，今天风不大，非常好走，就像高速路，而且直通梅林……

大勇听了大喜过望，连声叫好：老天爷帮忙！两条道都要！

她即刻下令，分拨三十万大军分两路奇袭梅林，其余留守山口，等待总攻。

有的万蚁长担心皇都有失，提醒她要不要回兵驰援?

不需要！大勇触须一扬，吐字如钉：咱们的近卫军不是吃素的！虽势单力孤，但有女王的威德和智慧，加上皇城附近属国兵力充足，还有 U 形高速路快速通达，区区十万蟊贼，自己上门送死！

159

皇城战场。

一切如大勇所料。

女王闻报，即派传令丕带红妮、外务丕带玲珑儿、产业丕带里手、内务丕带百事通分别飞赴四方最近的属国搬兵，严令急行军抵达，来自哪方即包干负责围堵哪方，不得放走一个敌兵！

举腹蚁何尝不担心红斑蚁属国救援？经过一番商议，将帅们决定加快缩小包围圈，将近卫军紧箍到一堆，让她们散不开，旋不动，速战速决，然后屠城。

可是，他们没有神仙，即使有神仙，也不会算到红斑蚁属国的援兵来得如此之快。

伟大的U形高速路！不到半个时辰，就近属国约三十万大军便雷急火急运抵都城战场，很快就形成了对十万举腹蚁的反包围！

举腹蚁正要实施新的作战方案，忽然四面八方山呼海啸般围了上来。

她们惊恐之余，迅速组织突围，然四周铁桶，无缝隙可钻；她们只好回头向皇城卫队反扑，抢夺生存空间，然皇城卫队中心开花，如砍瓜切菜；举腹蚁成了滚珠轴承，只能在两面夹攻的滚槽里游走奔突。

困兽之斗，百般凶狠，而且是十万之众啊！

惨烈的皇城保卫战从辰时一直延续到巳时，红斑蚁才放倒最后一个遍体鳞伤只剩下三条腿的举腹蚁斗士。

保卫战全过程，皇城的工蚁姐妹们巴满土城、檀城外墙观战，因为太残忍，因为太血腥，没有鼓劲呐喊，只有裂胆惊呼。

战后，一万皇城卫队将士健全的加负伤的只剩下不到四千，全都累得趴在地上喘粗气；留守城内的皇城卫队赶紧出来，抬走殉国的烈士遗体，搀扶负伤的战友回城。

属国援军也撤军了，抬走了一万多具尸体和两万多个伤兵。

工蚁姐妹们全城出动，清扫战场，面对堆积如山的举腹蚁尸体，内务口主张甲酸销毁，最后还是听了产业口的，全都堆放到一个新辟的垃圾场，来年种草籽，养地龙。

这都是后话。

主战场还在打呢！

160

梅林战场。

三十万大军分两路奇袭梅林后山，未遇任何阻碍，十分顺利。原来举腹蚁认为只要守住山口要塞，即使天兵难犯梅林，因此全力固守山口和山道，后山未留一兵一卒。

红斑蚁到达后，其中二十万隐伏于草丛，分兵十万直取老巢，大叫大喊，闹的动静很大。

举腹蚁国防大臣凶巴巴闻报蒙了，她做梦都不会想到，红斑蚁居然从天而降，抄了她的后院！急命守伏于山道的十五万紧急回撤，保卫王都。

紧急回撤的十五万举腹蚁与隐伏于草丛的二十万红斑蚁山道遭遇，一场酣战。

方阵掩杀，两军混战，三五组合，各自为战，互为策应，混而不乱，这是红斑蚁经常操演的娴熟阵法，加之兵力居优，没有多久，举腹蚁便明显处于下风。

战场上空，一只硕大的青蜻蜓掠地盘旋。

大勇趴在飞将军二世背上，上身竖立，振动触须用高频信息与将士们喊话：勇士们，杀！狠狠地杀！把她们杀败了，山口的敌军才会回撤！

统帅亲临鼓劲，如火上浇油，红斑蚁将士越杀越勇。

举腹蚁国防大臣凶巴巴心急如焚，又想分兵回援，又怕山口失守。山口失守，敌军势必长驱直入啊！

正当她两难之时，一只青蜻蜓在山门前悬停，青蜻蜓背上有只红斑蚁向她喊话：举腹蚁统帅，我是红斑蚁国防丕带，投降吧，你们大势已去，时间不多了！你想知道你的十万举腹蚁偷袭我皇都的结果吗？她们全被灭杀啦，一个没留！我还告诉你，你死守山门没有意义了！我三十万大军已经进了你的后山，她们剿灭你回撤的兵力后，就直捣老巢，开始屠城！我高估了你们，多带了一倍兵力，我们不打算进去了，就在这里坐等她们屠城归来！

举腹蚁国防大臣凶巴巴一腔怒火，厉声回话：屠城？做梦吧！大不了同归于尽！凶巴巴凶是凶，却不傻，她不会轻易上当受骗，放弃居高扼守，让你来个里外夹攻的！

但是，山道混战快报不断，催促顶不住了，火速增援。

凶巴巴真是急傻眼了，若不即刻援救，红斑蚁获胜后，必然直捣王都，王国必亡！事关存亡，她不得不最后决定：留下小部分死守山门，将大军撤下，迅速救援山道！

凶巴巴率领撤下的大军，急惶惶往山道狂奔。

终于等到了这一刻！

山门外，飞将军二世拍了拍翅膀，隐藏于草丛的空军炮战队腾空而起。

大勇触须一扬，几十万大军直闯山门。

霎时，长长窄窄的山道便成了举腹蚁士兵的坟场：两头围堵，左右悬崖，空中炮射，她们只能在山道上隳突叫嚣，来回冲撞，你践我踏，自残自伤……可怜可悲的举腹蚁士兵，四十万啦，死得何其憋屈！不消半个时辰，就变成了一堆堆松针、衰草，甚或更像刚刚长出须、苗即被晒干了的黑豆芽，铺满了整个山道。

红斑蚁大军于后山会师。

先期抵达直取老巢的红斑蚁万蚁长禀报，举腹蚁王都已经捣毁并已屠城。

大勇下令，将所剩五个属国小城，继续剿灭四个，留下一个最小的。部属们疑惑，请示何不斩草除根？她只回了四个字：女王旨意！

大军临行之时，女王曾急召大勇：因何有此次大动干戈？思来想去，举腹蚁指责我对大齿猛蚁做得太绝不无道理。此战如获大胜，务请手下留情……大勇想，何其仁慈的女王！也罢，留他一座小城，不致亡国灭种，料他十年二十年内，别想刮得起什么邪风。

万蚁长带大勇去看王都大巢。

草丛中，一个黑咕隆咚的圆球，大如人类竹编的背篓，它被红斑蚁勇士们从高一丈多的树杈里切割滚落至地，居然颠扑不破；然而，被它大庇而安的居民们却在颠扑中喷洒一地，白白的是蚁卵，黑黄的是蚁尸。【华秋野博士：这样一个在人类看来毫不起眼的黑球，却是举腹蚁们凭着弱小的躯体，找来泥、沙、树叶，运上高高的树杈，然后黏合，然后垒筑，然后打磨，其工程量完全不啻胡夫金字塔！】

大勇问：她们的女王呢？

旁边立即有士兵拨开草茎，掀起半片黄叶，露出了举腹蚁国王庞大的尸身。

大勇走拢去，瞧见她瞪着两只圆圆的复眼，满脸愤慨，怒对苍穹，死也不服，仿佛听到她还在叫嚣“替天行道，讨回公道”的开战宣言。大勇想，作孽啊，我们女王本想与之建立友好大国关系的，是你硬要拒绝友好，不自量力，妄自尊大，才落得如此下场。乌石仑足够大，难道还容不下红斑蚁和举腹蚁两个蚁族大邦？

怪，怪！大勇晃动触须，连连叹息，百思不解。

是怪！难道人类社会国强必霸的修昔底德陷阱理论，也适合蚂蚁文明么？

161

太阳偏西，胜利之师才渡完花溪。

草地上，三军集结，最高统帅大勇训话：此战大胜，全靠属国支持，三军用力，帝国自有犒赏！大家辛苦了，不再回皇都集中，请各自沿高速路返回本国……

一阵欢呼之后，各属国统帅便率本部班师回朝。

水、空二军也在水上漂二世、飞将军二世两位统领率领下振翅先回了。

余部全是帝国步军。清点蚁兵，出发时二十万，此战死伤两万多，伤亡不大也不小啊！

大勇没走，她想陪将士们一道返回。

队伍正要开拔，有万蚁长提议，梅林之战胜利不易，应该找个地方欢庆一下。提议立即得到附和。有个触须特灵的千蚁长报告，清晨来时，闻到东岗境内有段高速路旁吹来甜腻腻的微风，明显是一块甘蔗地，咱们何不去那里来一场狂欢？大家一片叫好。

大勇见将士们兴致如此之高，也就只好应允。

天！谁知一场狂欢，乐极生悲，飞来横祸！

真可谓一切皆有定数，奈何，奈何！

【华秋野博士：红斑蚁属于弓背蚁属。蚁学家冉浩通过研究认为，弓背蚁家族的蚂蚁因脑子相对发达，行为上具有多样性和复杂性。它们虽然谨慎，不好战，不恋战，但绝不怯战，而且绝对是战争好手，打起仗来相当有谋略，绝不行为鲁莽，关键时刻却又能敢拼敢杀甚至不惜自爆，为捍卫群体利益以牺牲自我为代价换取对敌人的有效杀伤。

本章是红斑蚁与异族蚂蚁的又一场大规模战事。与大齿猛蚁之战是防御战，与举腹蚁之战以进攻为主战场，进攻中又有防御战。这场战争敌我双方部署缜密，规模宏大，场面震撼，给人以战争之外的许多思考。】

第十八章

162

东岗。甘蔗地。

水库大坝之西，一块不到两亩的坡地，齐刷刷一片甘蔗林。夕阳辉映下，长长的碧玉般的蔗叶上涂抹了一层金红。夏末的甘蔗其节如竹，青中泛紫，山风吹过，蔗叶沙沙响，空气也是甜沁沁的。

林荫下，叶片间，麻雀跳，画眉叫，若是平常，这里俨然是她们的欢乐谷。

但是，今天的欢乐谷被红斑蚁帝国大军临时征做都乐乐场地了，前方凯旋的将士们要借这里消遣消遣。

这些凯旋的红斑蚁将士消遣得不是特别斯文、清雅。她们将伤兵们安顿在四周做看客，然后一齐涌到蔗林中央个个争当主角：蔗秆上钻洞喝甜汁，蔗叶上狂舞翻跟斗，叶梢上结链荡秋千，草地上你寻我躲捉迷藏……绝大多数还是立起身子，互相挽起前肢，聚拢后散开，散开后聚拢，合跳祖传的潮汐舞，合唱祖传的“啦啦”歌。叶隙下光斑摇曳，极像人类的 KTV 唱吧。她们的舞就是蹦，蹦得疯癫；她们的唱就是喊，喊得狂野：

啦啦啦，啦啦啦
啦啦啦啦啦啦啦……
我们是天之骄
我们是地之宠
住过冰洞，骑过恐龙
耍过恶鸟，斗过蛮农……
从远古走来
走向无垠
走向无穷
啦啦啦，啦啦啦
啦啦啦啦啦啦啦……

村长华近山于地头放下背上的喷雾器，围着甘蔗林转了个圈，每隔几丈远就掰开叶片躬腰察看；回到地头后，他又埋头侍弄了一番。

百分之四十乐果，百分之八十敌敌畏，各二百五十克，加水七百五十升混合，这是最经济、最科学的配比，能起到最猛烈、最凶狠的熏蒸效果。

华近山一下一下使劲地给喷雾器压气，嘴里念经一样咕咕哝哝：活见鬼了！明明只有螟虫、蚜虫，怎么突然冒出这样多蚂蚁！

他戴上口罩和墨镜，背起喷雾器，环绕甘蔗林由外而内开始实施他的近山围杀术。他手中的喷杆就是魔杖，杆头的喷嘴就是魔口，喷出的雾罩宛如洁白曼妙的轻纱，却是万千弱小的索命无常，只要被它罩住，从不网（罩）开一面，从无侥幸逃生，统统的转入下一个六道轮回……

空气中弥漫着一股强烈的焦锅巴的怪味。

红斑蚁将士们从狂欢态回归清醒时已经迟了：那根魔杖的喷

嘴喷出的毒雾，已经将甘蔗地整整锁死了一圈！而且还在一圈一圈往中间继续锁！

首当其冲的是被安顿在四周观看精彩表演的那些荣兵,可怜她们当天在战场上威猛杀敌不幸受伤捡回一条命,将回到皇城享受策勋犒赏，谁料想祸从天降，还没来得及动弹一下，就晕乎乎地去报到转轮回了。广大的表演健将们惶悚悚你踩我踏，尽往焦锅巴味稍淡的甘蔗地中间猛冲。大勇急忙爬上一片蔗叶，高频抖动触须，向大家狂喊：挨他近的往他身上钻！挨他近的往他身上钻！离他远的到中间来滚逃生球！离他远的到中间来滚逃生球！快快快！

到底是统帅之才，情急犹能智生！

不一会儿，华近山像丢了魂一样冲向地头，将背上的喷雾器一甩，两只脚像鼓上蚤，咚咚咚跳起了迪斯科，他扒光自己的衣服，身上黑麻麻全是红斑蚁！眨眼间，凶手放下屠刀立地成佛变成了救星，少说也被他带出来了一两万！

几乎同时，几个万蚁长冲上蔗株，拉下她们的统帅，并以她为核心，就地滚磨链接成小球，小球渐渐变中球，最后变成个黑色的大西瓜，倏地，黑色的大西瓜沿着蔗地中间的畦沟向坡下滚去，毫不迟疑地滚出了喷了毒雾的死亡带，滚向了草丛！无疑，黑色大西瓜的瓜皮肯定成了一层厚厚的死皮，但死皮里面大有生的希望！

163

东岗。红斑蚁皇城。

太阳西沉，残霞如血，村烟袅袅。

几只归巢的昏鸦在古檀梢头临时落脚，突然哇哇几声，像是特地赶来报丧的。

然而，古檀下偏偏一派喜庆。

皇都红斑蚁姐妹们全城出动，从檀城广场直到高速路出入口悠悠六十多标，排成夹道，准备迎接凯旋的将士。道旁还摆满了蜜汁和湿棉，好让辛苦了的勇士们滋润喉咙，擦拭征尘。

女王也亲自出城迎接。红艳艳的穿云丹静静地伫立在广场浮根上，她宽厚悠长的后背安坐的正是女王顺阳，左右有红妮和草妹陪伴。

全体等候多时了。

女王：怎么还没到呢？派飞驾去打探了没有？

红妮：派了，还没回。应该快了快了。

回来了！回来了！高速路出入口的消息像电波一样传到了老檀树下。但是，没有传来该有的欢呼，只有不时的惊呼；没有传来阵阵欢笑，只有隐隐唏嘘……

女王犯迷糊了：噜哈！怎么啦这是？

话音刚落，长长的士兵队伍便来到了眼前：两个活的抬个死的，还有捧个脑袋、扛条腿的，活的放下死的，排列整整齐齐，然后垂首默立，个个像头死鸡。不一会儿，广场就成了停尸坪，后面还绵绵不断……

女王迷糊转惊愕，半天还没回过神来。

罪臣该死，罪臣该死！大勇一溜小跑来到跟前，趴在地上，声音凄厉：罪臣无能，我将一场大胜变成了一场惨败！请女王责罚……她将脑袋磕地，疯狂地扭动腰腹，吱吱吱发出哀嚎。【华秋野博士：大多数蚂蚁也有声音通信。有时用头部敲击硬物传递声音，警示同伴存在危险。有时则用腰部的一个横向刮削器，猛刮腹部像锉刀一样的平行脊，发出吱吱吱尖锐的声音。霍尔多布勒和威尔逊认为这一行为为摩擦发音，是蚂蚁在极为不安和痛苦时的使劲鸣叫。这种声音，若用镊子钳住一只工蚁，紧靠耳边即可听到。蚂蚁进化出了精密的化学化语言，但当需要大声呐喊发泄时，还是觉得没有什么比古老的声波语言更合适了。】

抬起头来！顺阳女王一下清醒了：天大的事不也回来了么？说！怎么回事？

大勇讲述了梅林大胜之后，将士们返回途中在东岗甘蔗地欢庆，遭遇人类药杀的大体经过。

起来！女王沉吟了一会儿，声音里满是理解和体谅：这是不可预知的劫难！……兵员损失多大？

大勇：帝国出兵二十万，战争伤亡两万三，被药杀减员六万六，讲大数实际尚存十一万……

女王悲切地说：唧吓，确实损失不小啊！

报仇！报仇！报仇！……全城红斑蚁姐妹怒火中烧，一个挑头，百万呼应，顿时如强台风席卷东岗。

出不入兮往不返，天时怼兮威灵怒！

原本是盛大的全城欢庆，转瞬间变成了举国之殇！

女王理解臣民们的愤怒。她让大家尽情发泄一通之后，叫拢传令丕带红妮，交代她公告全城姐妹：为死难的将士们吊丧三天。其他事体无论大小，一律三天后再议。

164

当晚。女王寝宫。

除了女王和一班侍应，红妮和草妹也在。国防丕带大勇是临时叫来的。

女王：我问你，那人喷药怎样个喷法？

大勇：太坏了，那家伙！一上来就在外围先喷一个大圈，锁死了甘蔗地，将士们逃无可逃！

女王自话自说：噢……很可能就是他。

她记起了几年前华秋野陪她在村里闲游，棉花地里喷药的那个叫什么近山叔的说过的话：读书人不懂吧，这叫围杀！将虫子、蛾子往中间赶。后来红斑蚁围杀大齿猛蚁，就是学他这一招。这一招确实歹毒！

大勇：女王见过他？

顺阳女王没有回答，朝大勇挥了挥前肢：没你事了，去休息吧！她想了想又喊住他：皇城兵力有些不够了。你从所有属国各征调两千精锐补充兵员，将帝国军队扩充到三十五万，抓紧整训操练，重新打造一支无敌之师！

大勇诺诺而退。

突然，宫外又传来噢——唔、噢——唔的哀嚎，长一声短一声，凄凄戚戚，闻之胆寒。每到晚上就叫，叫了好多天了。

昨天红妮叫侍应去打探，原来是檀洞里的那几只黄豺。公豺偷鸡被二傻打瘸了腿；母豺几天前出去找食也没再回来，八成早没命了；几条豺崽子虽已长大，但没有父母率领哪敢擅闯村子？她们又饿，又恨，又怕，故而大放悲声。

草妹见女王姐姐不停地挪动身子，显得有些焦躁，便说：姐姐，是那些黄豺叫得讨厌吧？要不要把她们撵走？

女王摆了摆触须：算了，她们也可怜呢！

其实，女王心里另有所烦。当前帝国重中之重是筹备万年大庆。九月十五的日期不能变了，请柬发出去了，日子一天天近了，可是还有许多事情没有着手，而且偏偏节骨眼上，接二连三出大事，刚刚荡平举腹蚁，又冒出个人类药杀我红斑蚁奏凯之师。这些人类也太可恶了，比蓄奴蚁还可恶，横行霸道，从来不把异族放在眼里，教训教训他们是肯定的，当然的！问题是时间哪，放在万年大庆之前还是之后？怎样教训？那个喷药的是谁？如果找不到那个喷药的，要不要荡平整个东岗村？如果荡平东岗村，大军横扫，华秋野一家还有那个二傻避得开吗？教训归教训，不能将恩人、朋友一窝端啊！杂七杂八一堆蓬草，她有点捋不清头绪了，涨得脑壳疼……忽然，她想起眼下是夏末了，华秋野应该放假回家了吧？如果真回家了，这事还得听听秋野的意见才对，毕竟他和他的父母都是住在这个村子的，这样大的事她顺阳不能绕开她的恩人朋友。可是，如今自己拖个凸肚，太难看了！她不是当年的顺阳了，她想让秋野的脑海里永远都是那个衣甲光鲜英姿飒爽的乙乙顺阳。还是叫草妹去吧，而且她和秋野做过梦境交流……

女王将心里所想全都掏了出来，想听听红妮和草妹的意见。

红妮：女王想得周全。我看听听华秋野的意见也好。

草妹：行，就按姐姐说的办。我明天就去，如果秋野回家了，我只能后天回。可是，万一秋野没回呢？

女王：没回就顺便查查那个喷药的。我记得，这里下山，第一家是华南坡，就是秋野家；第二家是华南岭，住了二傻；第三家就是那个什么近山叔，我看见过他喷药，他的嫌疑最大。如果真是他，我们那么多将士蜇过他，他肯定躺在床上，你带点他的信息素去，一验便知。

165

傍晚。秋野家院子。

东南角的那株木芙蓉开花了，红的，白的，朵朵硕大无朋，迎着夕阳笑，笑得开心，笑得灿烂。

一只红蜻蜓点缀在那朵最高的白花上，随风俯仰。

华南坡和南坡嫂两口子的脸上也像是木芙蓉开了花，华南坡花开豪迈爽朗，坐在院子里剖篾，手不停，话不断，笑得嘴巴角扯到了耳朵根；南坡嫂花开温馨明媚，进进出出，吆鸡喝狗，笑得眉毛眼睛眯成了弯月亮。

他们的宝贝儿子回来了，下午从县城刚回，不仅带回了高中毕业证，还带回了京城农大生物学专业录取通知书。

华南坡：野仔，出来咯，老子有事请教你大学生呢！如今的老子讲话客气多了。

野仔大学生晃晃悠悠出来了。一个俊朗帅气的男子汉，一米七五左右的个头，一头乌发，两道浓眉，鼻梁直挺，双眼像井泉一样清澈，上嘴皮有了浓浓密密的毛毛胡。

秋野：老爸，么事咯？

华南坡：仔吔，何解要学生物咯？学银行、学炒股不吹糠见米些？

秋野：老爸这你不懂，生物学是当代自然科学的前沿学科呢！人们的生活哪一项离得开生物科技？

秋野拣老爸不懂的跟他说，其实心里另有一把真正的算盘：他大学本科学生物只是为了打基础，将来要做一个昆虫学家，说得更直白一点，他要走进蚂蚁的世界，为蚂蚁世界和人类社会架起一道互通的桥梁。

华南坡：嗨，老爸不懂不懂，就你前沿前沿！我就只负责学费。这行了吧？

他说得有些无奈，但还是咧开大嘴巴笑，边笑边放下篾刀，起身往屋里去喝茶。

有当口了。那朵白花上随风俯仰的红蜻蜓翩然而下，落到了秋野的肩膀上，秋野一惊，正要抹掉，她又跳到了他的手背上，他赶忙抬手一瞧，红蜻蜓长长的躯干上趴着一只黄褐色的蚂蚁，细瞅：草妹！

他一声惊叫，赶紧捂上了嘴巴。

166

女王寝宫。

草妹正向女王姐姐禀报会见秋野的经过。

昨晚，草妹对秋野讲了一大通如今的红斑蚁帝国在顺阳女王治理下，如何如何兴旺，如何如何强大；以及七十万大军荡平举腹蚁王国归来时于甘蔗地遭人药杀，眼下举国上下如何如何强烈愤慨，执意报复人类；女王姐姐委托她来，一是看望恩人、好朋友，感谢多次帮助，二是提醒恩人、好朋友，如果她们荡平东岗村，务请一家大小早做防备，小心误伤云云。

秋野听了大惊，对草妹说，如果你们还真把他当好朋友，那就千万千万转告顺阳，千万千万不要和人对着干！因为与人相比，你们蚂蚁实在是太弱小了，荡平东岗村你们想都别想，就是报复那个喷药的也千万千万不要闹出人命来，事情弄大了，他们随便想个法子，就能灭掉你们王国！

在草妹的一再请求下，第二天秋野还带她去了那个近山叔家。他和一个女人在门口说了半天，草妹反正一句都听不懂，便和穿云丹飞进屋里转了一圈，果真在一间房子里找到了近山叔的强烈气味，但他人不在。后来秋野给她比比画画了老半天，意思好像是说那个近山叔被你们蜇伤得不轻，找医官看病去了。

打转时还碰见了二傻，他缠着秋野指着东岗咕咕哝哝，秋野不大理他。后来秋野又比比画画告诉草妹，说二傻吵着要陪他一起上山找顺阳……

女王：亏他二傻还记得我！这秋野就没问起我半句？

草妹：问啦问啦！见面第一句就问你吃了益母草效果如何？我都点点滴滴告诉他了。他现在又升到很远很远的学校读书了，打算将来专门研究蚂蚁，为我们蚂蚁说话呢！

女王：这还差不多！

旁边一直没有作声的红妮给女王端来了王浆：这家伙说了那么多千万千万，那，东岗村的事到底咋办？

女王：这个秋野，他也太小瞧我红斑蚁帝国如今的实力了！他们东岗村安得我荡平时，嘿嘿，我荡平给你看看！不过，既然找到了那个喷药的，这次就不必大动干戈了。至于他那个近山叔眼下蜇伤不轻，死活没定，我们就暂时让他多活几天，你们看呢？

红妮、草妹两个从来都是女王的应声虫，凡是女王认为的，都说好。

女王交代红妮，转告各丕带，安抚好姐妹们，莫再节外生枝。当下，全城上下齐心合力筹办万年大庆。

然而，无论蚂蚁世界还是人类社会，万事万物，皆有天数。

你不想节外生枝么？它偏要横生枝叶！

167

东岗。老檀树下。

浮根上坐着的二傻，浑身上下都是黑，黑灰色头发乱如蓬草，黑色背心上粘了许多草屑，套一条肥大的灰扑扑的黑短裤，只有裸露的皮肉黑里带点黄。他埋着头使劲地搓手，两片厚嘴唇噘起尺把高，不停地咕噜咕噜：大学生了不起，你不来，我自己来……大学生了不起，你不来，我自己来……

他还在埋怨秋野不跟他玩了，觉得好没面子。

他是来找顺阳的，看看顺阳到底有没有回来。他觉得秋野不应该把老朋友忘了。搓了一会儿手，念了一阵经，他就忘了生气，起来趴到红斑蚁土城门口，直直地瞪着眼珠子，仔细筛寻那些进进出出的蚂蚁，看看她们的队伍里有没有顺阳。顺阳，他也认得，不止你秋野，哼！

他瞪着瞪着，手爪子就闲不住了，拈起一只红斑蚁，越瞅越犯糊涂：这样细的腿，跑路竟这样快？而且还不结实，你瞧，轻轻一掰，就掰下两条！还有，这样细的颈和腰，吃饭怎么能送到肚子里？【华秋野博士：蚂蚁吃液状或糊状的食物。它们喂养蚜虫、蚧壳虫吃它们排泄的蜜汁；觅到肉类或植食类也是咀嚼成糊状才送往胃腔或嗉囊。】你看，指甲轻轻一掐，就头是头、身子是身子了！他有些失望，丢掉残尸，再拈起一只……

他闯下了大祸浑然不知！忽然觉得胯裆里的命根子被狠狠蜇了一下，疼得惊叫一声，爬起来边跳踢踏舞，边扯裤子，扯掉裤子后双手在胯裆里猛揪、猛揉，对侵犯根据地的坏家伙实行反围剿……

吃了亏，上了当，他觉得红斑蚁不好玩。你狠！老子怕了你，要得啵？他嘴巴里叽里咕噜，打算高姿态，套起裤子，转移到老檀的另一边。

老檀的另一边，他昂起脑壳，望见了檀树枝丫里那几个悬着的蜂巢。他老子华南岭曾经带他去采过野蜜，他晓得那里面挂着的东西好甜好甜。望着，想着，他就觉得渴了，饿了。他记得那次老子是带了绳子做格梯的，可他现在没有。但是他二傻不傻，他看见老远处横着几根好长好长的枯木头，他二傻有的是力气，挑了根最长的，呼哧呼哧就搬来了，而且呼哧呼哧搁上老檀一试长短，刚好够得到树坑。他呵呵乐着，三下五除二就爬上去了。到了树坑，再上就更是他二傻的拿手了。他二傻不傻，学他老子的样，脱下背心套在两只脚上做脚箍，两只手抱住树干，像只狗熊一样屁股一撅一撅往上蹿，顶多喝完一瓢水的工夫，他就蹿到了他看上的那个大蜂巢下边。不过，老子的技艺儿子学得不全，忽略了采野蜜还要三件法宝：头套、手套和眼罩。他等不及了，左手继续抱住树干，腾出右手就往蜂巢里伸……

唉，可怜的不傻的二傻！殊不知马蜂窝不能捅，蜜蜂窝也捅不得啊！眨眼间，他除了短裤包着的地方外，全身被蜂群包住了，痛得哇哇叫，嘭的一声，像个大沙包掼回了地上，脑壳还撞到了浮根……

168

老檀树洞。

几条黄豺偎成一堆，趴在洞口打盹。里面黑暗闷热蚊蝇讨嫌，洞口敞亮山风凉爽。自打母豺失踪未归，一家五口残的残，小的小，每天填饱肚子更难了。眼看太阳快落山了，从清早到现在，她们才分享了两只山鼠，一条溜子（蛇），肚子早已咕咕叫了，心里却在祈祷：早点天黑啊，唯愿今晚有猎获无凶灾，出去了回得来……

忽然洞外嘭的一声。

老豺机敏：什么声音这是？老大出去看看！

老大快去快回，兴奋报告：一个人从树顶上摔下来死了！好像是打伤你的那个！那次出征，老大是跟班。

老豺一听，精神一挺，抬起瘸腿率领小的们风一样飙到了现场，伸出鼻子稍微一拱，就验明了正身：正是仇家无误！老担心此仇难报呢，没想到自己送上门来，管你死没死，老子先吃你！他张开白白的大牙，习惯地将第一口对准喉咙狠狠一咬，然后将头猛地一甩，便撕下了好大一块，带血的……

一家老小拱在一堆，横啃竖咬，开始了饕餮大餐。她们平日里茹毛饮血，何曾吃过如此光洁鲜美之物？而且，咀嚼吞食的不仅是美味，还有报仇泄恨的那份快爽，所以，宁愿撑破肚皮，也绝不浪费！

黄豺们咂嘴舔唇，拖着大肚刚要回洞，第二批食客就到了。

她们是红斑蚁帝国的居民。

红斑蚁帝国的居民同样先找到头颅、布条等验明正身，确认了这是一个新老仇家：几年前曾经捅毁过土城顶盖，今日下午又肢解回城的姐妹。仇家现身，自然新账老账一起算。霎时，土城几十万姐妹潮涌而出，一会儿就黑麻麻爬满了整副尸架，精心地舔血舐骨，为黄豺们打扫战场……

夜晚。女王寝宫。

女王：今晚这样清静！那些黄豺怎么消停了？

红妮：她们吃饱了。听说有人上老檀采蜜，跌下来摔死了，他们把他吃了。

草妹：我们的姐妹查证了，这人今天下午在土城前肢解我们的姐妹，而且几年前掀开土城顶盖也是他干的。所以土城的姐妹全体出动，将他的尸骨舔舐个精光……

女王打断他，自己喃喃：这么说，肯定是二傻了！他可是秋野的朋友呢。朋友的朋友也是朋友啊！怎么会这样呢？对不住了！

169

翌日。傍晚。

东岗。老檀树下。

东岗村老老少少一大帮，围着二傻的尸骸哭的哭，叫的叫，骂的骂。

有的带了小孩来的，大人们赶紧把小把戏们凶开，不让他们看，怕惊散了魂魄，要找胡师公收魂。小孩们不服，被限在老远的地方顿脚舞手哇哇叫喊，以示抗议。

二傻成了一架白森森的骷髅，已经没有了一丁点血肉，连头盖骨的头皮都没了，只剩地上几绺脏乱的毛发，眼睛、鼻子简简单单三个黑洞，龇着两排焦黄的牙齿，像是还跟平日一样望着大家呵呵呵傻笑。一小群苍蝇绕着骷髅飞舞，她们还能闻到点稀薄的血腥味儿。骨架上拴了根松紧绳，那是原来的裤腰带，上面吊着几片残布。两只胶鞋也在，黑背心变成了脚箍弃在一旁……

华南岭一家找二傻从昨晚一直找到现在，到所有亲戚家包括其屋场周围都寻遍了，今天上午一班人又在东岗水库摆开阵头，认定是玩水沉到了库底，又是潜水，又是打捞，闹腾了大半天。下午，还是秋野提醒伯父，有没有去老檀树？没想到果不其然！

东岗村的爷们好像都是福尔摩斯，到现场一看就明白，而且意见基本一致：肯定是这些蚂蚁！……这样高的蚁封，有几十百把万吧？……只有蚂蚁，才吃得这样干净！……太吓人了，蚂蚁硬生生吃掉一个活人……

华南岭蜷伏在地上，伤心地揽着骷髅架，老泪纵横。猫猫狗狗喂久了都有感情呢，傻儿子也是父亲的心头肉啊！他听了大家的分析，他同意大家的分析，他突然像疯了一样爬起来，抓起地上的一把铁锹，狮虎般嗷叫着冲向蚁封，把它当成了晒谷场上的谷堆，一铲一抛，舍命地扬起场来，老檀下沙沙沙下起了泥沙暴雨……

自始至终，华秋野一直在旁细心地观察分析。细心观察分析的华秋野此时才是真正的福尔摩斯。

他说：大家想，蚂蚁能吃活人吗？二傻哥他不会跑？

他指着几个点提醒大家：为什么老檀旁竖着一根这样长的枯木？为什么背心没有穿在二傻哥身上，卷成了一个圈做什么用？为什么正对着树上蜂巢的这块浮根上有血痕？

他这一问，大家又一个比一个聪明起来，你一句我一句，凑出了一个结论：二傻肯定是拿背心做脚箍上树采蜜，先被蜜蜂蜇伤，跌下来摔死了，再被蚂蚁吃掉的！

还是不对！华秋野像是启发式教学的老师：二傻哥至少百把斤吧？要多少只蚂蚁才能吃得下？充其量一百只蚂蚁吃一克，算一算，一百万只蚂蚁也吃不了他一条腿！谁吃的？肯定是其他猛兽！

他这一说，大家又哄然议论起来：这就讲得圆泛了！……多半是豺狗、猪獾、狸猫之类……听人说，前些天有人还看见过狗熊……

没看见的事，再多说也不可能有结论的。

太阳落山了。天色渐渐黑了。

于是，大家劝住了华南岭。两个特心慈的还上前搀着他，替他掸掉身上的泥土和草屑。

众人一起动手包裹好二傻的遗骸和遗物，互相吆喝着一齐动身回村。

长长的队伍沿着山道逶迤而去。

170

当晚。女王寝宫。

丕带们都来了，群情激愤，一致请战。

她们禀报的情况是：土城地上部分已被荡平，地下部分毁损不大，连接檀城、土城的顺阳大道刚好有檀根护住，基本完好；姐妹们伤亡不大，住所被毁的姐妹，也已全部安置到了檀城。但是，全城姐妹像炸了窝，都说人类太可恶了，要跟他们拼了……

女王一直沉默。等她们吵够了，她才吱吱两声，慢慢地发话了：这次就这样认了吧！大家不记得我们红斑蚁的祖训了吗？朋友的朋友也是自己的朋友啊。何况，黄豺吃的是肉，我们也舔血舐骨了呢！

她停了停，又交代鼓捣佬：赶在万年庆典前重建好土城，要建得比以前更加宏伟！

大家诺诺而退。

171

三天后。东岗山道。

七八个精壮小伙子背着、扛着各式喷雾器，沿着山道疾步而上。

他们是去讨伐蚂蚁的。

这几天，大家帮助华南岭料理二傻的后事，整个村子老老少少心潮难以平复。他们觉得世世代代依山而居的村子不安全了，而威胁他们安全的除了未知的野兽，竟然还有一群蚂蚁！这些渺小得从来忽略不睬的东西竟然也敢向人们挑战了！小伙子们觉得身上背负的不光是喷雾器，还有维护人类权威和尊严的神圣使命。他们重任在肩，一脸凝重，东岗北望气如山，不灭小虫誓不还！

挑头的是村长华近山。

华近山治疗蚂蚁蜇伤，住院七八天，捡了一条命回来，刚好赶上二傻下葬。他问明原委，气得脸都歪了，几只臭蚂蚁都摆不平，老子还当他个屌村长！

华秋野想劝阻他，在他后面近山叔、近山叔追着喊，近山叔胳膊一甩：读你的书去！……

东岗。女王寝宫。

大勇禀报：巡山的飞哨回来报告，东岗村一大帮人正在上山，都背着喷毒的机器，像是闹事来了！

女王：通知土城的姐妹们都上檀城来！另外……

她转身交代红妮：去蜂国，找板脸相爷，请追追王出兵救援！

东岗。老檀树周围。

华近山站在老檀浮根上排兵布阵，两手叉腰，声色俱厉：你，还有你，在被踩平的蚁封周围，反反复复地喷！其余的散开，围绕老檀树一百米内，仔仔细细地喷！

指挥员指挥果断，战斗员各就各位。

大家放下喷雾器，翘起屁股，一下一下往里压气。

忽然，嗡嗡嗡嗡嗡嗡……蜜蜂铺天盖地飞来，劈头盖脑猛蜇，指战员们哇哇哇哇哇哇……拍了手臂拍脚杆，护住了脑壳顾不了腚，吓得家伙一丢就跑，跑到山腰了，逃兵们才会师，大家互相观摩，彼此都变成生面孔了：满脸的红包坟堆子一样，好几个的眼睛只剩下一条丝茅缝，手上、腿上更像是起了风坨，大片大片地红肿隆起，没有了一块好肉……【华秋野博士：蜂蜇伤，因毒液注入人体，局部出现红肿刺痛，或有头晕恶心等症状。若被多只蜂蜇，可产生大面积肿胀，偶可引起组织坏死，重者出现恶心、无力、发热等全身症状。大黄蜂蜇伤，可导致休克、抽搐甚至死亡。疗法：首先拔除毒刺，用酒精、米醋或肥皂水外洗，用野菊花、马齿苋、夏枯草等捣烂外敷，内服蛇药片、牛黄解毒片等。】

大家懊恼得讲话都带哭声了：这东岗真他娘的姥姥活见鬼了！老子杀蚂蚁，你蜜蜂管什么闲事？……那天二傻不就是让蜜蜂蜇了，跌下来摔死的吗？……东岗的蚂蚁、蜜蜂都不是好东西，早就串通一气了！……完了完了，后天我还要去相亲呢！

华近山：看看明天风大不？要是不大就来收拾蜜蜂，熏死他！

172

老檀。黑尾土蜂王国王台。

王台门口，停着穿云丹。

王台里，顺阳女王伸出触须，正与追追王做短暂交流：王姐，你我都拖个大肚不方便，我就长话短说了：首先感谢你出兵相救，所以获得大胜；但是人类不会甘心失败，肯定还要来报复的，妹妹提醒王姐注意防范！

追追王：不怕！我会派侦察兵远程侦察，看他们还能玩什么花招！

顺阳：好！你天上，我地下，咱们联合作战，不相信斗不过他们！

173

下午。东岗。老檀树南坡。

华近山率领村民们正准备生烟熏死蜜蜂。

他们挑来了一担担谷壳、锯木屑、辣蓼草、稻草，还有硫黄、石灰、辣椒粉，引火的煤油、干柴……看这阵势，备战充分，胜券稳操。

刚好今天风也不大。

为了把准风向，华近山指挥试点了一小堆，只见那黑烟直冲老檀梢头而去，他满意地大手一劈：娘的，行了！

于是，只一小会儿工夫，村民们便将熏烟的材料堆成了一个巨垛。华近山绕巨垛巡视了一圈，然后又大手一劈：烧！

霎时，一股巨大的呛鼻的浓烟，化作一条翻滚的黑龙腾空而起，直奔树梢，将老檀树冠团团锁住。

烟雾中，那人还在喊：加料，再加料！熏，熏死她们！

奇怪的是，熏了好一会儿了，并不见蜜蜂逃窜。

其实并不奇怪，蜂巢里早已没有了蜜蜂。

她们去了哪里？

你掉过头来瞅吧：后面，还有左右两翼，黑麻麻的蜂群嗡嗡嗡嗡嗡嗡……又是铺天盖地而来！

天啦，她们还会劈头盖脑地蜇！但人们有经验了，而且早做了准备：赶紧用毛巾包起脑壳，笼起袖管，放下裤腿，全都猫着腰，几乎贴着草地往山下飞撤！

飞撤的人群里，当然有总指挥华近山。

可是，飞撤都不行啊，这草地里怎么全是蚂蚁！而且他娘的尽往胯裆里、腋胳窝里、屁眼里、鼻孔里、耳朵里钻，哇哇哇，哇哇哇……天啦，真他妈活见鬼了！

最气最恨最愤怒的还是华近山，跑到山脚下，对着东岗跳起脚骂：小杂种，老子跟你们没完！

【华秋野博士：据说北非有种黑刺大腭蚁，每隔两三百年一次集团性大爆发，数以亿计的蚂蚁聚集成群，朝一个方向做长途迁徙，吞食一切可食之物。“二战”时德国为挽回败局，组建一支精锐部队长途跋涉穿越非洲原始丛林直插英军后方。但到预定时间，一直没有收到这支部队的任何回电。大惑不解的德国军方另派一支部队深入丛林原路搜寻，终于在一个湖边发现了一架架骷髅，共计一千七百六十四具（出发共一千八百零一人，有三十七人下落不明）。骨架附近武器、手表、金属纽扣、眼镜等散落一地，但凡皮肉、毛发、衣物等有纤维、蛋白质的物品一无所剩。此外，与骷髅架及遗物并存的还有不少体形巨大的蚁尸。后来人们一直传说，是非洲黑刺大腭蚁吃掉了这支精锐之师。但生物学家认为，这只是一个虚构的故事，因为历史文献从无记载，理性分析黑刺大腭蚁再大也是蚂蚁，即使一亿只总重量又有多少？它们围攻击杀人、兽个体尚有可能，但要灭杀一支军队可能性存疑。

华近山药杀红斑蚁奏凯之师，以及二傻的死，激发了人与蚁、蜂之间的矛盾，报复与反报复的拉锯战拉开了序幕。】

第十九章

174

檀城。朝会。

顺阳女王：大庆还有多少日子？

传令丕带红妮：一个月零三天。

女王：时间有点赶啊。都被这东岗村闹的！大家拣要紧的说，还有哪些大事没有到位？

建筑丕带鼓捣佬：我这里有两项：一是抢建土城；二是在演兵场北坡扩建庆典观礼台。时间仓促，劳力不够，需要增加二十万工蚁。

女王：土城，是东岗的地标，帝国的象征。而且，参加庆典的贵宾还要经土城上檀城皇宫阔堂朝贺。所以，土城不光要建好，还要建得比以前更威武！里手，就从你们产业口抽调二十万支援她。

产业口丕带里手：禀告女王，只能抽十万……

众丕带都望着里手，这家伙今天怎么啦，敢抗王命？大家纷纷瞅着她，脸上写着：为什么？

里手不急不忙：你们想过没有？庆典要设国宴吧？国宴吃什么？来参加庆典的都是昆虫，总不能摆个昆虫宴，叫贵宾们自己吃自己呀！只能是换换口味，叫她们吃上更好的。最近我们捉获队学习东方魔蚁的钻眼术，专门捉获巨兽，比如山鼠、蜥蜴之类已不在话下了。不过，捉获巨兽少得了劳力吗？有时千军万马还拿不下一头呢！

大家一想，确实也是。听她一说，都觉得这家伙鬼办法就是多，还真服了她。

可是鼓捣佬好像不记得黄鼠狼的灭门惨祸了，半天还懵懵懂懂：钻眼术？钻什么眼？

里手走拢去拍拍她的后背：什么眼？有的眼你有，有的眼你我都没有，就是钻你的嘴巴、眼睛，还有你的屁眼！

大家哄然大笑。

等大家笑够了，国防丕带大勇上前：我从步兵营抽调十万支援她们吧！

女王：不行！确保安全是庆典的重中之重。步兵营是刚从属国抽调兵力重新组建的，还需要抓紧磨合整训，庆典期间四方拱卫，不可有丝毫懈怠！

外务丕带玲珑儿：要不，我们外务支援十万吧。这段时间，乌石仑的外拓调查可以缓一缓。

女王点了点触须：也好。眼下只能这样了。

内务丕带百事通：我们与皇都附近的五十个属国商量好了，请她们协助安置远道贵宾的起居，庆典期间外国元首从居住的属国往返皇都，一律由属国女王陪同，空军接送。但有一个难题没法解决，就是跟这些蚁族友邦和异族外邦打交道没法交流，只能比比画画，哑巴说话……

众丕带交头接须，都说是个问题。

女王吱吱一笑：你们都是呆鸟！

传令丕带红妮：外务口早有解决办法啦！

玲珑儿：大家怎么忘了？两年前，我们挑选了五百个机敏姐妹，派往与我红斑蚁帝国有交往的三百多个蚁族友邦和一百五十多个异族外邦，了解风俗，学习语言。这次她们可以随团回国充当翻译了。

大家长噢一声，这才摇须晃脑记起来了，纷纷将玲珑儿夸赞了一番。

玲珑儿并不得意于此，她还有更高远之策相献：女王，微臣另有一个提议。我想，万年庆典不光是图个喜庆热闹，最好能借此机会将东岗的昆虫界组织起来，建立东岗昆虫万国大联盟……

女王精神头一振：好！我正有此意，快说说你的想法！

玲珑儿：根据这次万国普查，在我们东岗，共有二十多万种昆虫，他们分属几十大类，其中数量最大的是壳壳类的天牛、瓢虫、金龟子、龙虱等（鞘翅目），拍拍类的蛾、蝶等（鳞翅目），嗡嗡类的蚊、蝇等（双翅目）；其次不仅数量大，而且最有实力的当然是我们膜翅类的蜂、蚁（膜翅目）；再次是数量不算小、实力却一般的吸吸类的蝉、蚜虫、蚧壳虫等（半翅目），叫叫类的蝼蛄、蟋蟀、蝗虫等（直翅目），溜溜类的蟑螂、白蚁（蜚蠊目）等，以及飞魔类的蜻蜓（蜻蜓目），蹦蹦类的蚤、虱等（蚤目）……【华秋野博士：昆虫是世界上最繁盛的动物，已发现一百多万种，比所有其他动物种类加起来都多。昆虫纲种类繁多，形态各异，但是拥有外骨骼、三对足是它们的共同特征。昆虫学家在昆虫目的划分上有不同看法，一些昆虫学家将某些类群作为单个的目，有的作为两个或更多的目，因此在总目数上，有的划分为二十五个，有的划分为三十四个。】我们可邀请以上十个大类的昆虫王国代表会商，组建一个东岗昆虫界大联盟，推选一位德高望重者作为盟主……

女王好像生怕她一口气说完了，抢头功似的赶忙打断她，大声地：还要起草、讨论、通过一个《东岗昆虫界万国宣言》，号召东岗所有昆虫联合起来，团结起来，爱护并保卫我们共同的家园！

玲珑儿看着女王，兴奋地扬了扬触须：是的，是的！女王早都想到了！

女王有些惺惺相惜：了不起啊玲珑儿！你什么时候搞清楚了昆虫异族这么多种呀类的？我看你简直就是一个昆虫学大师了！

玲珑儿有些羞涩：哪里哪里，不敢不敢！在女王面前微臣算得了什么？要说懂得多点，全是这两年东岗昆虫万国普查中学到了一点点皮毛……

女王仍很兴奋：我不管你皮呀毛的！你给我把追追王、飞将军二世、水上漂二世全都拉进到大联盟里来，并且要推追追王做盟主！

女王想了想，又说：不过……动员追追王，恐怕还得由我来。

女王和玲珑儿的一番高论，众位丕带听得一愣一愣的。最后又听女王说要推追追王做盟主而不是自己，大家你望我我望你，越发探不到深浅了。

散会了，丕带们才七嘴八舌热议起来。

175

檀坑。行营。

顺阳女王伫立在门口，草妹率领几名侍应众星拱月似的在一旁照护。

不一会儿，穿云丹于行营外徐徐降落，同时降落的还有伴飞护驾的五十个蜂国宫廷侍卫。传令丕带红妮和外务丕带玲珑儿一左一右搀扶着黑尾土蜂王国国王追追王从穿云丹背上走下，在蜂国侍卫队贴身簇拥下缓缓步向行营。

顺阳女王门外迎接：欢迎王姐！

追追王：王妹多礼了！上下邻居的，打个招呼我就自己飞来了，用得着三请四迎么？

顺阳女王：这是正式的国事邀访，不比平常串门哪，妹妹怎敢怠慢王姐！

进入宫门，宾主落座。

一番寒暄客套品甜尝鲜之后，顺阳女王正要言归正题：这次请王姐来……

追追王还是喜欢抢话：你的外务丕带都给我说了个七七八八了。好啊，借万年大庆的机会，把东岗的昆虫界组织起来，好！

顺阳女王：王姐认为好就太好了！不过，还想请王姐……

追追王：你想叫我做盟主我可不干！你还是叫愿意干的去干吧。

顺阳女王：如果王姐你都不干，那就没有谁能干得好了！在东岗昆虫界，还有谁的实力大过你们黑尾土蜂王国？明摆着，我们谁都心里有数：那些拍拍类的蛾、蝶，嗡嗡类的蚊、蝇，虽数量庞大，但能力弱小，而且活得短暂，夏虫不知秋霜、不识寒冰，她们以数量图生存，不过是别个的口粮而已。那些壳壳类的天牛、瓢虫、金龟子啦，还有吸吸类的蝉啦，叫叫类的蝼蛄、蟋蟀啦等，虽个头不小，却只会单打独斗，形不成群体。形得成群体优势的溜溜类的白蚁【华秋野博士：蜚蠊俗称蟑螂、小强、偷油婆。蜚蠊目已知五千多种，其中我国二百五十余种，多数复眼和足发达，适于疾走。有些种类如土鳖可入药。白蚁原属等翅目，二〇〇七年并入蜚蠊目，等翅目废除。白蚁科成了蜚蠊目中最大的科，约占全部种类的四分之三，分四亚科三十一属二百三十四种】，就会躲在树干里啃木屑，就会营造自己的安乐窝，把自己养得白白嫩嫩，实际为别个准备美餐。至于那些蟑螂，据说在地球上活了四亿年了，资格最老有谁在乎？年复年日复日不思进取，脏兮兮地活，傻乎乎地过，再过四亿年又能咋样？王姐，跟你讲心里话，我是真的瞧不起他们，但我对谁都不说，怕影响大家友好……

她接过草妹递来的吸管，吸了两口润了润喉咙，继续言道：真正有实力的就算我们膜翅类的蜂、蚁了，能把大家组织起来抱成团过日子，而且世世代代往下传。当然其中也有坏家伙，比如黄蜂，她们战斗力最强，自以为了不起，在昆虫界逞强斗狠，谁见了都躲，没有昆虫喜欢他……算来算去，真正能挑得起头的就只有你我两家了！但你们黑尾土蜂比我们本领大，个个能飞善战，即使与人拼斗也不落下风，你看这几次与东岗村……

追追王嗡嗡一笑：看妹妹说的，你把我们黑尾土蜂捧上天了！我也说句实话，蜜蜂还真不如你们蚂蚁争先赶时。你看我们建巢、采蜜、制蜡……世世代代一切都是老样子，多少纪了没什么改变。哪像你们蚂蚁，敢想敢干，想了就干，分工越来越细，干的花样也越来越多，你们的路肯定会越走越宽……别说了妹妹，我看啦，这个盟主非你莫属！

顺阳女王听得出她讲的也是心里话，于是就顺路下坡了：我知道，姐姐是爱洒脱，图清净！既然这样，那妹妹就硬着头皮试试看，但王姐你要给我壮胆撑腰啊！

追追王何尝不知道顺阳心里所想？乐得拈花献佛大方爽朗：当然当然，有事妹妹尽管吩咐！不过，妹妹做了盟主，也不要事事都亲力亲为，这样你会累死的。我给你推荐一个都管吧，具体事由她给你跑满台……

顺阳女王甚喜：唧吓！好啊，谁？

追追王触须一指玲珑儿：还有谁？就是你们的外务丕带，这家伙机灵能干，我特看好她！

顺阳女王：好，王姐推荐的，就她了：玲珑儿任都管！

玲珑儿慌得连连摇须：两位君王错爱了，不行不行，我真的不行！

大家见她一脸窘态，都笑了。

176

九月十五，红斑蚁帝国万年大庆如期举行。

日程安排一天半。第一天庆典；第二天上午成立昆虫界大联盟，通过万国宣言。

首日上午，从清晨开始，四面八方的各色虫流，便飞着、跳着、蹦着、弹着向红斑蚁皇都涌集。到太阳升起时，偌大的檀城广场，以及周边所有高低大小树干、草叶，麻麻密密，挤挤攘攘，再也插不下一条虫腿。

两万皇城卫队将士像犁头拱地一般，好不容易打通了一条从土城城门到演兵场的通道，开始分流虫群。

顺阳女王见了有些慌悚，急传大勇，只说了一句：如果出事，就是天大！

大勇：微臣明白！帝国军队除小部分参加庆典军演外，其余全都部署四方警戒，并对东岗村方向重点布防。另外，空军炮战队不停歇远程环绕巡察，万一有事，蜂、蚁联军迎敌。请女王绝对放心！

177

东岗村。华南岭院子。

乡村四季闲人少，唯有九月等秋收。

七八个青皮后生东倒西歪挤在堂屋里比嘴巴劲。他们都是上次东岗人、蜂、蚁大战的战友，共过患难的生死弟兄。如今伤疤好了，不觉得疼了，又一个个英勇了得，那精气神威震乾坤，可斩华雄。

……小样，几群蚂蚁，蜜蜂！老子治不了你，天都只有一块楼板大……叫你们尝尝什么叫水火无情！天上水枪扫，脚下地火烧，看你们还对老子怎么蜇……近山叔这两招确实想到点子上了……按理也该回来了，咋还不见人影？

原来他们在等华近山和华南岭。二人去镇上借高压水枪、水管，再买些硫黄、柴油等战略物资。

莫非没有借到，或者买到？

178

参加庆典嘉宾各持请柬于土城大厅报到，然后由产业口引领参观帝国的蘑菇、草籽土种场，蚧蜜、蚜蜜、地龙、蜗牛、蛾蝶喂养场，捉获场，巨兽宰杀场，谷物精作厂，备荒仓库，冻存室等十多个产业本营。

外务口从嘉宾中遴选了一千名贵宾，经顺阳大道上檀城皇宫阔堂朝贺，参拜女王。阔堂上，兵勇环伺，丕带分列，荧光闪烁，肃穆庄严。参拜时，为了省时，十个一列，司仪唱名，翻译重报，然后贵宾献礼、鞠躬，女王扬须致意，全过程豪华，大气，时尚，但又刻板，单调，乏味。

程序而已，不必赘述。

节省篇幅说庆典吧。

179

庆典会场设在演兵场。

下午。秋阳高照，和风轻拂。

会场四周一百标开外，二十万红斑蚁大军环场拱卫。

会场周边，两万皇城卫队士兵竖身挺立，全神警戒。

出席盛典的受邀王国、族群多达一万五千多家，嘉宾总数超过三十万。会场四周灌木、草丛的枝干、叶片上落座的全是观礼的嘉宾散客，黑黑麻麻，洋洋洒洒，如同一场山火过后清风扬落的草灰。

北坡新筑的长达四十标弧形阶梯观礼台上，就座的全是受邀王国、家族的国王、长老，前排正中主宾席就座的是顺阳女王、追追王、飞将军二世、水上漂二世，以及中华弓背蚁、切叶蚁、黄猄蚁、收获蚁等蚁族王国的国王，还有鞘翅目、鳞翅目、半翅目、直翅目、蜚蠊目等十多个大类的家族长老，如天牛、金龟子、凤蝶、卷叶蛾、中华按蚊、家蝇、蝗虫、蟋蟀、蝉、白蚁……

未时三刻，外务丕带玲珑儿携众翻译登上司令塔台，相继以十大类昆虫语种宣布：欢庆红斑蚁帝国建国万年庆典开始！有请红斑蚁帝国第二千一百三十八代女王顺阳接见参加庆典的万国贵宾！

顺阳女王在红妮、草妹搀扶下走向观礼台前的草地，缓缓登上她的座驾，红艳艳的穿云丹冉冉而起，在空军炮战队二十飞驾伴飞护卫下，环绕庆典会场，时而徐飞，时而悬停，女王竖身而立，高扬触须，频频致意……

会场上，欢叫声、呐喊声、拍打声、踩跳声迭起，如飓风扫林海，山坳啸松涛……

不做报告，没有献词，更无演讲，绕飞接见加扬须致意，便是尊贵的红斑蚁帝国女王待客的最高礼节。

不用主持，没有司仪，何须报幕，接下来的所有仪程均依既定安排，循序渐进。

180

首先是耀武扬威。

打头阵的是两百蜻蜓飞驾加两千红斑蚁炮兵组成的空军炮战队，成巨型三角犁头，自东往西，高空碾过；

紧接着是两百龙虱加两千红斑蚁水军组成的三栖战队，十行二十列，排风亮翅，掠地巡飞；

然后是十个步军万蚁方阵，横行竖列，整齐划一，步履沙沙，依次行进；

最后是十万步军兵蚁分东西阵营，方阵掩杀，两股旋风对撞，惨烈混战，其中还有多起勇士自爆……

会场上，观礼者全过程除了欢叫、呐喊、拍打、踩跳，更多的却是惊呼；惊呼声里，除了表达意外、惊诧、惶恐，也许还有作为同类的骄傲、自豪、荣耀，或许最多的还是震慑、臣服、依附……

181

接下来是欢天喜地。

第一个节目是红斑蚁啦啦歌大合唱。

大约五分钟不到，会场中央端端摆出一枚巨大的酷似人类铜钱的方圆造型：一万红斑蚁组合成中间的方，十万红斑蚁组合成外围的圆。大概是取天圆地方之意吧。方、圆之间相距五到六标，其间就位的全是邀请的外员交响乐队，主要成员有蛐蛐、蝈蝈、纺织娘、蝉、牛蛙、石蛙……

蚂蚁的大型团体活动从来不需要指挥，她们有费洛蒙信息素统一号令，做到整齐划一而又轻而易举。

啦啦啦，啦啦啦，
啦啦啦啦啦啦啦……

圆阵的红斑蚁扭动腰、腹，刮削出声，以啦啦啦副歌起调，兼做和声伴唱，起初好似林子里清风呢喃，水库里微波荡漾，及至渐渐势起，又如千里闷雷翻滚，万顷浪涛澎湃……

我们是天之骄
我们是地之宠
住过冰洞，骑过恐龙
耍过恶鸟，斗过蛮农……
从远古走来
走向无垠
走向无穷

啦啦啦，啦啦啦

啦啦啦啦啦啦啦……

方阵的红斑蚁乘势而歌，字字铿锵，豪情万丈，更如峰峦会聚，雷霆作怒。

外员乐队由蛐蛐主奏，蝈蝈和纺织娘伴奏，蝉与牛蛙作和鸣忽高忽低，石蛙扣云板不紧不慢，音乐旋律时而激越，时而雄浑，时而高昂，时而低沉，将啦啦歌大合唱的恢宏气势烘托演绎到了极致。

歌毕，场上叫好声如大潮推涌。直到众多红斑蚁将一片巨大的蕉叶拖运上场准备下一个节目时，场上才复归平静。

第二个节目是红斑蚁大力士表演。

一片长方碧绿的蕉叶宽半标左右，长一标有余，平铺在广场中央。一群红斑蚁将一只硕大的毛毛虫茧囊拖上蕉叶，置放其一端，然后十个一行，排成一个十行十列的方阵，整整一百只。

这时，表演者上场了，在蕉叶上绕场一周与观礼者见面。她也是一只红斑蚁，与她的同伴们没什么两样，只是显得稍高大一点，更精壮一些。

表演者朝方阵摆了摆触须。红斑蚁们便十个一列，依序爬进茧囊。当爬进完八列时，她示意打住，走上前去，竖身而立，稍稍下蹲，突然发力，两条前肢将大过自身十数倍的茧囊高高托举在了半空，并在蕉叶上慢慢地行走一圈，而后缓缓放下。蚂蚁的神力昆虫界谁个不知？但是一个托起同类八十个，而且轻而易举，若非亲见，谁会相信！

场上，叫好声如爆炸般响起。

待稍微平静后，精壮的红斑蚁又朝茧囊一摆，又有一列十只爬进了茧囊。她再度发力，高举过头，稍许，又在蕉叶上有些踉跄地走了一个小圈。

场上的叫好声更加热烈，更加长久。

蕉叶上只剩下最后一列十只。表演者稍事休息后，再朝茧囊一摆，蕉叶上的红斑蚁就全都爬进了茧囊。茧囊里共有了一百只红斑蚁！

霎时，全场屏息，一片安静。

表演者抻了抻腰，又伸了伸前肢，然后蹲下身子抓住茧囊，显得有些吃力地先将茧囊举到了胸甲处。她顿了顿，然后嗨的一声，终于再次将茧囊高高地举在了头顶，并在原地慢慢转身一周后徐徐放下。【华秋野博士：据力学家测定，一只蚂蚁能够举起超过自身体重四百倍、拖运超过自身体重一千七百倍的物体。因为蚂蚁腿部肌肉是一部高效率“发动机”，使用的是一种称为三磷酸腺苷即 ATP 的特殊“燃料”，不经过燃烧就能把潜能直接释放出来转变为机械能，加之没有机械摩擦，没有能量损失，效率高达百分之八十以上。】

全场呐喊，拍打，跺跳，近乎疯狂，许久方才平复。

第三个节目是友情串演，蜻蜓炫飞技，蜂、蝶秀舞功。

起初，场上空空如也。

忽然，远远地飞来一队蜻蜓，方方整整，大约两百只，青、红两色间半。她们在场中央上空时而疾飞，时而悬停，忽而左踅，忽而右跃，难得的是团体所为，却恍若独舞般整齐，有点像巴西人跳伦巴，中国人扭秧歌。她们正跳（扭）得陶醉忘我，观礼者正看得痴迷入神，忽然舞阵突变，一蹦、一跌，变成两阵，上蹦的是红蜻蜓，火焰样赤；下跌的是青蜻蜓，翠玉般蓝。翠玉与赤焰交相上下，互为左右，一会掺和其中，一会又分离其外，青红变幻，高低翻飞，自东往西，迤逦而去……

蜻蜓飞远了，望不见了，观礼者才从幻境中回过神来，玩命地叫起好来。

紧接着，远处传来嗡嗡嗡巨大而又低沉的轰鸣声。伴随着轰鸣，空中飘来一块遮天蔽日的黑布，会场顿时黯淡了许多。突然，黑布像是遇到了狂风，在广场上空不停地翻卷，时圆时方，忽高忽下，刚刚涣散无形，一会又聚集成团，蜿蜒如蛇，起伏若龙，眼见将轰然委地，偏又能一腾冲天。最后做滚桶状，翻滚叫嚣而去，渐去渐远……

场上观礼者们终于从哗然而骇中觉醒，一致地高呼：蜜蜂！蜜蜂！蜜蜂……

呼喊声中，翩然飞来几只巴掌大的金色的蝴蝶，在场中央拍动翅膀悠闲地上下翻飞，恰似盛开在空中的几朵会飞的艳丽的牡丹。随后，大大小小各种各色各式各样的蝴蝶，一齐涌进会场来，片刻之间，会场仿佛成了一座七彩斑斓的花园，花儿朵朵，热舞翩翩。俄顷，花园里的蝴蝶们互相钩足连须，首尾相衔，一串串连接起来，共同拍翅飞翔，如同一条条美丽的迎风飘扬的彩带。迎风飘扬的彩带沿着相同的方向顺时针环绕，广阔的会场瞬间又成了一个旋转的绚丽的海洋……

最后一个节目潮汐舞大联欢。

在外员交响乐队欢快的音乐声中，十万红斑蚁分左右列队包抄上场，在浩瀚的广场周边合围成一个巨大的圆圈，跳起了她们传统的潮汐舞。她们立起身子，互挽前肢，踏着旋律，摇动触须，聚拢后散开，散开后聚拢，散开时如狂风吹沙，聚拢时若洪波涌起……

忽然，司令塔台上响起了红斑蚁外务丕带玲珑儿和翻译们发出的热情洋溢的邀请：尊敬的贵宾们，尊敬的贵宾们，欢迎加入大联欢，欢迎加入大联欢……

霎时，哗啦啦啦……场上观礼者们如潮水般涌向场中，毋论纲目，何分种属，大家挽肢钩须，一起同聚散，共进退，浩瀚的会场成了宣泄欢乐的海洋，在波翻浪滚中吞吐；同时又是宣示力量的斗场，在天倾地覆中摇曳……

此时此刻，无论身处其中，还是旁观于外，谁还会觉得这世界上有伟大卑微之分、强悍弱小之别啊！

集跬步以至千里，积尘土以成山岳。在群体的卑微面前，再伟大的个体也是卑微；在群体的弱小面前，再强悍的个体也是弱小。那些细菌、病毒卑微弱小得难以目见，其威力足可倾覆世界，可以搅扰得满世界一片狼藉，无处安宁……

182

夕阳斜照，霞光尽染。

庆典会场上，红斑蚁帝国招待万国贵宾的盛大国宴正在举行。

一个多时辰之前，这里就开始清场备餐了。

辛苦了，产业口丕带里手，内务口丕带百事通，以及她俩所统率的三十多万工蚁姐妹们！由于她们历时一个多月的默默无闻的辛劳筹办，才有了这场昆虫史上绝对是空前绝后的饕餮盛宴。

国宴分为四个食区：肉食区、素食区、甜食区、腐食区。

各食区按梯形、分条桌摆布，梯、条之间留足了空间，方便大家自助就餐；一律用蕉叶或兰叶做餐桌，洁雅大气。

肉食区设在北面，即观礼台前。餐桌上，陈列的美食主要是红斑蚁养殖场自养的蚯蚓、蜗牛，捉获队猎获的山鼠、树蛙、田螺、山坑螺以及几头巨兽：蜥蜴、山蛇、黄鼬……果真如里手所承诺的，餐桌上没有一道是昆虫肉类，避免了食客们吃同类的尴尬。摆放的这些美味，全都是鞘翅目的甲虫、龙虱，螳螂目的螳螂，蜻蜓目的蜻蜓，膜翅目的黄猄蚁、镰猛蚁、大头蚁等，以及所有肉食类、杂食类昆虫们的最爱。你看他们，全然不顾食相，埋头撕咬，大快朵颐！

素食区设在南面。餐桌上堆摆的全是红斑蚁农场自产的各类鲜菇，以及狗尾巴草、稗草、黑麦草、高羊茅等各类草籽，还有特别采摘的青葱脆嫩的草木芯叶、汁多爽口的植物根茎……这些都分别是鞘翅目的金针虫、拟地甲、稻象甲、金龟子、叶甲、天牛等，半翅目的麻皮蝽、荔蝽、食蚜盲蝽、中华螳蝽等各种蝽类，直翅目的蝗虫、蟋蟀，以及蜚蠊目的蟑螂、白蚁等的美味佳肴。她们正各取所需，咔嚓咀嚼，尽饱口福。

甜食区设在场地中央。餐桌上摆满了蜂蜜、蚧蜜、蚜蜜以及山茶花、野菊、金桂、甘蔗片等，这些都是膜翅目的蜂、蚁，鳞翅目的蛾、蝶，双翅目的蚊、蝇，以及其他目属许多昆虫的共爱，她们嗡嗡唧唧，往来穿梭，争相品尝。

腐食区因异味难闻，另设在避风的观礼台背面。条桌上摆放了许多条已经发腐的山蛇、山鼠、蛙类，和几堆变质了的菌类，还有馊酸了的草籽饼等。这里最为哄闹，嗡嗡嗡，嘤嘤嘤……全是双翅目的各类蚊、蝇，鞘翅目的蜣螂，蜚蠊目的蟑螂等臭味相投的食客们，正麻麻密密全身以赴，叮在她们中意的美味上，狠命地吸食，快乐得直哼哼……

人以食为天，昆虫的世界何尝不是！似乎她们为得更纯粹，更干脆。如此万年庆典招待万国贵宾的盛宴，不搞仪式，没有祝词，一切繁文缛节皆是多余，只有简简单单一个字：吃！

183

翌日上午，才是万年庆典的重头大戏。

头天晚上，顺阳女王找来玲珑儿，郑重其事地交代她，一定要在次日上午办妥两件大事：讨论组建东岗昆虫界大联盟，选举出盟主、副盟主、都管；讨论、起草、通过《东岗昆虫界万国宣言》；并强调，你的任务是办妥，我的任务只是宣布，能不能宣布，就看你有没有办妥！

玲珑儿也郑重其事地点了点触须：明白！

明白的玲珑儿当晚忙了一个通宵，拿出了如何办妥几件大事的初稿。次日上午十点刚过，她就拿着办妥的成果：三个文本，返来禀报女王了。

檀坑行营。顺阳女王和追追王正在坐等。

玲珑儿简要地介绍了办妥的过程：上午，她请来昨日庆典主席台就座的一百个王国的国王和家族长老讨论，一致同意组建东岗昆虫界大联盟，并由她们全体担任联盟盟委，一致推举顺阳女王为盟主，追追王为副盟主，玲珑儿为都管。讨论修改万国宣言时，极大多数认为地球是所有动植物的共同家园，不满人类独霸世界，反对人类虐杀昆虫。但也有少数家族长老认为人类太强大了，担心斗不过，提出当下要不要将人类作为头号对手？最不起眼的嗡嗡类的蚊、蝇却信心满满，她们说，人类强大靠的是科技武器，但他们的科技武器哪有我们的生物武器棒？伤寒、鼠疫、登革热、疟疾、艾滋、冠状病毒……他们哪一回不是输得哭爹喊娘？但又哪一回被他们彻底剿灭过？最后，大家备受鼓舞，一致通过……

玲珑儿将上述文本以触须交流，分别传递给顺阳女王和追追王，请二位审核。

二位女王瞬间浏览后，频频扬须表示满意。

追追王得意地：怎么样？我推荐的都管能干吧？

顺阳女王笑了：唷唷，那是那是！

玲珑儿倒有些不好意思：都是二位女王指导得好。

顺阳女王：你不是有三个文本吗？还有一个是什么？

玲珑儿：《东岗昆虫界反制武器备忘录》，不过……这个是不是可以不宣布？

顺阳女王：先看看吧。

玲珑儿又以触须交流将文本传递给二位女王。

文本大致内容如下：

东岗昆虫界反制武器备忘录

膜翅类	蜜　蜂	终止农作物传花授粉，致使绝收。
	蚂　蚁	吞噬农作物根茎，致使减产绝收。
叫叫类	蝼　蛄	咬食谷物、蔬菜种子，取食嫩茎、根，致使幼苗枯死。
	蝗　虫	干旱季节爆发蝗灾，致使粮、棉、豆、油、薯类作物绝收。
壳壳类	金龟子	幼虫蛴螬，咬断农作物根、茎。成虫金龟子，蛀食苹果、柑橘等水果。
	金针虫	幼虫叩头虫，咬食小麦、玉米、高粱、马铃薯等种子、胚芽、根茎。
蹦蹦类	鼠　蚤	传播斑疹伤寒等鼠疫。
嗡嗡类	苍　蝇	传播霍乱、伤寒、痢疾。
	蚊　子	按蚊，传播疟疾。库蚊，传播丝虫病和流行性乙型脑炎。伊蚊，传播流行性乙型脑炎和登革热。

拍拍类	螟　蛉	幼虫地老虎，咬噬农作物根、茎。
	二化螟	蛀食水稻、玉米、豆类，造成减产。
	三化螟	幼虫钻心虫，蛀食水稻茎秆，造成枯心或白穗。
	棉铃虫	蛀食棉花蕾、花、铃、叶。
溜溜类	白　蚁	蛀食树木、房屋、家具，使人类不得安生。

…………

顺阳女王览毕，大为欣喜：好啊！都有绝活！

追追王：他虐杀，我反抗，绝活都是逼出来的啊！

玲珑儿：对对，这还只是部分呢！

正午。

秋阳和暖，天高云淡。

庆典闭幕式会场，虫声鼎沸。

高高的司令塔台上，竖身并排站着顺阳女王和追追王，高扬触须向大家频频致意；旁边站立的是外务丕带玲珑儿及其身后的众位翻译。

玲珑儿热情洋溢地向大会宣布：东岗昆虫界大联盟成立了！下面，请黑尾土蜂王国国王追追王宣布选举结果！

追追王：我宣布，东岗昆虫界大联盟一致推选，红斑蚁帝国国王顺阳女王为首届东岗昆虫界大联盟盟主，黑尾土蜂王国国王追追王为副盟主，红斑蚁帝国外务丕带玲珑儿为都管！

顿时，会场上呐喊声山呼海啸：

顺阳！追追王！玲珑儿！

顺阳！顺阳！顺阳！

呐喊声稍稍平复些，玲珑儿继续宣布：东岗昆虫界大联盟一致讨论通过了《东岗昆虫界万国宣言》！下面，请红斑蚁帝国国王、东岗昆虫界大联盟首届盟主顺阳女王宣读《东岗昆虫界万国宣言》!

顺阳女王神情庄重，照本宣科：

东岗昆虫界万国宣言

美丽的地球是所有动物的共同家园。亿万年以来，我们世代相守，各安天命，自由自在，其乐融融。

但是，自从有了人类，他们妄图独霸世界，做事从来不与万族商议，高高在上，为所欲为。尤其近百年，他们运用科技手段，随意改造自然，疯狂虐杀异族，将地下的东西挖出来污染地面，使我们的家园遭到了极大的破坏，天不蓝了，云不白了，水不清了，许多动植物濒临灭绝……

自然就是自然。自然只能顺应，不能改造，改造了就不自然了!

现在，到了终止人类暴行的时候了!

谁来组织？谁来挑头？豺狼虎豹被他们馋肉谋皮东躲西藏面临绝境；猪狗牛羊被他们威逼驯养自甘堕落任凭宰割；其他动物种群无不生存艰难自身难保惶惶不可终日……

终止暴行，拯救家园，只能靠我们昆虫了!

不是我们，更有谁家?

我们，东岗昆虫界当仁不让!

我们虽然弱小，但我们有浩瀚的种群，有群体的优势。我们的种群优势在世界上是独一无二的!

人类的强大靠的是科技武器，但科技武器违背自然，破坏自然，只能凶狠于一时；我们的武器是生物武器，在顺应自然中不断进化、变异，才是永远不可能战胜的!

世界是大家的，生命是平等的。谁想独霸世界，就叫它灭亡!

人若友我，相安无事；人若虐我，奋起反抗！

一方有事，八方驰援；一族遭侵，万族以赴！

让我们共同珍惜家园，相守家园，维护家园，让地球的明天更加美好！

谁是世界未来主宰？

我们！我们！理所当然的我们！

这是昆虫万族对人类的最后通牒。

同时也是他们的动员令，宣战书！

宣毕，会场上再次山呼海啸，叠加了跺跳声、拍打声，演变成有节律的惊涛拍岸：

拥护拥护！拥护拥护！拥护拥护！拥护拥护！拥护拥护！拥护拥护……

经久不息。

盛典的热烈被再次刷新，扬至沸点。

184

真是天缘奇巧。镇上管高压水枪的人出差了，华近山和华南岭没有借到。

庆典结束的当天下午，国王丕带大勇对女王说：谢天谢地，东岗村的没来搅扰！

顺阳女王也是长吁了一口气：是啊！不过，他们迟早都会来的，等着吧！

【华秋野博士：曾有不少动物大聚会的报道。最有名的是云南大理，往年每到农历四月，成千上万的蝴蝶会聚蝴蝶泉，首尾衔接，从树枝上垂下一条条长长的蝴蝶链。这一奇妙景观，早在三百多年前，徐霞客就在他的游记里描绘了。一九八三年二月二十四日《郑州晚报》报道过河南内乡县灌涨街东小河里汇聚了十多万只蟾蜍。繁殖季节雌雄聚集本属正常，费解的是它们从四面八方遥远地赶来，规模如此之大，为什么不多点分散交配呢？一九八三年六月四日凌晨，湖南省醴陵县大障乡石冲村在一大片杂交稻制种秧田里出现过一次十万只以上泥蛙群集，时间长达九小时。一九八二年六月，苏联哈萨克阿拉木图以西的一条公路上，突然出现了一条宽约二十四米、长达一千米的群蛇奔涌，交通因此停顿了近四十分钟。同年，伊朗北部吉兰省的一个村庄，几千条蛇包围了一户农民的住房，原因是户主发现连续三个晚上同一条蛇出现在他小儿子的床上，一气之下把它打死了。不久，他的房子被许多蛇包围了，他只好向邻居求救，共同打死了一千五百多条，可是蛇越打越多，后来竟有数千条蛇围攻他的房子，最后还是政府派人将被围困了一天的农家老小解救出来……

本章红斑蚁帝国借万年大庆，倡导通过的《东岗昆虫界万国宣言》，吹响了挑战人类霸权的号角。】

第二十章

185

东岗村。华南岭院子。

老的少的手里各捏着一只小杯，时不时抿一小口，正分享南岭叔的蚁力猛药酒。南岭叔提个小壶，谁抿给谁添上，歪起个笑脸，讨要宝贵意见。

不错不错！都是一个腔调。只有少数的一分为二，不过但是，贡献了几个小建议。

华近山一口干，抹了一把嘴：别喝了，言归正题！

大家都知道正题是什么，纷纷把酒倒进嘴里，将杯子放在南岭叔递过来的盘子上。

华近山：三个皮匠赛诸葛。大家都脑壳开点窍，除了水攻火攻，看看还有别的巧法子没有？

如今他高压水枪、水管借到了，柴油、硫黄买到了，可以动手了，可是思忖再三，觉得对付几只小虫子，是不是动静闹得太大了？毕竟水火无情，搞得不好还有风险的！他说的巧法子，就是既简单，又好，又省。这类的法子何其多，不过他想从大家口里说出来，因为事情靠大家干。

果然脑壳开了窍，个个计策妙，归总起来，大意是除了火攻水攻，对付蚂蚁最简单还是药杀；对付蜜蜂就是毁巢，派个勇士全身包裹戴上护目镜蹿上树去一窝端，或者用鸟铳装烈药一枪一个砰砰脆……

说完，大家的眼珠子落在两位身怀绝技者身上，一个是平常靠采野蜜挣油盐钱的强猛子，一个是对野味山珍特有所好的馋猫满先生。

但是，两位能人都像遇见了瘟神，急得连连摆手：别别别，脚根子发软，上不去啊……不不不，手杆子发抖，瞄不准，瞄不准呢……

明摆着，他俩怕成为第二个二傻，大家将心比心，也都不霸蛮了。

冷场了片刻，华南岭耷拉着眼皮，喃喃捅破了窗户：这东岗是有点邪门！你看老檀树下那蚁封，六七尺高，我泡制药酒这么多年，几次想动，一直不敢。唉，小心得小心，谁料想还是让我家二傻栽了……

他的话，说得大家龙脊骨凉飕飕的。

华近山想，既然没有孤胆英雄荆轲刺秦，那就只能牵牛下水六脚齐湿了。但他还是豪气干云，站起来大手一挥：怕他个屌，打湿了脑壳就得剃！先诛蜜蜂，再杀蚂蚁，大家准备后天上山，水攻！

后生们呼啦啦起身，一下又变得浑身是胆了：一齐上，谁怕！

186

东岗。檀坑。

坑水澄澈，吞映云天。

坑边，几片青翠的檀叶上，堆了些许甜品、虫干。

大勇，飞将军二世，水上漂二世，还有黑尾土蜂王国国防大臣一挺飞矛，正分享会前小吃，闲扯。

说话间不见了水上漂二世。大家东顾西盼，猜想他又出什么幺蛾子，正在疑惑，忽闻哧溜一声，只见他从檀坑里跳了上来，身上竟无一滴水滴，嘴里咔嚓咔嚓嚼着，不时掉落残渣，含混不清地报告：呵呵呵，搂哈户，黑了给豪格格（溜下去，吃了几条孑孓）……

哪里是孑孓！孑孓还有掉落的？孑孓你家水坑没有？明摆着吃的咱家蚕儿！憨厚的飞将军二世顿时火冒三丈，噗地跳过去摁住他，猛嘬。不是水里，老子怕你！

水上漂二世扛不住了，只得招供：水蚕水蚕，就一条，一条！

大勇和一挺飞矛忍住笑，赶紧上前做和事佬，扯开。

水上漂二世拢了拢翅膀，前脚抚了抚头上弄痛了的地方，嘟着嘴：说了就一条还不松开！太小气了吧老哥你！

飞将军二世余怒未消，还要再来。

一挺飞矛嗡嗡嗡赶紧隔开：算了，算了！

大勇也趁机转换话题：别逗了，咱们谈正事吧。上次东岗村的人来闹，没捞到便宜，绝不会甘心的。大家说说，他们下次来，还会玩什么花样？

一挺飞矛嗡嗡一笑：熏烟肯定不会了，因为对我们黑尾土蜂王国不起作用，他熏我逃，熏完回巢，杀他个回马枪鬼哭狼嚎！我看还是你们红斑蚁要重点防患，小心药杀。

大勇：药杀的把戏上回他们不是玩过了？也没用！我们洞里一藏，伤亡不大。况且帝国早已通知各属国挖洞囤粮，备战备荒。

飞将军二世：他们会不会火烧东岗？

水上漂二世：切，傻呢！都深秋了，还会打雷？

飞将军二世：你才傻呢，没见识的，只晓得雷火！人家从来都是自己生火烧熟了吃！

火烧东岗？大勇和一挺飞矛心里一惊，相对一望。

一挺飞矛：他们舍得烧掉满山的树木？

大勇：人类什么事干不出来？不得不防啊！

水上漂二世：我看还得小心他们水淹。

飞将军二世：又说蠢话了！就你那坑坑水，淹得了东岗？

水上漂二世：谁说蠢话了？我那水坑是小，如果是东岗水库呢，够不够大？

飞将军二世：哼，愚蠢至极！你见过水上山吗？

水上漂二世：不是都说人类科技厉害吗？你能确定他们不能让水倒流吗？

飞将军二世想了想，他不能确定，所以语塞。

大勇和一挺飞矛倒又震惊了：还真没想到这一层！

如果真是火烧、水淹，如何破敌？

沉默。谁都没有高招。

大勇想，只能到时见招拆招了。当务之急是加强警戒，联防共保。

她与一挺飞矛简短交流后，做了如下安排：飞将军二世亲率空军炮战队全天巡飞查察，盯死东岗村人动向；水上漂二世亲率水军陆战队监视东岗水库动静；红斑蚁帝国和黑尾土蜂王国全员动员，紧急备战。

187

上午。东岗。

一支队伍宛若游龙，沿着山道蜿蜒而上，默默无语，雄强威武。

华近山就是舞动这条游龙的统领，掮着一把高压水枪，阔步于前；几个壮汉抬着电机、水泵，若龙头高昂紧随于后；二十多人扛着一条三百多米长的黑色水管，如神龙摆尾亦步亦趋。

几十米外，还有全村一大帮老的小的怯怯地远远相随。老的小的怯怯地远远相随只是关切而已并不掺和，并不掺和表示无论吉凶祸福所有一切都与咱毫无干系。

行至山腰，龙头拐道一头扎向东岗水库库尾，龙尾一扫变成了登山的先驱。

华近山忙完头，又顾尾，继续一马当先。

他神情有些凝重。他是村长，为他的村民二傻讨回公道堂而皇之。其实，他更觉得憋屈的还是他自己。那天甘蔗地里跳迪斯科，害得他当晚就住进了县城医院，折腾了七八天，花掉大几千，医保只能报三成。经济账当然可以不算，找个由头在村上公摊便是，要命的是裤裆里那东西当时肿得像棒槌，棒槌几天后才消肿，消肿了留下疤痕，疤痕都变成了硬结，硬结麻麻密密活脱脱一根狼牙棒，狼牙棒干活至今都找不到感觉了，吃了暗亏做不得声。后来熏烟制伏蜜蜂，又被蜇得满头是包，老婆子骂他成了八角苍龙。他华近山哪里受过这种窝囊气！东岗村这地头从来他华老大说了算！几只虫子，呸，什么东西！管你神也好，妖也好，精怪也好，华近山偏不信这个邪！到底你狠还是老子厉害，咱们今朝见真章！

他回头把手一招，叫大家跟上。

檀城。顺阳寝宫。

水上漂二世第一时间将东岗水库动静报告给了大勇，大勇拽着他第一时间前来禀报给女王。

女王倒是平静：他们想干啥？

两个同时回应：水淹东岗！

唧吓，水淹东岗？女王吱吱吱笑了：东岗南、北都是坡，怎么淹？

水上漂二世如梦初醒：对呀，东岗又不是水坑！

大勇佩服女王见多识广，同时为自己的浅薄粗心感到羞愧，言而嗫嚅：是，是啊……那，他们想干什么呢？

女王睨他一眼，并不怪他：管它干什么，肯定不是好事，但要坚决阻止！赶紧与黑尾土蜂联合抗敌，她们空中，我们地上，快！

大勇和水上漂二世：是！

蜂、蚁联军是在老檀树南坡与东岗村人遭遇的。

她们见到的是一支奇里古怪的队伍。

原来距离山顶还有蛮远时，华近山打个手势，大家便停下来化装了：取下别在腰间的包袱，首先抖出个大号的早已剪成品字形三个大洞的黑垃圾袋，从上往下一套，便成了一件长马褂；然后戴上简易泳镜；再翻出一个早已剜好了两个眼洞的小垃圾袋往头上一扣，除了绿色犯忌，或红或白或粉各色都有；戴的手套有胶的，棉的，塑料的；下身清一色长裤，蓝的，黑的；脚上靴子早已穿上了，长的，短的。大家全副武装深藏不露，不过除了长马褂比较统一正规外，其他都显得杂牌。

杂牌是杂牌，却也管用。

成千上万黑尾土蜂扑上去，她们钉在猎物上寻寻觅觅，议论纷纷，嗡嗡嗡，嗡嗡嗡……奇了怪了，就是找不到从哪里下刀。

红斑蚁勇士们选择从靴口杀入，沉底而后返上，终于找到了几个不穿袜子没扎裤脚的马大哈，堡垒从内部攻破，马大哈们即刻跳起了踢踏舞。

华近山不是马大哈，他教训深刻些，紧扎得严丝合缝。

他一手不停地横扫头上、脸上的飞虫，一手掏出手机，给库尾的水泵小组下达作战指令：开始！然后叫上几个没跳舞的，托起管子，高举水枪，对准了老檀树上的蜂巢。

嘭！水枪喷水了。

如同一道白虹，凌空飞架，蔚为壮观。

但是，水柱远没有期待的那么高，水不及巢，还足足相差二十米。

不停地调整，摆弄，都没有明显效果。

可恼！

华近山立即电话向镇上管水枪、水管的求教：只喷得几米高，为何？

那人问明情况，告诉他：距离太远，扬程太高，电机功率太小，办法是，或者更换电机，加大功率，或者山顶蓄水，梯级喷高……

操！忙个不亦乐乎，都是做的无用功！

几个跳踢踏舞的实在扛不住了，蹦蹦跶跶又抓又挠围拢来，只问近山叔还要多久？

近山叔怒目圆睁，像爆米花机子憋了一肚子气，嘭的一声猛吼：撤！

188

檀城。寝宫外，停机坪。

顺阳女王一直在城头观山景，欣赏城下乱纷纷，都是华近山带来的兵。红妮、草妹陪侍左右，身后一大帮侍应，稍远处还有穿云丹。

女王意犹未尽：唧吓，刚开始就结束了，不过瘾不过瘾！

红妮满脸疑惑：没看懂。他们想干什么？

女王一笑：傻呢！明摆着要用水柱冲掉追追王她们的蜂巢嘛。

草妹：这些人也太厉害了吧？能叫水往山上流！

红妮：再厉害也没见把蜂巢冲掉呀！说到底还是追追王她们的蜂巢建得高，这些人拿了没办法！

女王听了她俩的议论想起了什么，便说：走，我们去檀坑，把大勇她们几个叫来！

檀坑。

大勇、一挺飞矛、飞将军二世和水上漂二世围绕在女王身旁。

女王先听大家叙说今天战事。

大家嗡嗡嗡，吱吱吱，笑着说，说着笑，说得开心，笑得惬意，都说虽然没有阻止东岗村人的水攻，但他们的水攻不需要阻止，他们的水攻太笨，他们的水攻根本攻不到蜂巢……原以为科技武器如何了得，没想到科技科技，一场把戏……

可是，女王的话有点冷：他们有本事叫水上山，就没本事叫水上树？今天没上成，就永远上不成？

大家觉得女王说得有理，都不作声了。

女王又问，刚才他们水攻之前，我们蜂、蚁两军都没能有效阻止，什么原因？

一挺飞矛和大勇详细禀报了东岗村人特别狡猾的地方，水攻之前个个从上至下套了一层薄皮，套上的薄皮又硬又滑，根本蜇不进……

女王有些恼意：那为什么不在他们套上薄皮之前蜇呢？咹？他们还会来的！你们再商破敌之策吧。

女王走后，大家都觉得女王责怪得有理，一致同意吸取教训，加强警戒，下次无论阵前也好，山腰也罢，一定抢在他们套皮之前发起攻势，要像前两次那样，蜇他个哭爹喊娘，蜇他个天昏地暗，叫她们知难而退！

189

东岗村人确实狡猾狡猾的。

谁曾想到他们的下次竟然不是水攻了；套上薄皮的地方也不再是阵前，更不是在山腰。

两天后的上午，他们出动二十多人，全都在家里全副武装了，所有连接处都扣好扎紧，连脖子上也箍了根松紧带，而且互相检查有无疏漏。一切妥帖后，人人手持一把磨得明晃晃的砍刀，在华近山率领下再次雄赳赳杀上山来。

他们手持快刀做什么？砍树。华近山布置，以老檀为中心，于南北东西直径一百米之外，砍出一条五米宽的无林带，将砍伐的树木连干带枝清理干净，全都堆放到一百米区之内。每人任务砍二十米长，谁先砍完谁收工。

任务到人，个个都行。九点开工，不到十一点全都砍完了。

大家声音朗朗，问近山叔，接下来咋搞？

近山叔躬身抓起一把草叶，往空中一抛，草叶像蝴蝶，像蜻蜓，翩翩飞舞。

近山叔咧了咧嘴，诡谲一笑：看风头，等通知！

190

蜂、蚁联军这一次是完完全全彻彻底底无功而返。

红斑蚁勇士们上上下下寻找突破口，最终无隙可击。

黑尾土蜂们也同样找不到切入点，只能嗡嗡嗡围着他们的脑袋瞎转悠，冷不丁挨上一巴掌，反倒有零星伤亡。

大勇和一挺飞矛觉得这样耗着毫无意义，加之也看不出他们砍树对蜂、蚁有多大的直接威胁，也就作罢。

大家一起来向女王禀报，商讨对策。

老檀树下。

回城的大勇被大力神截住，看样子她等候多时了，她把大勇拉到一旁，有话要说。

大勇有些意外，但很客气：老帅，有何吩咐？

大力神满脸焦虑：我在他们砍树的地方转了一圈。他们拉的架势很大啊！我也说不出他们干什么，只是感到从未有过的恐惧，我总觉得，我们红斑蚁帝国将面临一场天大的灾难！大勇，一定要保护好女王啊。女王在，帝国就在。千万千万啊，大勇！

大力神将她想说的一口气说完了。

大勇被老帅的赤诚深深感动，郑重地与她碰了碰触须：老帅放心，当然的，肯定的！

檀坑行宫。

女王听完禀报后，拖着身子来回踱步，自言自语：砍树，砍出一条路来，没有树的圆形的路……他们想干什么呢？

人类和蚂蚁毕竟是两个完全不同的社会形态，文明不同，智慧不同，思维模式自然也不是一个路数。对于他们莫名其妙的无由头的举动，女王实在理不清头绪。

此时，顺阳想起了她的人类朋友华秋野，要是秋野在，问他肯定不会不知道，可惜他回京城读书去了，路隔万水千山。

飞将军二世有些迟疑，但还是说出了他的猜想：我还是觉得，他们会不会是想火烧东岗？

火烧东岗？

顺阳一惊，望了飞将军二世一眼，疑惧地点了点触须。她回忆族史记载，一千多年来东岗曾有三次遭雷击被焚，而每次红斑蚁家族几乎都是灭顶之灾！

她想，如果真是火烧东岗，那就太可怕了！

191

太可怕的事，到底发生了。

砍树后的第五天下午，天高物燥，树静风止。

突然，古檀树四周，在十多桶柴油及硫黄的助虐下，呼啦啦燃起了大火。华近山将喷洒农药的围杀技术也用在了放火上，同样具有奇效。由外而内，火场中央缺氧，灼热的浓烟像一头巨大的灰色魔怪，狰狞地凶狠地盘旋、翻滚，它想明烧，就是吐不出烈焰，它暴躁，它屈辱，只能纠缠在古檀的梢头蹿突腾挪；外围的明火却像一群蹦跶的小妖，吐着鲜红的长舌，舔舐每一寸山地，咬啃每一株草木，哔哔剥剥，噼噼啪啪，它们贪婪地欢叫，倒腾起炽烈的热浪，不断地向内里冲扩，凡是它们舔舐过的地方，留下的全是血红的炭块和惨白的灰烬……

火场旁，作俑者们的双手此时闲了，或箍着胸，或叉着腰，欣赏自己的杰作，红亮的火光映在张张乐脸上，满满的都是幸福。

有的说，忘了带两只红薯来，煨在红灰里，一会就熟了。

有的更喜欢烤鸡蛋些，说泥巴一糊，火里一丢，扒出来一剥，香喷喷的。

华近山漾着笑，不发一语。

他想的不是吃，他观察到了，效果挺好，真正的一箭双雕！

忽然，烟火中冲出几只怪兽，全身冒火，带着浓浓的毛皮烧焦的怪味，往正欢谈着的人们胯下一窜，瞬间便没了踪影。

不用猜，当然是畏罪潜藏在檀洞里，一直逍遥法外的那一家老小几只黄豺。

人们正惊魂未定，突然又听到近山叔一声大喊：不好！

原来，火场形势突变！浓烟呼的一声变成熊熊烈火，噼噼啪啪朝北边呼啸而去。

起南风了，而且是大风！

华近山等一齐奔向北坡。五米宽的隔火带根本挡不住火势，大火像江河决堤般奔泻而下，顷刻间，北坡便成了一片火海。

华近山张开大嘴，痴痴地望着火海，忽然一屁股蹲在地上，喉咙里咕咕嘟嘟：完了！他娘的，全完了……

北坡的大火最终因火势失控，华近山迫不得已报了警。市、县消防部门闻报立即出动消防车和直升机投入灭火，才将大火扑灭。事后灾情核实，烧毁森林两百多亩，直接经济损失达一百万之巨。

直接责任人华近山于第一时间被刑拘，但因主动报警并有投案自首、悔罪表现，获轻判服实刑三年。另有五人根据责任大小分别给予七天以上行政拘留处罚，其中华南岭最长，十五天。

公安民警刑侦调查，找华近山做问话笔录，其中有一段颇为精彩有趣：

问：说说你为什么领着村民放火烧林？

答：想烧死蚂蚁、蜜蜂。

问：为什么要烧死蚂蚁、蜜蜂？

答：蚂蚁、蜜蜂害死了我村村民二傻。

问：据调查，村民二傻是上树采蜜，才被蜜蜂蜇下来的。

答：那……算不算防卫过当？

问：烧死蚂蚁呢，怎么回事？

答：蚂蚁吃掉了二傻的尸体。

问：据调查，二傻的尸体是其他兽类动物吃掉的呀。

答：那……蚂蚁至少舔食了骨头吧，参与也不算吗？

问：防卫过当也好，参与也好，可她们都是昆虫呀，你想过吗？

答：那……昆虫就不该治罪吗？

…………

令人欣慰的是，这场大火终于让有关部门发现了东岗还有一棵十分珍稀的古檀，并为它钉上了一块金属小牌牌：千年青檀，重点保护。

这些都是后话。

192

这场大火，差点让红斑蚁帝国万劫不复。

放火前两天，女王召开朝会紧急商议防范之策，决定全城即刻行动，日夜努力，将土城和蘑菇园向地下延伸，以做灾难发生时姐妹们藏身之用。

对于防火，此策无疑绝对正确。

然而要命的是，忽略了土城、檀城城墙上为改善通风而开凿的那些鼻孔，大火一起，两座城池都成了名副其实的烟囱，炽热的烟雾直往上冒，姐妹们如何还能逆行地下？只能顺着烟雾从鼻孔往外逃生了。

要是有神仙指点，事先将这些鼻孔和树缝统统堵上，尽管憋闷些，然而结局势必不会如此惨烈。可是，过路的神仙谁都没管！

为了保障女王的安全，大勇与飞将军二世商量好了，一旦火发，便由空军炮战队护送女王至火场外休憩。然而请示女王时，顺阳执意不肯，她要与帝国共存亡。大勇没法，只得与红妮、草妹商定，请穿云丹在寝宫外停机坪昼夜值班，火警即起，强行撤离。万一女王坚持不走，大勇还与内务丕带百事通商量，准备最后方案，收拾好了土城地底的冬天行营，虽然潮湿些，憋闷些，但安全不成问题。

无奈大火一烧，全乱套了，一切的一切，烟冲云外！

土城、檀城成了浑身冒烟的碉楼。

顺着烟口逃生出来的红斑蚁姐妹，如流泉、瀑布，沿城墙涌泻而下。

这边来，这边来，这边没有烟火，快！快……

老檀树下不长草木，暂时安全。大勇和里手、玲珑儿等丕带在树下跺脚舞须，狂呼大叫。

忽然，皇城卫队工带快刀拉着内务丕带百事通气喘吁吁奔至大勇面前，她俩从土城门洞里钻出来，被烟熏火燎，触须蜷曲，浑身煳味。

百事通：女王没到地下行营来啊！

快刀：我们卫队一批又一批冲往檀城寝宫，没有一个冲得上去，全都……

大勇一声怒吼：从檀城外墙上嘛，快！她想，有红妮、草妹在，还有穿云丹，女王应该撤了吧？但愿没事，但愿，但愿……

大火刚起，红妮和草妹就搀着女王往下撤，刚到楼口，就被一股浓烟冲了回来，寝宫霎时湮没在强烈呛鼻的柴油、硫黄味中。

红妮、草妹架着女王摸摸索索想要爬出缝门，去找穿云丹，谁料缝门被堵上了，上下一摸，原来正是穿云丹僵直的身躯！估摸穿云丹想进去救女王，因翅膀宽大烟雾中不能侧身而进，便干脆以身挡火，报效女王了！

红妮、草妹忍痛将她合力推开后，一股热浪如刀剑般劈了进来。

正进退两难之际，忽然响起一个洪亮的声音：莫急！我来了！

原来是大力神。前天见过大勇后她还是放心不下，这两天一直待在寝宫下面的产房里，以防不测。

朦胧中，她吩咐红妮、草妹：你俩抱紧女王，快！

说话间她摸索着指挥两位抱好后，紧抓住她俩的腰身往上一举，然后快步冲出缝门，往下腾空一跃……

大家正慌乱焦急之时，却见女王从天而降！

大力神：快！逃生球！

女王大喊：大力神，你也来！

大力神：不！我做原推！

她将大勇、里手等一个横扫：还愣什么？快！

霎时，以女王为中心，万千姐妹在地上飞快地转起磨来，而且长幼有序自动遵循：新生的、年轻力壮的主动往里扎堆，年老的、体弱的自动向外排挤，很快就磨成了一个比蜂巢还大得多的蚁球！

这里，没有人类社会敬老怜弱的人文关怀，也没有夫妻同林鸟、大难各自飞的人性丑恶，这些红斑蚁中的老弱工蚁们除了发扬利他主义精神外，她们更重要的是遵循亿万年来大自然物竞天择优胜劣汰的本来法则。【华秋野博士：达尔文把在生存斗争中适者生存、不适者被淘汰的过程叫作自然选择，并认为自然选择过程是一个长期的、缓慢的、连续的过程。由于生存斗争不断地进行，因而自然选择也是不断地进行，生物适应环境的方式也是多种多样的，所以，经过自然选择也就形成了生物界的多样性。】

大球磨成了。

大力神和外层的老姐妹们一二三同时发力，终于撬动了大球，大球有原推力启动，内力爆发，迎着烟火直朝土城之西快速转动，很快就转出了火海，转到了泉坑的水沟里，顺着南坡飞滚而下……

逃生球，是红斑蚁家族亿万年来无数次死里逃生的独门绝技。

但是，逃生球需要原推。

原推是推动力的力。

伟大的原推!

没有原推，何来恒动的宇宙?【华秋野博士：这里的原推是指原动力？原动力是初始产生动力的力。宇宙运动的原动力来源于大爆炸。爆炸后的宇宙形成两种力相互作用：一种是挣脱引力继续向外扩张，一种是终止扩张引缩回归初始，目前宇宙在两种力的作用下相对平衡运动。】

193

东岗。

一场浩劫，遍地焦土。

凡火舌舔舐过的地方，更无一丝绿色。茂密的林木全都变成了碳质的黑桩和枯硬的杈丫，木然呆立，群体失语，即使来年春天复归，它们也不可能再迎风摇曳，它们以千奇百怪的姿态仰对苍天，像哭泣，像倾诉，像责问，像怒骂，像咆哮，像诅咒，也有的像乞求，像祈祷……

千年老檀虽然再遭劫难，只因身姿巍峨，四周百树敬而远之，故火伤不重，铁干铜枝，依然挺拔，但经浓烟热浪熏烤，树冠再无婆娑绿影，山风掠过，也没有了枝叶的笑语喧哗。它仿佛变成了一位迟暮的老者，伫立秋风，一脸愠怒。

顺阳女王大难归来，霸气未挫，当天就举行朝会，安排众丕带各司其职，各负其责，灾后自救，重振家园。

此次国难，皇都全城死亡姐妹达三十五万，占总数近百分之三十。其中逃生球外表烧煸献身的老姐们约有十万，其他主要是双城地上部分浓烟热浪熏烤窒息而亡，地下部分及蘑菇园伤亡极小。内务口于帝国公墓挖大坑深坑，妥为安葬死难姐妹，对英勇献身的老姐们收集各自的费洛蒙信息，勒石刊名标榜后世。大力神尸骨难觅，仍按丕带礼遇，修筑坟茔，竖碑纪念，顺阳女王亲临墓地为其捧土。穿云丹于国宾陵园与其母穿云红合葬，盛殓入土，享同等礼遇。

整修家园，恢复生产。

建筑口负责用自来水清洗皇都内外烟尘，去除异味，修缮被毁设施，同时抢修高速路，尽快恢复至各属国的交通。产业口全面恢复各基地的生产，附近捉获场被毁，组织远征捉获队，确保皇都肉类食物供应。

慰问受灾属国和邻邦，恢复友好交往。

外务口迅速厘清了属国灾情，南北二坡火场范围受灾国三十五个，因为之前都已深挖洞府，加之普遍蚁封不高，开凿的鼻孔不多，故伤亡都不是太大。

女王在玲珑儿陪护下于朝会后第一时间访问了几家邻邦。水坑的龙虱除水质受污外，有惊无险零伤亡。树坑的蜻蜓只有空军炮战队飞驾因执勤延缓撤退，阵亡了十五驾，其余损失不大。

受灾严重的是土蜂王国，除了王国都城（建在古檀最高处的树洞里，而且树洞不与树芯空洞相连）安然无损外，其余挂建在五棵枝丫上的所有属国蜂巢，蜡质材料经不住浓烟热浪的熏烤全部报废，需要重建；将近三分之一的蜜蜂姐妹撤退时在浓烟中迷失方向窒息坠亡。残存的蜂蜜满是硫黄味不能再吃，眼下深秋百花凋零，连食物也成了问题。顺阳女王下令，红斑蚁加大批量生产蚧蜜、芽蜜，全部援送黑尾土蜂，共克时艰。

土蜂王国。王台。

顺阳女王与追追王默默相对，神情悲凄。

玲珑儿一旁陪坐，有点沉不住气了：东岗村人如此歹毒，我们咋办？两位女王倒是说话呀！

顺阳女王突然爆发，一声怒吼：你问追追王！

追追王抬起头来，眼睛里燃烧的是复仇的火焰，猛拍了几下翅膀，同样歇斯底里：绝不放过他们！

对！绝不放过他们！大家一同怒喊。

【华秋野博士：水攻、火攻场面恢宏，叙事精彩。最令人钦敬的是老臣大力神，还有造就了大力神老臣的顺阳女王，向她俩的伟大致敬！】

第二十一章

194

东岗。檀洞。

一场豪雨过后，老檀四周光秃秃的树杈杈湿漉漉的，水珠子滴滴答答，像聚堆的老妪们泪眼婆娑，树杈下黑色的木炭渣子被雨水冲得一小堆一小堆遍地都是，白色的灰烬全被冲下了山岗，那些挂在山坡上的灰白的水渍，歪歪斜斜，像是留下的条条泪痕。

北风还在幽幽地吹，凉飕飕的。

老檀树兜底下的土洞里，同样气氛悲凄。

一场大火撵走了黄豺一家老小，他们再也没有回来。顺阳女王要召开昆虫界联盟会议，玲珑儿正愁有些大个的昆虫进不了土城，百事通便将这里打扫收拾一通，安排做了会场。虽是暗黑些，但宽敞得很，且秋冬温暖，能避风雨。

一百位盟委只来了七十六个，没来的不是请假了，而是来不了了，她们的王国或家族连同她们自己全都死在了大火中。所有来了的盟委刚才经过废墟目睹了惨状，眼下依然沉浸在悲愤中，谁都一声不吭。她们的随员护弁也都默默黏身在洞壁、天花上。洞厅内寂寂封音，静悄悄的。

盟主顺阳女王扬须碰了碰身旁的副盟主追追王，追追王回应地扇了扇翅膀。

顺阳女王率先打破沉默：东岗昆虫界大联盟各位盟委，各位兄弟姐妹，东岗的这场大火，把我们大家害惨了。谁干的？东岗村人类！他们不叫我们好活，我们也不能叫他们好过！

追追王嗡嗡几声猛拍翅膀：我还是那句话：绝不放过他们！

有昆虫大呼一声：跟他们干！

犹如烈火点着了干柴：干！干！干……

接下来便是都管玲珑儿的活了。

玲珑儿都管发动大家都要拿起各自的武器，共演一出拿手的好戏。她率先代表红斑蚁帝国表态，负责啃噬东岗村所有薯类、豆类作物的根茎，叫他们两年内绝收；紧接着板脸相爷代表黑尾土蜂王国表示，停止为东岗村的瓜、果、蔬菜传花授粉，叫他们白忙乎两年。

蜂、蚁带了头，百虫跟进，一个接一个抢着表态，谁都不含糊。

蚜虫、蚧壳虫表示，她们主攻菜园子，叫他们吃不上蔬菜。

鞘翅目的金龟子、天牛拉着半翅目的蝽象往中间一站，大喊果园算他们的。金龟子说：东岗村哪家哪户没种荔枝、柑橘？糟践他们的果树，我们才是真正的高手！只是丑话说在前头，我们是有条件的，条件！人类药杀，鸟类啄食，我们认了，但如果昆虫自己还要打横炮，绝不答应！【华秋野博士：鞘翅目是昆虫纲甚至动物界种类最多、分布最广的第一大目。类群前翅角质化、坚硬、无翅脉，故得名鞘翅，有原鞘亚目、菌食亚目、肉食亚目、多食亚目共四个亚目，一百七十八科，三十三万种，体形大小差异大，体壁坚硬，咀嚼式口器，触角形状多样，前胸发达。常见昆虫（俗名）有天牛、瓢虫、萤火虫、屎壳郎、斑蝥、独角仙、吉丁虫、芫菁、金龟子、锹形虫、叩头虫、龙虱、米象等。】

各位国王和家族长老们心里明镜似的，谁都知道金龟子说的打横炮指的是黄猄蚁，黄猄蚁是肉食性蚂蚁，树上建巢，常年以捕猎昆虫为食。大家纷纷拿眼在洞厅里睃瞟搜寻。

坐在前排末端的黄猄蚁王国国王，感觉众目如蜇有些尴尬，但还是声音朗朗：没问题！金龟子兄弟放心好了，我们保证，在东岗村，两年内不捕食任何果虫！

国王话音一落，大家纷纷叫好。

忽然，一只灰白色的蛾子翩翩飞舞绕大厅一周，然后轻盈盈飘落在演讲台上，翅膀一收，像是披了一件毛茸茸的缀着黑色绣斑的大氅，她扬了扬触须，侃侃言道：我是稻螟蛾，平日从不上山，因此与诸位少见。说起与人类斗，一定要抓要害。人类和我们一样，谁都少不了吃。人类吃什么？稻谷。我们吃什么？专吃他们种来结稻谷的禾苗！我们拍拍类还有一位姐妹叫稻纵卷叶螟，我们一起与人类为敌，斗了千年万代了。她们的幼虫叫刮青虫，在南方一年八代；我们的幼虫叫钻心虫，一年五代，咱们专吃稻谷的芯叶，叫他们的禾苗烂芯、抽白穗，平常年份减产是肯定的，厉害的年份颗粒无收……

大家被她的演讲深深吸引，无不诧异而又惊喜，诧异的是，昆虫界竟然还有这样一位世世代代与人类缠斗的英雄；惊喜的是，在最需要英雄的时候英雄现身了！

不过也有不少昆虫半信半疑，其中七星瓢虫长老还飞到空中高声质问，话里带刺有些大不敬：此话说的大了些吧！既然稻谷是人类的主粮，你们又年年为害，可他们为什么还是活得好好的，没见饿死一个，咹？

是啊，是啊！附和的不少。

稻螟蛾扑哧一笑，一脸苦相：瓢虫兄弟说的很对，这些年我们确实没尽力了。为什么？首先是人类药杀太狠，更主要的是我们心灰意冷，正如金龟子说的，气不过咱们昆虫窝里斗！这些年我们努力做的，只是争取让自己不绝种。这个会，我本邀了稻纵卷叶螟蛾一块来，她赌气说没兴趣，她要抓紧产卵越冬，担心断子绝孙……

玲珑儿打断她：那你说说，谁与你们窝里斗？

稻螟蛾：我刚才转一圈，看到场子里就有三个！

嗡嗡嗡，唧唧唧……大家纷纷猜议。

倏地，松毛虫赤眼蜂站起来坦诚相问：肯定有我们家族的稻螟赤眼蜂吧？

飞将军二世也说：少不了我们田野里的蜻蜓。

水上漂二世说得更肯定：当然还有我们稻田里的龙虱。

嗡嗡嗡，唧唧唧……大家都说：那咋办呀？表个态呀！

于是三家相继表示，坚决劝止他们，保证两年内控制儿孙繁衍，绝对不再窝里斗！

稻螟蛾触须高扬，慷慨激昂：如果你们真能做到，稻螟蛾和稻纵卷叶螟就把硬话撂在这儿：我们连续两年大爆发，叫东岗村稻谷彻底绝收！

她的话音一落，洞厅内叫好声、呐喊声一阵爆响。

洞厅里沉闷之气一扫而光，复归热烈活跃。

玲珑儿宣布暂时休会，品尝会中小吃，上的都是些甜品、肉干、鲜菇之类。大家边吃边聊，各取所爱，家长里短。

复会后，抢先站上演讲台的是一只按蚊，一只苍蝇，还有一只鼠蚤。

按蚊嘤嘤嘤声音尖细比粟米子还小：你们上面说的都是明年的事啊。那么眼下呢？总不能让这么长的秋冬闲着吧？我们三个合计，打算马上动手，在东岗村闹出点动静来！

有昆虫故意将大嗓门憋得同样尖声细气调侃他：那你们打算闹出点什么动静来呢？能不能透个底儿呢？

按蚊并不生气，嘤嘤嘤笑着继续卖关子：不行，不行！说出来你们以为是吹牛，大家看热闹便是，看热闹便是！

旁边的苍蝇绿头，蓝袄，黄翅膀，浑身鲜艳，因趋腥逐臭一直被大伙嫌弃，所以呆头呆脑没一点自信，他学着蚊子的说辞，憨声憨气地帮腔：嘿嘿嘿，你们看热闹便是，看热闹便是……

洞厅里吱吱唧唧笑开了，全是稀稀落落的讪笑，笑他们这副模样儿，还能指望闹出什么动静！

小不点鼠蚤身子短小，生怕大家瞧不见他，于演讲台上爆豆似的一连几个前空翻、后空翻，先抓住了眼球，然后在一片叫好声中朗朗开言：你们不要小瞧了我们！大有大的本事，小有小的能耐。他竖身而立，扬起两只短短的前肢摇了摇，高声问：各位，看见了什么吗？

全场一致响应：没看见！

鼠蚤：知道你们看不见！但是，看不见不能说没有。告诉你们，绝密武器，厉害着呐！说完，又是几个前空翻、后空翻，而后戛然而立，嘻嘻笑着。

全场哄然大笑。不过依旧是讪笑，只是笑声里多了几分友善，大家觉得这小不点小是小，还真逗，不讨嫌。

大会继续进行。

散会时，玲珑儿叫鼠蚤留步，原来是顺阳女王要见他，问他知不知道鬼点子？

鼠蚤说，他就是鬼点子的第九代孙。

女王慈爱地用触须抚了抚他，感慨道：难怪那么像！她又问他，你的绝密武器是什么？对我也要保密吗？

鼠蚤告诉她，是病毒！他的一个鸟蚤朋友从西南方一个外国村子里弄到的，传染厉害，死猪，还死人！

女王也很惊诧：噜哈！是吗？

她想了想，小声嘱咐鼠蚤：东岗山脚下第一户是我朋友，也是你太姥姥鬼点子曾经的宿主家。你们的病毒千万不要染到他们，好不好啊？

鼠蚤回答干脆：好！

195

秋冬闹出点动静来，最初是在东岗村西头的胡姓村民家里开始的。

东岗村大小三百多口，主要是两大姓，胡姓住在村西，华姓住在村东。

立冬前几天的一个晚上，满先生胡满贤通宵难受，发烧，肚子痛，拉了十几次，先是拉稀，后来拉鱼冻子。他一大早想去镇上卫生院搞点药，在村口碰到几位本家兄弟，一问，家家没有二样，而且不分老少。大家都觉得奇了怪了，一齐来找他们的胡姓村委。胡村委也正窝着腰难受，枯起眉毛说了句：莫非有人井里投毒？他叫大家先去东头遛遛，看看华家屋场是啥动静。遛遛后带回的消息，东头华家屋场啥动静没有，家家户户黎明即起，洒扫庭除。胡姓村委枯着的眉毛竖起来了：去！提桶井水到防疫站化验！

东岗村华姓和胡姓家族有些宿怨，早年为山界、为水源打过不少恶架，但华姓后生子多，胡姓从来占不到上风，一直窝着满肚子火。

满先生他们骑电摩去的，先去防疫站验水，再到县医院问医，下午回来报告结果：井水还是原来的井水，人得的是急性痢疾。

胡村委听了脸都气歪了：妈妈的，来了活鬼，就我们得，他们不得！

直到第二天早上，胡姓人痢疾没有平缓多少，心情却舒坦了很多。

这天一早，华姓人便传开了消息，近山嫂得了打摆子，一会热得满头是汗，一会又冷得牙磕牙，盖几床被子还抖起好高。如今华近山蹲班房去了，大家觉得不能太冷落他家了，尤其是平日里近山叔经常罩着的几户便领头去看她，老远就大呼小叫，生怕左邻右舍不知道他（她）重情重义晓得感恩，当然个别的怀里还确实揣了几个鸡蛋。其他户也前脚后脚都去露了个脸，都说当家的不在，心里记挂着呢，所以先来看看，脚步为亲。

于是，当天下午起直到第二天上午，华姓人家除了华南坡两口子，家家户户全都染上了。

196

檀坑。行营。

几片青檀叶上，堆满了虫干、鱼干、蚜蜜、王浆之类，全都是女王的特意犒赏。

鼠蚤向来绅士，弹起看了看，都不是她的饭菜，便抱着根草管蹲在一旁吸清泉。

按蚊和苍蝇飞上飞下，大快朵颐，嘴里吃着，还嘤嘤嘤、嗡嗡嗡争头功似的抢着汇报战况。

顺阳女王：这么说，整个村子除了华南坡家，你们把拉拉拉（痢疾）、颤颤颤（疟疾）染了个遍？

按蚊拍了拍翅膀，声音尖细细的：那当然！

苍蝇学舌：那当然！

按蚊：管他大的小的老的少的，一个不落！

苍蝇：嘿嘿嘿，一个不落！

草妹去过华近山家，她问按蚊：在村东，你们为什么找华近山的老婆开头炮？

按蚊：谁叫她是华近山老婆！公的不在，母的上！

玲珑儿笑了笑：人类分男女，不叫公母。

按蚊：凭什么只有他们分男女！不行，都叫公母，必须的！

顺阳女王也笑了，她问：整个还顺利吧？

按蚊：开头一直顺畅。后来来了不少医官，发动村里房前屋后薅茅草，清污沟，撒白粉（石灰），喷毒雾，害得我们没处藏身了。反正事情办得差不多了，够他们折腾十天半月的了，于是一声喊：小的们，撤！我们就全都撤回来了！

苍蝇：嘿嘿嘿，就全都撤回来了！

玲珑儿见鼠蚤一直没有吱声，便拍了拍他：下回该看你的了。

鼠蚤终于憋不住了，左弹右跳后一个立定：好！一个月后，压轴的戏才是正戏！

大家散去时，顺阳女王又拉住按蚊，悄声地问：华南坡家怎么样？

按蚊：他们家好好的，我们真没动他。不过，他好像一点也不领情，一天到晚骂骂咧咧丢东掼西的。

女王有些诧异：这样？

197

华南坡家院子。

华南坡低着头破篾，眼睛瞟着外面；南坡嫂背对院门洗鞋子，也尖起耳朵听风。

这些天，两口子都没得病，却比做了贼还难受。

他家住在山脚下，本不当路，可是从早到晚七弯八拐从这里路过的特多，谁都不哼不哈尖起脚轻悄悄地走，斜着眼睛往院子里扫，就像小偷来踩点的。

又有人来了。

华南坡斜眼一瞟，村西头的强猛子，瞟见强猛子也在瞟他。

华南坡不瞟了，声音朗朗满是关切：是强猛子啊！家里人都好些了么？

强猛子一点也不觉得尴尬，反而话里带些狗屎味：多谢南坡叔，还正患着呢。我们哪有南坡叔、南坡婶这样的福气，前世冇做得好事啊！

咣当一声，南坡婶的木盆子倒水。

人有时真的好怪，可能是社会属性决定的吧，特别害怕被孤立。

两口子满腔怒火，老子不得病，碍着谁了？可是怒火归怒火，火熄了自己也犯迷糊：左得右得上得下得，为啥我俩就不得呢？

不光他俩犯迷糊，医疗组的也都犯迷糊，多次来他家访查，测体，询问去过病人家里没有？两口子一脸委屈：去过呀！家家去了呢，还都送了礼信！【华秋野博士：礼信，在岭南可理解为礼节性的赠物。】南坡嫂带着哭腔，瞧那样子，正为不染病而愁着呢。

198

十二月下旬。快过元旦了。

东岗村终于送走了两尊瘟神。

村东、村西华姓、胡姓人又闹腾到一起了，放炮仗像煮粥一样。

这就是人，平常日子过得稀松，反倒郁闷，怨天尤人，猛然折腾几下，玩一把过山车，竟然喜不自禁，倍感幸福。平常开车也是一样，天天平安，理所当然，一旦出事，只要大难不死，就庆幸自己鸿运当头照，期盼后福来临。

可是这次，东岗村人高兴得有点早了。

199

元旦后第五天。

阳光下的罪恶正式上演。

鼠蚤的绝密武器开始压轴登场了。

先是猪瘟，然后才感染到人的。

家家户户的猪刚发病时，高热，气喘，翻白眼，后来猪皮起红斑，哼哼唧唧，嘴里咕咕咕挂着白色的涎，走路像戴了脚镣，摇摇晃晃，走着走着就倒下了，倒下了就起不来了。

这可是村民的心头肉啊！年头至年尾，他们将积蓄毫不吝啬地换回饲料，再加进些农家的糠皮菜叶，精心拌和在满腔的热忱和希望里，一把一把地填进这些摇头晃脑的囤钱罐，眼睛也粘在他们身上了，天天围着转，百看不厌。可是一天连着一天，囤钱罐一个接着一个被砸了，弯起手指头盘算，所有医、养、嫁、娶的家庭财政预算全都落空了，能不心疼么！脾气火暴的气得跑到院子里，拿把锈刀子剁着砧板子喊天【华秋野博士：湘南、粤北的风俗，凡遇到憋屈事，以此方式向苍天倾诉，祈求神明天谴，以洗清冤枉，严惩邪恶】，有的干脆跳起脚来骂娘。

可是，骂着骂着就听不到骂声了。

为什么？因为人们自己也染上了。自身难保，终日惶惶，还在乎那些畜生么！

平日里咳咳喘喘有些养生病的活祖宗，一下就走了五个。

但是，走了五个以后就没再走了。

为什么？因为县里又来医疗组了。他们串家走户，取样化验，配药打针，而且个个和蔼慈祥，嘘寒问暖，不仅一下就平抑了病情，还焐热了村民们早已发凉的心情。

村民们心情好些了，就问医生：又死猪又死人的，到底什么病啊？

医生说，流感，流感而已。

有的村民偏爱打烂砂锅问到底：什么流感啊？这样厉害？

医生进一步解释：甲型的，H1N1。

岭南人普通话说不标准，听别人说也懵懵懂懂一头雾水：流感还分真心的、假心的？既然假心的，还会娶你，爱你？躲还来不及呢！心想医生说的也太专业了，问了也是白问，干脆不问了。

村里没有再死人了，然而大大小小的猪却死光了。

为什么？不是病死的，而是杀死的，由专业人员统一捕杀，深埋。凡统一捕杀的，一律登记造册，由政府埋单，品补损失。但是，统一捕杀前瘟死的，损失只能各家认命了。虽然如此，村民们都没啥好说的，口口声声感谢政府。

不过，大家心里还是有些想不通，不光是胡姓的，也包括华姓的，都是非常想不通。

没别的，就是因为华南坡。家家户户死猪气得喊天骂娘那几天，他家的猪照样生猛活溜，皮毛未伤，统一捕杀后又同样损失全补，说到底他家丁点儿破财都没有。

丁点儿破财都没有，为什么？

为什么独独只有他家！

大家都说：政府是公正的，老天爷太偏心眼！

200

华南岭家，顶楼凉亭。

兄弟俩在喝闷酒。

他俩聊了好久了。

华南坡一脸委屈：哥呃，我不想要老天爷关照呢！你不知道，那些讥诮话多难听啊。家家死猪那几天，村上大男小女都往我那里跑，口里讲学习取经，眼睛里喷的都是怒火，谁看不出！讲真心话，我恨不得杀死两头丢在院门外，让大家消口气。

华南岭呵呵一乐：你一人独占便宜，他们当然眼红。要理解，理解呢。

华南坡：这事也是他娘蹊跷。哥，你说说，咋回事嘛？

华南岭噘着嘴一个劲点头：是哩，我也老在想哩。你猜猜，是不是还是那个蚂蚁精？

华南坡一愣，绝不认同：别开玩笑了，怎么会呢？我都请胡师公降服她了，她倒还帮我？

华南岭：别忘了，她可是野仔的朋友哦！再说了……他把声音压得极低：真的降服了吗你以为？自从二傻出事以来，从东岗到村子里，发生了多少奇事、怪事！

华南坡眼睛瞪得牛大：你是说包括这几场瘟病，都是蚂蚁精干的？可能吗？不可能吧？

华南岭：你不信，我信！

华南坡：要真是……那就，太可怕了！

201

黄昏。榕树下。池塘边。

胡村委家院子里。

没有风，空气沉闷。几杆烟枪长吁短吸，红光闪烁，将凉床上板凳上椅子上麻拐凳上歪着的汉子们，全都笼罩在白色的烟雾里。

他们一直在嚼舌根子，共同深入探讨关于华南坡家生猪和人的系列为什么。

满先生胡满贤忽然提供一则消息，让探讨别开生面：那天听胡师公说，他家野仔前些年和东岗的一只蚂蚁精纠缠过，还是请的他去施法降妖的，前院后院都钉过符了……

众人都以为迷信活动而已，只有胡村委听出了这条信息的重要，凉床上一个鲤鱼打挺，高声大叫：这样就说得通了！原来是东岗的蚂蚁精一直跟我们作对！

大家一经点拨，全都哇哇哇清醒过来了：是啊，是啊，难怪东岗的蚂蚁、蜜蜂那么难缠！……我们总说有鬼呢，堂堂的人还斗不过几只虫子！……这么说来，村子里的几场瘟病，全都他娘的蚂蚁精作的祟了！……

还是有人提出了疑问：华南坡请胡师公降妖，蚂蚁精应该恨他才对啊，为啥反倒关照他家呢？

强猛子说：驱妖钉符那是以前的事了。最近我们几次上山灭杀蜂、蚁，你们见他华南坡参加过一回吗？没有！为什么？他是故意闪躲！蚂蚁精特意感他的恩呢……

有人立马接茬：对，对！这就又说得通了！

于是乎，华南坡便犯了众怒。华南坡犯了众怒，于是乎大家唾沫横飞：他晓得东岗有蚂蚁精不好惹，为什么要瞒着我们？瞒私崽子一样，叫我们屡屡上恶当，吃哑亏！……是啊，亲为亲好，邻为邻安，乡里乡亲的，为什么不给大家提个醒？……他只图自家荣华富贵，不管别个死绝人毛，我们要找他索赔！……对，要他赔偿，必须赔偿！……大家抄家伙吧，一齐找他们华姓的去，讨个说法！……

后生子们扎脚勒手，几欲动身。

胡村委一声断喝：急什么！想让人骂你们无理取闹？

大家一想，对呀，医疗组的还没走呢，他们是不信迷信的。

也罢，月亮风吹不走。

满腔的怒火只得暂时憋着。

202

胡姓的去找华姓的讨说法，是在医疗组撤走后的第二天上午。

东岗村的甲流前后折腾了差不多一个月。还好，给大家留了七八天时间，准备过大年。

这次甲流，村子里走了五个老人，一女四男，二胡三华，都在七十岁以上，也算是顺头路了。因为是在村子里就地医治，医疗费用并不太高，据说人平只有三百多，要是在城里，没准十倍还不够；加上统一捕杀的生猪品补，当然也不是个小数目。但这都是天灾，自然全由政府埋单了。

村民们伤心的还是自家的损失。

他们的损失主要是瘟死的那些猪，少的户八九百，多的户三四千，加上丧葬费，这些都是各家各户自己负责的。小刀子剜的是心头肉啊！更何况，他们认为这都是本不该有的损失，谁提起就让人心生怒火！

这天早餐后，十多个胡姓后生扛着锄头耙头，聚集在胡村委院子里。

胡村委只说了句：威斗！你们先去。

威斗两字即明确了此次行动的性质，是示威，不是血拼。

后生子们便哐啷当啷敲掉锄头耙头脑壳，提着根木柄就出发了。

他们刚刚涌聚在华南坡院子里，像丐帮一样咚咚咚敲打地面，口里恶喊赔偿、赔偿时，华南岭就领着华姓的后生子扛着扁担赶来了。来的不多，也就十来个。没来的多因是棍棒阵，都懂的，小阵仗而已，激不起他们为家族血拼的斗志，加之肚子里同样窝着一团火呢，懒得凑热闹。

双方的械斗是名副其实地斗械，都是瞅准对方举在手里的木头，使劲地揍，噼里啪啦噼里啪啦，场面惊骇无险。

华南坡高举双手，游走在棍棒阵中，抓住这个的手臂，抱住那个的腰，带着哭腔不停地在喊：别打啦，别打啦，求求你们啦！……

战斗正未有穷期。

胡村委拉着另一位华姓村委及时赶到了，一声断喝，双方即刻住手。

胡村委宣布了村委会研究的意见：乡里乡亲的，赔什么赔？不赔了！不过这东岗是有点邪门，决定宰一头大水牛祭一祭。费用嘛，考虑只有南坡你损失小些……

华南坡像获得大赦后将功折罪似的，立即表态：没问题！我出，我出！

一头大水牛，少说也要一万多。大家肚算盘一拨拉，你瞧我，我瞅你，心里一下释然了。

一场械斗完满落幕。双方零伤亡。

只有华南坡被打了一下脸，蹭破了一小块皮。

203

宰一头大水牛，在东岗祭一祭，这样宏大壮阔的事件和场面，自然吸引了全村老老少少悉数参加。

他们想看胡师公头戴五老冠，身着道袍，遥望南天，晃铃舞剑，念动神咒，恭请太上老君降临凡世，施法人间。

他们想看屠夫鬼老八横咬屠刀，扎裤撸袖，然后白刀子进去，红刀子出来，噗的一声，血溅满脸。

他们想看鲜红的牛血，一瓢一瓢地泼向天空，阳光辉映血雨，飘洒草地……

但他们没有想到，当天最大的看点却是那头大水牛。他齿龄十五，正当壮岁，已被人役用十三载，自觉与人友好，无愧于人主，无愧于料草。当他被牵上东岗，昂头四望，看到乌焦麻黑的山岗上，全是他熟识的人们，在他熟识的人们围着的圆圈里，早已摆下了麻绳、木盆和明晃晃的刀，他心慌了，感觉自己的末日到了，吓得四腿哆嗦，再也不肯挪步。人们用麻绳锁拢他的四脚，他倒下了，几个猛汉将木杠撬在他的四脚之间再死死压住，他再也动弹不得。大半辈子的忠诚、憨实、辛劳，换来的就该是今天的下场么？他犟起脖子，瞪着两颗血红的眼球，泪如泉涌。那把明晃晃的刀举在他头上了，哞——！哞——！哞——他发出了最后的吼声。是愤怒？是悔恨？是诅咒？是控诉？还是留下的对同类的忠告？恐怕只有他自己知道。

哞——！哞——！哞——……大水牛凄厉绝望的吼声，久久地回荡在东岗山头，也回荡在东岗村老老少少的心里。

不过，当各家各户将分得的大块大块带血的牛肉、牛杂碎拎回家享受其美味时，人们又渐渐地心安理得了。

204

东岗。黄昏。

宰牛祭东岗的当天下午，玲珑儿奉女王之命找到板脸相爷，安排蜂子四下寻觅尚未隐身的蝈蝈【华秋野博士：蝈蝈属昆虫纲直翅目螽斯科，外形和蝗虫相像，触角细长，复眼两只，单眼三只。雄虫前翅摩擦，发出括括括的声音，清脆响亮，与蟋蟀、油葫芦并称三大鸣虫，深受广大鸣虫爱好者喜爱，在中国人们用小竹笼饲养蝈蝈观赏娱乐历史悠久。其食物主要是豆类、菜叶、蚂蚱。按产地可分为北蝈蝈与南蝈蝈，体形北大南小。北蝈蝈以北京的燕蝈蝈最有名。在岭南，冬天夜晚犹能听到蝈蝈的鸣叫】，请他们广播消息，邀请凡是没有冬眠的昆虫界各属类的兄弟姐妹，前来老檀共赴饕餮盛宴，分享人类进贡的美食。

南方冬暖如春，今冬尤甚。

往年，昆虫们以成虫形态过冬的不到五分之一，今年高达三成以上。蝈蝈的妙音激越悠扬，极具鼓动性，尤其是说分享人类进贡的美食，这是亘古未有的稀罕事，于是昆虫们能来的都来了，连睡眼惺忪的也抖起精神，振翅飞了过来。老檀四周，树桩上，草上，漫岗遍岭巴满了四翅六足的精灵们。

人类进贡的美食原来是牛血大餐！

这是双翅目蚊、蝇的最爱，蚤目、虱目、鞘翅目、蜚蠊目的许多姐妹们也好这口。她们嗡嗡嘤嘤快乐得直哼哼，在滩血上盘旋，吮吸。

其他目属的昆虫大都觉得这不属于她们的饭菜，只是优雅地舔舔，浅尝辄止，然而也都比吃了还开心。

大家围绕人类向昆虫进贡这一话题，共同编写苍蝇、蚊子、跳蚤作践人类的壮丽传奇，绘声绘色，添枝加叶，各式版本，越传越奇。

大家无比提气，解恨，长志，作为昆虫王国的一员，大千世界一分子，感到从此不应猥琐，不再卑微，生命平等，何分贵贱？天生我虫，堂而皇之！

檀洞。

东岗昆虫纲部分盟委聚集在这里，共庆东岗村大捷。

顺阳女王和追追王都在。

玲珑儿都管主持。

大家争相追问按蚊、苍蝇、鼠蚤，东岗村的动静如此这般地大，是如何闹出来的？

按蚊的述说依然尖声细气格外纤柔，苍蝇憨头憨脑捡话学说照样呆笨，鼠蚤一如既往未语先动顽皮不改，她们的故事不时引发一阵阵笑声，不过不再是讪笑了，而是欢笑，笑声里洋溢着赞叹和敬意，大家不得不服——小不点确有大能耐！

笑过之后，有虫高声发问：人类都向我们进贡了，请问，对东岗村的惩罚还搞不搞？

洞厅里顿时嗡嗡唧唧议论开了。有的说，难得他们向我们认输一次，暂时饶过他们算了。多数认为不行，不能就这样便宜了他们，要叫他们彻底认输……

顺阳女王也碰了碰追追王，小声议论了一番。

最后，顺阳女王说：兄弟姐妹们，他们想几瓢牛血就糊弄了我们？没门！按原来商定的，继续！

205

东岗村。

过了大年，便是春天。

春种夏播，秋收冬藏。东岗村的这一年的这一切，都是白忙。

这里挨城市不远，主要农产品三大宗：蔬菜、瓜果、大米。先说菜园子。各类蔬菜从出苗开始就爬满了蚜虫，农药调稀了杀不死，调浓了杀死了虫子，菜也不能吃了，更不敢卖，出了人命要坐牢的，种菜的还要进城买菜提回乡下，憋屈得真成了会打扇子的手遮阴，染匠婆婆系白裙。

瓜果更离奇。这年应该是个大年，各种瓜藤果树青枝绿叶繁花满枝条，村民转忧为喜，以为好歹可以扳个本了，谁料想尽开空花不结果，家家户户几样当家的瓜果如荔枝、龙眼、柑橘、西瓜、香瓜等，都是摆花架子搞形式主义，真真正正华而不实，逼得农民又不文明了，妈妈 × 妈妈 × 骂个不停。后来还是一个游动养蜂的揭穿了谜底：你们东岗村怪得很，一年到头花是好花，就是不招引蜜蜂……【华秋野博士：自然界约四万种植物的繁育依赖于蜜蜂授粉，全世界一百一十五种主要农作物中有百分之七十依赖于蜂类授粉，蜂类授粉贡献了全球百分之三十五的农作物产值。现在世界各地均已发现蜜蜂种群在急剧减少，科学家们担心将对生态系统造成极大威胁，导致农作物大量减产，人类终将面临大规模食物短缺。蜜蜂的迅速消失带来的危害将比全球气候变暖带来的危害更为严重。】

最惨的还是稻谷。这是村民的命根子，除了一家老小自己要吃，还是创收的大头，所以化肥农药从来不惜血本。这年早稻禾苗长得青翠肥实，可是一到分蘖打苞问题来了：刮青虫、钻心虫像开了会似的一齐爆发，丘丘田里禾苗白叶、枯芯，而且嫩芯嫩苗喷不得重药，治死了虫子，禾苗也成了枯草。汗滴禾下土，辛苦大半年，收成却不够口粮。累死累活满心希望插下晚稻，同样没逃过刮青虫、钻心虫的为害，全是抽的白穗子，结的瘪谷子，秋后家家户户只收了一把稻草。

老老少少，都心里滴血！

一些没有羁绊的后生子，率先收拾行装，骂骂咧咧出外寻工了。

家家户户只收了一把稻草，这回也包括了华南坡。

从年头到年尾，他再也没有受到例外关照了。不过，他比别人心情复杂些，摇头叹气声里除了懊恼，还有如释重负般的轻松，感谢神明的理解，虽然被打，却是愿挨。

他哪里知道，这是因为野仔。野仔年前寒假回家，听说了村子里的病情始末以及之前的人、蚁之斗，他悄悄上东岗递了名片求见女王，女王还是只打发草妹和他会见。他对草妹说，你们是不是做得太狠了点？话里带有明显的责备之意。草妹说，是他们太狠在先啊，你怎么不说？最后，秋野请他转告女王，谢谢对他们家的关照。但是这种关照，请求以后千万不用了。草妹问为什么？秋野说，人类的事太复杂，几句话跟你说不清。草妹疑惑地扬了扬须，答应了。

春种夏播，秋收冬藏。东岗村第二年还是白忙。

大部分人家绝望了，只得举家外迁，有亲朋戚友的投亲靠友，无亲无友的进城租房，打工，上学，开始在别人的地盘上谋生了。

东岗村第三年，还剩几户不甘心，赌上最后一把，结果一而再，再而三，没等到搞完秋收，骂骂咧咧操完他八辈子祖宗，便肩扛手提，头也不回地走了。

村子里只有十一个老叟老妪坚守不屈，他们说，不走，就是不走！死也要死在丢胞衣罐子的地方！

其实，真叫他们走也走不动了，都是七老八十的，随风摇曳的衰草，除了依恋故土，他们更不想给儿孙们添累赘。

【华秋野博士：东岗村几场瘟病，几年绝收，小虫子们就将它们讨厌的人们撵跑了。大自然的报复是那么轻而易举。史学家认为，人类历史上最大的人口消亡不是战争屠杀，而是病毒吞噬。十三世纪之后欧洲大约一半人死于黑死病。十五世纪末欧洲殖民者将天花等病毒带到美洲大陆传播到土著居民，短短一百年内印第安人由三千万骤减为不到一百万。十九世纪霍乱病毒随商贸进入中国、日本、中东和非洲一些城市，六次大规模暴发，夺去了数百万人生命。一九一八年至一九一九年西班牙大流感席卷全球，感染人数超过五亿，六个月内夺去二千五百万到四千万生命，比持续了五十二个月的第一次世界大战死亡人数还多。二十世纪八十年代出现的艾滋病引发了一场世界性灾难，至今大约二千五百万人丧生……这些病毒极大多数都是由动物甚至低微动物传播到人的。】

第二十二章

206

东岗村头。大榕树下。

华近山坐在石墩上发呆，足足一个时辰了。

他蹲监表现好，减了半年刑期，今天上午回的东岗村。回到家里大门一把锁，老婆回了娘家；村子里转一圈，芳草萋萋，虫声唧唧，挨家敲门，户户空巢。几个留守的活祖宗哽哽咽咽争相哭诉：好端端的一村人，全让虫子给撵跑了！坐牢时有探监的诉说了村里的情况，没想到看见的远比听说的还要凄惨。

他心如刀割般痛。

东岗村是华、胡两姓的祖居地，世世代代窝在这里发子发孙，这里是大家的根啊！可是如今根都不要了，家家户户拖家带口像浮萍一样出外漂泊。东岗村现在的惨样，虽然不全是他华近山造的孽，但他作为村长，确实没有带个好头。俗话说，万物一般同，虫子的命也是命啊，真的不应该跟她们过不去。屡屡药杀、虐杀她们，甚至放火要灭绝她们，她们为了生存，为了不绝种，当然要反抗，要报复。几场瘟疫只发东岗，不发邻村，要不是政府下手强势，还不晓得死多少人。后来连续几年虫害爆发，庄稼绝收，更是秃子头上拉鸟屎，明摆着的报应。尤其蜜蜂子做得绝，怕你看不懂，给你活生生上一课：周围村子四季瓜果飘香，唯独不叮东岗村的花，给你瓜藤果树来个绝育手术，开花不结果！农民的手种不出吃的了，而且断了你所有的活路，再不外出那就真的只有等死了。

他想，难道东岗村就这样丢了？大家还有回村的路吗？路在哪里？

他掏出手机给留有电话的村民挨个打电话。他们多数都在周边的城市里打工，做保安，送快递，扫马路，搞搬运，起早摸黑，勉强糊口，租住城中村的房子，又潮又挤，小孩只能进农民工子弟学校，好学校要收赞助费。也有少数的还是干的老行当：强猛子上山采野蜜沿街吆喝，正宗的野蜂蜜，减肥美容长寿假一罚十。华南岭仍是古法泡制他的蚁力猛药酒，由二傻他娘摆地摊叫卖，滋阴壮阳祛湿降火……他脑海里立马浮现出他家院子里晒架上那一盘盘黑黝黝的蚂蚁干尸，心里陡生厌恶，脱口一句：南岭呃，你就不能换个营生，干点别的？

他最后一个电话是打给华南坡的。两口子在京都给野仔陪读，还是操的老本行编篾货卖。北方人用久了藤条柳条的，图新鲜换个篾制的轻巧灵便，筐呀篮的做一个卖一个，没有囤货。电话里他还邀他也去京都，说有个好差事他干不了，正适合你这个当村长的。华近山有些心动。他不完全是为了那个什么好差事，他想去找华南坡解开一个谜：为什么当年家家户户死猪死人，唯独他家平安无事？还有，他家野仔是大学生，还是学生物的，村子里发生的事，他能不能说出个子丑寅卯？他心心念念的还是东岗村的明天。

他站起身来，拍了拍屁股，望了望天边的浮云。

他打算先去岳父家，跟老婆商量商量，再做决定。

207

华南坡是在东岗村绝收的第二年就来了京城。两口子在京都农大旁边寻到个大杂院租了个小房，一室一厅，雅室让给小的做学问，两个老的做正副厅长。每天上午他在院子里做完手艺，下午挑往集市去卖。野仔他娘专门司职洗衣做饭，伺候爷俩。收入除掉房租水电日用开销尚有绰余，小日子虽然过得有些逼仄，但希冀未来，倒也温馨惬意。

华南坡推荐给华近山的好差事，是到京都农大昆虫生态学院做保安队长。因为他认识学院的苏副院长，半年前在菜市场认识的。苏副院长陪着夫人来买菜，看见他的篾货摊子老远就奔过来了，五十来岁，戴副眼镜，轻言细语，一脸的笑，是个和和气气的大人物。他说他是江苏宿迁人，楠竹之乡，看见篾编就亲切。他挑了个竹篮子，挽在夫人的臂弯里，退后几步上下打量，连说包得火包得火（漂亮），古典，古典！

一来二去便熟了，每次买菜都要拐到这里和他闲聊。聊得多了，才晓得他是大学的副院长，教授，而且还是华秋野的老师。华秋野的老师苏副院长还亲自帮他从老家宿迁采购竹材，比他从江西进的运费低，质量好，剖出篾片来面条一样柔匀。聊得多了，华秋野的老师苏副院长夸他是个伟大的父亲，在国内，来自农村的大学生哪有父母出来陪读的？华南坡实话实说：没有办法的办法呢，是被村里的虫子赶出来的，一就两便。被虫子赶出来的？为什么？为什么？一再追问下，他就跟他讲起了东岗村人虫互斗的故事。昆虫生态学院的教授、苏副院长像听外婆讲那过去的事，傻傻的着了迷，每回都问得详详细细，听得笑眯眯的。聊得多了，就成了好朋友。好朋友苏副院长老想帮帮这个伟大的父亲。前些日子他对他说，学院缺个保安队长，问他愿不愿意干，收入肯定比编篾货卖高多了，而且没这么辛苦。还说要请他给学院的老师也讲讲他们东岗村的故事，都是有偿劳动，按时付费的。他听了慌得连连摆手，不行不行，从没有当过长，当不像；讲课更不敢，何况是大学，何况是老师，何况……不行不行，不敢不敢！他生怕定了，下不得台。好朋友看他急成这样，笑着连忙安慰他，莫急莫急咯，不霸蛮，不勉强的。

那天他接了华近山电话，转身把他举荐给了苏副院长。

苏副院长说，好吧，叫他来试试。

208

华近山还真来京都了，而且应聘了昆虫生态学院的保安队长。

华近山保安队长应聘后没几天，就被安排给老师们讲东岗村的故事。讲之前，他向苏副院长提了一个小小的要求，他说他和村民都是被虫子赶出来的，叶落归根，还是想回到自己的老窝去，能不能请老师们帮忙出出主意想想办法？苏副院长爽快得很：好说好说，当然当然。

讲故事安排在某天下午，系教研室坐满了老中青男女教授将近二十个，其中好几个还是黄头发蓝眼睛。华南坡也来了，华近山扼住他手腕拽来的，说是无论如何必须到，一来壮胆，二来帮腔。华秋野同学也来了，苏副院长亲自点的名，讲你家乡的故事，怎能缺席。

苏副院长打的开台，强调开门办学请进来，教研改革接地气，推介真实故事活生生水灵灵，比经典教科书还经典云云。

华近山一点也不紧张，只是有些激动。他在镇政府开会讨论总喜欢包场，可那是些什么人？那只是发言啊。这是些什么人？清一色大学教授，这是高规格的讲话！讲好了，一辈子都光彩，可以炫耀亲朋，告慰儿孙。

他按照苏副院长给他设计的提纲，早就打好了腹稿，地理位置，自然环境，耕作习惯，病虫为害，植保措施，人虫矛盾……一路芬芳，流水叮当。

刚开始，他尽量带点文化味，因为面对的是文化人。

……我们东岗村依山傍水，山清水秀，气候宜人，十分美丽。东岗村人祖祖辈辈在这里一年又一年，一代又一代，世世代代，子子孙孙，生生死死，络绎不绝……

他讲了好一会儿，文绉绉的，自己都觉得别扭，听的也不咋的，该笑时不笑，不该笑时捂着嘴巴笑。好在他应变能力强，马上改用口语，一下就变得鱼在水里鸟在天上了。

……如今作田种菜四个字：简单，卫生。还有谁用农家肥？又脏又臭！该施肥了，化肥一撒；长杂草了，除草剂一打；闹虫害了，农药一喷，一切搞定。自古以来，乡村四季闲人少，如今呢？一年到头都不忙。身子骨喜欢闲散的，从早到晚聚在一起搓麻将；想发家的，进城打工找机会；不想外出折腾的，靠山吃山靠水吃水，凭点小能耐，挣几个活络钱。上山采野蜜，挖土鲤鱼（穿山甲），掏黑蚂蚁，笼黄蜂子，偶尔偷偷猎获几头天上飞的，林子里跑的，当然都是稀贵的；田野里捞龙虱，捉禾虫，张网吆喝抓捕禾花雀……【华秋野博士：禾花雀，学名黄胸鹀，属小型鸣禽，体长十五厘米左右，头部栗黑，背部麻褐，腹部鲜黄，旅鸟，繁殖地北纬五十度以北，越冬地北纬二十度以南。在中国，北方因其雄性外形优美叫声悦耳而作为宠物备受欢迎；岭南千百年来将其美誉为会飞的人参，是传统粤菜的一道驰名佳肴。因未能实现人工繁殖，所需均系野捕。二〇一七年世界自然保护联盟官网更新评级，将黄胸鹀从濒危升为极危。】这些个好东西，拿到集市上、地摊上一摆，不能摆的交头接耳一番，就是钱。村里有个泡制蚂蚁药酒的，收购的干蚂蚁用仓装。他说他的药酒滋阴壮阳祛湿降火，开智醒脑提神益气，卖得风生水起发了小财。一双儿女，一个痴呆，一个小儿麻痹。村里有个阴消鬼笑他蠢，你的药酒百病包治，为何不给你的娃仔多喝点哪？他哑口了半天才搭上话来：是啊是啊，谁说不是！大意了，大意了呢！都怪你啊，不早点提醒……说道生动处，他还模仿动作声音，惟妙惟肖，教授们笑声一片，掌声不断。

讲到人虫对抗，他说他发明的由外而内药杀害虫的技术绝对一流，他是活学活用农村包围城市的革命理论，没有一个漏网的。但说到虫子报复他的狼狈相，他也一点都不遮丑。甘蔗地药杀蚂蚁，蚂蚁钻裤裆，蜇得他像鼓上蚤跳起了迪斯科；古檀下为二傻讨回公道，又被蜇得集体跳起了踢踏舞；水攻蜂巢，野蜜蜂追着蜇，满脑壳都是包，老婆骂他成了八角苍龙；最后，他豁出去了，横下心来，要扫除一切害人虫全无敌，于是火烧东岗，不料老天发怒，陡起大风，山火失控，毁林几百亩，坐牢两年半，因为所以于是乎，村长变成了今天的保安队长……

呵呵呵呵……他窝起嘴巴自我解嘲，憨憨傻傻一副蠢宝样，逗得教授们哈哈哈前仰后合。

他坐牢以后的故事，走下台来，一把搂住华南坡的腰，横拖竖拽把他拱上台，硬要他的好朋友讲。

他的好朋友华南坡拿他没办法，只得麻起胆子硬起头皮撑场子。不过，他一点也不会花花草草，只能从三场瘟疫，讲到三年虫害，一是一，二是二，起初，然后，接下来，后来，再后来，桩桩件件，从头至尾。最后，他提了几个说他想破了脑壳都没想通的问题：为什么东岗的蚂蚁、蜜蜂晓得互相支援？灭杀蚂蚁，蜜蜂子飞来蜇脑壳；水冲蜂巢，蚂蚁子跑来钻裤裆。为什么连续三场瘟疫、三年虫害都在东岗村暴发，旁边村啥事没有？为什么村子里家家户户发瘟疫，唯独他华南坡家平安无事？为什么蜜蜂无论野生的还是人养的，好像开了会一样，都死活不叮东岗村的花……

他俩合作讲完了故事，摆出了问题，就一齐提要求，都是一口话，说东岗村是他们丢胞衣罐子的地方，如今回不去了，无论如何恳请教授们指明一条回去的路。

209

一阵热烈的掌声过后，轮到教授们给农民的精彩故事以回报了。

苏副院长抬手恭请奚老先来。奚老是自然保护学泰斗，二十世纪八十年代他以著述《静悄悄的大自然》，反对滥施农药虐杀昆虫而名震学界。

奚老右手中指推了推鼻梁上的老花镜，咳了咳，苍老的声音有些迟缓：东岗村的问题呢，明显是生物的多样性受到了破坏嘛，尤其是昆虫生态系统受到了严重破坏嘛。这种破坏，完全是人为因素造成的。所谓人为因素，一般的是指：捕猎采集、农耕放牧和工业活动三个方面。具体到东岗村的情况看，主要是前两项嘛，捕猎和农耕措施过度嘛。比如说，农户泡制药酒，捕杀的蚂蚁用仓装，骇人听闻、骇人听闻啊！再比如说，用农药灭杀昆虫，不分害虫、益虫，统统围而歼之，残忍、残忍啊……

奚老慢条斯理——慢慢地条分缕析地说出了其中的道理。至于怎么办？他没说。东岗村人没有想通的那几个为什么到底是为什么？他也没说。

热烈的掌声过后，苏副院长又抬手有请鞠老。鞠老是个女教授，自然生态学博导【华秋野博士：鞠教授是我的硕、博连读的导师】，发染霜花，一丝不乱，金丝眼镜，目光慈善，声音柔美极具亲和力。

她说：东岗村问题发生的原因，奚老鞭辟入里，十分深刻，我是完全赞同的。东岗村人最关心的是，还能不能回得去？我的回答是，回去应该是容易的，一年两年等生态自然恢复一些了，就可以回去了。但是，你回去了怎样不被再次赶出来，这才是最难的啊。我想，唯一的出路，就是改变传统的单一的生产模式，因地制宜建立或以农或以林或以渔为主的复合式、开放型、具有整体效应、良性循环的生态系统……

同样掌声热烈。不过，她对东岗村提出的几个怪问题，也避而未谈。

两位学术带头人分别就自然保护和生态维护方面带了头，定了调，五六个青年教授疾步跟进，都在完全拥护之后，补充一两点小小建议。只有其中一个栗色眼睛的外籍帅哥对东岗村的怪问题大感兴趣，他说，这些事太神秘，太诡异，太不可思议，太……一连说了好几个太，最后他说，难道你们东方古国的昆虫，也是由神明统一指挥号令的么？

教授们愿说的都说了，苏副院长准备做小结了，忽然看见华秋野同学站了起来，好像有话要说，于是点了点头，表示依允。

华秋野长成大小伙了，鼻梁高挺，眉宇开朗，他两手撑桌，不卑不亢。

他说：各位老师，长辈们好！东岗村是我的家乡，那里发生的事，刚才几位教授阐释了原因，指明了出路，学生我备受启发，大获教益。下面，学生想就东岗村发生的怪事谈点认识，正谬与否，就教于各位老师。学生认为，东岗村的怪事说怪不怪，不过是昆虫王国在濒临灭亡时，采取的对抗人类集体自救的行为罢了……

华秋野当然是唯一知晓东岗村怪事秘密的人。但他不能说啊！他说东岗村发生的一切他一清二楚，都是红斑蚁帝国顺阳女王一手策划组织的，而他是顺阳女王的好朋友，然后和盘托出他和蚂蚁女王如何成为好朋友的？那他的坦诚相告就成了痴人说梦信口开河，必然在轰然耻笑中当成小疯子被赶下台来。他没有这样傻，他只能跟着大家讲人话，但又要把自己想讲的都表达出来。

他继续言道：……有学者认为，我们的地球家园正面临第六次物种大灭绝，前五次是自然而为，第六次则是人祸所致。虎因皮绝，象由牙死，鹿以角亡，熊为胆毙，蚂蚁酒畅销其市是人们为了强筋健骨益寿延年。有灭绝，必有图存，这是天道。这些年，禽流感、猪流感、疯牛病、口蹄疫、SARS、新冠肺炎，在地球村各个角落走马灯似的轮番登场，从没消停。这次东岗村发生的人虫对抗，就是灭绝与图存的再次上演。苍蝇、蚊子、蚤类传播痢疾、疟疾和流感，虫害大爆发为害农作物，这些本来就是昆虫的看家本事，只是偏偏发生在几次激烈的人虫对抗之后，俨然是昆虫王国精心组织、分工有序的一次联合大反攻，其中以蜜蜂拒不为东岗村瓜果传花授粉最为奇特，使我们感到惊诧，感到怪异，并大惑不解：这到底是昆虫客观因素下的本能行为，还是主观意愿下的自觉报复？学生认为，应该是主客观因素皆有，甚或昆虫联合起来自觉报复的可能性更大！为什么？我的看法是：虽然昆虫在人类眼里是低微物种，从来不屑一顾，但我们忽略了：她们大多是地球村老资格的居民，尤其蚂蚁、蜜蜂，其生存繁衍都在一亿年以上，而人类从类人猿进化成人才区区几百万年。她们从冰川、地震、洪水、熔岩等无数次大劫难中走来直到今天，在严酷的生存环境中历经亿万年自然进化，成为社会性昆虫。她们有完整的社会体系，默默地执拗地推进自己的社会文明。我们对她们的存在，因为熟视无睹，所以知之甚少。我们只知蚂蚁是大力士，可托举起相当于自身几十倍的重量。我们到现在才有电子通信，可有多少人知道，蚂蚁能掌握运用二十来种化学物质，早在千万年前就已运用费洛蒙营造强大的信息互联网，掌控王国及其属国几十万乃至几百万臣民，使整个群体如同一个超级生物，同休戚，共进退。【华秋野博士：蚂蚁和其他社会性昆虫的优势不在于个体，而在于集群。尽管个体也有许多令人们惊骇的超能或潜能的发挥，但它们的真正强大在于通过各单个成员的复杂作用所形成的配合协调的有机整体，而实现无坚不摧，无往不胜。正如威尔逊所说，社会性昆虫各个个体组成的紧密集聚体，实际上就是一个超个体。集群等价于超个体，这是了解集群物种时的基本概念。】再如蜜蜂，她们的建筑近乎完美，大家居者有其屋，平等地生活在各尽所能按需分配的美好社会里。她们究竟还有多少智慧和潜能不被人类所知，目前还是个谜。但凭已知的她们的智慧和能耐，在生存受到威胁的情况下，用以团结族群甚至异族共同报复人类则完全足够有余。所以说，我们应该见怪莫怪。我们与她们同为地球村公民，接下来该要做的是：反省自己，摆正位置，与她们平等相待，和平相处，彼此相知，共创地球家园和谐美好未来！

华秋野一句谢谢大家，结束了演讲。

教授们给自己学生的掌声一点也不吝啬，甚至比两位老教授的还要热烈，长久。掌声并不代表讲得如何正确，如何有水准，而是从学生层次去衡量，更多的是肯定，是鼓励。

最激动的当然是华南坡。刚才他为华南岭撑场子，虽说没掉大的链子，但两相比较到底优劣尽显，多少有些羞涩，没想到他的野仔给他扳回个大本，真给他长脸了！他感觉喉咙哽塞，两只眼角也冒出些水来，赶紧用手偷偷去点。

华南岭一直边听野仔演讲，边给华南坡猛递眼色，抿起嘴巴，横甩拇指。此时见华南坡正擦眼睛，又赶紧递给他纸巾。

苏副院长也满意地微笑着，他将心里的一个重要对钩打给了华秋野。学院要在这届学生中择优一个留校任教，此前已初定三个，华秋野是其中之一。

然而，后来苏副院长最终还是改变了决定，因为华秋野谢绝了校方的美意。

这是后话。

210

南行的高铁上。

华秋野睁开眯闭的眼睛，掀了一下窗帘。

远山旋转，近物飞驰。

还有两个钟就该到站了。此次南行，他跟父母说是与同学一起去南方做个社会调查，其实他只是一个人，回老家落实一些事情，顺便回东岗村看看。

他呆呆地望着天上白絮般的浮云，思绪也如云朵般飘袅。

京农四年大学生活就要结束了，接下来的路该怎么走？他下了一个很大的决心。当初，他是带着蚂蚁的谜团去求学生物的，几年下来，课堂上学，图书馆翻，网络上搜，谜团不仅没有解开，反更成了迷雾。蚂蚁王国是怎样通过飘浮在空气中的化学气味构建起一个操控自如、行之有效的超级系统的？在人类睡眠状态下，蚂蚁为什么能通过人的天目穴进入多维空间，实现人、蚁之间无障碍交流？蚂蚁蚁王的触须根部真如顺阳所说是一个家族世代累积、传承的图片柜、数据库吗？蚂蚁的举重、跳蚤的跳高、蜻蜓的悬停甚至后退，诸如此类在人类看来不可思议的事情，真的是自然进化激发的生命潜能吗？低微动物尚且如此，倘若人类放弃科技发展之道，回归自然进化，激发本身潜能，将会是何种情形？还有，此次东岗村发生的劫难，蚂蚁率领昆虫略施手段，便让人类如此不堪，可见人类对于异类的抵御何其低能！有史以来世界各地动物传播病毒暴发的各种瘟疫，都是她们为了图存对人类的主动报复吗？倘若这种报复疯狂到无以复加，在全球暴发并旷日持久，人们经受得了吗？人类还有未来吗？……

这一个个问号，谁能厘清一个两个，都将是颠覆现行生物学、震惊学术界乃至全社会的特大事件。

这一个个问号，少年时不许关切，硬说是中邪入魔，被降妖除怪。

这一个个问号，如今能关切了，却又不敢贸然抖出来共同探讨，因为这些问题发端于他少年时对蚂蚁世界的造访，学界同仁能相信吗？他们不仅不会相信，恐怕还会讥讽、耻笑、辱骂声一片，骂他会点三脚猫功夫就假借深山岩洞偶得武功秘籍而欲独步天下，欺世盗名，可耻可恶……

这一个个问号，他明白，眼下抖出来是肯定行不通的。他只能一个人悄悄地干，一个人在一条没有航标的野河里独舵默航，漂崖瀑，越险滩，料定青山遮不住，前头自会有平湖。他要干出些许头绪，在昆虫学领域高树一帜并得到学界公认后，再坦露他少年时的神话般的经历，这样才能水到渠成，众人才不会感到突兀，惊悚。最后和学界同仁一起攻坚克难，共同打通一条人境与蚁界互通的便道，架起一座人类社会与昆虫世界沟通的桥梁，最终根除化污，远离病毒，减少疾病，共同营造和谐健康美丽的地球家园。

他想暂时离开校园，走出书斋，亲近自然，精细观察了解并记录蚂蚁及其他昆虫生活的点点滴滴，为将来重回学院做研究准备翔实的一手资料。因此，他早就在网上报了名，准备报考家乡的村官。这次回来，就是去市县相关部门递交资料，参加面试、笔试……

一声汽笛长鸣之后，轻轻地抖了一下，高列到站了。

211

东岗。

中峰耸峙，侧峰依偎，高低错落，宛如笔架。

这是红斑蚁帝国的土城。原来的一座变成了三座相连。主城更高更大了。城池上下部那些黑咕隆咚的气孔显得神秘而庄严，峰顶及四围生长了许多矮树山花，使皇城更显得繁荣蓬勃，并捎带几分野趣。

城门洞开，蚁流如水，进进出出，熙熙攘攘。

华秋野不由得慨叹：顺阳的帝国更壮大了！

他打开挎包，掏出一个皮夹，拉开拉链，取出一只精美的小瓶，拧开后倒出几片米粒大小的白色纸片，拈起其中一片，轻轻地塞进城门，然后整理好挎包，就像一名公差，向人家传达室递过名片后，立等消息。

他这几天都在市里跑，回来的当天递交资料，第二天就参加笔试，只隔了两天就通知面试，一切都很顺利，剩下的就是等录用通知了；忙完后，今早坐大巴回的老家，想到家里反正没人，一下车就直奔东岗来了。

估摸十分钟不到，城门里出来了长长的一列红斑蚁卫兵，将他团团围住，有几个爬上身子，于腿根、腋下印证气味验明正身，然后一只没有红斑的蚂蚁攀上了他的鞋面，在鞋带的顶端竖身而立，朝他扬动触须。

他弯腰伸出中指头，将她接到了掌心，原来还是草妹。草妹背甲成灰褐色的了，复眼和单眼显得有些混浊，有只后腿也好像有点瘸了。她在他掌心里又是摇须，又是转圈，看得出由衷地高兴。

秋野久久地瞧着她，心里涩涩的，眼眶都有些湿了。一个多么忠诚善良的蚂蚁精灵！她和顺阳只是异族姐妹，却一见倾心，矢志追随，不离左右。秋野认识她都有七八年了吧？工蚁寿命大多一年半载，活得好的也长不过十年，草妹早已相当于人类耄耋之年了，还在为王姐奔忙。就他所知，顺阳多少大事急事都是由她出面了难的，那次为王姐恢复生育寻他求益母草，来回几十里，横风过江，险些葬身鸟腹。忠义传奇，人间有关公，蚁界有草妹！

秋野窝手托着草妹来到了古檀西侧的泉眼。他想，家里一年多没住人了，肯定潮霉得很，还不如山野清凉。

他在泉眼边蹲下，将草妹安置在右膝上，腾出双手拂了拂清冽的泉水，掬起大喝了几口，顿觉甘甜凉爽，抹了抹嘴，又窝起左掌舀了一点，将草妹请到掌心里，草妹也不客气，埋头就喝，喝够了才昂起头来，瞧着他，扬须致谢。

泉眼边有棵桂树，浓荫若盖。秋野倚靠树干，半坐半卧。他将草妹置放在额头上，然后眯上眼睛，静听泉声汩汩，山风呼呼，很快就进入了梦境……

草妹领着秋野往古檀走。秋野绕过一个粗大焦黑的树桩时，问：那年东岗大火，红斑蚁王国损失大吗？后来恢复得如何？

草妹说，早就恢复啦！

此话题好像触到了草妹的兴奋点，她急切地想告诉王姐的这位人类朋友，如今的红斑蚁帝国不仅恢复过来了，而且是如何如何厉害。她说，帝国现在有一百五十万臣民啦，陆、水、空三军加皇城卫队共四十万啦，属国增加到一百六十四个啦！现在皇都有多少多少土种、喂养、精作的产业本营，姐妹们已经多年不用外去找食，大家都忙的是听课、比能呢……她说，前些年东岗成立了昆虫界大联盟，一致推举王姐为盟主，蜜蜂王国的追追王为副盟主，玲珑儿为都管……她说，去年乌石仑的什么外拓调查也搞完啦，乌石仑动物界什么什么皇舆图也画出来啦，动物界大联盟同样一致推举王姐做了盟主！现在呀，哼，东岗也好，乌石仑也好，都是我们王姐说了算啦……

一路上，草妹上句没说完下句就来了，秋野根本插不上嘴。东岗昆虫界大联盟？乌石仑外拓调查？乌石仑动物界皇舆图？秋野听得一头雾水。他想，见了顺阳一问就都明白了。

他打断她：我想见女王，能见到吗？

草妹：你们是好朋友，好久没见了，这回应该可以吧？

212

檀坑。行营。

红妮指挥侍应们忙里忙外，准备接待客人。

顺阳女王趴在宫门口，蠕动巨大的后腹，撑起前肢仰望南天，正与外务丕带玲珑儿说着话儿。

女王：你猜猜，秋野此次来访，为了啥事？

玲珑儿笑笑：你们是老朋友，来看你呗。

女王：不完全是。他是为东岗村人求情来了。

玲珑儿：那，你见不见他？

女王答非所问：你看我今天气色如何？……要不，还是你给我挡驾吧。不见。

213

檀坑。行营外。

一块洁净的檀皮上面，摆满了招待贵宾的各式美味：精美的蜗壳里盛满了蜜水，插上了一节草管；几片青翠的檀叶上分别堆放着红红的山果粒，香脆的草籽饼，鲜甜的蘑菇酱……

草妹领着秋野到了。

他朝宫门外立等迎客的红妮和另外一位笑了笑，绅士地弯下腰来点了点头，抬腿便往里进，却被红妮的前肢像拦车杠一样挡住了。

红妮：女王正在午睡。来，这位是我们的外务丕带，由她代表女王接待您！

秋野有点火了：这么说，我成了你们的外事接待了？别忘了，我是你们女王的朋友！不行，谁接待都不行，我就要见女王！

他又要往里冲，被红妮和玲珑儿合力拦住，竟像铁栅栏一样纹丝不动。人变小了，力量还不如蚂蚁大了，然而除了懊恼，一点办法也没有。

不让进就走。秋野气咻咻地，掉头就要离开。刚挪步又想起什么，停下来从口袋里掏出一个小包，里面是半截香蕉半截甘蔗。

他记得这是顺阳住他家时最爱吃的，来时在县城寻了半条街才寻齐后买的。

他往草妹面前一放：交给顺阳吧，她好这口！说完，拔腿就走。

秋野！忽然宫门里传出一声呼喊，像是女王的声音。

秋野止住脚步，回头一望，觉得声音是从门口的一片青檀叶片底下发出的。

女王：你是我的好朋友，也是红斑蚁王国的恩人，更是人类里难得的好人。我怎么会忘了你呢！我经常回忆起我们在一起的那些日子……

秋野火气小了许多，但还是不快：说得好听吧？那你为什么两次三番不肯见我？

女王：秋野，我说过，红斑蚁王国永远欢迎你。我不肯见你，是因为我再也不是你喜欢的那个顺阳啦！现在整个身子就剩下一个肚囊，两根触须，我自己都觉得难看呢！我想让你喜欢的那个顺阳永远装在你的脑子里。请你理解我，尊重我这点心愿好不好？

秋野剩下的只有感动，声音也涩涩的了：这又何必呢！做蚁王的都是如此呀。再说，不见面连说说话也不行吗？

女王：那就说说话吧……我想，你来找我，是为东岗村的事吧？

秋野暗自称奇，她身居巢穴却能洞察一切！他也不绕弯子了，便说：是啊。他们世世代代生活在东岗，已经一千多年了，可能与你们迁来这里差不多同时吧？如今有家不能归，老老小小四处漂泊……

女王：他们自找的嘛！要想回家也不难，但要依得几条——玲珑儿，你跟他说说大家商量的意见吧。

玲珑儿闻言上前一步，笑意盈盈，毕恭毕敬：好的。东岗昆虫界大联盟全体盟委的意见是，东岗村人回村必须做到以下三条：恢复东岗山岗、山谷自然原貌；不准再虐杀东岗山野所有大小动物；不准再喷施科技农药、科技肥料……

女王：你忘了，追追王不是还加了一条吗？

玲珑儿一笑：我还没说完哪！蜜蜂王国国王还补加了一条：不准上山偷采蜂蜜。

秋野想，她们的这些要求与人类的自然保护学基本相符，退耕还林，禁止施用化肥农药，禁止捕猎野生动物，这都是合情合理的。难度最大的可能是第一条……

他小心地问：什么叫恢复山谷自然原貌？是不是说水库，要，要……

玲珑儿：水库当然要废掉！

秋野：其他都行，但水库不能废啊！它是山下上千亩农田的主要水源，废掉了就什么都种不成了，什么都种不成了，东岗村几百户农民就没有活路了。再说，你们在几十年前已经废过一次，淹死了二十多人，绝了三户，总不能叫村民们再死一次吧！这是他们当年愚公移山改造自然的成果啊……

女王：秋野，你说话有错！什么叫改造自然？自然是供你们人类改造的吗？自然就是自然，只能顺应，不能改造，改造了就不自然了！至于他们的水库，废还是不废，看在你秋野的面子上，可以提交东岗昆虫纲盟委再商量；但是从今以后，绝不容许东岗村再改造自然！

秋野听说水库的事可以再商量，连忙点头允诺。

他在咀嚼顺阳的话：自然就是自然，只能顺应，不能改造，改造了就不自然了——蚂蚁崇尚自然进化，她们的理念与人类人定胜天、科技发展的思想大相径庭啊。这恐怕是蚂蚁文明与人类文明最显著的一个区别了……

女王还在继续言道：我还想请你帮个忙，捎句话给乌石仑那些改造自然管事的，叫他们立即停止改造！这些年，他们在乌石仑东、西、北建起了一座座石头城，将乌石仑毁掉差不多一半了！最近，乌石仑成立了动物界大联盟，公推我为盟主，既然当了这个盟主，就该管事。你告诉他们，从此以后，乌石仑是大家的乌石仑，留下这点地方给动物们，不许再动了。如果他们还要改造，我们就把他们建起的石头城变成一座空城！告诉他们，我们有比水、比火厉害百倍的武器。病毒！听说过病毒没有？叫他们死绝的病毒，我们多的是！以前他们虐杀我们，我们任凭虐杀，现在不怕他们虐杀了，我们抱成团了，他们再要虐杀我们，就叫他们死绝！我们说到做到，在东岗村已经试过一回了，再试就看乌石仑的了！别看这些石头城高耸入云，成了空城，百年后就坍塌了，千年后就成了尘土，万年后就变回了一片森林。一万年，对于你们人类是段悠久的历史吧？而对于我们蚂蚁，不过是自然演进的路上多走了几标。我还想正告你们人类，如果继续无视其他生命种群的存在，为所欲为地发展科技，改造自然，那么，人类毁掉的不是地球，而是你们自己！因为地球有我们的保护和维护，我们将共享她在人类灭绝后的宁静和美好……

秋野听得心惊肉跳，脸上手上沁出了细密的汗珠。

红妮、草妹在他身旁忙这忙那，一个劲招呼他吸食蜜水，享用美味，他却傻呆呆的，连句客套都说不出来。

他有些恍惚了，更有些怀疑了：这一席话，真的是九年前那只陷在他鞋底泥巴里只剩下半个翅膀的红斑蚁说出来的吗？太可怕了！不过细想，她说得过分了吗？说错了吗？她的每一句都是巨雷砸地般轰响啊。过去，人类对所有动物种群，何曾以生命平等待之？从来只有驱使劳役，饲养宰杀，捕猎取宝，宠养赏玩，一切以好恶和生产生活需要衡量其益害优劣，决定取舍存亡，并以为理所当然；尤其对于昆虫等低微种群，更是不屑一顾，甚至无分益害，笼统灭杀，除之务净。如今的他，虽是访客，却像是人类派出的谈判代表，只能接受她们的严厉训诫和末日警告，和她们订立城下之盟……

214

秋野从梦境中醒过来了。

但他好像迷失了自己似的，甩了甩脑壳，揉了揉眼睛，努力地回忆刚刚发生的一切，总觉得虚幻缥缈似是而非，然而定神一捋，却又真实可信如视频如画图深刻脑海。

他摸了摸额头，草妹不在了，早走了，于是站起来扭了扭腰，然后来到青檀树下，仰望上面的檀坑以及紧挨檀坑旁的那个依稀可见的小洞。他再次确证了刚才的神游真实不虚。

他掏出手机，已经是下午两点了，开始慢慢地往山下走，边走边查，很快就订妥了下午回市区的巴士和晚上返京都的高铁。

他想，笔试面试都顺利通过了，凭感觉回家乡做村官的事应该问题不大了。接下来的事情就是返校之后，如何面对学校领导和老师的挽留惋惜，同学的惊诧劝阻，还有爸妈的训斥责骂。该来的总归要来。既然横下心来要做，就只能硬着头皮一一拆解了。这都不是难事。

他现在考虑的，全是回到东岗村以后的事了。

首要的还是全身心投入当好这个村官。他的理想是，顺应生态规律，保持自然面貌，在此理念基础上建立起种养加、产供销一体化、复合型的农林经济体系，打造一个自然生态保护的样板村。

其次，他要利用村官这个平台，继续做好昆虫生态学术研究，尤其是对蚂蚁等昆虫的观察思考，积累一手资料，为重返校园做深入研究打下扎实基础。

当然，最要紧、最需急办的，还是遵照顺阳的嘱托，向当地政府交涉关于乌石仑林区的自然保护，向他们阐明问题的紧迫以及如果继续、如果拖延的严重后果。可是，他应该怎样向他们阐明呢？他们会信吗？乌石仑山下已经是个一百多万人口的城市了啊！他们如果不信，如果继续改造，如果拖延不睬，那么，就会真像顺阳所说的发生……

想一想都令人汗毛倒竖！

【华秋野博士：世界著名蚁学家霍尔多布勒和威尔逊在《蚂蚁的故事》中提出了一个令人骇然的问题：谁能幸存？他们说：蚂蚁在地球上已经生活了超过千万个世代，而人类在地球上的生存不超过十万个世代。人类是发现和创造地球物理力量的第一个物种，这个力量在改变、破坏生态系统和扰乱全球气候，破坏生物的多样性。蚂蚁或任何其他野生生物的活动，不管它们如何占优势，都不会使任何其他生命灭绝。如果人类灭亡了，剩余的生物就会重回春天并繁荣起来，遭受破坏的生态系统将会很快得到恢复；而如果蚂蚁灭绝了，一切将与上述相反，且是灾难性的。事实上，人类活动正使地球资源枯竭，大量物种消亡，生态系统变得越来越糟糕时，正是蚂蚁在坚持不懈地帮助这个世界维持平衡。蚂蚁把自己锁定在化学感觉的世界，并不顾及人类的存在与否。它们为了自身的利益绝不退让、绝不仁慈或变通，正如我们所看到的一样，它们总是那样清高和我行我素……】

尾声

秋野真的回东岗村做了村官，而且做得不错。

他做的第一件事，就是以东岗有千年古檀、有古老蚂蚁红斑蚁、有中华蜂稀有种群黑尾土蜂为由，向政府有关部门申报东岗为市属自然保护区；并将东岗村申报自然保护村，作为禁绝化学污染、建立生态型农业的试点，均已获得批准。

东岗自然保护区将水库库区以上划为核心区，严禁人畜擅入，常年高度郁闭，将人为介入降到最小，以保持和丰富物种多样性和生态多样性，实现自然生物的持续发展。

水库以下为人类活动区，在不污染环境破坏资源前提下，放手发展生态农业。比如，农户在坡顶造林，坡腰种果，果树下喂鸡、种菜；坡底筑塘，塘里养鱼，塘坝建猪舍养猪，猪粪喂鱼；稻田兼养黄鳝、泥鳅、龙虱。同时种、养上实行混、间、轮措施，一律使用农家肥，生物防治病虫害……前来参观的人越来越多，村里不得不安排专人接待。有懂行的专家在参观簿上留言：这是典型的庭院立体式、农林复合式经济，好棒，真的好棒！

他们的产品成了紧俏货，起初网上热卖，后来网上买不到了，因为东岗村绿色食品成了一块品牌，全被当地的机关、公司、餐馆派人前来圈做了基地，产什么，要什么，产多少，收多少。

两年不到，外出打工的村民一户不落全回来了。有的还嫌自己承包土地不够，到邻村包地雇工，当起了农庄老板。

这一切，当然不全是他华秋野的功劳，应该归功于上级的关心爱护和村委会的正确领导，还有华近山的全力支持。华近山因为蹲过监进不了村委会，只能做村委会顾问。但华近山顾问在东岗村从政时间长，树大根深，因此东岗村实际上是顾问领导下的村委会主任负责制。不过，华近山顾问又是村主任助理华秋野的忠实拥趸，大政方针都由华秋野点头。于是村民们私下里调侃，说他们东岗村实行的是一圆化领导：村主任助理听村主任的，村主任听顾问的，顾问听村主任助理的。不过，说笑归说笑，都心里蜜甜，甚至还带点自豪：腰包里鼓鼓的，能让外村人羡慕！

也有办事不顺心的时候。

秋野揣着顺阳的嘱托，几次去找政府有关部门反映乌石仑林区必须迅速停止基建，否则将会遭到大自然的严厉报复，后果将不堪设想云云。第一次去，有关部门见是科班专业人士有建议，负责人非常重视，亲自接待，并详细询问具体是什么报复？是什么后果？有什么依据？去的次数多了，接待的就有些烦了，大家都忙，哪有时间听一个神经不太正常的人讲子虚乌有的荒诞故事？

后来还是华近山脑壳灵光加上嘴巴顺溜，才有了些许效果。他先后找了好几个民意代表，向他们宣传从京都农大兜回来的自然保护知识，然后现身说法：他是如何坐牢的，东岗村如何发生三场瘟疫的，蜜蜂子如何不肯为东岗村传花授粉的，东岗村人如何被逼无奈出外漂泊的。他说，千万别小看这些飞虫了，她们在地球上的资格比人还老呢，本事大着呢，手段邪门呢，报复是热的呢！她们在东岗不能生存了，就报复东岗村；她们在乌石仑不能生存了，肯定就报复全城嘛！他讲得白水点灯，莲花是朵；听的人头上冒冷汗，脊背上凉风飕飕。在他的串通下，代表们去粗取精去伪存真后，呈上了联合提案。提案是必须审议回复的。回复的大意是，在建项目抓紧完成，暂停审批新建项目。但乌石仑林区是规建区，要彻底停建，必须修改城建规划。城建规划能不能修改，则要等全体代表大会重新审议了。不管怎样，天大的事总算暂时搁了下来。

华秋野关于昆虫生态研究成果斐然。不到三年时间，在国内外学术期刊发表了十五篇科研论文。学界反响较大的有：《昆虫报复人类的主客观因素：从东岗村三场瘟疫的针对性、突发性谈起》《蚁王的触须，是家族世代累积、传承的信息库吗？》《昆虫的超能是自然进化过程激发的生命潜能：从蚂蚁举重、跳蚤跳高和蜻蜓悬停能力谈起》《蚂蚁对其他昆虫的役使能力：从饲养蚜虫、蚧壳虫说开去》《蚂蚁社会劳动的产业化研究》，其中前三篇都先后在国际昆虫生态学核心期刊发表，引起不小轰动。

但华秋野也有懊恼，甚至有些心灰意冷——他与红斑蚁帝国顺阳蚁王的联系已经断了！

虽然每次递过名片后仍有红斑蚁出来验明正身，但再也没有见过草妹或者红妮，只有一次派来了外务丞带玲珑儿，由于彼此不熟，加之玲珑儿也没有像顺阳女王携带草妹一样一起走过天目通道，见面后特别拘谨，将她放在天目处更是惶惶不知所措，好不容易将她安抚好，自己进入梦境等她，可是梦里没等到，梦醒后早没了踪影。

他老是想，顺阳为什么就不派她熟悉的草妹或者红妮来呢？上次见面后，因忙于申报建立自然保护区、保护村，至少有半年没再探访。草妹和红妮分别应该九到十岁了，早过了工蚁的极限年龄，莫非她们都已寿终了么？

越想越是，可能性极大。

可能性极大，意味着他与红斑蚁帝国从此终断了联系！

他与红斑蚁帝国从此终断了联系，意味着他的《在人类睡眠状态下，蚂蚁通过人的天目穴可以进入多维空间，实现人、蚁无障碍交流》这一重大科研课题被腰斩。因为即便是曾经的事实，但已成了孤证，无法复制，而不可能被学界承认！

孤证，无法复制，不能被承认，则意味着人境通往蚁界的唯一桥梁已经垮塌，地球上两大文明——人类文明与蚂蚁文明沟通的唯一希望破灭了！

地球上两大文明沟通的希望破灭了，意味着红斑蚁帝国顺阳女王扬言的灭绝，如同一柄悬着的利斧，随时将人类砍落万劫不复的深渊！

他真的恨死顺阳了，不光是为了科研，为了人类安危，同时也为他内心的失落。从此他将再也见不到顺阳了。顺阳，你看你都干了些什么！为了保守尊容，难道可以如此绝情，可以牺牲友谊，不要朋友么？痴呢，傻呢，笨啊！

三年后，华秋野重新回到京都农大，硕、博连读，之后留校任教。

他对他的被腰斩的课题一直耿耿于怀。他想，既然成不了科研成果，何不以文学的样式公之于众？

一个偶然的机缘，他找到了我。

于是，几坛酱香，几宵夜话，才有了你面前这部长篇。

2020 年 7 月 25 日于羊城馨盛斋初稿

2022 年 2 月 28 日于三亚和泓定稿